カラス殺人事件

サラ・ヤーウッド・ラヴェット
法村里絵＝訳

角川文庫
23910

目次

登場人物

ネル・ワード　コウモリを調査する生態学博士。〈エコロジカル・コンサルタンツ〉所属。実は伯爵令嬢だが、同僚には隠している。クロウズ《カラス》殺人事件の第一容疑者に。

アダム・カシャップ　ネルの同僚で生態学博士。インド系。

ジェームズ・クラーク　ペンドルベリー警察、巡査部長。クロウズ殺人事件の担当。ネルに一目惚れした。

ヴァル・ジョンソン　ジェームズの上司。女性警部。ポーカー・フェイスの達人。

アシュリィ・ホリス　ジェームズの同僚。

ソフィ・クロウズ　〈マナー・ハウス・ファーム〉の女主人。事件の被害者。

デイヴィッド・スティーブンソン　ソフィの夫。〈DMS開発合同会社《LLC》〉のCEO。

アンナ・マディソン　デイヴィッドの部下。

アンドリュー・アーデン　クロウズ家の顧問弁護士。ソフィとは幼なじみ。

マージョリィ・クロウズ　ソフィの祖母。

シルヴィア・ショークロス　ネルの同僚。マーケティング・マネージャー。

エリン　ネルの同僚。アダムに夢中。

サイモン・メイヒュー　開発の企画コンサルタント。

ヘンリエッタ・ランバート　ソフィの祖母の友人。同じケアホームに住んでいる。

パーシィ　ネルのすべてを知る親友。

ママとパパ――サンドラとスチュアートのヤーウッド夫妻に。
溢《あふ》れる愛と、励ましと、揺るぎなき信頼、
そしてわたしたちが先祖から受け継いだ強烈な頑固さに感謝を。
それから……。

デイヴィッドのオフィス
ペンドルベリー城
ペンドルベリー・ホテル
アップルウッド・
レジデンシャル・ケアホーム
ペンドルベリー
アダムのフラット
アンドリューのオフィス
TESCO
ナイ川
アンドリューの家
テスコ
デイヴィッドのフラット
ネルの家
マナー・ハウス・ファーム
ナイ・ホール・ホテル
クッキングディーン
ギルピンの農場
ナイ
ナイ川
フィンチミア
フィンチミア・レース・サーキット
フィンチミア伯爵邸
10km

1

八月二十五日　水曜日　午後四時三十分

鍵穴《かぎあな》に鍵を差しこむソフィの手が震えている。暗闇は大嫌いだ。それでも彼女は歯を食いしばり、鉄製の鍵の凝った細工部分が指に食いこむのを感じながら、抵抗する錠に打ち勝つことを自分自身と鍵に強いた。ねえ、お願い。あなた、ちょっと頑固すぎ……カチッ。ホッとした。しかし、そのあとを恐怖が追いかけてきた。古い屋敷の母屋とトンネルとを隔てている、そのオーク製の扉に片方の掌《てのひら》をあてて押してみる。そして、それがびくとも動かないことを知ると、嬉《うれ》しいような気分になった。

でも、なかに入る必要がある。それは避けられない。ソフィは扉に肩をあて、力をこめて押しやった。ギーッと音が鳴ったかと思うと不意に扉が大きく開き、ソフィは階段を転げるようにして暗闇へと入っていった。スマホのライトをつけようと手探りするあいだも、湿った冷気が骨にまで染みとおってくる。まるでモルグだ。

『もうすぐ電池《ロー・バッテリー》がなくなります』嘘でしょう。急いだほうがいい。さっさと終わらせて車に戻り、充電器をさがすのだ。

ソフィの長い金色の髪が、何かにスウッと引っぱられた。悲鳴をあげそうになるのをこらえて首をすくめ、髪に手をやってみる。埃《ほこり》だらけの蜘蛛《くも》の巣が頬を撫《な》で、平和を乱された蜘蛛が首に這《は》いだした。ソフィはなんとかそれを振るい落とそうと身を揺すり、首筋を叩《たた》いた。シャツのなかを蜘蛛が這いまわっていたらと思うと、ゾッとして肌がざわついた。

家のなかへと駆け戻りたかった。それでも、大きく息を吸って耐えた。**大丈夫、びびらないで。**ギーッというかすかな音を聞いて、ソフィはすばやく扉のほうを振り向いた。暗闇の向こうに目を凝らしてみたけれど、目映《まばゆ》いライトを見たあとでは、ぼやけて何も見えない。風のせいで扉が動いたのかもしれない。ソフィは身を震わせた。またも肌がざわついた。

スマホのライトが消えた。画面をタップし、ボタンを押してみる。何も変わらない。**すてき。**暗闇のなか、壁が迫ってくる。ソフィはかがみこみ、扉に向かって這いだした。そして、何かの気配——もしかして、人?——を感じ、恐怖に襲われた。

砂利を踏む音がする。ソフィは凍りついた。**これは、わたしの足音じゃない。**鼓動が激しくなってきた。

「誰か……いる?」乾いた唇をなんとか動かし、必死の思いで声を出してみた。あまりの恐ろしさに、顔が引きつっているのがわかった。何かがそこにある。ソフィは、その影のような形を見たというより、それを感覚でとらえた。さらに恐怖が募ってくる。ソフィは立ちあがり、家へと、細長く見えている明かりのほうへと、安全な場所へと、よろめきながら進みだした。

不意に目映い白いライトをあてられ、何も見えなくなった。両手をあげて目を細め、身をちぢめる。

側頭部に強烈な一撃を食らったのは、そのときだ。壁に吹っ飛んだソフィの頭のなかで痛みが爆発し、吐き気がこみあげてきた。前方によろめいたソフィは、鋭いライトにたじろぎ、両腕で頭を抱えこんだ。こめかみに触れた指先が、生暖かい粘つく何かに濡《ぬ》れていく。あまりの恐ろしさに、心臓が早鐘を打ちだした。

鼻の奥が、ひどく金臭い。

ソフィは目の裏がドクドクと脈打っているのを感じながら、口のなかにひろがっていく金臭い血の臭いをなんとかしようともがいた。

もう立っていられない。ガックリと膝《ひざ》をついたソフィに、さらなる一撃が飛んできた。

八月二十五日　水曜日　午後四時三十分

〈マナー・ハウス・ファーム〉の林の奥深く、高台のスロープに錬鉄製の門がはめこまれていた。トンネルにつづく門に絡みついた腐った葉の最後のかたまりを引き剝《は》がしたネル・ワード博士は、勢いあまってうしろによろめき、荒い息をついた。手にこびりついた葉を払い落としたネルの口と鼻を、腐った葉の土臭い臭いが満たしていく。でも、そんなことはかまわない。

見つけたわよ、あなたを。やっとね。

大量の葉のかたまりを引き剝がして門が見えてくるまでに、一時間近くかかった。ここに門があるとわかっていたわけではないけれど、四百年前のこのあたりを描いたエドワード七世時代の地図にトンネルが記されていた。ネルはその終点の林の高台部分に、窪《くぼ》みのようなものが記されているのをみとめたのだ。彼女の粘り強さが功を奏したということだ。

ネルは十五世紀に建てられた屋敷の母屋と目の前にある入口とを繫《つな》ぐ、長さ千五百メートルの地下トンネルを地図上でチェックした。前もって調べてみたところ、トンネルは見捨てられた整形式庭園《フォーマルガーデン》と住宅の下をとおっている。

花や草が霞《かすみ》のように見えている牧草地は、多様な生物が生息する白亜草地で、自然保護区である可能性もある。螺旋《らせん》を描くように咲いているネジバナの上をブンブンと飛びまわっている無脊椎《むせきつい》動物のなかに、珍しいアカアシカーダーバチが一匹交じっていることにネルは気づいていた。

高くそびえるオークやブナ、そのまわりを飛んでいる二十四種の鳥のメロディ、それにネルの動きを無言でじっと見ているもったいぶった小さなフクロウ。家の周辺を調査してみるのも、たまにはいいものだ。特にイングランド南東部にひろがる草地性丘陵地帯《ダウンランド》を背景にのびる手つかずの見事な天然林を、ひとりで歩きまわるのは格別だ。今日は一日よく働いた。キツネの独特の匂いを嗅《か》ぎつけ、アナグマの巣穴さがしをして、ヤマネの存在を示す証拠を見つけた。そして今、トンネルがコウモリの冬眠の場として適しているかどうか、見きわめようとしている。

ネルはリュックからフェルト製の中折れ帽を取りだすと、門の脇で自撮りした。そして、写った自分の顔を見てうなり声をあげた。青白い顔が火照り、ところどころに落ち葉が貼りつき、ノイバラの茂みを這ってきたせいで額には赤黒い傷ができて、まだ血が出ている。それでも、メッセージにその写真を添えてアダムに送った。

『インディ・ジョーンズなんて目じゃないわ――わたしたちの運命のトンネル発見』

すぐに返事がとどいた。『すごすぎ！👍』

ネルは彼のプロフィール写真に目を向けた。こんなに小さな写真なのに、顔いっぱいに皮肉な笑みを浮かべていることがはっきりとわかるし、着古したパーカーのまくりあげた袖《そで》からのぞいている前腕の逞《たくま》しさも、ウェーブのかかった黒っぽい髪に半ば隠れた目が輝いているのも、ちゃんと見てとれる。入力中を知らせる吹き出しが画面にあらわれた。ネルは彼のメッセージを待った。

『きみの生態学者然とした姿がたまらないよ。今日は、どれだけ茂みをとおり抜けたのかい？😉』

気があるようなその言葉に、口角がキュッとあがり、胸がはずむのを感じた。バカなことを考えないで。アダムは誰にでも気があるような素振りを見せるんだから。それでも彼のママは、息子がパンジャブ人のいいお嬢さんと結婚するようにと、必死で仕向けている。つまりネルは花嫁候補になりえないということだ。そう、たとえ彼に興味があったとしても……。以前、彼の誘いに応じる気になりかけていたころ、爬虫類《はちゅうるい》を調べている最中に彼が母親と電話で話しているのを耳にしたことがある。母親は自分が選んだお相手とデートをするよう、アダムに必死ですすめているようだった。ネルに聞かれていることに気づいた彼は、横目で彼女を見たあと、英語からパンジャブ語に切り替えてしまった。ネルはクサリヘビの体長を測りながら、三十代の男がママにお相手を選んでもらうのかと言って、彼をからかってやろうと待ちかまえていた。でも、彼は少しも恥じてはいないようだった。ただネルに例の笑みを向け、女性をガッカリさせるわけにはいかないからと言ったのだ。そして、ネルがお母さまのことかと尋ねると声をあげて笑い、母ではなく未来の結婚相手をガッカリさせたくないのだと答えた。それを聞いてネルは呆《あき》れ顔をつくって見せたのだが、気がつくと今また同じように目をぎょろりとさせていた。とはいえ、ネルの両親も娘がいい相手を見つけて無事に結婚できるようにと心から願っている。それは相続についてのみを考えてのことではない。あの……出来事以来、なんとなく警戒するようになっているのだ。ネルはその出来事を思い、今しがた這い抜けてきたイバラの茂みで味わわされた痛みにも似た鋭い痛みをおぼえて、身を震わせた。今はまだ、誰とも付き合う気になれない。特に同僚はごめんだ。私生活と仕事をきっちり分けておこうと心掛けている今は、絶対にだめだ。

ネルはスマホをしまった。でも、すぐにまた取りだし、メッセージを打った。

『今日は、生け垣を二十とおり抜けたわ。それに、アナグマの巣穴を見つけるのに、忌々しいノイバラの茂みにも入った』

そろそろ五時になると知って、彼女はつけくわえた。

『もう仕事に戻ったほうがよさそう。今夜、あなたがこっちに来るまでにしておくことが山ほどあるの』

錆《さ》びついた門を開けるには力いっぱい押す必要があった。ネルは、ほんの少し門が動くと、身をくねらせてその隙間をすり抜けた。冷蔵庫に足を踏み入れるようなものだとわかっていたネルは、その寒さを思って身がまえた。天井から地面の窪みに水滴が落ちて、ポシャンと陰気な音がひびきわたった。ワークブーツが水たまりでピチャピチャと音をたて、踏みつけた煉瓦《れんが》のかけらがジャリジャリと鳴っている。煉瓦の天井は隙間だらけで、ところどころモルタルが剝がれてグラグラになっている。ネルは天井に手をのばし、煉瓦の隙間に身をちぢめて冬眠するコウモリたちの姿を思い浮かべてみた。完璧《かんぺき》。

四百メートルほどトンネルを進み、温度を記録する。崩れた壁に目を走らせたネルは、小さ

な細長い跡を見とめた。コウモリの糞《ふん》だ。やった！　ネルは目につくかぎりの糞を擦《こす》り取って

慎重にサンプル入れに収め、メモを書きおえると、その道具をバッグに突っこんだ。

そして、引き返そうと踵《きびす》を返したとき、何かを感じてうなじの毛が震えた。

ネルはその場に凍りついた。

骨の髄まで染みとおるような寒さのせいではない。暗さのせいでもない。ひとりきりでいるせいでもない。そんなことには慣れている。ネルは鼓動が激しくなるのを感じながら、息をとめて耳をすました。

すぐ横に水滴が落ちて、ネルはちぢみあがった。懐中電灯を消して暗闇に目を凝らしながらも、ざわざわしてしかたなかった。

トンネルの奥から、形容しがたい鈍い音がひびいてきた。

底知れぬ恐怖が背筋を這《は》いおりていく。後ずさったネルは、踏みつけた煉瓦のかけらの小さな音に跳びあがりそうになった。さっきの音は天井から落ちた煉瓦が、床にあたって割れた音にちがいない。

そう思っても、肌がざわつくのはおさまらなかった。走りだしたいという本能的な思いが、全身を駆け抜けた。

それでもネルは我慢した。そして、耳をすました。地面に滴り落ちる水滴の、気まぐれな時計のような音が、動けと彼女をせきたてる。

ネルは猫のように警戒心をみなぎらせ、ブーツが煉瓦を踏む音に怯《ひる》みながら、そっと足を踏

みだした。震える脚で、まず早歩きになり、それから全速で門へと走った。身をよじって門を抜けようとしたが、リュックが引っかかってしまった。パニックのせいで身体がカッと熱くなる。引っ張り、ねじり、また強く引っ張ってみる。ようやくリュックが門をすり抜けた。ネルは前のめりになり、地面に両膝《りょうひざ》をついて喘《あえ》いだ。その背中を汗が滑り落ちていく。

木の葉がカサカサ鳴る音を聞いてネルはサッと振り向き、跳ぶように立ちあがった。さっきネルが門から引き剝がした枯葉のなかに、クロウタドリがいた。何かを探っていたその鳥が、警告するかのように空に向かって鋭い声をあげた。

大きく息を吐いたネルの身体から力が抜けていく。手についた泥を払い落としながら、この根拠のない不安もこんなふうに払い落とせたらと、ネルは願った。アダムに電話をかけようとスマホを取りだし、またポケットにしまう。天井の煉瓦が落ちただけで怖がるような臆病者《おくびょう》だなんて、手をにぎっていてもらわなくては仕事ができないようなダメ女だなんて、彼にもオフィスにいる他の誰にも思われたくない。

目映《まばゆ》い夏の日射しを浴びていると、なんだかバカバカしくなってきた。くだらない妄想だわ。

2

八月二十七日　金曜日　午前八時

ジェームズ・クラーク巡査部長は、門柱に取りつけられたテレビインターホンのボタンを押そうと、車の窓から身を乗りだした。そして、手がとどかないとわかるとドアを開けてシートベルトをはずし、車の外に上半身を突きだすようにして腕をのばし……なんとか……ボタンを押した。助手席のヴァル・ジョンソン警部は、巡査部長が車をとめる位置を誤ったことになど気づいていないかのように、窓の外を眺めている。

無垢《むく》材でできた二メートル以上もあるこの門の向こうに何があるのか、ジェームズには見当もつかなかったが、警察が最も注目している重要参考人がこんなところで暮らしているということが信じられなかった。ここは草地性丘陵地帯《ダウンランド》の縁にあたる、クッキングディーンの村はずれ。人里離れたこのあたりには重要建造物に指定されたコテージが身を隠すように建っていて、その庭が不規則にひろがっている。ペンドルベリーの町からここに来るには、まず緑ゆたかな曲がりくねった小径《こみち》をとおり抜け、チューダー様式の家が建ちならぶ――そのなかに家族経営の商店が点在する――狭い目抜き通りを進み、クリケット場が見えてきたら向かいのパブ〈水車亭〉の角を曲がる。そして、趣ある教会の前をとおりすぎて、花が咲き乱れる一車線の高い土手道を走ると、ようやくこの門にたどり着く。

インターホンが鳴った。「はい？　なんでしょうか？」女性の声が尋ねた。品のいい自信に満ちた声ではあるが、声の主も要塞《ようさい》にも似た門も侵入者を阻んでいるかのようにそっけなかった。

「ネル・ワード博士をさがしています。ペンドルベリー警察の重大犯罪課からまいりました。わたしはジェームズ・クラーク巡査部長。ヴァル・ジョンソン警部もいっしょです」

一瞬の沈黙のあと、女性が尋ねた。「何があったんですか？」

ジェームズはヴァルに視線を向け、それからカメラに向かって答えた。「お訊《き》きしたいことがあります。なかに入れていただけますか？　直接お話ししたほうがわかりやすい」

「もちろんです。ええと、今、作業をしている最中なんです。でも、どうぞお入りください」

ブザーが鳴り、静かに門が開いた。昔の厩舎《きゅうしゃ》を改装したと見られる車が三台は入りそうなガレージと、二戸建て《セミデタッチドハウス》の住宅。こちらも、元は細長くて背の低い無味乾燥な納屋だったにちがいない。保安用の赤外線ランプの脇に取りつけられた盗難警報器と、ふたりが乗った車を——そして今は、ガラスフレームにはめこまれた大きなオーク製の扉に向かって歩くふたりを——追っている隠しカメラ。その存在を知っていてそれをさがそうと思わないかぎり、この最先端の防犯システムは絶対に目につかない。ドアチェーンがカシャカシャ鳴ると同時に、デッドボルトが引っこむ音がしたかと思うと、ドアがほんの少し開いた。

「こんにちは。身分証を見せていただけますか？」

ジェームズとヴァルは、ドアの隙間に縦ならびにバッジをかざしてみせた。どちらも身分証をチェックされるとは思っていなかったし、ワード博士が一〇一に電話をかけて自分たちの特徴を尋ねるなど考えてもみなかった。ジェームズは、そのふつうではない用心深さに自分が感心したのか苛立《いらだ》ちをおぼえたのかよくわからないまま、腕時計を見てため息をついた。湿っぽくて黴臭《かびくさ》いトンネル内で見つかった殺人事件の被害者の死体を調べるために招集されたことで、チームは早い時間から本格的に動きだしていた。ジェームズは、迅速にことを進めたくてうずうずしている。ここで話を聞きおえたら、ようやく朝食とコーヒーにありつけるのだ。クソッ、コーヒーが飲みたくてたまらない。今日は長い一日になりそうだ。

殺害されて、自分の身体から流れでた血の海のなかに倒れていた女性の姿が、ジェームズの脳裏に焼きついていた。ソフィ・クロウズの右のこめかみ――ショックのせいで大きく見開かれた目の上あたり――は、強打されたせいで血だらけになって凹んでいた。ゼリー状の真っ赤なスープのような血のなかに飛び散った、真っ白な骨のかけら。かつて脳を包んで護《まも》っていた頭蓋骨《とうがいこつ》からは、その中身が漏れだしていた。ふつうでは目にすることがないその光景に、ジェームズは吐き気をおぼえた。今でさえ唇の裏を嚙《か》んで、こみあげる吐き気を必死で抑えていた。

ワード博士の電話から、通話相手の声がかすかに聞こえてくる。「ジェームズ・クラーク巡査部長は、身長約百八十センチ、髪は黒褐色で目は青、年齢は三十代半ばです。ジョンソン警部の身長は約百七十センチ、グレーの髪をボブにしています。ヴァル・ジョンソン警部の年齢については、お知らせを控えさせていただきます」

聞こえないふりをしているヴァルを見て、ジェームズは密《ひそ》かにニヤリと笑った。ヴァルは、ポーカー・フェイスの達人だ。それゆえ、理性的で動じない人間のように見える。ジェームズも真似てみるのだが、いつも成功するとはかぎらない。彼と同じく、ヴァルも深夜までの仕事がつづくことがある。それでも彼とはちがって、グレーのテイラード・スーツは常にしわひとつなく、白いシャツは糊《のり》が効いているかのようにパリッとしていて、その姿は彼女の頭のなか同様、すっきりとまとまっている。今回の事件で、ヴァルはジェームズに多くの調整を任せている。彼には応《こた》えるべきものが多くあるということだ。

ワード博士が電話を切ると、ドアが閉まってチェーンをはずす音がした。彼女を見た瞬間、ジェームズの苛立ちが消えた。気がつくと、深みのある茶色い目を見つめてほほえんでいた。琥珀色《こはくいろ》の斑点《はんてん》が見えるその目は溌剌《はつらつ》として明るく、悪戯《いたずら》っぽい色さえ感じられるものの、顔には不安の影があらわれている。当然だ。ジェームズとヴァルの訪問を受けたら、誰だって不安になる。前髪だけを長めにカットしたベリーショートの髪と、そのヘアスタイルによって繊細さが際だって見える顔立ち。今、その顔は不安の影のせいで、子鹿そっくりに見えている。ジェームズは、ほんの少し博士を長く見つめすぎていた。

異性に惹《ひ》かれる感覚など、ほとんど忘れかけていた。その感覚を呼びさまされて、彼はただ驚いていた。前のパートナーと別れて二年になる。失恋の痛みも仕事で傷ついたプライドも、しっかり葬ってきたことが、ジェームズのキャリアにはプラスになっていた。前の彼女は、愚かにも浮気がばれることはないと思っていたようだが、刑事であるジェームズはボディ・ランゲージを読み取るのが第二の天性となっている。だから、ワード博士が自分の唇に一瞬目を向けたのに気づいて、惹かれているのは自分だけではないのかもしれないと感じた彼は、心が浮き立つのを必死で隠さなければならなかった。ジェームズは、ヴァルの前でなんとか刑事らしい無表情を保ちつづけた。

ネルは、身分証明書をふたりに返した。「クラーク巡査部長、ジョンソン警部、ありがとうございました」

「ヴァルと呼んでください」

「わたしのことはジェームズと」こう言うとき、彼はいつも温かな笑みを浮かべる。ファーストネームで呼び合おうと提案することで親しみが増し、相手はガードを緩めることになる。考えた上での作戦だ。しかし、今日の彼は親しい関係を築きたがっているふりなどする必要はなかった。

彼女が笑みを返した。「ネルと呼んでください。身分証明書を確認したこと、気にしないでいただけるといいんですけど。ここに人が訪ねてくるのは初めてだし、ほんとうに静かなところですから。それで、なんのご用でしょうか?」古代の遺物を扱うときにはめるような白い綿の手袋の片方を、指にぶらさげている。ネルは、手をくねらせてそれをはめた。すでに手袋に包まれているもう一方の手で、ティッシュのかたまりのようなものと医療用らしきピペットを持っているせいで、その動きはぎこちなかった。

ジェームズは、ティッシュのようなものが動くのを見つめながら言った。「ええと……さっきも言ったとおり、お訊きしたいことがありまして」

ネルにうながされて家に入ったジェームズは、自分が愛蔵版として保存している《アーキテクチュラル・ダイジェスト》誌に出てきそうな内装を見て、口がポカンと開きそうになるのを堪《こら》えた。玄関広間のクロゼットの向こうが、アーチ型の天井に覆われたリビングになっている。再生木材製のダイニング・テーブルの脇をとおりすぎるジェームズの目は、折れ戸のガラスの向こうにひろがっている、塀に囲まれた庭と草地性丘陵地帯《ダウンランド》の景色へと向いていた。左のほうから、飲みたくてたまらなくなるほどの芳醇《ほうじゅん》なコーヒーの香りがただよってくる。おそらく、そこがキッチンだ。見てみると、納屋らしいどっしりとした柱のあいだに濃紺の食器戸棚と木製のカウンターがあって、磨きこまれた銅鍋《どうなべ》がぶらさがっていた。使いこまれた板石の床と、そこに温かみを添えているアンティークのラグ。閉まったふたつのドアの向こうにも、部屋があるにちがいない。キッチンの上の部屋へとつづく階段は、踊り場がガラス張りになっている。

なんてこった。生態学者どもは、どれだけ稼いでるんだ?

未加工の壁に囲まれた木造の納屋を改装したところで、隙間風や埃《ほこり》っぽさは防ぎようがないし、潜んでいる蜘蛛《くも》が部屋の隅に巣を張ったりするにちがいないと思い込んでいた。しかし、ここは感じがよくて清潔だ。壁面のフリント石の表面は、大袈裟《おおげさ》ではなく、ほんとうに輝きを放っている。キッチンへと案内されたジェームズは、思わずドアマットで靴底を拭《ぬぐ》い、それに気づいたネルが笑みを浮かべたのを見て嬉《うれ》しくなった。

「訊きたいことというのは何でしょう?」ネルが尋ねた。

ヴァルはうしろに控えているつもりらしい。進行役を任されていることがわかっていたジェームズは、話を始めた。「二日前、あなたが〈マナー・ハウス・ファーム〉にいらしたことはわかっています」すでに青白かったネルの顔から、さらに血の気がひいた。何かを直感して悪寒をおぼえ、不安と闘っているのだ。クソッ。彼女は何かを知っている。「そこであなたがしていたことについて、いくつかうかがいたい」

「それは……ええと、ソフィ・クロウズのことでしょうか？　彼女の身に何かあったんですか？」

いきなりそう来るとは驚きだ。ジェームズは慎重に彼女を観察した。「なぜ、そんな質問を？」

「なぜって……」頬が真っ赤になっている。「何かあったのではないかと、そんな気がしただけです。約束の時間にあらわれなかったし……」

コーヒー・ポットのビーッという音を聞いて、ネルがビクッとした。ジェームズのほうは条件反射でお腹が鳴ったが、彼はそれを無視した。

「ああ、失礼しました。あなたのコーヒーを取りにいってかまいませんか？」

ジェームズはネルから視線を離さなかった。「待ってください。ソフィは、あなたに会わなかったんですか？」ネルは被害者と会うことになっていた。だから、重要参考人リストのトップに――おそらくただひとり――名前があがっているのだ。

「会っていません。彼女の車はありましたけど……」

iPadを立ちあげるジェームズの頭のなかに、訊《き》きたいことが次々と浮かんできた。ソフィがそこにいなかったというなら、なぜそれがソフィの車だとわかったのだろうか？　その車は、どこに駐《と》めてあったのだろう？　今朝、捜査班が見つけたとき、ソフィの車は鍵《かぎ》のかかったガレージに駐まっていた。ネルが母屋を訪ねたあとで鍵がかけられたというなら話は別だが、窓からなかをのぞくにも、フェンスをよじのぼって乗りこえなければ無理だ。そこまでしたというなら、いったいなぜなんだ？

「不安を感じる理由があったなら――」ジェームズは訊いた。「警察に電話をして、そのことをお話しになりましたか？　事件として通報されましたか？」彼はさらに追及するために、指をあげてメモの準備をした。

首を振ったネルの頬が、また一段と赤みを増していく。「いいえ、ちょっと……過敏になりすぎているだけだと思って。クライアントに約束をすっぽかされることは珍しくないんです。直前に何か起きたりして」

「しかし、何かが変だと思われたのでしょう？　こちらが〈マナー・ハウス・ファーム〉の名前を出したとたん、ソフィの身に何かあったのかと尋ねさえした」

ネルが、いかにも落ち着かない様子で身じろぎをした。

ジェームズは別の方向から迫ってみることにした。「水曜日、あなたはどのくらいの時間、そこにいらしたのですか？」

「ええと……午前十一時ごろに着いて、帰ったのは十時半ごろです」

しょうか？」

ジェームズはその時間を書きとめ、眉《まゆ》をひそめた。「帰ったのは午前十一時半ということで

「いいえ。ソフィとの約束は午後の六時でした。ですから、帰ったのは夜の十時半ごろです」

ネルとソフィとの約束は、もう少し早い時間だと聞いていた。**そんなに長い時間、いったい何をしていたんだ？**「あなたとソフィは五時に会うことになっていたと聞いていますが」

ジェームズは、ヴァルにチラッと目を向けてみた。身を乗りだした姿勢でじっと動かず、警告のしるしに目を細めている。ギアを入れ替える必要がありそうだ。しかし、今何を尋ねるかは慎重に選ぶ必要がある。質問によっては、もっと……そう、もっと正式な場で訊いたほうがいいこともあるかもしれない。ジェームズは、ため息を抑えた。

観察するようにネルを見ていたヴァルの視線が、彼女の額の引っ掻《か》き傷の上でとまっている。それに気づいたネルが、恥ずかしそうに手の甲で傷を撫《な》でた。そして、質問に答えようとジェームズに向きなおりながら、首を振った。空いているほうの手にはめた手袋を、その手をくねらせるようにして脱ぎ、自分が何をしていたのかを忘れてしまったかのように、もう片方の手のなかのかたまりを見つめる。ネルは腰を浮かせてポケットからスマホを取りだすと片手で――というより親指一本で、ロックを解除した。そして、いくつか操作をしたあと彼女がスマホを差しだすと、そこにはEメールのメッセージが表示されていた。「プロジェクト・マネージャーのアンナ・マディソンからのメールです。約束は午後六時になっているでしょう」

「アンナからのメールは、これだけですか？　時間の変更を告げるメールは受け取りませんで

したか？」ジェームズは訊いた。

「いいえ、受け取っていません」ネルが答えた。

ネルの手のなかのかたまりがピクッと動き、ブリトーのような包みからピンクの鼻をクンクンとのぞかせた。ジェームズはチャンスとばかり彼女に近づき、その手元をのぞきこんだ。

「何を持っているんですか？」

「すみません。この子の手当をしているところに、あなた方が訪ねていらしたものですから。傷を負ったウサギコウモリです」ジェームズは好奇心を掻きたてられて、目を大きく見開いた。それを見たネルは、彼が興味をおぼえているらしいことに驚き、喜んでいるようだった。「もしグレーウサギコウモリだったら、イギリスで最も希少な哺乳《ほにゅう》動物の一種ということになります。きちんと調べてみる必要があるけれど、この顔の盗賊の仮面みたいな模様を見るかぎり、たぶんまちがいありません。ねっ？　だから、この子のことをゾロって呼んでるんです」

身震いは隠せたが、思わず後ずさりしてしまった。翼に血がついたコウモリじゃないか。

「猫に襲われて死にかけていたんです。残っているわずかなエネルギーを体を温めることに使えるように、わたしの手で餌を食べさせて……」

「ああ」ジェームズは、そこに含まれた意味を理解した。「話しながら、つづきをどうぞ」

「ありがとうございます。それでは、奥の部屋に移りましょう」ネルは立ちあがり、沸いたばかりのコーヒーを顎《あご》で示した。「飲みたかったら、ご自分でどうぞ。あそこにマグカップが入っています」

「ありがとうございます」ジェームズは直ちに部屋の隅のコーヒー・ポットとケトルとトースターとエスプレッソ・マシンが置かれているあたりへと移動し、手術室なみに清潔なピカピカのキッチンに何かをこぼさないよう注意しながら、手早くコーヒーを注いだ。ヴァルが片方の眉を吊《つ》りあげて彼にミルクをわたし、一瞬の間をおいて銅張りの――特注品だろうか？――レトロ冷蔵庫の扉を閉めた。どうやら彼女も自分の指跡を拭《ふ》き取る必要を感じたようだ。

ネルは、ドアが閉まっていたふた部屋のうちのひと部屋に移っていた。そのユーティリティ・ルームの大きなカウンターは、ネットを張ってコウモリ用のケージに仕立てられている。ランプの明かりが斜めにあたっているトレイに載っているのは、ミールワームと器具類だ。ネルはカウンターの前に坐《すわ》っていて、ジェームズとヴァルは――ジェームズはコーヒーが入ったマグをしっかり持って、ヴァルはネルのEメールに目をとおしながら――入口に立っていた。

ヴァルがすべてのフォルダーをチェックするあいだ、ネルにしゃべらせておくことが自分の役目だとジェームズは心得ていた。そんなことは他の事件の捜査で、かぞえきれないほどやっている。しかしネルが相手だと、どうもやりにくかった。彼女に魅力を感じていることは否定できない。ジェームズはようやく口を開きかけたが、ネルがのたくるミールワームを十四一列にならべ、爪切りばさみで次々と頭を切り落とすのを見て言葉を呑《の》んだ。彼女は身をくねらせている一匹をつまみあげ、頭を失った首からドロッとした内臓を絞りだすと、それをコウモリに差しだした。「さあ、お利口さん。食事の時間よ」

ジェームズは目を逸《そ》らして訊いた。「あなたは〈マナー・ハウス・ファーム〉に十二時間近くいたことになる。そんなに長い時間、何をしていたんですか？」

「生態調査をしていました」のたくるミールワームを前に、コウモリも尻込《しりご》みをしている。

「ほら、食べて。いい子だから」ネルがコウモリの鼻先にミールワームを掲げた。コウモリは匂いをかぎ、そのあとミールワームの金色の体を小さな顎でムシャムシャと食べはじめた。ジェームズは胃がひっくり返りそうになった。それでもネルの顔を見て、必死で笑みを浮かべた。

「イギリスではコウモリは保護種ですよね？　あなたは〈バット・コンサベーション・トラスト（コウモリの保護活動をするチャリティ団体）〉と組んで働いているんですか？」

「ボランティアです。本業の合間にね」

「警察の野生動物犯罪班は、時折〈バット・コンサベーション・トラスト〉と連携して動いています」

　どうもまずい……ネルが二匹目のミールワームをコウモリに与えるのを見て、ジェームズは吐き気をおぼえた。

　ネルが『抗生物質クリーム』と書かれたポットに小さな舌押さえ器《スパーテル》を差し入れてクリームをすくいとり、それをコウモリの歯の裏に塗って、ピペットで水を飲ませた。「お水よ、お利口さん。これを飲めば、いやな味が消えてくれるわ」ネルが説明を始めた。「猫はゾロの肘関節《ひじかんせつ》を傷つけて、翼に穴をあけてしまったんです。だから、感染症にかかる恐れがある。元気なアブラコウモリだったら、心配なんかしません。でも、ウサギコウモリは虚弱なんです。きのうは、ほとんど水も飲めなかった。わたしがついていながら死なせるわけにはいきません」それを聞いていたかのように、ゾロが二匹目のミールワームを食べはじめた。

たしかオーク製のどっしりとしたドアに、キャットフラップがとりつけてあった。「ああ。犯人は、あなたの猫ですか?」ジェームズはカウンターに近づき、そこにもたれかかった。

ネルはまた新たなミールワームをゾロに食べさせながら、首を振った。「イゼベルが狩りモードになっているときは、夜、外に出しません」

「猫は野生動物を手当たり次第殺してしまうものと思っていました。猫は生態学者の敵なのでは?」挑発的に聞こえないように、温かみを添えるべく笑みを浮かべて言った。

「わたしはイゼベルにメロメロ。あの子は生後数週間で、M25の道ばたに捨てられていたんです。どんなに崇高な生態学者でも、子猫の魅力には抗《あらが》えないと思います」ゾロが差しだされたミールワームをつかんだ。「それに、わたしは理念や思想よりも、行動による結果を重視するタイプの実用主義者。つまり、純粋主義者ではないということです」ネルがかすかに笑みを浮かべて、一瞬彼を見あげた。「だから、わたしのことを急進的な環境保護家だとか、福音主義的な完全菜食主義者だとか思っているなら、あなたはがっかりすることになるでしょうね」

その共謀者めいた話しぶりを聞き、ほとんど黒く見える睫《まつげ》の下で黒褐色の目が輝くのを見て、ジェームズの全身に熱いものが駆け抜けた。**がっかりなんかするものか**。しかし、またすぐにネルが忌々しいコウモリのためにミールワームの内臓を絞りだした。今朝ジェームズが吐き気をおぼえたのは、これで二度目だ。彼はヴァルのほうを向き、親指でドアを指し示した。「えと……今のうちに……ちょっと……」

ヴァルがネルのスマホから目をあげてうなずいた。この時間を利用して、興味をそそるジキルとハイド的二面性を備えたリビングを見てまわるのだ。部屋の片側はよくあるリビングと変わらなかった。低めのコーヒー・テーブルとそれを囲むように配されたソファ。テーブルと向き合うようにテレビが置かれ、壁は趣味のいいネイチャー・プリントで飾られ、ドレッサーの上にはフレームに収めた写真が載っている。ジェームズは、いつもどおり容疑者の背景を探っているだけだと自分自身に言い聞かせながら、ネルに恋人がいることを匂わせるものはないかと、あたりを見まわしていた。写真に写っているのはほとんど別のカップルやグループで、みんな特別な催しのために着飾っていたが、ネルとそれらしい誰かとの写真はなかった。つなぎを着たネルが顔にオイルの筋をつけて、クラシックカーの横に立っているヴィンテージふうのかわいらしい写真が一枚あった。興味の対象が車からコウモリに変わったということだ。ジェームズは、ヴァルがパートナーの有無をネルに尋ねてくれることを祈っていた。その答えに、少し興味を持ちすぎているような気もするが。

部屋の反対側には一風変わったものが、調べてくれとばかり整然と置かれている。窓の前に設《しつら》えられた大きなデスクの片端の顕微鏡と、きちんとならんだペトリ皿とサンプルが入ったキャニスター。その横に外科用メスと注射器と何かをとめるのに使うメタル製のピンが置かれている光景は、病理学者が解剖用の器具をならべた様子によく似ていた。

奥の壁沿いには本棚がある。いちばん下の段は――遺伝学、化学、細菌学、生理学などの――テキストが占めているようで、上の段には雑誌や論文や工芸品などが詰めこまれている。美しく編まれた小さな鳥かごの横に、『アナグマの餌用ペレット《バジャー・バイティング》〔粒状のプラスチックのこと〕』と書かれたラベルつきの白い容器がふたつ置いてあった。バジャー・バイティング？……〝アナグマいじめ〟の意味もある。巣穴から狩りだしたアナグマと獲物を殺すよう飼育された犬とを闘わせる〝アナグマいじめ〟を行っていた犯人を、野生動物犯罪班が起訴したことがあった。**ネルがそんなことに関わっているとは、とても思えない。しかし……破壊的な人間だったら？**ジェームズは一気に不安になった。そうでないことを祈るしかない。それにしても、なんと残忍な話だろう。

蓋《ふた》が開いたままの箱が、棚の下のほうから突きでている。貼られたラベルには赤ペンの太文字で『HEAD COUNT』と書かれていて、消した数字の上に鉛筆で『13』と記されている。しゃがんでのぞいてみると、形も大きさも様々なクリーム色のドーム型をした頭蓋骨《とうがいこつ》が入っていた。物音に驚いて跳ぶように立ちあがったジェームズの肘《ひじ》が何かにぶつかった。見るとデスクの上に小さな茶色い粒が散らばっていた。

ジェームズは慌ててそれを手にすくいとり、ひと粒も取りこぼさないよう気をつけながら、細いキャニスターに戻した。

ネルが近づいてきた。「ゾロはよく食べてくれました。だから、もう話に集中できます」ジェームズが何をしていたかに気づいた彼女の顔が、真っ赤になった。「お待たせして悪かったと思っています。でも、家のなかを探りまわられるのは愉快ではありません」怒りのせいで声は硬くなっているが、そうすることで気持ちを落ち着かせようとしているのか呼吸は安定している。

これまで、こうした機を狙っての捜索について謝ったことはなかったが、キャニスターをひっくり返してしまったせいで――それに、彼女を怒らせてしまったこともあって――うしろめたい気持ちになっていた。「すみません。この中身をこぼしてしまって……ええと……これはいったい？」ジェームズは『MHF』と書かれたラベルが貼ってあるキャニスターを掲げて見せた。

「糞《ふん》です。DNA鑑定に送るんです」ネルの顔に不安の色がひろがった。「ああ、なんてこと。そこらじゅうに散らばってしまったんですね」彼女は駆け寄ろうとしてすぐに足をとめた。落ちているかもしれない糞を踏みつぶすまいと、床に目を凝らしているのだ。それを見たジェームズは、証拠を踏みつけないよう気をつけながら犯行現場を調べている鑑識班の同僚たちを思い出した。

「落ちたのはデスクの上だけです。全部すくいとってキャニスターに戻しました」ジェームズは彼女がキャニスターの中身をチェックし、しっかり蓋を閉めるのを黙って見ていた。「糞だったんですね」彼は顔をしかめた。手を洗いたくてたまらなかった。「それで、何の？　いや……知りたくないな。生態学者の家でものを落としてしまったんだ。その報いは黙って受けるべきだ」

ジェームズはキッチンのシンクで手を洗いながらも、ヴァルがしかめっ面をしていることに気づいていた。彼女はジェームズが手を拭くのを待って、ネルのスマホの写真を彼に見せた。

「約束の時間を六時から五時に変更するというメールは届いていない。完全に削除したなら別だけど。でも、これがあった」

林のなかにポッカリとあいた何かの入口の横でネルが真っ赤な顔を歪《ゆが》めている。この写真のどこが重要なのだろう？　画面をタップすると写真はメッセージのスレッドに収まった。そこにはネルとアダムとかいう男との、親しげな——いちゃついた？——遣《や》り取りがならんでいた。ジェームズの心がチクリと痛んだ。**ふたりは恋人同士なのだろうか？**　そのとき、『運命のトンネル』と書かれた文字が目に映った。**まさか……**ジェームズは凍りついて口をポカンと開いた。そして、忙《せわ》しく思いを巡らせながら、自分を駆り立てるようにしてネルにスマホを返した。

ジェームズに目を向けたネルは、ヘッドライトに照らされたシカのようだった。「どういうことですか？」画面を見つめる彼女の顔に、怒りの色がひろがっていく。「わたしのスマホのメッセージをあれこれスクロールして盗み読むなんて、いったいなんのつもりです？」

「メールの遣り取りを見るようにと、ちょっと前にスマホをわたしてくださったじゃないですか。それに、こういう状況では、全面的に協力していただけるとありがたいですね」ヴァルは頭を傾けて、ジェームズに合図を送った。

彼は深く息を吸った。「ワード博士、検死の結果、ソフィ・クロウズはあなたが〈マナー・ハウス・ファーム〉の敷地内にいるあいだに殺害されたことが判明しています」それを聞いたネルはたじろいだ。呼吸が速くなって、肩がこわばっている。「ですから、あの日の出来事について、あなたにお話しいただくことが、とても重要なんです。水曜日にソフィに会ったなら、あなたが生きている彼女を見た最後の人物ということになります」

ネルは首を振った。しかし、そのあと唇を噛《か》んで黙りこんでしまった。

またも直感が働いた。彼女は何かを隠している。ヴァルの無言の期待が重く宙に浮いている。

ああ、なんてこった。ジェームズは心を鬼にして、まっすぐにネルの目を見た。「今日のうちに署のほうにいらして、トンネル内で何をしていたのか具体的にお話しいただく必要があります」

すばらしい。数年ぶりに心を惹《ひ》かれた女性が目の前にいる。しかし、ああ……もちろん彼女は容疑者だ。

3

八月二十七日　金曜日　午前九時三十分

ジェームズは、デイヴィッド・スティーブンソンの自宅前で車をとめた。ペンドルベリーのマーケットタウンの南に位置するクッキングディーン通り近くにある、改築されたジョージアン様式の大きなタウンハウスの一階だ。ジェームズは車から飛びおり、そこに駐《と》まっていた八〇年代半ばモデルとおぼしき悪趣味なゴールドのＢＭＷが朝の日射しに輝いているのを見て、眩《まぶ》しさに目を細めた。

彼の横に立ったアシュリィ・ホリス巡査部長が、車を示して訊《き》いた。「デイヴィッドの？」ジェームズがうなずくと、彼女が言った。「大胆な選択ね。今回の心理アセスメント、スタートから興味をそそられるわ」

ジェームズは、彼女にチラッと笑みを向けた。アシュリィと組むと、彼の一日はいつも明るくなる。ふたりがブラムスヒル・カレッジで出逢《であ》ったとき、彼女は新しいクラスでの虚勢の張り合いを避け、コーヒーを飲みながら仲間たちを観察していた。彼女は自分の目立たない外見をうまく利用しているようだった。明るめのハシバミ色の目と、高い位置でお団子に結ったアフロヘア。アシュリィは三十五歳という実年齢よりも若く見える。しかし、彼女の心理学者としての背景を見れば、並はずれた洞察力を備えていることがわかる。被害者家族をサポートするファミリー・リエゾン・オフィサーは、家族と親しくなるものだが、家族が第一容疑者であることがほとんどだ。

くぐもった怒鳴り声を聞いてふたりは一瞬足をとめ、そのあと大きな上げ下げ窓に向かって走りだした。

なかをのぞいてみると、デイヴィッドが電話を片手に窓に背を向けて立っていた。「いったい何を考えているんだ？　そんなことをしたら、何もかもだいなしだ！」振り向いた彼が、窓の外のふたつの顔を見て跳びあがり、ソファに電話を投げだした。顔の赤い斑《まだら》が、首へとひろがっていく。

ジェームズは気まずさをおぼえながら挨拶《あいさつ》のしるしに片手をあげ、玄関のほうを指さした。

デイヴィッドは気が抜けた様子で、一瞬歯を食いしばって息を吐き、そのあとうなずいて玄関へと向かった。

歩きながらアシュリィがつぶやいた。「殺人事件の被害者女性の半分は、パートナーか元パートナーに殺されてるのよ」新しい家族と親しくなる必要が生じるたびに、彼女がそう言うのをジェームズは思い出した。プロである以上、どんなに親しくなっても家族とのあいだに距離を保ち、捜査に必要な情報を探りださなくてはならない。デイヴィッドがドアを開けると、アシュリィは瞬時に穏やかで優しげな笑みを浮かべた。

デイヴィッドは前に会ったときと同じスーツを着ていた。パニック状態の彼の電話を受けて捜査班が〈マナー・ハウス・ファーム〉を調べはじめたあとの午前一時ごろも、妻の身元確認のために警察を訪れた午前六時ごろも、このスーツを着ていた。あのとき、よろめきながら遺体安置所から出てきたデイヴィッドは、廊下にならんだプラスチック製の椅子に崩れるように坐《すわ》りこみ、両手で頭を抱えてすすり泣いていた。

「失礼」デイヴィッドのやつれた顔に笑みが浮かび、またすぐに消えた。彼は電話を示して言った。「いつもはこんなふうに怒鳴ったりしない。しかし……眠っていないんです。それに……」

「お悔やみ申しあげます、ミスター・スティーブンソン」アシュリィがそう言って、部屋に戻るよう彼をうながした。「アシュリィ・ホリスです。捜査が行われているあいだ、ファミリー・リエゾン・オフィサーとして、あなたをサポートさせていただきます。デイヴィッドとお呼びしてもいいですか？」いつものことだが、彼女は相手が身がまえて壁を築いてしまわないよう、巡査部長という肩書きは省いて名乗った。デイヴィッドはうなずいた。

フラットに足を踏み入れたジェームズは、真っ白な雪を見たかのような眩しさをおぼえて一瞬目が眩《くら》みそうになった。白い壁に囲まれた部屋に、白とガラスの家具が置かれている。ショー・ルームのほうが、まだ個性がある。デイヴィッドが乱暴にノートパソコンを閉じ、窓際に置かれた革張りのソファにできた窪《くぼ》みに腰を沈めた。ひと晩じゅう、そこに坐っていたにちがいない。

「聞くつもりはなかったのですが、耳に入ってしまって……」アシュリィが言った。「大丈夫ですか？」

「ああ」デイヴィッドが肩をすくめた。「仕事の話です」またも引きつった笑みを浮かべて、きまり悪そうに顎《あご》を突きだした。「必要以上に感情的になっているんです。まともにものが考えられない」片手をあげて、のびた髭《ひげ》を撫《な》でた。

「よくわかります」腰をおろしながらアシュリィが訊いた。「お仕事は何を？」

「開発業を営んでいます。ソフィといっしょに、〈マナー・ハウス・ファーム〉の開発を手掛けていたところです。わたしが資金の調達や企画や許可の申請を行って、ソフィが請負業者に対応する……そういうことです」彼の顔が震えた。

「すばらしいチームだったんでしょうね」アシュリィは同情の意をこめてうなずいた。「でも、なぜ〈マナー・ハウス・ファーム〉を？」

「あそこは、わたしたちのものなんです。遺産として譲り受けましてね」

「譲り受けた？　ソフィが？　それともあなたが？」

「ソフィです」

「ああ。それで、その開発に影響が出てしまうと……？」

「さっきも言ったとおり、感情的になりすぎただけです。企画コンサルタントのサイモン・メイヒューは、わたしが許可の申請を延期したがるものと思ったらしい」彼がかぶりを振った。「怒鳴ったりして、気の毒なことをしてしまった。わたしを気遣って、言ってくれただけなのに。しかし、延期する理由など見あたらない。することがなかったら、耐えられませんよ」苛《いら》立《だ》たしげに脚をゆすっている。

ジェームズも坐った。「ソフィもそれを望んでいると思います」

「思いつきません。プロジェクト・マネージャーのアンナ・マディソンは知っているはずですが」

「業者や利害関係者、それに地元の住民のなかに、あのトンネルの存在を知っている人間はいますか？」

「本人に尋ねてみましょう。彼女については詳しく聞いています」アンナは、ソフィとネルとの約束を調整した人物だ。

アシュリィは、まずディヴィッドの結婚指輪に目をやり、それからマントルピースの上の写真に視線を移した。「ソフィ・クロウズ。奥様は旧姓を名乗っていらしたんですね？」

ディヴィッドが両手をギュッとにぎりしめた。「家族のためを思ってのことでしょう」

「家族と仲がよかったんですか?」アシュリィは、味気ない部屋の唯一の装飾品である、フレームに入った二枚の写真を手に取った。一枚は、勝利のしるしの馬リボン《ロゼッタ》をつけた馬に跨《また》がっている若いソフィと、その傍らで満面に笑みを浮かべている祖父母の写真。そしてもう一枚は、ラスヴェガスのチャペルの前で撮った、ピンボケ気味のふたりの顔のクローズアップだ。ソフィの顔は真っ赤なヴェールに半分隠れていて、笑っているディヴィッドの顔は汗で光っている。

「ええ。ソフィは早くに両親を亡くしましてね」ディヴィッドが言った。「兄弟もいません。祖父母に育てられたんです。彼女はふたりを崇拝していました。祖母のマージョリィ・クロウズは、〈アップルウッド・レジデンシャル・ケアホーム〉で暮らしています」彼は写真を示してつづけた。「駆け落ちしたんです。うちの両親は離婚していて、妹は外国に住んでいる。だから、それがいちばんいいように思えた。なんというか……それを冒険ととらえようとしていたんです。ふたりきりで式を挙げれば、参列者の少なさを嘆くこともない」

「ミセス・クロウズには、もうお話しになったんですか……ソフィのことを?」アシュリィが尋ねた。

「いいえ。ああ、話していません。まだ話していない。きのうホームに電話をかけて、ソフィが行っていないか受付に問い合わせたきりです。もちろん、ソフィは行っていなかった」ディヴィッドが顔をしかめた。「電話をします。しかし、恐ろしい」

「わたしが伝えましょうか? いずれにしても、ミセス・クロウズにお目にかかる必要があります」

「伝えてもらえますか？」デイヴィッドの肩がガックリと落ちた。

「もちろんです。それと、ここにいるあいだに部屋を見てまわってもいいですか？　何か捜査の役に立つものが見つかるかもしれません」

「ああ……もちろんです」

「ソフィのパソコンを持ち帰りたいのですが、かまいませんね？」デイヴィッドがうなずくのを見て、アシュリィがつけたした。「あなたのパソコンも、お借りしていいですね？」

「わたしの？」デイヴィッドは眉《まゆ》をひそめたが、そのぼんやりとした表情を見れば、必死で会話についていこうとしているのがわかる。まるで神経が張りつめて疲れ切っている人間の見本だ。「ええと……ああ、どうぞ。しかし、仕事に必要です」

「できるだけ早くお返しします」

デイヴィッドは当惑顔で肩をすくめてみせたが、アシュリィはそれを了解のしるしと受けとめ、彼に異議を唱える間を与えずに、ノートパソコンを手早く袋に入れてラベルを貼った。

「ありがとうございます、デイヴィッド」

アシュリィが廊下に向かうと、ジェームズは身を乗りだして話題を変え、デイヴィッドがしゃべりつづけるよう仕向けた。「先ほどあなたに会ったあと、ソフィの死亡推定時刻がわかりました。水曜日の午後四時から六時のあいだです」

「水曜日」デイヴィッドが顔をこすった。「ソフィは誰かと会うことになっていた。アンナが知っているはずです」

「すでに他の者に話してくださったことはわかっていますが、水曜日のソフィの行動について、思い出せるかぎり思い出していただきたいんです。どんなことでもかまいません。捜査の役に立つかもしれない」

デイヴィッドはうなずいた。「あの日、わたしは早い時間にここを出ました。ソフィは、まだ着替えてもいなかった。〈ペンドルベリー・ホテル〉で開かれる計画会議に備えて、だいじなミーティングがあったんです。水曜日の午前八時から木曜日の午後二時まで、あのホテルにいました。まずいことが起きているなんて、思いもしなかった。帰宅する前にオフィスに寄りさえしたんです。ソフィに何度かメッセージを送りました。返信はあったけれど、全部に返事をくれたわけではなかった。考えてみれば、水曜日のランチタイム以降、何も連絡がありませんでした。しかし、何も……何も心配していなかった」彼の顔が歪《ゆが》んだ。「ソフィは、充電するのをよく忘れるんです。だから、彼女のスマホはしょっちゅう死んで……」デイヴィッドはハッと言葉を呑《の》んだ。

ジェームズはiPadの画面をタップした。ソフィのスマホは、すでに鑑識が手に入れている。発見されたとき、身につけていたにちがいない。

「家に着いたのは午後六時ごろでした。ソフィはいなかった。遅くなるにつれて、だんだん心配になってきました。車で〈マナー・ハウス・ファーム〉とわたしのオフィスに行ってみました。しかし、彼女はいなかった。〈アップルウッド〉に電話をかけ、彼女の親友ふたりにもメッセージを送りました。しかし、なんのヒントも得られなかった。警察にとどけたのは十一時十五分ごろです。こんなことになるなら……こんなことになるなら……」彼は目をギュッと閉じた。「あんなくだらない会議になど出なければよかった」

「会議には大勢人が集まったんですか?」ジェームズは訊《き》いた。

「ああ、はい。プランナーやコンサルタントや開発業者たちで、ホテルは満室でした」

「よかった。そんなふうなら、アリバイを証明するのは難しくないでしょう」

八月二十七日　金曜日　午前九時四十五分

刑事の訪問を受けたあと、ネルのなかをアドレナリンが駆け巡っていた。刑事がやって来たとき、最初に恐れたのは家族の——特に母の——ことだった。政治家である母はターゲットになりやすい。攻撃される恐れが、常に水面下でくすぶっている。でも、母になにかがあって来たのなら、あの刑事たちもネルが使わないことに決めている名でネルを呼んだはずだ。レディ・エレノア・ワード＝ビューモント。しかしそんな不安は、瞬時にしてトンネルでの記憶に掻《か》き消された。あの調査の日以来、胸の奥がチクチクと痛んでいる。

それに、リビングを探りまわっていたジェームズは、完全に礼儀を欠いていた。なんて図々《ずうずう》しい！　でも、これは殺人事件だ。とにかく警察に出向いて、供述する必要がある。ネルは落ち着かない思いで、パーシィにメッセージを送った。

『今、話せる？』

親友は期待を裏切らなかった。パーシィは、すぐにビデオ電話をかけてきた。スコットランドにある彼女の所有地内の凸凹道を走る車のなかで、カールした赤銅色の髪が弾んでいる。「新しい狩猟ガイドを紹介するわ。ベン、ネルよ」画面にハンチングを被《かぶ》った男性が映しだされた。そして、彼がランドローバーのハンドルから片手をあげてみせると、またすぐにパーシィの顔があらわれた。「あまり時間がないの。何かあったの？」

ネルは刑事たちとの遣《や》り取りをかいつまんで話した。パーシィは殺人の話を聞いて怯《おび》え、ネルを気遣い、次に何が起きるのか、どういう手順でことが進むのか尋ねた。「警察に行って、供述する必要があるみたい。でも、刑事がすでにうちのなかを探りまわっていったわ」

「相手は刑事よ。どんなチャンスも逃さないものなんじゃない？　責められないわよ。あなたが常習犯だという可能性もあるんだから」彼女が一瞬いつもの軽薄な笑みを浮かべ、それから身を乗りだした。「その巡査部長、ジェームズって言った？　いくつなの？」

「わたしたちと同じくらいだと思う」

「ハンサム？」

「うーん……」まっすぐに見つめてきた彼の鋭いブルーの目と、傲慢《ごうまん》さなど少しも感じさせない落ち着きのある自信に満ちた態度と、かすかに見え隠れしていたセクシィな笑顔を思い出して、ネルは唇を噛《か》んだ。

「白状したも同然ね！　だからそんなに苛立《いらだ》ってるのよ。ねえ、ブカブカのパンツなんか、そのへんに脱ぎっぱなしにしてなかったでしょうね？」

何を言ってるの、バカみたい。でもちょっと待って、わたし脱ぎっぱなしにしてた？　大丈夫、少なくとも彼は二階には行かなかった。「とにかく、あの人にはうちのなかを探りまわる理由なんてなかったはずよ！　それに、もちろんそんな権利はないわ。わたしは参考人であって、容疑者じゃないんだから」ネルは鼻を掻いた。「だけど公平のために言っておく。彼は謝ってくれたわ。ほんとうに悪いと思ったみたい」

「だったら何が問題なの？　赦《ゆる》してあげなさいよ、ネル。刑事さんたちは、できるだけ速やかに捜査を進めようとしているだけなんだから。さあ、警察に行って供述してくるのよ。魅力的な刑事さんと一対一で話すんだから、そんなに苦痛じゃないんじゃない？　ああ、もう時間切れ。あとで連絡するわ」

パーシィの現実主義とジェームズの質問のせいで、直感にしたがわなかったことに対する罪の意識が蘇《よみがえ》ってきた。あのとき、恐ろしい何かが起きていることを深いところで感じていた。それなのに、ネルはその直感を否定した。というより、恐ろしいことなど起きていないようにと願っていただけかもしれない……あの音は……ソフィが殺された音だったのだろうか？　わたしに、それをとめることができただろうか？　ソフィを助けることができただろうか？

とにかく今、ジェームズは彼女の協力を必要としている。そのくらいして当然だ。ネルはタイムスタンプつきの何百枚もの写真が保存してあるUSBをつかんだ。それを見れば、あの場所での彼女の行動がわかるはずだ。ネルはEメールとリスク評価をプリントアウトし、レシートといっしょに測量図のフォルダーに入れた。電話での会話を文字におこし、タイヤのことでアダムと遣り取りしたメッセージもくわえる。タイヤの交換は、来月まで待たなければならないようだ。でも、それについては彼女が力になれる。

ネルは馴染《なじ》みの整備士にクイックテキストを使ってメッセージを送ると、持ち物をチェックした。必要なものはすべて揃っている。どこにいたかがはっきりすれば、彼女が何も見ていないことがわかって、捜査の範囲を狭められるかもしれない。

静けさのなか、思いを巡らせていたところに電話が鳴った。こんなに早く整備士から連絡がくるとは思ってもいなかった。「任せてください、ネル。バンクホリデー明けに、アダムのところにタイヤをとどけますよ」

そのくらいして当然だ。ネルのほうがアダムよりも金銭的に余裕がある。それに、ネルが〈マナー・ハウス・ファーム〉の調査をできるように、アダムが代わりに向こうに行ってくれなかったら、彼女の車のタイヤがパンクしていたにちがいない。友達価格にしてもらえるとアダムには話してある。それは、ある意味ほんとうだ。でも、アダムはその理由を知りたがるかもしれない。そして、その疑問に答えたらさらに質問を浴びせられ、結局は嘘をつかなければならなくなる。でも、残念だわ。彼はあのプロジェクトに興味を持つかもしれないのに……。

「バイクに乗ってみましたか？」ネルの心を読んだかのように整備士が尋ねた。

「ええ」ネルは緊張しながらも、自分の顔に笑みがひろがるのを感じた。「思い切り走って、すごく気持ちがよかった。あなたの言うとおり、電動パワートレインのおかげで加速がすごいわ」

「そうでしょう。でも、気をつけてください。やり過ぎると、両腕を脱臼《だっきゅう》しかねませんからね」

バッグに荷物を詰めながら、ネルは手が震えるのを感じていた。これでは、うしろめたいことがあるように見えてしまう。ああ……もっとうしろめたいことがと言ったほうがいい。とにかく警察に着く前に、アドレナリンを体内から追いだしてしまう必要がある。

ネルの足を廊下のクロゼットへと向けさせたのは、整備士の言葉だったのかもしれない。彼女はコート類を脇に押しのけ、革の上下に手をのばした。バンクホリデーの週末の渋滞は悪夢だ。刑事を待たせて、捜査の進行を遅らせたくはない。これは責任ある大人の選択だ。

ガレージに入ると、ネルはサッと脚を振りあげてプロトタイプの電動スーパーバイクのサスペンデッド・サドルに跨《また》がった。剝《む》きだしのフレームには、マットブラックの刺青《タトゥ》のような美しい彫刻が施されている。ネルはその車体に覆いかぶさるように身をあずけてロー・ハンドルバーをにぎり、爪先《つまさき》で歩いてガレージの外に出ると、ボタンを押してドアを閉めた。

クリケット場とパブの前を過ぎて目抜き通りを抜けるまでは、スピードを控えて走った。でも、カーブを描いてのびる田舎道が目の前にあらわれると、ネルはスロットルをまわした。もう、木々の形など見えないし、さらに身を低く倒した彼女の片膝《かたひざ》は地面につきそうになっている。感覚が研ぎすまされていくなか、ネルは遙《はる》か前方の生け垣や道端に目を凝らしつづけた。

動物が飛びだしてくる可能性がある。自分が液体になってバイクの一部になったような感覚をおぼえながら、体重のかけ方を微調整し、ハンドルをきり、がらんとした道路のカーブを突っ走っていく。加速の強い衝撃が血管を駆け巡り、ネルのなかから恐怖を追いだしてくれた。

4

八月二十七日　金曜日　午前十時

警察署に戻る車中、ジェームズはデイヴィッド・スティーブンソンについてのアシュリィの評価に耳を傾けていた。

「わたしは犯行現場を見ていない。でも、デイヴィッドが犯人だとしたら、綿密に計画を立てて行動に及んだんじゃないかしら。あのフラットは、きちんと片づいていた。平均以上に頭がよくて、無理やり抑えているんだとしても、とりあえず自分をコントロールすることができる。感情を隠すのが得意みたいね。電話での口論は別だけど。でも――」

「でも、あのド派手な車は高そうだ?」ジェームズが代わりに言った。

「そのとおり。それに、あの仕立てのいいスーツも感情を隠す役に立っている。わたしたちと同じ三十代なのに、あのお腹からすると、ゆったりかまえてるっていう感じね。夫婦関係に満足してた証拠かしら？　それとも、相手がどこにも行かないってわかってたから？　献身的な奥様だったのかもしれない……でも、依存してたのかも。

必要最小限のものしか置かない主義みたいだけど、あの部屋にあったものは高級品ばかりだった。寝室は、まるでイケア。どの収納スペースも、イケアなみに荷物を小さくまとめて無駄なく積みあげてあるの。ソフィのものは、クロゼットに押しこんであった。彼女、旦那《だんな》様に与えられた場所に自分を合わせて、小さくなって暮らしてたんじゃないかって気がしたわ」

「結婚して八ヵ月だからね」ジェームズは言った。「きちんと落ち着けるほど経っていない。ソフィはあのフラットを、屋敷に移るまでの仮の住まいと考えていたのかもしれないな」

「あるいは、彼の縄張り意識の強さのあらわれ？　フラットも、ソフィが譲り受けた〈マナー・ハウス・ファーム〉も自分のもの？　それが動機だとしたら、デイヴィッドが犯人ね。さっきも言ったけど、彼は几帳面《きちょうめん》よ。予行演習してたかも。必要なものは揃えていって、終わったら始末する。うっかり何かをやらかすなんてあり得ない」ジェームズが車をとめると、アシュリィは遺体安置所を顎《あご》で示した。「検死と鑑識の分析結果が出たら、それがわたしの評価とどの程度一致してるか教えて」

車を降りるとジェームズは敬礼の真似をし、ふたりは警察署の建物のそれぞれ別の端に向かって歩きだした。

病理検査室のドアを開けると、洋梨味のキャンディと金属臭を混ぜ合わせたような、こもった化学臭がジェームズの鼻を襲った。彼は犯行現場マネージャーのサンダース博士に導かれて、ソフィ・クロウズが横たわっているステンレスのテーブルの前に進んだ。緑の医療用シートをバックにして、彼女の顔は恐ろしいほど白く見えた。

「ご存知のとおり、死因は頭部の連打」サンダース博士が手袋をはめた指で、ソフィの砕かれたこめかみのあたりを円を描くように示した。「頭頂骨はとても脆《もろ》いの。だから、たいして力は必要ない。衝撃角度から見て、右利きの襲撃者がまず正面から一撃をくわえ、そのあと地面に倒れた被害者をさらに二度、凶器で殴りつけている」

博士はラベルが貼られた透明な袋を掲げてみせた。血のついた煉瓦《れんが》に長い金色の髪が何本か絡みついている。「これが凶器よ。トンネルに落ちている他の煉瓦と比べてみたわけではないけれど、殺人者は行き当たりばったり、その場にあったものを使ったみたいね。この煉瓦と地面に残った跡から、犯行後、犯人が煉瓦を落としたか投げ捨てたことがわかる」

ジェームズはため息をついた。行き当たりばったりの衝動的犯行ということなら、デイヴィッド・スティーブンソンは犯人像に当てはまらない。**犯人は、もっと向こう見ずな人間だ。**

サンダース博士がパソコンの前に坐《すわ》り、画面を指さした。ところどころ煉瓦が抜け落ちているトンネルの壁……そこにクローズアップで映しだされている赤い斑点《はんてん》は、壁に飛び散った血だ。「三つの異なる角度から飛散していると、うちの生物学者が裏づけてくれた。つまり殺人者は、地面に倒れた被害者を少なくとも二回、煉瓦で殴打したということ。血痕《けっこん》のつき方と、傷の様子から察するに、被害者は死後動かされていないようね。トンネルの扉には不鮮明な指紋がひとつついていただけで、それ以外の指紋は検出されなかった。被害者は自分で歩いてトンネルに入ったんでしょうから、彼女の指紋も調べてみるわ」

博士がマウスをクリックすると、不完全な足跡の画像があらわれた。

ジェームズは身を乗りだした。「わぉ！　こいつはすばらしい。完全なものではないが、細かい特徴までわかる。これはどこに？」

サンダース博士が再度マウスをクリックすると、トンネルを三つの区画に分けた略図があらわれた。「いくつかの状況を設定してみるわね」博士は、屋敷の母屋にいちばん近い区画を円で囲んでみせた。「ここからは何も見つからなかった。トンネルの床は煉瓦で乾いていて、奥に向かって三分の一ほど行ったあたり——つまりソフィが発見されたあたりまで、煉瓦のかけらが散らばってた。

でも、林に近い区画からは——」博士は母屋からいちばん遠い、三番目の区画を指さした。「さっき見せたような不完全な足跡がいくつか見つかっている。ソフィがいるほうに向かって歩いてるわ。他よりも床がしっかりしている真ん中の区画には、足跡は見られない。だから、この靴を履いていた人物がそれ以上先まで行ったかどうか、判断するのは難しいわ。でも、足跡が残っている場所より先に進まなかったとしたら、懐中電灯の明かりでは、ソフィの姿は見えなかったでしょうね。不完全だけど、これ以上のものは採取できていない。ワークブーツよ。男物にしては小さすぎ、女物の平均的なサイズね。型をつくるために専門家が測定してるところ。それで、歩行パターンがわかるわ」

サンダース博士が椅子をくるりとまわして、ジェームズと向き合った。「まだ頼まれてないけど、あなたが急いでほしがってることはわかってる。すでに、あなたのボスがうるさく——」

署長のトレントがこの事件に関わっていることを知って、ジェームズはうなった。「署長が？」

「署長がマスコミに対応するみたいよ。この事件にはかなりの注目が集まると、予期しているんでしょうね。綿密な捜査を求めてるわ。あの人にとっては、世間や記者にどう思われるかが大問題。迅速に結果を出すことが、とにかくだいじってわけ」博士は呆《あき》れ顔を見せながらも、ジェームズにフォルダーをわたした。「ボードに貼るための証拠写真が入ってる。ケースファイルにも同じ写真をくわえておいたわ。何かわかったら、すぐに知らせる。でも、わたしもたいへんなの。この事件には、必要最小限の人員しか割けない状況なのに……」

ソフィに向けられたジェームズの視線が床に落ちたのを見て、博士の顔から笑みが消えた。「そういうこと。わたしが言いたいことを理解してくれたみたいね。わたしが使えるはずの人間のほとんどが、自分のポンコツ車に乗って現場の手伝いにいっている。検死は骨の折れる仕事よ。できるかぎりのことをするつもり。でも、わたしはワンダーウーマンじゃないって、署長に伝えていただけるとありがたいわ」

八月二十七日　金曜日　午前十時四十五分

警察署の駐車場にバイクを駐《と》めるころには、ネルの張りつめてささくれだっていた心も、だいぶ穏やかになっていた。バイクで飛ばしたおかげで暴れまわっていたアドレナリンが消え去り、自分を抑えられるという自信が戻ってきたのだ。

ネルは受付でジェームズとヴァルに迎えられた。ネルがドギマギして右膝の外側の傷を撫《な》でると、ジェームズの視線がネルの革パンツの上を這《は》いおりて、膝《ひざ》の外側でとまった。ネルがドギマギして右膝の外側の傷を撫でると、タイル張りの床に埃《ほこり》っぽい小さな砂利がシャワーのようにこぼれ落ちた。

そんなふたりを見ていたヴァルが眉《まゆ》をひそめ、先に立って廊下を歩きだした。

取調室に入ると、ネルは革のジャケットを椅子の背にかけ、ヘルメットを机に載せた。

「準備していらしたようですね」ネルがメッセンジャー・バッグから取りだして机に置いたフォルダーとUSBを顎で示して、ヴァルが言った。皮肉めいた声だった。それを聞いて、ネルの鼓動が激しく打ちはじめた。

ジェームズがカメラのスイッチを入れて、三人の名前を述べた。「八月二十七日金曜日、午前十一時。ネル・ワード博士の供述です」

ネルは馴染《なじ》みのない形式張った手順に動揺しながら、彼に目を向けた。また友好的な雰囲気をつくりたくて笑みを浮かべようとしてみたけれど、口のなかがカラカラになっていた。**さっきは、わたしのガードを緩めようとしていただけなのかもしれない。**

iPadの文書を開いて、ジェームズが言った。「あなたは逮捕されているわけではありません。

いつでもお帰りいただくことができます。〈マナー・ハウス・ファーム〉でのあなたの行動について詳しくお話しくださるよう、すでにお願いして――」

「わかっています」ネルは彼をさえぎった。「あの日、わたしがどこで何をしていたかを知っていただくのに必要なものを全部持ってきました。ソフィとの約束を設定してくれたアンナ・マディソンとの遣《や》り取りと、コウモリとアナグマ関係の地元のグループに、わたしの調査計画に役立つデータを送っていただいた際のEメールも、ここに入っています。家を出たのは、午前十時三十分ごろ。リスク評価を見ていただければ、わたしがどこをとおったかわかっていただけるはずです。〈マナー・ハウス・ファーム〉に向かって二十四マイルほどのところでガソリンを入れました。これが、そのレシートです――」

ひとりしゃべりつづけるネルをジェームズが片手をあげてさえぎり、一枚の写真を彼女にわたした。

写真を見て、笑みを浮かべた金髪の女性が写っている。「この女性に見おぼえは?」

ネルは一瞬押し黙った。「いいえ……でも……嘘でしょう、なんて若いの」ネルは顔をあげた。「まだ二十代なのでは?」またも罪の意識が全身を駆け抜けた。

「二十六歳でした」ジェームズが言った。

なんてこと。「てっきり……てっきり、年配の女性だと思っていました。わたしに仕事を依頼するのは、ほとんど年長者ですから。それに、〈マナー・ハウス・ファーム〉の所有者でもあるし」遺産相続? 気の毒に。かなり小さいときに家族を亡くしたにちがいない。そして今度は……ソフィ……ソフィ・クロウズ……以前に、その名前を聞いたことがあっただろうか?

おそらく、何か噂を耳にしているはずだ。

「なるほど。先をつづけてください」ヴァルが言った。

地図が入ったフォルダーに手をのばしたネルの袖《そで》がずりあがった。

それを見たヴァルの目が細くなった。「その腕の引っ掻《か》いたような跡は？　顔にも傷がありますね」

ネルは指の関節のあたりまで袖を引っぱりおろした。「ああ、アナグマの巣穴さがしです」

ネルの世界では、それで説明はたりる。しかし、刑事たちにはつうじなかった。「アナグマの巣穴が、なかなか見つからなくて。イバラの茂みのなかをさがしてみたんですけど、あのあたりでは見つかりませんでした。巣穴をさがしまわるには、棘《とげ》だらけの茂みを這い進む必要があるんです。この職業に就いているかぎり、こういう怪我は避けられません」

「そうですか。わたしなら腕を護《まも》るためのカバーをつけますね。少なくとも袖の長いものを着るようにするでしょうね」

「わたしもそうしています。もちろんです。それでも、まだ何も見つかっていないと思うと、棘など気にしていられなくなるんです」

ヴァルが唇をすぼめた。「つづけてください」

ボロを出すことを期待されているのだと、ネルは感じていた。「到着したのは午前十一時」

あの日もいつもどおりナビの到着予想時間に挑んで、それよりも十分早く〈マナー・ハウス・ファーム〉に着いたのだ。「ええ、だいたいそのくらいでした。林の近くの道端の待避所に車を駐めて、まずは湖と川の調査を始めました。それから屋敷の母屋の方角を目指して、草原、森林と調査を進めていきました。地図に書かれた数字は、わたしが撮った写真の番号です。USBに入っているその写真には、タイムスタンプがついています。ですから、わたしがいつどこにいたか、正確にわかるはずです」

刑事たちは、特に感動したようには見えなかった。ネルはつづけた。「あの林がどんなに大きいかはご存知でしょう。それに、母屋は高台の向こうに建っている」ネルは地図上の地形をあらわしている線を指でたどった。「林で調査していたわたしからは——ええ、ほとんどどの場所からも——母屋やそのあたりにいる人間は見えません」

ヴァルが身を乗りだした。「つまり、あなたの姿は誰にも見えなかったということですね？六時間も林をぶらついていたのに」

ヴァルの懐疑的な言葉を聞いて、ネルは顔が赤くなるのを感じた。「ぶらついていたのではありません。精密調査を行っていたんです。その調査計画書に、わたしが記録した——樹木、下層植物、花、それに草などの——種のコードが書いてあります。天然林の指標植物——つまり、野生のブルーベルや古木や古い生け垣の名残など——から林の年齢を推定したりするのも、精密調査のひとつです。

そこにどんな保護種が生息している可能性があるかを評価して、その証拠をさがしたりもします。鳥の声を聞いたり、希少な植物を見つけたり、カワウソなどの匂いを嗅《か》ぎだしたり……ちなみに、カワウソは干し草やジャスミンティーを思わせる匂いがするんです。ちょっとしたヒントを見逃すまいと、目を皿のようにしてどこもかしこも徹底的に見てまわる。足跡、木についた傷や草が倒された跡、カワウソの糞《ふん》。それに、アナグマが暖を求めて鼻をクンクンさせた跡や引っかいたような跡が、地面に残っていることもあります。動物が餌を食べた痕跡《こんせき》も見逃せません。フクロウは、食べた動物の毛や歯や骨などの消化できないものを、丸い形で吐きだすんです。棘だらけの茂みのなかの獣道で、イバラに引っかかってるたった一本の毛を見つけることもあります。そうして林の調査が終わったら、今度は湖と川と草原で同じことを繰り返す」

具体的な説明が必要だと感じたネルは、封筒から二粒のヘーゼルナッツを取りだした。「わかります？」

ジェームズはヘーゼルナッツを手に取り、それを見た。「ふつうのヘーゼルナッツと何がちがうんですか？」

「それぞれちがった歯形がついてるでしょう？」今年、大勢の生態学者を教えたネルは、すっかり講義モードになっていた。「こっちのヘーゼルナッツには、縁と表面に垂直に歯形がついている。わかりますか？」

ジェームズは目を細めて、ヘーゼルナッツの細部を見つめた。「なるほど」

「これは、モリアカネズミの特徴的な歯形。でも、こちらの実は——」ネルは、二粒目のヘーゼルナッツを指さした。「縁が滑らかなままで、表面に残っている歯形には角度がついている。あの林に保護種のヨーロッパヤマネがいる証拠です」別の封筒を開いたネルのほうに、ジェームズが身を乗りだした。シャワー・ジェルとアフターシェイブの海を思わせるさっぱりとした心地いい香りが、かすかにただよってきた。

ヴァルが片手をあげた。「もう、けっこう。細かいことがだいじだということは、よくわかりました。そう……鑑識の仕事に似ているかもしれませんね。それで、六時までそういうことをしていたと？　ええ、あなたは六時にソフィと会うことになっていたと主張していますね？」

「そのとおりです」ネルは眉をひそめた。「約束を調整してくれたアンナ・マディソンからのメールをご覧になりましたよね。わたしが受け取ったメールは、あの一通だけです。車に戻って母屋に向かったのが六時十分前。なかに人の気配はなかったけれど、とりあえず玄関のドアを叩《たた》いてみました。それで誰も出てこなかったので、ソフィの留守電にメッセージを残したんです」うしろめたさが、また津波のように押し寄せてきた。ネルは、そのうしろめたさを呑《の》みこんだ。「そのあと六時十五分ごろ、『ソフィはまだこちらに着いていないようですが、外でできることをしておきます』と、アンナにメールしました」

「それで、どのくらいそこに？」ジェームズが訊《き》いた。

「十時半ごろまでいました」

「待ってください。六時にソフィに会いに母屋に行って、誰もいなかったんですよね？」そう言ったヴァルの口調は、危険なまでに滑らかだった。「それなのに、あなたはそのあと四時間半もそこにいた。なぜです？」

「ソフィ・クロウズがいなくても、外の調査はできます」ネルは自分が膝《ひざ》の上で手をもみ合わせていることに気づいて、慌ててにぎりしめた。「調査の依頼人があらわれないというのは、よくあることなんです。最初は、わたしたちが調査しているあいだ、そばにいたいと思うんでしょうね。でも、ふつうの人には退屈かもしれません。みなさん複数の調査員に次々会わなければならないし、直前に予定が入ることもよくあって、忙しいんです。足止めをくらうこともあるでしょうし」

あるいは……。

「依頼人が不在だとわかったら、すぐに立ち去るべきだったのでは?」ヴァルが訊いた。

「いいえ。そこにいる許可は得ていますから。それに、依頼人は調査を取りやめたり延期したりするよりも、できることをしていってほしいと考えるはずです。あらためて訪ねてくるとなると、また費用がかかります。ですから、そうしたんです。でも、調査はたいへんでした。アダムが――ああ……同僚のアダム・カシャップ博士が――来られなくなってしまったんです。七時から七時半のあいだに合流することになっていたんですけど、車のトラブルで。七時に彼からメッセージがとどきました」ネルはスマホを掲げ、今回は手わたさずに、その画面をジェームズに見せた。そして、それがアダムからのメッセージであることを確認した彼に、メッセージの遣り取りのプリントアウトをわたした。

ジェームズが、その文書を読みあげた。「『申し訳ない、ネル。そっちに向かっているんだが、タイヤが四本ともパンクしてしまった。今朝の現場は、道が悪かったからね。配車サービス《ウーバー》に連絡して車を頼んだが、遅れそうだ。ほんとうにごめん』そして、あなたの返事。『心配しないで。こっちはひとりで大丈夫。それより、代わりの車が必要なんじゃない？』」ジェームズは、ネルが掲げたスマホの画面でメッセージを確認し、うなずいた。

ヴァルが唇をすぼめて言った。「運が悪いこと」

「それで、あなたはずっとひとりであそこに？」ジェームズが訊いた。「十時半まで？　暗闇のなかで調査を？　ワード博士、暗闇でいったいどんな調査ができるんですか？」

その口調に驚いて、ネルは顔をあげた。「コウモリの調査です、刑事さん」

「コウモリの調査ね。うーん」

「そうです。コウモリがあらわれるのは夜です。だから、夜に調査を行うんです」

ヴァルの唇が笑みに歪《ゆが》んだように見えたが、彼女は一瞬でそれを押し隠した。

「なるほど……それで説明がつく」ジェームズがそう言って、ネルの胸のあたりを顎《あご》で示した。

「えっ？」ネルは彼の視線をたどって自分の長袖《ながそで》のTシャツ――誕生日にアダムがジョークでプレゼントしてくれたTシャツだ――に目を向け、胸のあたりにプリントされたスローガンを逆さまから読んだ。『生態学者は夜にそれをする』上等だわ。

ヴァルが咳払《せきばら》いをした。「それで、調査はできたんですか？　ひとりでふたり分の仕事をするというのは可能なのですか？」

「なんとかするしかありません。母屋のなかとガレージの調査には、ソフィが立ち会うことになっていました。なかに入れれば、屋根裏を調べられるから助かります」刑事たちの興味深げな顔を見て、ネルは母屋の設計図をひろげた。「屋内では、餌を食べた跡や糞をさがします。外にいてできるのは、コウモリの出入り口を見つけて記録すること。煉瓦《れんが》壁の目地やタイルや軒下や鼻隠しにあいた、二センチかそこらの隙間です。それを見つけたら、チームとわたしとでその出入り口に目を光らせ、夜行性のコウモリの調査をする。

コウモリの調査時間は、日没と関連があります。水曜日の日没は午後八時二十分でした。ですから七時五十分に調査を始めて十時二十分に終了しました。でも、ウサギコウモリがいるのを見たので、十時半まで残りました。ウサギコウモリは、出てくるのが遅いんです。一頭も見逃していないという確信が持てるまで待ったんです。二十頭いました。ですから、あそこが出産哺育《ほいく》のためのねぐらだとわかったんです。ゾロは、おそらく乳離れしたばかり。あの子が、ほんとうに希少なグレーウサギコウモリだったら、この出産哺育のためのねぐらは大発見ということになります」

ジェームズは依然としてネルの調査計画書を見つめていた。コードを読み解こうとしているのか、眉《まゆ》をひそめている。ネルは説明を始めた。

「わたしは、ここに立っていました」ネルは母屋の角を指さした。「建物の二面が見えるでしょう。鳴き声が聞こえるように、ヘッドホンをつけてコウモリ探知機につなぎました。屋根についているこのしるしはコウモリが出てきた場所で、このループは飛行ルート。ここに、いつなんの鳴き声を聞いたか、全部書いてあります。録音したものを時間を記してUSBに入れてあります」

「母屋には入らなかったんですね？　ガレージにも？」ヴァルが訊いた。

「ソフィがいなければ入れません。どちらも鍵《かぎ》がかかっていました。外から窓ごしにのぞいてみただけです。ガレージをのぞくために、フェンスにのぼって歩いてみました」

「かなり高いフェンスですよ。簡単にはのぼれない」ジェームズが言った。

ヴァルの探るような視線が、ネルの上を這《は》いまわっている。「でも、そうね、運動能力が高そうな体つきをしている。それに強そうだし」そう言って彼女はネルのワークブーツに目を向けた。そのごついブーツの爪先《つまさき》にはスチールキャップがついていて、危険な踏み抜きによる怪我を防ぐためにメタル製のインソールを敷いてある。ヴァルは、またすぐにネルの目を見つめた。「それでも、たいへんな労力が必要だったにちがいありません。コウモリのためにそこまでするとは。それで、ガレージのなかは見えたんですか？」

ネルはヴァルの言葉に臆《おく》するまいと頑張った。「アダムもわたしも、コウモリの調査のために、クライミングと樹上レスキューの資格を取っています。ですから、フェンスをよじのぼるなど、わけもないことです。でもとにかく、たいしたものは見えませんでした。赤いシトロエンDSが駐《と》めてありました。ナンバー・プレートは『SMC2000』。ソフィのイニシャルですね」

ジェームズが目をあげた。「細部まで正確に観察している」

警戒心を募らせながら、ネルは腕を組んだ。「観察の仕方は学んでいますから。それに車が好きなんです。ナンバー・プレートやチューニングに、その車に対する持ち主の愛情を感じると嬉《うれ》しくなります」

「猫と車とバイクが好きな生態学者ね。それって許されるのかな?」ジェームズも彼女を真似て腕を組んだ。しかし、いかにも刑事らしい物腰の陰から、笑みらしきものがのぞいている。

ネルは口を開き、また閉じた。電動バイクに乗ることは、〝うしろめたい喜びリスト〟の一項目にすぎない。でも少なくとも、彼女のガレージに他に何があるか、刑事たちはまだ気づいていない。

話が逸《そ》れたことを無視して、ヴァルが尋ねた。「調査のあとは、どうされましたか?」

「すぐには帰りませんでした。ゾロが襲われていたんです。あの子を猫の手から救いだし、水を飲ませてザッと様子をチェックし、それから〈マナー・ハウス・ファーム〉をあとにしました。それでアダムのところに寄って、彼の運転でうちに帰りました。タイヤの交換がすむまで、わたしが乗っていたオフィスのボルボを使ってもらおうと思って」

「アダムの住所はペンドルベリーになっていますね。どのルートをとおりました?」ヴァルが訊いた。

「田舎道をとおりました」

「なぜ幹線道路をとおらなかったんですか?」

ネルは肩をすくめた。「かかる時間はそう変わらないし、田舎道のほうが走っていて気持ちがいいからです」

「それに、スピード違反の取り締まりカメラもない」

ネルは、サッと顔をあげた。**この人は、わたしが否定できないことがわかっていて、そう言ってるの?** ジェームズは、その驚くほど青い目に何もかもお見とおしだと言わんばかりの表情を浮かべて、彼女の瞳《ひとみ》を見つめていた。ネルは電撃が走ったかのように、不意に全身が震えるのを感じた。もう彼の目を見つづけることはできなかった。

ヴァルがネルの地図をパラパラとめくっている。「トンネルの林の側の入口が載っている地図が見あたりませんね。あなたは、どうやってその存在を知ったんですか?」

「そのいちばん下にエドワード七世時代の地図があります。トンネルの入口が載っているのは、その一枚だけです」

ヴァルは、何重にも折りたたまれた分厚い地図を引っ張りだした。「どこで見つけたんですか?」

「歴史的地図のサイトで」ネルはしゃべりすぎたことを後悔して口を閉じた。

「歴史的地図は、よく利用されるんですか? 生態調査に役立つとは思えませんけれど」

「ああいう古い家には、トンネルや貯氷庫やフォリー〔庭園につくられた装飾用の建物〕、それに地下貯蔵室などがあることが珍しくありません。そういう場所は、動物の冬眠場所に適しています。ですから、調査の準備をする段階でチェックするんです」

「徹底していますね」ヴァルが片方の眉を吊《つ》りあげた。

「ありがとうございます。ええ、徹底的にやる主義なんです」笑みを浮かべようとしたが、頬が燃えるように熱くなっていた。

「入口を覆っていたものを、あなたが取り除いたことはわかっています」ジェームズが言った。

「トンネルに入られたんですか？」

「ええ。コウモリの冬眠に適しているかどうか見るために」ネルはにぎりしめた手に、さらに力をこめた。血がたまった指先が赤くなり、関節が白くなっている。ネルは手を開いた。

「実際にどんなことを？」ジェームズの視線が、ネルの落ち着きなく動く手に落ちていく。

「簡単にチェックをすませただけです。門が開くようにするほうが、ずっと時間がかかりました。温度を測ってザッとあたりを調べておしまい。トンネルの奥までは行きませんでした。コウモリの冬眠に適しているかどうかは、充分わかりましたから」

刑事たちは押し黙ったまま、ネルがまたしゃべりだすのを待った。

「コウモリは気温と同じレベルまで体温をさげて基礎代謝を低下させ、冬眠に入ります。ですから、気温の変化がほとんどない低温の環境が必要なんです。冬眠の季節以外にコウモリの冬のねぐらを特定するのは、簡単ではありません。気温を記録する他に、できることがないんです。糞《ふん》などの活動を示す痕跡《こんせき》も、床の瓦礫《がれき》の下に隠れてしまう。それでも、壁にいくらかこびりついていました。コウモリの糞だとわかったので、サンプルを採ってトンネルを出ました」

寒々とした暗闇にひびきわたったあの音を思い出して、ネルは身震いした。筋肉が逃げろと叫んでいる。

でも、ヴァルは眉をひそめてネルの地図を見つめていた。その隅についている赤さび色の染みに目を凝らしているのだ。彼女がポケットから証拠用のビニール袋を取りだしてラベルを貼り、地図を折りたたんで袋に入れた。

それを見ていたネルのなかで不安が募っていく。「その地図に何か問題でも？」

「ちょっと鑑識に調べさせたいことが。指紋とDNAを採取させていただきたいのですが、かまいませんね？　話が終わったら、ここでお待ちください。係の者がまいります」

ネルのなかの科学者の部分は、その必要性を認めていた。それでも、プライバシーだけはなんとしても守る必要がある。特に個人情報は知られたくない。保守党の下院議員を務めている母ならば、どんなに簡単に政府のデータベースから情報が消えたりハッキングされたりするものか。（少なくとも、オフレコでならば）証言してくれるだろう。「どうしても避けられないということなら」

「避けられません」ヴァルがメッセージを送り、それからネルに向きなおった。「アダムとは、よくいっしょに仕事をなさるんですか？」

「ええ」ネルは椅子の背にもたれて、ヴァルの目を見つめた。

「いっしょに働くようになって、どのくらいに？」

「三カ月ほどです」

「長い付き合いではないんですね」

「ええ。でも、調査の時期になると、一週間に九十時間から百時間、二十四時間体制で働きます。ですから、チームのメンバーについては、かなり詳しくなります」ああ、なんてこと。アダムは、わたしについて詳しいなんて言えない。本人は詳しいつもりでいたとしても。

「彼が調査にあらわれないことは度々あるんですか？　土壇場でキャンセルするとか？」

「いいえ」

「なんてすばらしい同僚かしら」

いったい何が言いたいの？　アダムが侮辱されているような気がして、ネルの頬が燃えるように熱くなった。

首を傾げてヴァルが訊《き》いた。「アダム・カシャップとあなたとの関係について、お話しいただけますか？」

ジェームズがメモからサッと目をあげ、質問に答えるネルを見つめた。「同僚です」

「それだけですか？」ヴァルが迫った。

「はい」

「仕組んだわけでもなく、たまたまタイヤが四本ともパンクするというのは、ちょっと……不自然に思えますが」

ネルの胃が激しく動いた。「失礼ですけど、いったい何がおっしゃりたいんですか？」

「特に含みはありません。情報を集めているだけです。殺人事件に関する情報を。若い女性が殺害された。かぎられた少数の人間だけがその存在を知っているトンネルのなかで」

言葉にせずに批難しているのだ。ネルはヴァルの目を見つめたまま、そのバカバカしさに笑いだしそうになりながら、半分は恐怖のせいで吐きそうになっていた。**協力するためにここに来たのよ。情報を提供するために……ちがうの？**　「けっこうです、よくわかりました。長時間あそこにいたせいで、疑われているんですね……運が悪かったとしか言いようがありません。でも、お話ししたことには、すべて裏づけがあります」その重苦しい言葉を聞いて、刑事たちはしばし沈黙した。

「何か見たり聞いたりしませんでしたか？　どんな小さなものでも、かすかな音でも？」ヴァルが口を開いた。

聞いたわ！　ネルの掌《てのひら》が汗ばんできた。でも、そう答えたら、なぜ何もしなかったのかと――助けようとしなかったのかと――訊かれるにきまってる。ネルは、顔が熱くなるのを感じた。だけど、あの音に意味が――たいへんな意味が――あるなんて思わなかった。たぶん――ええ、きっと――煉瓦《れんが》が落ちただけだと思ってた。他にも無数の煉瓦が落ちてたもの。

ネルは頰の内側を嚙《か》み、ほとんど刑事たちの顔を見られないまま首を振った。臆病者《おくびよう》。

ヴァルが立ちあがった。「〈マナー・ハウス・ファーム〉は犯行現場ですから、しばらくのあいだ立ち入りを控えていただくことになります。知らせがあるまで近づかないようにと、同僚のみなさんにお伝えください」

「捜査の役に立ちそうなことを何か思い出されたら――」そう言って名刺を差しだしたジェームズの眼差《まなざ》しが、またネルの目にまっすぐ向けられた。「これがわたしの電話番号です。連絡してください。いつでもかまいません」ヴァルが咳払《せきばら》いするのを聞いて、彼も退席すべく立ちあがった。

頭がくらくらした。これで終わりだなんて冗談じゃないわ。わたしが事件に関与していない証拠をこれだけ示しているのに、ふたりともまだ納得してくれないのね。「待ってください！　別の生態学者に尋ねてみてください！　そうすれば、調査にどれだけ時間がかかるものか、わたしのメモがどんなに正確か納得していただけるはずです。わたしを容疑者リストからはずすことができるはずです」嘘でしょう……わたしが容疑者だなんて。

刑事たちは目を合わせ、それからネルを見た。

「あなたが見せてくださったものは――」ジェームズが言った。「あなたがそこにいたことを裏づけてはいる。そう、ひとりでそこにいたことを。目撃者はなし。アリバイもなし。殺人のあった時刻に、あなたはそこにいた。遠くへは行かないようにしてください、ワード博士。また、お話をうかがう必要があります」

5

八月二十七日　金曜日　午前十一時三十分

ジェームズはサンドイッチを頬ばりながら、全体を眺めるべく証拠ボードから遠ざかった。ヴァルでさえ、捜査の進み具合に満足しているはずだ。大きな地図がボードの半分を占めている。ワード博士も言っていたとおり、〈マナー・ハウス・ファーム〉はクッキングディーンから東に三十分ほど車を走らせた場所にある。あのレザー・パンツの擦り傷から察するに、博士はバイクを――おそらくは車も――飛ばすタイプだ。だから、彼女ならば三十分もかからない。屋敷までは、ペンドルベリーからも田舎道を使って三十分ほど。幹線道路をとおればもっと速いが、ラッシュアワーの渋滞時にはやはり三十分はかかる。それに、町じゅうで際限のない道路工事が行われている今の時期は、どちらのルートを使ってももっと時間がかかる。屋敷の母屋の北翼棟からのびるトンネルの見取り図には、ソフィが発見された場所とトンネルの林側の入口に、しるしがついている。

鑑識の仕事の進み具合がわかる、サンダース博士からわたされた写真もあった。それ以外にも、地面をとらえた写真や、トンネルの落ち葉に覆われた入口の写真や、凝った細工がついた鉄製の鍵《かぎ》が鍵穴に差さったままになっている、トンネルにつづくどっしりとした扉の写真などが貼られていた。『台所のドアマット脇』と書かれたラベルつきの袋に入った、埃《ほこり》だらけの直径二ミリほどの赤いプラスチック片もあった。リンクトイン〔ビジネス特化型のＳＮＳ〕のプロフィールから抜きだしたネルとデイヴィッドの顔写真も貼られていたが、写真のネルはベリーショートにする前で、その髪はいい感じにわざと乱してあり、プロフィールには経歴についての長い記述と関連記事が添えられていた。一方、デイヴィッドのプロフィールは短く、写真は会議場に立っている彼を遠くからとらえたもので、その顔の部分を引きのばしたせいで、ボードの顔写真は画像が粗くなっている。ネルもデイヴィッドも、オンライン上で存在が確認できたのはリンクトインだけだった。

それに引き換え、ソフィのふたりの友人――ソフィが姿を消した夜、デイヴィッドがメッセージを送ったというイソベル・ライトとケイティ・ミラー――は、あらゆるソーシャルメディアのアカウントを持っていた。そのなかから最も鮮明な顔写真を選んでアシュリィがボードに貼りつけたのだが、ふたりとも頬を吸い寄せて唇をすぼめ、カメラに対して斜めに顔を向けている。イメージをかなり重視しているようだが、いっしょに出会い系サイトを運営しているのだから無理もない。

ヴァルがふたり分のコーヒーを持ってやって来た。「ボスは機嫌が悪いわ。当初からボスは、この事件はかなりの注目を引くことになるにちがいないと言っていたけど、そのとおりになった。地元のニュースで、つらい目に遭わされたばかりですもの。今夜の全国ネットのニュースでしゃべるのが待ち遠しいって気分ではないでしょうね」

「つまり、おれに代わりにしゃべらせる気はないということか」ジェームズは失望を隠すべく、コーヒーをすすった。

「それを言うなら、あなたにもわたしにもね」ヴァルがため息をついた。「ボスはわたしが戦略指揮コースに志願するのに、大賛成というわけではないようだわ」

ジェームズはボードに目を向けた。ヴァルが副署長への昇進を願っているとは、思ってもみなかった。しかし、考えてみれば当然だ。彼女をただの警部のままにしておくなんて――しかも、おれの指導係をさせるなんて、もったいなさ過ぎる。

「ボスは、事件を重く受けとめているということを態度で示す必要があると考えたようね。それで、休暇をキャンセルした。あしただけは休んで、奥さんを〈ナイ・ホール・ホテル〉に連れていくようだけど。結婚四十周年のお祝いを犠牲にしても、真剣さをアピールしたいなんてね。すべては時代遅れのエゴのあらわれよ」

ジェームズは彼女を横目で見ながら、排他的な男社会について毒舌混じりの演説が始まるのを待った。トレント署長は過去の遺物ともいうべき人物で、ジェームズは誰かが彼を「トニー」と、ファーストネームで呼ぶのを聞いたことがない。署長、あるいはトレント。友人からは、サーと呼ばれているのではないだろうか。

「わたしたちを信頼していないなら、いったいなぜチームを組もうなんて思うわけ?」ヴァルが苛立《いらだ》ちもあらわにため息をついた。「ああ、チームで思い出したけど、デリケートな問題について、あなたと話す必要があったんだわ」

「なんでしょう?」

「いいこと、ジェームズ。この事件には人の目が集まる。厄介ごとに煩わされる余裕はないわ」

気恥ずかしい思いをすることになりそうな気がして、ジェームズはゾワゾワした。「厄介ごと――?」

「気まずい思いをさせたくはないけど、あなたが事件の第一容疑者を気に入っているのがわかる。お願いよ……自分でまずいと思っているなら、言ってちょうだい。あなたの判断に影響が出るようなら、担当を変えることも可能よ。そんな変更は、なんでもないわ。でも、この大事件でへまをしたらたいへんなことになる」

ジェームズは、顔が熱くなるのを無視して答えた。「わかりました」ヴァルからこの大事件の捜査の指揮を任されたことに対する誇りが、少しだけ錆《さ》びたような気がした。

「いいわ。かなり自制心が強いようだけど、彼女もあなたを気に入っている」ヴァルが言葉を切った。こちらの反応をうかがっているのだと、ジェームズにはわかっていた。だから嬉《うれ》しそうに見えないよう、気持ちを抑えた。「あなたたちは歳も同じくらいだし、いい関係を築けるはずよ。彼女にもう少し心を開かせることができたら、事はずっと速く進む。ええ、事件の捜査が速く進むわ。捜査の指揮は、引きつづきあなたにとってもらう」

ヴァルの言葉にこれまで鼓舞されてきたジェームズだが、今は信頼されたことをただ喜ぶだけでなく、責任の重さを感じていた。「ほんとうに彼女のことを第一容疑者だと？」ジェームズは、またも顔が熱くなるのを感じ、もっともらしい理屈を捻《ひね》りだした。「あのコウモリに対する態度を見るかぎり、母性あふれる世話好きの女性のように思えますが」

「ミールワームは、あなたに同意しないでしょうね」

ジェームズは、あの光景を思い出して顔をしかめた。

「調査というのは、トンネルに入った申し分のない理由になる。だけど、何をしていたかを隠す完璧《かんぺき》な言い訳にもなりうる。わたしたちが追うべきもののことを考え合わせると、ええ、今のところ彼女がいちばん怪しいと思うわ」

ジェームズは考えを巡らせた。**おれは何を見落としたんだ？**

「ワード博士は科学者よ。あなたも言ったとおり、彼女は自分のプロジェクトに取り組んでいるわけだから、顕微鏡をのぞいてサンプルを調べたり、解剖器具を使ったりもするでしょう。血を見て動揺するなんてこともないはずよ。でも、冷蔵庫にクロロホルムのボトルを入れている科学者は、そんなにいないんじゃない?」

ジェームズは、うめき声を抑えた。ネルの家のキッチンで冷蔵庫からミルクを取りだしたあと、ヴァルはすぐに扉を閉めなかった。あのときジェームズの目にとまったのは、すごい量の調理ずみの料理と、大量の洒落《しゃれ》た調理器具だけだった。

「ソフィの殺害にクロロホルムが使われたかどうか、調べてもらえる? それからワード博士がトンネルの存在を知るきっかけになった、あの古い地図をサンダースにわたして。端のほうについているかすかな染みは、おそらく血痕《けっこん》よ。ソフィのものかどうか知りたいの。ワード博士の腕や顔の傷から出た血がついたのかもしれないけど。彼女のDNAがソフィの爪の間から検出された皮膚細胞のものと一致するかどうかも、調べてみなくてはね」

「わかりました。任せてください」名誉挽回《ばんかい》のチャンスを得て、ジェームズのなかに安堵《あんど》の波が押し寄せてきた。

「それからワード博士のバックグラウンドを調べはじめましょう。スマホの連絡先なんかもね」ヴァルが言った。「誰に電話をかけているか、誰にメッセージを送っているか。それに、博士の居場所も把握しておきたいわ。彼女は何か隠してる。仕事に関することは包み隠さずしゃべってくれる。ええ、黙らせることができないくらいね。でも、誰かとの関係とか、個人的なことを尋ねると、素っ気ない答えが返ってくるだけ。態度も閉鎖的なものに変わってしまう」

ヴァルに挑むようにそう言われたら、何か答えなければならない。「われわれが追うべきは、衝動に駆られて危険を冒すタイプの人間だというのが、アシュリィの心理学者としての見解のようです。デイヴィッドは計画を立てて行動するタイプの几帳面《きちょうめん》な男だ。しかし、ネルは――」

「いいえ、あの整然とならんだ器具や、細かいメモからすると、彼女のほうがもっと几帳面なくらい――」

「バイクに関しては、危険を冒すタイプですよ。あの革パンツを見れば、レースなみのスピードでカーブを曲がっていることがわかる」

ヴァルが目を細めた。ジェームズがチェックしたのはそれだけかどうか、疑っているのがはっきりとわかった。「なるほど」彼女がボードを指さした。「一枚、すごく気になる写真があるの」そう言って、ヴァルはコーヒーをすすった。

テストされているとき、ジェームズにはそれがわかる。だから、ボードに視線をさまよわせてみたが、何も閃《ひらめ》かなかった。胃が重く沈んでいく。しかしそのとき一枚の写真が目にとまり、身を乗りだした彼は眉《まゆ》をひそめた。「待てよ……この写真は。ここに写っているのは、林側のトンネルの入口ですよね？　鑑識は、いつこれを撮ったんですか？」

「今朝よ」ヴァルの口調が、ほんの少し温かくなっていた。

「つまり……事件後ということですね？」

「そのとおり。本人の証言と本人が示した証拠によれば、ネルは門を覆い隠していた草を取り払ってトンネルに入った。彼女曰《いわ》く、コウモリの冬眠に適しているかどうかを調べるために。でも、トンネルを出たあと、ネルはふたたび門を覆い隠したのよ。素手でね。門が——それに自分がトンネルに入った形跡も——完全に見えなくなるように」

八月二十七日　金曜日　午後十二時三十分

アダムは玄関を入ってすぐの廊下の高い位置に取りつけた筋トレ用のバーの上に顔を押しあげた状態で、プルアップの動きをとめた。玄関ドアの上にはめこまれた半円形のガラスごしに、通りに駐《と》めた彼のスバル・フォレスターの脇をうろついている女の姿が見えている。いったい何をしてるんだ？　女がスマホを掲げた——写真を撮っているのだろうか？　その体勢を保っているせいで、額に汗が流れ、腹筋がしまってきた。女はスマホに何か打ちこんでいるようだった。そして今度はしゃがみこんだ。この女がタイヤをパンクさせたのか？　アダムは床におり、鍵《かぎ》をつかんで外へと駆けだした。

「ちょっと！　大丈夫ですか？　手を貸しましょうか？」

女がサッと立ちあがった。フクロウのような顔のまわりで、グレーのボブヘアが揺れている。彼女がジャケットのしわをのばした。

その手がブルーのゴム手袋に包まれていることに気づいて、アダムは顔をしかめた。「何をしてるんです？」

「アダム・カシャップ博士ですね？」彼がうなずくと、彼女は言った。「ヴァル・ジョンソン警部。ヴァルです」彼女は笑みを浮かべて手袋をはずし、バッジを見せた。「先に、あなたと話をするべきでした。でも、ここをとおったらこの車が駐まっていたものだから、ザッと見ておこうと思って」

「タイヤが全部パンクしているのはわかってます。しかし、道路交通法に触れては――」

「ええ、それは大丈夫」ヴァルが玄関を指さした。「なかで話せます？」

「この車の何が問題なんですか？」アダムは腕を組んだが、それが二頭筋を強調するポーズだと、すぐに気づいた。おそらく、意図しているよりも好戦的に見えてしまう。彼は腕をほどき、握手の手を差しだした。「いったいどういうことですか？」

「殺人事件が起きました。被害者は若い女性です。事件の現場は、あなたが行くはずだった場所。〈マナー・ハウス・ファーム〉です」

肺から空気が吸いだされたような気がした。「な……なんだって？」アダムは彼女を見つめた。「誰が……？　いつ……？」

「水曜日の午後四時から六時のあいだ。二日前のことです」

アダムは片手で髪をかきあげた。ネルがいたはずの時間だ。そのあとアダムは彼女に会っている。その事実を文字どおり脳に言い聞かせなくてはならなかった。肺が穴のあいた蛇腹にでもなったようでうまく呼吸ができず、彼は喘《あえ》いでいた。

「殺害された若い女性は、ソフィ・クロウズです」ヴァルが彼をそっと引っぱり、歩道を歩きだした。「今日のニュースで、目撃者に情報提供を求めることになっています」

アダムは覚束《おぼつか》ない手で鍵をまわし、玄関のドアを開けた。四時といえば、ネルがそのあたりを歩きまわっていた時刻だ……林にいたんじゃないのか？　それからトンネルに入った。そして、屋敷の母屋を訪ねた。事件は母屋のなかで起きたのだろうか？

部屋に入ると、アダムはソファに載っていた絡み合ったヘッドランプを、サイドボードを兼ねた折りたたみ式のテーブル上に移し、ヴァルに坐《すわ》るよう手振りですすめた。そして、衣類が掛かっている物干し用の枠を脇に押しやると、自分も部屋に不釣り合いに見える椅子に腰掛けた。

「なぜあなたが〈マナー・ハウス・ファーム〉に行くことになったのか、聞かせていただけますか？」

「同僚のネルといっしょに、コウモリの調査をすることになっていたんです。彼女はほとんど一日じゅう向こうにいて、その他の調査をしていました。湖と川、それに林を調べて、アナグマについての記録をとっていたんです。アナグマの巣穴を見つけたくてね。古いトンネルがあることは、すでにわかっていました。だから、それがコウモリの冬眠場所になっているか調べたかったんです」アダムはネルから送られてきた写真を見つけ、ヴァルにスマホをわたした。「これです。こうして実際に目にするまで、見つかるという確信はなかったんじゃないかな。ほんとうになかに入れるとはね」

「ええ。入口の門は植物に覆われて埋もれていたようですからね。よく見つけたと思いませんか……」

「ネルは、けっして諦《あきら》めない。ちょっとのことで怖《お》じ気《け》づいたりはしません」ヴァルの目が細くなるのを見て、アダムはさらにつづけた。「徹底的にやるタイプなんです。こうと決めたら絶対にやり遂げる。トンネルについて調べたいと思ったら、ためらったりはしません」ヴァルの手元に目を向けたアダムは、彼女がスマホの画面をスクロールさせて、他のメッセージに目をとおしていることに気がついた。そうしながらも、ヴァルは質問をつづけた。

「他のプロジェクトでも、彼女はそんなふうなのですか？ 他の現場でも？」

「ああ、もちろんです。ネルは徹底的にやりますよ。忘れられていた洞窟《どうくつ》を発見したこともあります。のび放題の植物にすっかり埋もれていたのにね。なかに入るには、山刀《マチエーテ》が必要でした。メッセージにある『インディ・ジョーンズなんて目じゃない』というジョークは、そこから来てるんです。しかし、現場では様々なことが起こり得る。手が汚れるのもありがたくはないしね。心が挫《くじ》けることだらけです。怒った小作人が撃ってくることもあるし、ナイフや犬を使って脅されることもある」彼は肩をすくめた。「みんながみんな、大歓迎で生態学者を自分の土地に迎え入れるわけではありません。連絡の行きちがいなんかで、何も知らされていないような場合は特にね」

「そういうことはよくあるんですか？」

「いいえ。ただ、そういうことがあると記憶に残りますからね」アダムはニヤッと笑った。ヴァルは表情を変えなかった。

「ストレスがたまりそうですね。そういうとき、ネルはどう対処しているんでしょう?」

「他のみんなと同じだと思いますよ。相手の怒りをおさめようとするんじゃないかな。話して、相手の言うことに耳を傾け、自分たちが何をしているか説明し、退散すると相手に告げる」アダムは、また肩をすくめた。「それでもだめなら、逃げるしかありません」今回もヴァルは笑みを返してくれなかった。彼のなかに漠然とした罪の意識がひろがっていった。

「プレッシャーやストレスにさらされるような状況下でも、彼女は冷静でいられるでしょうか?」

「大丈夫だと思いますよ」アダムは答えた。「ええ、ネルはすごく落ち着いていますからね」

「水曜日の夜、ここに寄ったとき、彼女がどんな様子だったか話していただけますか?」

「そうだな……ふつうでしたよ。ああ、少し不安そうだったかもしれない」ヴァルの目が細くなるのを見て、アダムはつけたした。「傷を負ったコウモリのことを心配していたんです。希少種である可能性が高いとネルは考えていたようで、そのねぐらを発見したことで興奮していたが、自分の保護下でコウモリが死んでしまうことを恐れてもいたようです」

「あなたとワード博士は、いっしょに働くようになって長いんですか?」

「いいえ」なんのために、こんなことをあれこれ訊《き》くんだ?「三ヵ月ほど前からです。しかし、長くいっしょに働いているような気がするな。ふたりで多くの調査をしましたからね。四六時中、野外で作業を共にしていると、あっという間に親しくなる」

「親しく？」ヴァルが彼の目を見つめた。「それは同僚としてですか？　それとも友達として？　あるいは恋愛対象？」

「いい質問だな」アダムは言った。「最初のふたつは確実です。しかし、三つ目はまだ評決が出ていない」彼のメッセージに目をとおしていたヴァルが、母親からのメッセージに行きついたのがわかった。彼の恋愛の段取りをつけようとしている母親からのメッセージを刑事に読ませる必要はない。アダムはスマホを顎《あご》で示した。「もういいでしょう？」

彼にスマホを返してヴァルが言った。「お母さまは、あなたのことをアラヴィンダンと……？」

「ええ。そうです。アラヴィンダンというのが本名なので。アダムというのは……そう、学校ではアダムでとおすほうが簡単だった。それが定着したんです。普段の付き合いでも、仕事でも」アダムはトレーニング後の汗で湿った髪をかきあげ、そのあと気がついた。深刻そうに見せたいのに、汗でうねった髪がおかしな具合に立ってしまったにちがいない。

「仕事場は、どんな感じですか？　オープンプラン？　自分の机は決まっているんですか？　ノートパソコンやデスクトップは、自分専用のものを使っているんですか？　それとも、みんなで？」

「オープンプランです。しかし、机やパソコンは自分専用のものがあります。ほとんどみんな、オフィスではデスクトップを、自宅ではノートパソコンを使っています」

「オフィスにいるとき、あなたはパソコンにロックをかけていますか？　セキュリティ・プロトコルを採用するとか？」

「いいえ、まったく。みんな部外秘のプロジェクトを抱えていますが、全員が多かれ少なかれ互いのプロジェクトに関わっていますからね。ほら、調査とか地図の作成とか報告書の作成とか」

「あなたや他の誰かが、ワード博士のメールを読むことは可能ですか？　博士に代わって返信するとか？　勝手に計画書に変更をくわえることは？」

「理論的には可能です」アダムは刑事を見つめた。「しかし、誰がそんなことをしたがります？」

「調査の担当を変わってもらう必要が生じた場合、どうするんですか？　誰が何をするか、どうやって決めるんですか？」

「そのプロジェクトの責任者が、手が空いていて必要な能力を備えている誰かを見つけてメールを送ります。だから、土壇場での調整のメールを勝手にいじったりしたら、プロジェクトそのものがだいなしになってしまう」

「〈マナー・ハウス・ファーム〉の場合も、そんなふうに？」

「そうです。わたしの手が空いていたので、ネルが割り当てられていた仕事を代わりに引き受けたんです。そうすれば、ネルは〈マナー・ハウス・ファーム〉の調査ができる。わたしにとっても好都合でした。そっちの現場のほうが楽でしたからね」アダムは、ヴァルの視線がこちらを貫きかねないほど鋭くなったのを感じた。今の答えがまずかったにちがいないと考えた彼は、とびきりさりげなく聞こえるようにつけたした。「珍しいことではありません。遭遇する可能性があるすべての種について、調査できる人間が必要なんです。何ひとつ見逃さないようにね。この仕事に関しては、ネルの右に出る者はいません」

「それで、あなたはどこに？　水曜日です。ソフィが殺害された時刻、どこにいらっしゃいましたか？」

「ええと……」なんてこった。ぼくは疑われているのか？　アダムは目をしばたたいて焦点を合わせた。「さっきも言ったとおり、ネルの代わりに現場で働いていました。クインス・メドウズです。四時ごろ向こうを出て、高速――M25に乗りました。それで、途中のサービスエリアでパスティとコーヒーで食事をすませました。フラットに戻ったらすぐにネルが待つ現場に向かってコウモリの調査ができるようにね」アダムはソファの脇にあったリュックをかきまわして、クシャクシャになったレシートを取りだした。「見てください。グルメなディナーのレシートです」

ヴァルはレシートにチラッと目を向けた。「でも、あなたは〈マナー・ハウス・ファーム〉に行かなかった。車のタイヤがパンクしたと、ワード博士にメッセージを送っていますね。現場まで出掛けてまた戻ってくるのに、何の問題もなかったんですか？」

しつこく迫られても、アダムは腹が立たなかった。ヴァルは彼に母親を思い出させた。息子を窮地に立たせる作戦を使って、自分の友人の妹の娘とデートすることを承知させようとするときの母にそっくりだ。「現場の何かが原因で、徐々に空気が抜けていったにちがいありません。スローパンクチャーですよ。ひどい道だったんです。そこらじゅうにガラスやがらくたが散乱していてね。ここに戻ってスマホの充電をしてジャケットをつかんで出掛けようとしたときには、タイヤはペシャンコになっていました。配車サービスに電話をしてみましたが、道路工事のせいで三十分ほど遅れると言われましてね。それだと調査の開始に間に合わない。ネルにメッセージでそう伝えたら、ひとりで大丈夫だという返事がとどきました。それで、ネルは調査が終わったあと、ここに寄ってくれたんです。彼女はオフィスの車に乗っていたので、ぼくが彼女を家まで送れば、パンクの修理がすむまでぼくがその車を使える」

ヴァルはレシートの写真を撮り、テーブルの上でメッセージを打ちこむと、それをヘシャ・パテル巡査に送り、アダムがいた時刻のサービスエリアの監視カメラの映像と、クインス・メドウズからアダムのフラットまでの道路に設置されたナンバー・プレート認識カメラをチェックするよう併せて指示した。そのあとヴァルはスマホの画面をスクロールさせて、自分が撮ったアダムの車のナンバー・プレートの写真を見つけ、それも巡査に送った。アダムには、彼女が自分にそれを見せているのだとわかっていた。

ヴァルがレシートを彼に返した。「あなたの職場がうちと同じようなら、必要経費と認めてもらうには、どんなに少額でも仕事に不可欠な出費だという証拠を示さなければならないのでは？　今回のタイヤの修理費を必要経費として請求するつもりでいるなら、おそらく認められないでしょうね。パンクの原因は現場の道の悪さではないと思いますよ」ヴァルはそう言って、彼の車のタイヤの写真を画面に表示し、それを拡大して指さした。「四本とも側面にきれいな細長い穴があいています。切られたんだと思います。あなたの車を押収して、鑑識に調べさせます」

なんだって……？　「どのくらいかかりますか？　来週には使えるように、タイヤを交換する必要があります。オフィスの車を独占するわけにはいきませんからね」少なくともバンクホリデー中に爬虫類《はちゅうるい》の罠《わな》をチェックするあいだは、あの古いボルボを使いたがる者はいないだろう。

「申し訳ありませんが、数週間かかるでしょう」申し訳ないと思っているようには見えなかった。「何者かが、あなたが〈マナー・ハウス・ファーム〉でワード博士に会うのを阻止しようとしたようですね。おそらく、ワード博士をひとりにしたかったんでしょう」ヴァルが肩をすくめた。「あなたが自分でやった可能性もあります。〈マナー・ハウス・ファーム〉には行きたくても行かれなかったのだと思わせるために」異議を唱えようとアダムが立ちあがったとき、考え深げに彼女が言った。「あるいは、ワード博士の仕業とも考えられます。自分がひとりになるために」

6

八月二十七日　金曜日　午後一時

〈マナー・ハウス・ファーム〉の門に張られた青と白の警察のテープが、風にはためいている。ジェームズはその門の前で車を降り、任務に就いている制服警官に手を振った。鑑識班の車がずらりと駐《と》まっているのを見て、ここが活動の中心地だと確信した彼は、署名をすませてテープをくぐり、木々に縁取られた広い車まわしを大股《おおまた》に歩きだした。ムラサキブナの並木の向こうの整形式庭園《フォーマルガーデン》は、手入れもされずに放置され、ただの草地のようになって林に呑《の》みこまれようとしている。ブーツの底で砂利を踏みしめて進むジェームズのまわりで、エネルギーが弾《はじ》けるように鳥たちが声高らかにうたっている。

屋敷の母屋が見えてきた。ゆうべ、捜索班が照らす懐中電灯の明かりのなかで見たのは、印象的な建物の一部と不気味な影だけだった。しかし今、その建物は午後の日射しを浴びて輝いている。蜂蜜《はちみつ》色の壁、中枠で縦に仕切られたアーチ型の優美な窓、凝った装飾が施された煙突。十五世紀の建築物に増築を重ねてきたこの母屋は、壮大でありながら温かみも備えている。**このなかで鑑識チームが殺人現場の捜索をしているとは、とても思えない。**

ジェームズは、ネルが調査のために立っていたという母屋の角で足をとめ、南と東の屋根や壁に目を配っている彼女の姿を思い描いた。真っ暗ななか。ひとりで。コウモリのために。彼は身震いした。ジェームズ同様、彼女も気味の悪い場所をずいぶん訪れたにちがいない。**おれたちは、同じような時間に働いているのかもしれない……**彼は彷徨《さまよ》いだしかけた心を引き戻した。玄関脇にエド・ベーカー巡査が立っている。彼は一本指で iPad にゆっくりと何かを打ちこみ、そのあと禿《は》げあがった頭をかいてため息をつくと、また画面をつつきはじめた。

「大丈夫か、エド？　近所に聞きこみにまわることになっていたんじゃないのか？」ジェームズは言った。

エドが目をあげた。「そのとおり。しかし、近所はたった一軒ですからね。うちのチームもこっちに来て、捜索班の手伝いをしてるんです。今、排水溝とゴミ入れを調べてるところです。サンダース博士によると、犯人は返り血を浴びている。そうなると、服は洗うか捨てるか燃やすかしかない」

ジェームズはうなずいた。「オーケー。それで近所のほうは？」

「ミスター・ギルピンに話を聞きました。農場をやっている男です」エドは地図をひろげ、それを細長くたたんだ。「彼の農場は〈マナー・ハウス・ファーム〉の裏――このあたりです」エドは林に指を走らせ、そのあとジェームズに目を向けた。「犯人が道路を使うのを避けて農地を横切った可能性についても考えてみましたが、農地の先は線路です」彼はそう言って、庭園と湖の向こうにひろがる林を囲うようにのびている線を指でたどってみせた。「この線路は今も使われていて、入れないように柵《さく》がしてあります。つまり、とおり抜けるのは不可能だということです。それに、ミスター・ギルピンは、怪しい人間は見かけなかったと言っている」

「〈マナー・ハウス・ファーム〉の開発計画のことは知っていたんだろうか？」

「そういう話があることは承知していたようです。しかし、詳しいことは聞いていなかったらしい」

ほんとうだろうかと、ジェームズは思った。ヴァルがアダムから聞いた話では、調査員と地主が揉《も》めることもあるらしい。そういうことはなかったんだろうか？　何か揉めていたとして、それが暴力的なものに……？　ジェームズは、スマホにメモを打ちこんだ。エドは、そのすばやい指の動きを畏怖《いふ》の念に打たれたように見つめていた。

「ナンバー・プレート認識カメラと監視カメラ、それに無断駐車に対する駐車料の請求書のチェックを始めています。車から何かわかるかもしれません」

「そう祈ろう」ジェームズはそう言って、ビニール製の上下と靴カバーを身に着けた。「ソフィの車を押収したが、今のところ移動経路はわかっていない。カメラが設置されていないような裏道ばかりを走っていたんだろうな。まだチェックをつづけている最中だ。それに、容疑者全員の車についても調べている。さて、鑑識の仕事ぶりを見てこよう」

がらんとした母屋のなかには、歴史を感じさせる雰囲気が色濃くただよっていた。その上を六百年ものあいだ人が歩きつづけてきたせいですり減っている廊下の敷石と、台所の入口になっている石造りのアーチ。その腰の高さあたりが光っているのは、中世から人がとおるたびに撫《な》でてきたからではないだろうか。広々とした台所には、大昔のパン焼き釜《がま》を備えた石の炉棚の暖炉があった。

ジェームズは、地下につづく階段の上で足をとめた。鑑識が用意した投光器の冷たく白い明かりに目映《まばゆ》く照らされたトンネル内で、何人もがしゃがみこみ、長さや広さを測ったり写真を撮ったり粉を振ったりと、忙《せわ》しく働いている。彼は、そのチームを率いているサンダース博士に呼びかけた。「入ってもいいですか、博士？」

　そっくりに見えるチームの面々が黙々と仕事をつづけるなか、サンダース博士が苛立《いらだ》ちもあらわに答えた。「何かわかったら知らせると言ったはずよ。でも、必要なら入って。ちゃんと板の上を歩いてね」

　ジェームズは黴臭《かびくさ》さと湿気を感じながら、犯行現場を保存するために敷かれたスチール製の四角い板の上を爪先《つまさき》立ちで伝っていった。まるで不気味な石蹴《いしけ》り遊びだ。

　サンダース博士が懐中電灯を消して腕組みをした。「こっちは順調よ」

「わかっています。邪魔をするつもりはありません。ただ、犯行現場を心に焼きつけておきたくて」

　サンダース博士がいかにも不機嫌そうに手袋を脱ぎ、ポケットからスマホを取りだした。

「いいわ、今日いちばんのニュースを教えてあげる。台所のトンネルにつづく扉の前に敷かれたマットの横に、赤いプラスチック片が落ちていたのをおぼえてる？　あれはなんでもなかった。よくあるふつうの不活性プラスチック。埃《ほこり》に覆われていたのは、蜂蜜がついていたせいみたい。でも、あれは台所で見つかったのよ。いつからそこにあったのかなんて知るよしもないわ」

　ジェームズは肩をすくめた。「たしかに」

「でも、テクノロジー班からひとつ報告が入ってる。ソフィのメールを手に入れたのよ。今こうしているあいだに、サーバーに保存されてるわ。ほら」

博士にスマホを手わたされたジェームズは、最近のメッセージに目をとおしてみた。ほとんどはアンナ・マディソンからソフィに宛てたもので、そのトーンは職業的。彼は、二十四日火曜日の日付がついた一通に目をとめた。アンナはそのメールで、ネルとの約束を午後六時から五時に変更してほしいとソフィに頼んでいた。『ＣＣ』の欄にネルの名前が入っている。つまり、複写の形でネルにもこのメールがとどいているということだ。スマホを博士に返しながらも、ジェームズの胃はひっくり返りそうになっていた。「これは……大発見だ。ほんとうに大発見です」

「よかったわ」サンダース博士が、ニッコリほほえんだ。「さあ、そろそろ消えてくれる？」

ジェームズは警察のテープをくぐりながら、ヴァルの言うとおりだったと認めた。捜査に私情を交えてはいけない。なぜネルは約束の時間について嘘をついたのか、さっぱりわからない。

彼はむっつりとしたまま、手を振っている制服警官に答えた。警官は頭を傾けて、通りの向こうに駐められた新車らしき黄色のポルシェ・ボクスターを示している。屋根のあいたポルシェの運転席には、女性が坐《すわ》っていた。

ジェームズは、ポルシェに近づいていった。「こんにちは。どうかしましたか？」

「アンナ・マディソンです。お話がしたくて。ええと……」

「わたしがうかがいます」彼はデイヴィッド・スティーブンソンの下で働いているプロジェクト・マネージャーにほほえみかけた。「ジェームズ・クラーク巡査部長です。しかし、ここは犯行現場です。なかには入れませんよ」

「わかっています」そう言ってうなずくと、マホガニー色のボブヘアに入れたハイライトが輝いた。彼女はチェリー色の唇を引き結んで、つづけた。「ただ、なんていうか……現実とは思えなくて。ここに来て、自分の目で見る必要があったんです」アンナはハンドバッグを膝《ひざ》に載せ、ティッシュを取りだした。

その赤紫色のしなやかそうな厚手の革のバッグは、見るからに高そうだった。シャネルのCを組み合わせたロゴマークが、それを証明している。ジェームズは涙を拭《ぬぐ》っている彼女を観察した。歳は三十代後半。きちんと化粧をして、ブランド物とおぼしき仕立てのいい翡翠《ひすい》色のワンピースを着ている。

「アンナ、ご自宅にそばにいてくれる方はいらっしゃいますか？　ご主人とか、パートナーとか？」なんということもない質問なのに、ネルには訊《き》けなかった。

アンナが首を振るのを見て、警鐘が鳴った。名もない開発業者のプロジェクト・マネージャーとして、いくら稼げる？　こうしたものを買えるほどの収入はないはずだ。

「落ち着いてください。こういうことがあると、まわりの人間はみんなショックを受けるものです。特にあなたは、仕事でソフィと深く関わっていた。ディヴィッドともね」

アンナの頰が震えた。「彼があの会議に出ているときに、ソフィが……と思うと……」彼女がふたたび涙を拭った。

「あなたも会議に出席を？」

「いいえ、わたしはオフィスで片づけなければならない仕事があったので。ディヴィッドに会ったのは木曜日――会議の翌日です」

「水曜日の午後、どちらにいらしたか聞かせていただけますか？」それを聞いたアンナの顔に警戒の色があらわれたのを見て、ジェームズはつけくわえた。「捜査の決まりの手順です」

「ああ。ええ、かまいません。早めに仕事を終わらせて、〈ナイ・ホール・ホテル〉に行きました」

「すばらしい。誰かとごいっしょに？」

アンナは肩をすくめた。「ほんとうに行ったかどうかを確認なさりたいなら、ホテルのスタッフに訊いてください」

ジェームズは、もう追及しなかった。彼女の同伴者についても、ホテルのスタッフが話してくれるだろう。「ここの開発のための建設業者や調査員などの手配で、ずいぶん忙しかったんでしょうね。開発関係者のなかに、トンネルのことを知っている人間はいたんですか？」

「多くはいません。構造エンジニアが見つけて、建築家に話したんです。他の人には関係ないし、わたしの知るかぎりどの地図にも載っていませんから」

「ああ、しばらくのあいだここは立入禁止になると、建設業者の方々に伝えていただけますか？」そう言ったジェームズの目に、自分の車に寄りかかって腕時計を見ているアシュリィの姿が映った。彼は、まっすぐに身を起こした。

アンナがうなずいて走り去ると、ジェームズはまたメモをした。

『アンナが誰と〈ナイ・ホール・ホテル〉に行ったか確認すること。財務調査を行うこと。アンナはソフィをひとりにするために、ソフィとネルに異なった約束の時間を告げたのか？　彼女は不倫をしているのか？　相手はディヴィッド？　あるいはソフィか？』

八月二十七日　金曜日　午後一時三十分

ネルは家でひとり、写真のソフィの姿を振り払うことができずにいた。彼女の身に、いったい何が起きたんだろう？　わたしがその場にいたときに。またも罪の意識がこみあげてきて、最後には便器を抱えてコーヒーと胃液を吐いていた。

協力的な市民ではなく容疑者というレッテルを貼られたことも、ネルを狼狽《ろうばい》させていた。警察は、わたしのスマホの記録を調べるだろうか？　それについて、ネルは病的なほど怯《おび》えていた。何もかも見とおされそうな気がして、あの取調べ以来スマホの電源を入れてもいなかった。でも、チームのメンバーに、〈マナー・ハウス・ファーム〉が立入禁止になっていることを伝えなければならない。ネルが短いメールを送ると、画面に十件の不在着信が表示された。すべてアダムからの電話だった。

彼が気にかけてくれていると思うと、ゾクゾクして胸が震えた。でも……もしかして、現場で何か必要になったとか？　すぐに彼に電話をしようとしたが、ツイッターの通知が数件、画面にあらわれた。ネルはそれに目をとおしながら、薬缶《やかん》を火にかけた。

どれも働き者のマーケティング・マネージャー、シルヴィアのツイートだった。最初のツイートは、会議場の〈エコロジカル・コンサルタンツ〉のカウンター前で、艶《あで》やかなポーズをとっている彼女のキャプションつきの写真。

『〈エコロジカル・コンサルタンツ〉ペンドルベリー地域計画会議に参加――開発のための生態調査が必要なときは、いつでもお手伝い致します！』

次のツイートのシルヴィアは、いつもの〝理想の花婿狩り〟モードになっていた。彼女にとってその集まりは、〝結婚相手として最も望ましい独身男性〟に巡り会うための場に変わったようで、そこで出逢《であ》ったハンサムな男性とバーにいる彼女は満面に笑みを浮かべている。

『ペンドルベリー地域計画会議で、新しい友達ができました！』

嘘でしょう。ずっと前の話のように思えるけど、新しい男を手に入れたといって、シルヴィアが意気揚々とオフィスに戻ってきたのはきのうのことだ。彼の名前はトロイだったっけ？金髪で、ハンサムで、逞《たくま》しくて、三十代半ば。シルヴィアは年齢など超越している感があり、お相手が自分より五歳までなら若くてかまわないと思っているのか、十五歳までＯＫなのか、さっぱりわからない。

不意にその写真の上に、シルヴィアからとどいたメッセージが表示された。

『ブログ用の記事の事実確認を頼める？　できるだけ早く投稿したいの』

気を紛らわす何かができるのはありがたかった。ネルはすぐに返信した。

『もちろんいいわよ。でも、少し長めの週末休暇を満喫するつもりだったんじゃないの？』

バンクホリデーにノートパソコンにかじりついているなんて、シルヴィアらしくない。いつもの彼女は、ビアリッツ〔フランス南西部の都市〕あたりに出掛けるとか、会員だけが招待されるような画廊の展示会を巡るとかして、週末を過ごしている。

『男を誘惑中なのよ、ネルちゃん。トロイについて、まだしっかり探りだせてないから、あの会議でのいろいろを掻《か》き集めて、SNSに載せる価値のある何かをひねりだそうとしてるところ。彼がおもしろがって、連絡してくるかもしれないでしょ。それじゃ、ブログを送るからお願いね』

ネルはたいして飲みたくもないお茶をいれてテーブルの前に坐り、シルヴィアの記事を読みはじめた。計画過程における生態学の役割についての気の利いたその記事に、訂正すべき箇所はひとつもなかった。ネルはシルヴィアにメッセージでそれを伝えると――ようやく――アダムの番号を画面に表示して電話をかけようとした。

でも、発信ボタンを押す前に電話の呼びだし音が鳴った。アダムではなく父親からだった。

「ネル、一、二分いいかな？」

「ええ、もちろん」苛立《いらだ》ちを抑えて彼女は答えた。

「カメラの写真をiPadに取りこむには、どうしたらいいんだったかな？　一週間ほどいっしょにパリに行くことに、きみのママがようやく同意してくれてね。ママには休みが必要だ。しかし、カメラのSDカードの容量がいっぱいになっているようなんだ」

嘘でしょう。一、二分じゃ、すまないわ。ネルは長い電話に備えてキッチンの戸棚をチェックした。吐き気は治まっていなかったけれど、これはビスケットが欠かせない状況だ。

「この前、どうしたかおぼえてる？　アプリは、もう開いてるの？　ログインはした？　パスワードが必要よ」ネルはチョコチップ・クッキーのパックを開け、操作がそこまで進むのを待った。でも、父親は何かまちがえてはまたやりなおし、最後にパスワードを忘れたことを認めた。沈黙のなか、父親の舌打ちが聞こえてくると、ネルはパスワードを保存してある安全なアプリを開いた。ここに両親が使っているパスワードも入れてある。

父親にひとつひとつのステップを言葉を重ねて説明しているあいだに、アダムからの電話が二度入り、ネルはさらに苛立ちを募らせた。彼にメッセージを打ちはじめたそのとき、父親が歓声をあげた。「できた！　うまくいったぞ。感謝するよ、ネル。あした発《た》って、来週の金曜日に戻る。楽しんでくるよ」そう言って、父親は電話を切った。

「ええ、楽しんできてね。すてき」クッキーをかじってみようとしたものの、甘い匂いに耐えられなかった。ネルはクッキーをパックに戻し、ようやくアダムに電話をかけた。

「ネル？　大丈夫かい？」バックに車の音が聞こえることから察するに、運転中にちがいない。「車のことで、うちに刑事が来たんだ。それに、ぼくが〈マナー・ハウス・ファーム〉に行かなかった理由も知りたかったらしい。驚いたよ、女性が殺されたっていうから……」荒くなっていた呼吸が、一瞬途切れた。「きみが無事だってことはわかっていたんだが、なんていうか……心配で」

「事件の容疑者にされて、ちょっと参ってる。でも……わたしは大丈夫よ」ほんとうに？　警察で不穏な取調べを受けたあとだけに、アダムの心からの言葉が嬉しかった。ネルは張りつめた気持ちが温かくやわらいでいくのを感じた。

「いいかい……今、バーチバイ・コップスに罠《わな》の様子を見にいくところなんだ」アダムが言った。「帰りに、夕食用の何かを買ってとどけさせてくれ。ぼくという魅力的な話し相手も、いっしょにとどく」

気分が悪くて、とても食べられそうにない。それに、ジェームズに家のなかを嗅《か》ぎまわられたせいで、人を歓迎する気になれなくなっていた。「ご親切にありがとう。でも、今夜はほんとうに無理」

「ゾロのためのご馳走《ちそう》も用意してあるんだ」

ネルはためらった。ミールワームが残り少なくなっている。それでもやっぱり……。

「話し相手がほしい気分じゃないなら、門のところに置いて帰るけど、どう？」

「ごめんなさい、感謝してないわけじゃないの。ほんとうよ。ただ、とんでもない一日だったから。正直なところ、家から離れたい気分なの」

「なんだ。だったら、うってつけの場所がある」

7

八月二十七日　金曜日　午後二時三十分

アシュリィが〈アップルウッド・レジデンシャル・ケアホーム〉の前に車をとめたとき、ジェームズはメールに没頭していた。

「急ぎましょう」彼女はそう言いながらハンドブレーキを引き、車から飛び降りた。「約束の時間に遅れてるわ」

ジェームズは慌てて車を降り、彼女を追いかけた。アシュリィは肩ごしに車のキーを操作しながら、足早に先を進んでいる。ジェームズが駆け足で受付へと足を踏み入れ、ようやくアシュリィに追いついたとき、彼女は歩きながらもう受付係に声をかけていた。

「こんにちは、ミセス・マージョリィ・クロウズに会いにきました」彼女はそう言ってバッジを見せた。

「ああ」赤い顔をして、シニヨンのお団子から髪がはみだしている受付係は、不安そうに見えた。

「遅れてしまって申し訳ありません。ええ、一時ごろうかがうと言ったことはわかっています」アシュリィは、一回鳴って二時半になったことを告げた廊下の大きな振り子時計に、しかめっ面を向けた。

「いえ、そうではなくて……」

受付係の声は、近づいてくるサイレンのうなりに掻き消されてしまった。彼女は受付デスクのうしろから走りでて、入口のドアを大きく開け放った。

救急車から飛び降りた救急隊員がふたり駆けこんでくると、ジェームズとアシュリィは壁に身を寄せて道をあけた。

「ミセス・クロウズはどちらに？」隊員のひとりが訊《き》いた。

「十二号室です。ご案内します」

ジェームズとアシュリィも駆け足であとにつづいた。十二号室は一階の廊下の先で、そのドアは開いていた。部屋に駆けこんだジェームズは、ベッド脇にいた介護士がサッとうしろにさがって救急隊員のために場所をあけるのを見た。ミセス・クロウズはまるで眠っているようで、その弱々しい身体を乗せた汚れひとつないシーツとピロケースはほとんど沈んでもいない。ウェーブのかかった灰色の髪に縁取られた彼女の顔は真っ青で、汗が滲《にじ》んでいた。

「反応がないんです。十分ほど前に、こんな状態になっていることに気がつきました」

救急隊員のひとりがストレッチャーをセットし、もうひとりがベッドの脇に坐《すわ》った。「ミセス・クロウズ、ミセス・クロウズ、聞こえますか？」彼は、気道と呼吸と脈をチェックし、片方の瞼《まぶた》をあげて懐中電灯で目を照らし、そのあともう片方の目も同じように確かめた。

犯罪の可能性を疑う癖がついているジェームズは、ドアの鍵《かぎ》に目を向けた。ドアが閉まると自動的に施錠される仕組みの、エール錠だった。介護士の格納式のキーフォブは、ベルトにとめつけてある。出窓は少し開いているものの、鍵は締まっていた。ジェームズは外の壁に設置してある警報器に、〈A1アラーム〉社の稲妻のマークとロゴがついていることに気づいていた。この施設がセキュリティ対策に真剣に取り組んでいることはあきらかだ。

「昏睡《こんすい》状態に陥っています」救急隊員が立ちあがった。「一刻も早く、病院に運ぶ必要があります」

介護士が振り向いた。そして、アシュリィとジェームズに目をとめた。彼女がふたりの動きを制するように手をのばした。「どなたですか？　ここで何をしているんです？」

「警察です」アシュリィがバッジを掲げてみせた。介護士は眉《まゆ》をひそめながらも、うしろにさがった。

ミセス・クロウズのベッドのすぐ横にストレッチャーを移動させている同僚を横目に、救急隊員が介護士の腕をそっと叩《たた》いた。「ミセス・クロウズの投薬記録のコピーをいただけますか？　それに、今日飲んだ薬も見せてください」

「ああ、はい。用意できています」介護士は彼に箱をわたした。「薬は、これで全部。血圧の薬だけです。それから、これがこの一週間の投薬記録のコピーです」

「この数日、どんな様子でしたか？」救急隊員が尋ねた。「何か気がついたことは？」

介護士は唇を嚙《か》んだ。「いいえ、何も。記録もチェックしてみました。ずっと調子がよかったんです」

アシュリィがサッとジェームズに視線を向けた。彼は賛成のしるしに眉を吊《つ》りあげてみせ、そのあと救急隊員のほうを向いて言った。「われわれは、ミセス・クロウズのお孫さんが悲惨にも二日前に殺害されたことを伝えにきたんです。ですから、ミセス・クロウズも危険にさらされていた可能性があります」

「ソフィが？」介護士はショックを受けたようだった。「ソフィが亡くなったんですか？」

「残念ながら、そういうことです」ジェームズは答えた。

救急隊員がジェームズに向かってうなずき、同僚とふたりでミセス・クロウズを部屋の外に運びだした。「ミセス・クロウズは、〈ペンドルベリー病院〉の救急科に入ることになります。個室に入れるかどうか訊いてみますよ。そのほうが、目がとどきますからね」

アシュリィはジェームズに車のキーをわたすと、救急隊員の背中に向かって言った。「わたしはファミリー・リエゾン・オフィサーで、被害者家族をサポートするために働いています。いっしょに乗っていっていいですか？　そうすれば、あとで報告していただく手間が省けるわ」

「急いでくださるならかまいません」

ミセス・クロウズが急ぎ足の救急隊員の手で駐車場へと運ばれていくのを玄関付近で見送ると、ジェームズは受付係と介護士のほうを振り向いた。「薬を保管してある場所を見せていただけますか？」

受付係は顔をしかめて介護士に目を向けた。「まさかそんなことは……？」

ジェームズは、彼女を安心させようと笑みを浮かべてみせた。「お孫さんが亡くなった直後に、ミセス・クロウズがこんなことになってしまったんですからね。念のために、徹底的に調べておく必要がある」

「もちろんです」受付係はそう言って手招きをすると、介護士とならんでジェームズの先に立ち、ミセス・クロウズの部屋とは反対側にのびている廊下を進みだした。かすかにただよっている肉とキャベツの匂いと、遠くから聞こえてくるカトラリーや皿などが触れ合う音。スタッフが昼食の後片づけをしているのだ。ジェームズのお腹が鳴った。**昼食は食べたっけ？**

「ここです」スタッフ・ルームの前を過ぎると、介護士がそう言ってオフィスの前で足をとめた。そして、ベルトにとめつけたキーフォブのケーブルを引っ張って鍵を開け、ドアを押した。

奥の壁沿いに大きな机が置いてあった。ドアの真向かいに窓があり、部屋は日射しに満たされている。ドアに近い壁の前は、物の保管場にあてられているようだ。介護士は机の前に進んで鍵を取りだし、それを使って戸棚を開けた。ジェームズはなかをのぞいてみた。まず目に入ったのは、薬を一回分ずつ分けて入れておくためのトレイ。その積み重ねたトレイのとなりに面会者が名前と訪問時間を記入する名簿と、『モルヒネ』と書かれた鍵のかかった箱がならんでいる。

下の段には、介護士が薬を配ってまわるのに使う、四角い形をした黒いケースが収めてあり、上のほうの段に入居者の名前が書かれた容器がアルファベット順にならんでいた。その、『Mrs Brock《ブロック》』用の容器と『Mr Cruikshank《クルクシャンク》』用の容器のあいだに隙間ができている。

「ミセス・クロウズが服用しているのは、血圧の薬だけだとおっしゃいましたね？　それは血圧を下げる薬ですか？　それともあげる薬？」

「降圧薬です」介護士は答えた。「薬はそれだけ。目が悪いことをのぞけば、あの年齢にしてはいたって健康でした。それに、さっきも言ったとおり、きのうまではお元気だったんです」

「薬に何か変化は？　今までとはちがうメーカーのものを使いだしたとか、量を変えたとか？」

「いいえ、ミセス・クロウズによれば、もう何年も同じものを服用しているということです」

「この戸棚には常に鍵がかかっていて、鍵はあの机に入っていて、部屋のドアは施錠されている？」

「ええ、必ず。ここにあるのは薬だけではありません。秘密情報も保管されています。ですから、みんな気をつけています」

「誰かの薬を別の誰かにわたしてしまう可能性は？」

「ミセス・クロウズの場合、そういうことは起こり得ません。ミセス・クロウズの薬は一種類だけですから。一日に何回かちがう種類の薬を服用する方たちのように、トレイに移し替えたりはしません。ミセス・クロウズには、朝の見まわりのときに箱に入った瓶をおわたしして、そこから直接錠剤を取りだして飲んでいただいていたんです」

「他に鍵を持っている人間は？　面会にくる親類とか？」

「まさか。スタッフは全員マスターキーを持っています。でも、面会者は持っていません。お貸しすることもありません」

ジェームズは受付係のほうを向いた。「つまり、面会者には案内がつくということですね？　スタッフがいっしょに？」

「部屋までスタッフが同行します。入居者がラウンジやデイ・ルームや庭にいるときは、直接そちらに案内します。面会者には、必ず受付で名前を書いていただきます。ここでの用事がおすみでしたら、面会者名簿をお見せしますよ」

ジェームズがうなずくと、介護士は戸棚を施錠して鍵を元に戻した。三人が受付へと戻るべく部屋を出ると、ドアが音をたてて閉まり鍵がかかった。

「これが面会者名簿です」受付係がそう言って、彼のほうに名簿を滑らせた。『面会者名』の欄に目をとおしたジェームズは、丸みを帯びた文字で記されたソフィの名前の多さに、心を動かされた。彼女はほとんど毎日、祖母を訪ねていたのだ。それに引き換え、デイヴィッド・スティーブンソンの名前はひとつもない。

「これは？」ジェームズはそう言って、八月二十五日水曜日の午後二時にミセス・クロウズを訪ねてきた面会者の走り書きを指さした。その人物はソフィと同じく、午後三時三十分にここをあとにしている。ソフィが殺害された当日だ。

「ええと」受付係が身を乗りだして、その記載を読んだ。「アンドリュー・アーデン。ミセス・クロウズの弁護士さんです」

八月二十七日　金曜日　午後七時

ネルはクッキングディーンの雑然とした目抜き通りを歩きながら、今〈コットファーザー〉で買ったばかりの温かい紙パック（タキシードを着た魚の洒落《しゃれ》たマークがついている）を抱きしめた。温まった塩と酢の匂いが、ツンと鼻を刺激する。店と店のあいだに、剝《む》きだしの木材に縁取られた大きさも形も様々なチューダー様式の家々が道に張りだすように建っているその細い通りを進み、〈クッキングディーン・ホール〉のどこまでもつづく高い塀――その煉瓦《れんが》は、長年にわたって日や風雨にさらされて、やわらかなピンクに色を変えている――の前をとおりすぎていく。そして、いまだに水車がまわっているガストロパブの〈水車亭〉と、地元の有機栽培農家の農産物がならぶ直売場の前まで来ると、ネルは通りをわたって村の公園《グリーン》へと足を踏み入れ、クリケット競技場の観覧席脇のセイヨウトチノキの下に置かれたベンチに腰をおろして、公園にいる数名に目を走らせてみた。向こうから近づいてくるのは、アダムだ。あのだるそうな歩き方は、見まちがえようがない。反対側からやって来たところをみると、おそらく〈ヴィレッジ・ホール〉に車を駐《と》めてきたのだ。彼に手を振ったネルの足首に、飛んできたサッカーボールが勢いよく当たった。

「お姉さん、こっち！　こっちに蹴《け》ってよ！」子供が期待に満ちた顔をして、手を振っている。

ネルはご馳《ち》走《そう》の包みをゴソゴソとどけて、ボールの前に立った。彼女がぎこちないやり方で蹴ったボールは、カーブを描いて少年から大きく逸《そ》れ、両親の横を過ぎてさらに遠くへと飛んでいった。手を繋《つな》いで川沿いを歩いていたカップルが、跳ねるように両側によけるのが見えた。ボールがまっすぐに飛んでいく先には、羽に頭を埋《うず》めて気持ちよさそうに眠っている雌のマガモがいる。ボールの直撃を受けたマガモは羽をひろげて跳びあがり、ガーガーと怒りの声をあげた。川岸にいた仲間たちも、平和を乱されてパタパタとさざ波のように動きだした。

アダムのほうを振り向いたネルの目に、かぶりを振りながら声を殺して笑っている彼の姿が映った。顎《あご》でスマホを支えている。近づいてきながら、彼が口を動かした。「母だよ」アダムは早口のパンジャブ語で相づちを打ちながら、母親に言いたいことを言わせ、母親の気がすむと電話を切った。「ごめん。家族のごたごたってやつだ」

アダムはネルのとなりに腰をおろすと、ボールを救出すべくマガモの群れに忍び足で近づいていく少年を顎で示した。「きみがサッカーの真似をするところを見たが、あれじゃ野鳥狩りだ。自分でもわかってるにちがいないね」

ネルはうめき声をあげ、それからニヤリと笑った。「あのマガモ、ひょいと水に潜《ダック》ってボールをかわせばよかったのよ。北京ダックだったら、できたのにね」

「うへっ、ひどいな。生態学者のくせに、罪のない眠っているアナスプラティリンコス〔Anas platyrhynchos マガモの学名〕を襲っておいて、ぜんぜん後悔してないみたいだ」

ネルは少年を横目に、包みのひとつをアダムにわたしながら、羽づくろいを始めたマガモのほうにうなずいた。「大丈夫、死んだりはしないわ」

アダムが包みを開くと、酢の強い香りに刺激されてネルのお腹が鳴った。やっと食欲が戻ってきた。彼女は自分の包みを開いて、小さな木製のフォークを手に取った。

アダムが彼女の小さな包みをのぞきこんだ。「嘘だろう？　チップスなし？　フィッシュアンドチップスの名店に行って、チップスを買わないなんてあり得ないよ」

「お腹が空《す》いてなかったの。そのときはね」

「なるほど。チップスを買わなかったことに関しては、本気で後悔してるみたいだ」アダムはチップスを一本つまみとり、丸ごと口に放りこんだ。そのあと彼はリュックから持ち帰り用の箱を取りだし、ネルにわたした。その中身がうごめいている。「自棄《やけ》になったら、それも食えるかも」

「合うワインがなければ、ミールワームはいただけないわ。こんな状況で食べたら、もったいない」ネルは川のほうに目を向けた。「見て！　カワセミよ！」

アダムがヤナギの向こうに目を凝らしている隙に、ネルは彼のチップスを一本かすめ取った。

「なんだよ！　行儀が悪いな！」アダムが嬉《うれ》しそうに言った。彼はチップスをほんの少し、ネルから遠ざけた。ネルがふたたびチップス泥棒を働こうと思ったら、さっきよりも手をのばさなければならない。

ネルのスマホが鳴って、ふたりの打ち解けたひとときが中断された。パーシィの名前が表示されている。アダムは向こうを向いて、またチップスをつまんだ。

ネルはメッセージを読んだ。

『あなたのセクシィな刑事さんに、もうブカブカのパンツを見られちゃった？』

ネルはスマホのサイドボタンを押し、画面が暗くなるとそれをベンチに置いて、ちょっと自分から遠ざけた。

「大丈夫？」アダムが訊《き》いた。

「ええ。くだらないメッセージ。友達からだった」ネルはアダムのスマホを指さした。「ご家族はお元気？」

「ああ、今度はチップスから注意を逸らす作戦だな！」ネルが元気よくうなずくと、彼は肩をすくめた。「母は、アーニャに猛烈に腹を立てている」ネルはわざとチップスを盗み取ってみせたが、アダムはそれに気づかないふりをした。「月曜日に家族でバーベキューをするときに、インドでのマーラの結婚式では行儀よく振る舞うように言い聞かせてやる。新しい親類はうちよりも保守的だからね。誰もが行儀よく振る舞うのが当然だと思っている。ああ、姉はものすごく堅苦しい家に嫁ぐんだ。でも、マーラにはそれが合ってる。恥ずかしがり屋で、おとなしいからね。しかし、アーニャはちがう」

「そうなの？」またチップスをかすめ取ろうとしたところで、ネルは手をとめた。そんな話、聞いたっけ？「どのくらい行ってるの？」

「行くのは来月。デリーでの式は、何週間もつづくんだ。アーニャのやつ、問題を起こすにちがいない。しかし、あの子はティーンエイジャーだからね。好き勝手をしては、いつも罰を逃れている。あの歳では、たとえ人を殺しても――」アダムは顔をしかめた。「ごめん……」

「アーニャの運を少しわけてもらう必要がありそうね」ネルは、なんとか笑顔をつくってみせた。

探るように彼女を見つめるアダムの茶色い目には、不安の色がいっぱいにひろがっていた。

「なんだかやさしい気持ちになってきたぞ。このチップス、全部食べていいよ。刑務所じゃ、食べさせてもらえないだろうからね。きみがチップスを食べられる日は、あと数日かもしれない」

「わたしが捕まるって信じてくれて、ありがとう」いずれにしても、ネルはまたチップスを手に取った。

「自分が容疑者だと言ったのは、きみだよ。こうなったら選択肢はふたつ。その一——刑務所内で生き延びるための作戦を練りあげる。その二——大脱走計画を実行に移す」

「その三——無実を証明する？」

「もちろん、それがいちばんだ。しかし、代替策を用意しておくのも悪くない。偽造パスポートを手に入れて、フランスへ……」

「偽造パスポートなんて、どうすれば手に入るの？　あなた、そういう知り合いがいるわけ？」

「もっともな意見だ。オーケー。それじゃ、カヌーで海峡をわたるっていうのはどう？」

ネルは眉《まゆ》をひそめながら考え深げに答えた。「北海《ほっかい》で溺《おぼ》れ死んじゃうでしょうね。逃亡計画っていうより、手のこんだ自殺だわ」

「モーターボートでモナコに逃げる？」

ネルは肩をすくめた。たしかに、それなら実行可能だ。「いいから、チップスをちょうだい」

「ぼくには、チップス以外にも提供できることがある。この週末のちょっとした気晴らしを思いついたんだけど、どうかな？」アダムはそう言って、ためらいがちに横目で彼女を見た。

ネルは彼の視線を受けとめながら、期待に胸がざわつくのを感じていた。「気晴らし？」

「エリンをきみの家に呼んでゾロを見せるというのはどうかな？　グレーウサギコウモリを見たことなんて、ないと思うんだ。ぼくも初めて見たくらいだ。いい勉強になるよ。シルヴィアにも見せたいな。コウモリの保護の一例を間近で見るチャンスだ。写真に収めて、記事を書くことができる」

ネルはがっかりしたが、落胆はその提案をことわりたいという本能的な気持ちの下に、瞬時にして消えていった。「あの人たち、予定があるかも――」

「どちらもあしたの午前中は空いてるって、たまたま知ってるんだ。エリンは学ぶ必要がある」

ネルの皮肉をこめた一瞥《いちべつ》が、一瞬彼を黙らせた。新卒でチームの一員となったフィールド・アシスタントのエリンは、とにかく手に負えない。熱意があることは認めるけれど、修士号を持っている自分には学ぶことはもう何もないと思いこんでいる。ただし、アダムに教わるのは別らしい。

「だったら、シルヴィアのためだと思えばいい。彼女は常にブログにあげる題材を必死でさがしてる」

ネルは異議を唱えようと口を開いたところでためらった。

「しつこかったな。ごめん。ただ、グレーウサギコウモリなんて、滅多に見つからないからね。特別なコウモリだ。ぼくも押しかけようとしてた。ゾロのやつがどうしているか見たかったんだ」そう言ったアダムにあの笑顔を向けられ、ネルは笑みを抑えきれずに、やれやれと首を振った。

「いいわ」

「すごいな。ふたりに連絡するよ」アダムはポケットからスマホを取りだし、ふたりに宛ててメッセージ『👍』を送り、またネルに向きなおった。「みんな、きみの家もすごく見たがってるんだ。あの大きな門の向こう側には、誰も入ったことがないからね。みんなストリートビューで外観は見てるから、すごくいい感じだってことは知ってるんだ」

「なんですって？」

「えっ、誰にも見られていないと思ってたの？　調査の現場だって、実際に出掛ける前にストリートビューで見ておくよね」そう言って何かを考えはじめたアダムの表情が、どんどん哲学的なものに変わっていった。「きみはすべてにおいて、すごく謎めいている。警察が興味を持つのも、そのせいかもしれないな」

ネルは否定したくてうずうずした。でも、アダムの言うとおりかもしれない。

「それで、警察のほうはどんな感じ？」

「自分が容疑者になっているという事実を真剣にとらえているの。わたしは、そこにいた。アリバイはなし。いくら説明しても、警察は納得してくれない」刑事たちが信じていないのはあきらかだ。消えることのない疑いの醜い染みが、潮が満ちるようにどんどんひろがっていく。

「きみを容疑者リストから除外するために、いろいろ訊いてるんじゃないのかい？」ネルがつらそうに肩をすくめるのを見て、アダムは怒りだした。「きみが人を傷つけるはずがないじゃないか！　きみと〈マナー・ハウス・ファーム〉のあいだには、何の繋《つな》がりもない！　どんな動機があるっていうんだ！　バカバカしいにもほどがあるよ」自分を庇《かば》おうとして怒りを爆発させる彼を見て、ネルのなかに希望の光が射した。アダムがネルを見つめた。「何か知ってるのかい？　どこで事件が起きたのかとか？」

ネルはうなずいて唇を嚙《か》んだ。「トンネルよ」

アダムはチップスを脇にどけて、彼女のほうを向いた。

「わたしもなかにいたの。あなたに写真を送ったあと、すぐにトンネルに入った。わたしがトンネルのなかにいるときに……」一度口にした言葉は、取り消せない。アダムにバカだと思われてしまう。あるいは臆病《おくびよう》者だと。

アダムは待った。

「その音を聞いたような気がするの。何か聞こえたのよ。煉瓦《れんが》が落ちるような音だった。でも、あちこちの煉瓦が抜け落ちていて、天井は隙間だらけになっていた。それに、すごく湿っぽくて。だから、気にしないようにして放っておいたの。でも、ほんとうはわかってた……感じたって言ったほうがいい。何かよくないことが起きてるって、感じたの」

「他に何か聞かなかった？」

ネルは首を振った。「何も」

「どのくらい離れたところから聞こえてきたのか、わかる？」

ネルは震える唇を嚙んだ。「わからない。でも、向こう端だと思う。母屋側の……」彼女は、声を落としてささやくようにつづけた。「母屋側の入口の近く」

「なんてこった。それで、刑事たちはなんて言ってるんだ？」

「そのことは……話してないの。ええ……バカみたいでしょう？　でも、落ちた煉瓦がそこらじゅうに散らばっているトンネルのなかで、煉瓦が落ちるような音を聞いたのよ。また落ちたんだって思うのがふつうだわ」

「そうかもしれない。しかしそれは、殺人が起きていたという事実を考慮に入れなければの話だ。ネル、警察は真剣にとらえると思うよ。まちがいなく捜査の役に立つ。時間枠を絞ることができるからね」

「そうね、わたしがトンネル内にいたあいだに絞れるわ」

「問題ないだろう？」

「警察はすでにわたしが怪しいと思ってるのよ、アダム。トンネルの存在を知っていた人間は、ほとんどいないみたい。どうやってその存在を知ったのかって、刑事に訊《き》かれたわ。なぜなかに入ったのか、その理由も訊かれた。ええ、ただ入ったんじゃない……道を切り開いて無理やり入ったのよ」

「しかし、きみにはトンネルに入る正当な理由が――」

「音のことを話したら、なんて言われると思う？　きっと、なぜ助けを呼ばなかったのかって言われるわ。ほんと、なぜ呼ばなかったのかしら？」ネルは視線を落として、膝《ひざ》を見つめた。「それに……あのあと、ソフィは約束の時間にあらわれなかった。それでも、わたしはなんとも思わなかった。刑事たちが、今の時点でわたしのことを本気で怪しんでいなかったとしても、音のことを聞いたら本気になるわ」

ジェームズは、するべきことをしなかった彼女を愚かだと思うにちがいない。警察に通報することさえしなかったのだ。彼にどう思われるかなんて、どうでもいいことだけど……。

「わたしが何かしていたら、こんなことにはならなかったのかしら？　誰かに電話をするとか……わたしが……トンネルの奥まで行ってみるとか――」

「オーケー、ちょっと待ってくれ。その時点で、どうしたらそんなことを思いつく？　今だから、そんなふうに言えるんだ。何かが起こってるなんて、きみは知るよしもなかった」

「でも、わかってた」

「オーケー、きみの勘が働いたわけだ。しかし、人がどれだけ勘を無視するものか、きみはぼく以上にわかっている。だからこそ、現場で何か不安を感じたら――理由などわからなくても――その場にとどまってはいけないと、きみはいつも新入りに言っている。おかげでみんなうしろめたさを感じることなく、その助言にしたがっている。言うまでもなく、直感にしたがって身を護《まも》るのは自然なことだ。それで自分を責める必要はないよ」

「でもアダム、人が死んだのよ。わたしには、それをとめることができたかもしれない」

「お願いだから、やめてくれ。とめにいったら、きみも殺されていたかもしれないんだ。そう思うと、ぼくは……」アダムは唇を引き結んで、彼女のほうに手をのばした。ネルは、自分の手をしっかりとにぎる彼の手を見おろした。その手を放してほしくなかった。

しかし、勘違いしたアダムは彼女の手を放してしまった。「ごめん。いいかい、ネル、きみは何かを見ている可能性がある。まだそれに気づいていないのかもしれない。何かを思い出したらどうする？　きみがその場にいたことを犯人が知っていたらどうする？　そう、犯人に見られていたら？　あるいは、犯人がきみに見られたと思っていたら？」彼の声がかすれた。「なんてこった、ネル……きみはたいへんな危険にさらされている」

8

八月二十八日　土曜日　午前八時

ジェームズは『31A』の建物、もしくは『アンドリュー・アーデン』の名前が刻まれた表札をさがしながら、ジョージアン様式の建物がならぶペンドルベリーの目抜き通りを歩いていた。その弁護士のオフィスが入っている左右対称のタウンハウスは、デザイナーの名前を掲げたブティックや極めて高価な家庭用品を商う店が集まる、町の高級感ただようこのエリアにあるようだ。

目抜き通りは、すでに買い物客で賑《にぎ》わっている。ランチタイムになるころには、川を望む〈オールド・コーチ・イン〉は、〝シェフのおすすめ〟といっしょに地元産のエールを楽しむ満足顔の常連客でいっぱいになるだろう。そして午後の半ばには、蜂蜜《はちみつ》色をした城跡脇のティー・ルームに、職人が焼くペストリーを切望する客が集まってくる。この町は西に行くほど住宅が減り、商店やパブばかりが建ちならぶようになる。週末に通報を受けてジェームズが駆けつけるのは、ほとんどそのあたりだ。

ネルがここにいたら、何に目をとめるだろう？　目抜き通り沿いを流れる川を眺め、若葉のようにも見える黄色い花をつけたヤナギを愛《め》で、その向こうを滑るように泳ぎすぎていく白鳥を見て、ただ楽しむだろうか？　それとも、特別な種を求めて藪《やぶ》のなかをさがしまわるだろうか？　しかし、これだけは確実に言える――ここに建ちならぶ、彼が愛する優美な古い建物をさして「ここには例外なくコウモリが棲《す》みついている」と話してくれるにちがいない。

ジェームズより先に、ヴァルが真鍮《しんちゅう》のドアベルを押した。洒落《しゃれ》たブルーのドアがカチッと音をたてて開くと、ふたりは金色の文字で書かれた表示にしたがって、オフィスへとつづく広い階段をのぼりはじめた。階段の上で待っているアンドリューの細長い影が、手摺《てす》りに落ちている。ジェームズは急《せ》かされているような気がして、アンドリューの足がコツコツと床を叩《たた》いているのではないかと階段上を見あげてみた。彼の足は動いていなかった。しかし、その眼差《まなざ》しは訪ねてきた客とオフィスのドアに交互に向けられている。そして、ふたりが階段をのぼりきると、足をとめて友好的な自己紹介をしようとしたジェームズにその間も与えず、すぐにふたりをオフィスに招じ入れた。

オフィスには法律書がならび、額に入った法的な資格証明書が掲げられていた。ヴァルは革張りのアームチェアに腰をおろした。「会っていただけて感謝しています」机には、ひろげた状態の日誌が載っている。ヴァルは、その横に飾られているアンドリューの妻と子供たちの写真を顎《あご》で示した。「特に、週末なのに」

しかしアンドリューは、机に積まれた書類の山からファイルを二冊手に取り、どちらを先に見せるべきか決めかねているように、見比べていた。「ソフィ・クロウズの遺書をご覧になりたいにちがいない」アンドリューはそう言って、ヴァルに一冊のファイルを差しだした。「しかし、こちらも見ていただきたい」彼は別の一冊をジェームズに手わたすと、腰をおろした。

ジェームズがファイルを開く間もなく、すでにわたされたファイルに目をとおしはじめていたヴァルが眉《まゆ》をひそめて言った。「ソフィが遺書を書き換えたのは……殺害されたその日だったのですか？」

「そうです。まさに、その日でした。わたしには、ただの偶然だとは思えません」アンドリューが両手をにぎるのを見て、その手が震えていることにジェームズは気づいた。

ヴァルはページをめくった。「ソフィは、〈ペンドルベリー・ホース・サンクチュアリ〉を受遺者にしていますね」彼女にファイルをわたされたジェームズは、日付をチェックした。

驚きだ。ヴァルの言うとおり。遺書は三日前に書き換えられている。ジェームズは、遺書の最後に認《したた》められた証人の名前を確認した。ヘンリエッタ・ランバート。ジェームズはその傾いた美しい曲線的な文字から、ヘンリエッタの年齢を推測した。「ソフィは、〈アップルウッド・レジデンシャル・ケアホーム〉でこの署名を？」

アンドリューの引きつった顔に、驚きの色がひろがった。「そのとおり。そういうことです。待ち合わせは午後二時。事前に——そう、八月十六日でした——遺書を書き換えたいといって、ソフィから電話をもらいましてね。必要な書類を作成しました。あとはソフィと証人が署名をすればいいだけになっていた」

「証人も〈アップルウッド〉の入居者だったんですね？」ジェームズはアンドリューの机に置かれた日誌に目を向けた。八月十六日のページが開いてある。刑事の訪問に備えて、話せることをすべて整理しておいたにちがいない。

「そうです。ミセス・ランバートはマージョリィ・クロウズの親しい友人です。ふたりが〈アップルウッド〉にいるわけですからね。向こうに四人が集まって、書類の署名を行いました」

ソフィが、自分の友人ではなく祖母とヘンリエッタ・ランバートを頼ったというのは、興味深い事実だ。「元の遺書にはどんなことが書かれていたのですか？」ジェームズは尋ねた。

「近い将来、家族で住むことになるはずだった〈マナー・ハウス・ファーム〉は、夫であるデイヴィッド・スティーブンソンに譲られることになっていました。これは極めて自然です。しかし、ソフィは考えを変えた。そして、新たに遺書を作成して、夫に財産がわたることを阻止したばかりか……」アンドリューは、ジェームズに手わたしたファイルのほうを向いてうなずいた。

ファイルを開いて椅子の背にもたれたジェームズは、驚いて言った。「離婚の申請を？」

「そのとおり。八月十六日の電話で、ソフィに必要な書類を用意するよう頼まれましてね。数日前にデイヴィッド・スティーブンソンの弁護士に送りました。弁護士が速やかに動いていれば、デイヴィッドはソフィが離婚したがっていることを、彼女が殺害される前に知ったと…

…」彼は唇を引き結んで、背もたれに身をあずけた。

ジェームズはヴァルを横目で見た。デイヴィッドは、自分の結婚が危機にさらされていることを知っていたようには見えなかった。ジェームズはアンドリューに向きなおった。「ソフィはなぜ離婚をしようと？」

「デイヴィッドの理不尽な振る舞いについて言及していました」

「理不尽というと？」ヴァルが眉をひそめて身を乗りだした。「どんなふうに？」

アンドリューは、自分の手を見つめていた。「デイヴィッドは、ソフィを欺いたのです。それで、ソフィは結婚そのものが偽りだったのではないかと疑うようになったらしい。デイヴィッドが徐々に彼女の全財産を管理するようになったやり方を思い返してみて、特にそんな思いが強くなったようだ」目をあげてヴァルに視線を向けた彼の顔には、怒りの色がくっきりと刻まれていた。「そして、ようやく手を打つ勇気を持ったとたん、彼女の身に何が起きたか見てごらんなさい」

ジェームズは、なんとか表情を変えずにとおした。仕事で出逢《であ》う事務弁護士たちは、ほとんどみなうんざりするほどの冷笑家だ。しかし、アンドリューは感情を抑えようともしない。繊細な顔立ちと穏やかな雰囲気のせいで、実年齢よりも老けて見えるが、三十代半ばとジェームズは見当をつけた。たいていの事務弁護士は、あからさまに唇を尖《とが》らせて眉を吊《つ》りあげ、これを見れば何もかもわかるだろうと言わんばかりに、書類を突きつける。しかし、ジェームズの経験上、そこから起訴に繋《つな》がるような何かを見いだせたことは一度もなかった。

「デイヴィッドは、どんな形でソフィを欺いたのですか？」ヴァルが訊《き》いた。

「〈マナー・ハウス・ファーム〉の開発計画について、ソフィに嘘をついていたのです。ソフィは家族の屋敷を改築して、乗馬クラブにしたいと考えていました。それが長年の夢だったのです。説明させてください――」アンドリューは壁の前まで行くと、上げ下げ窓の横にかかっていたセピア色の写真が入った額をはずし、それをジェームズにわたした。スーツ姿の男がふたり、見おぼえのある壮麗な建物の前に立っている。

「〈マナー・ハウス・ファーム〉の母屋の前で撮った、わたしの祖父とソフィの曾祖父《そうそふ》の写真です。うちの法律事務所は、祖父がソフィの曾祖父に雇われたのを機に誕生したのです。そのあと父が祖父の跡を継ぎ、両家は顧問弁護士と顧客として、常に親しく付き合ってきました」

アンドリューは深呼吸をした。「ソフィは、子供のころに車の事故で両親を亡くしました。それで、父方の祖父母であるクロウズ夫妻が、彼女の保護者になったのです。あの屋敷でクロウズ夫妻と暮らすようになったとき、ソフィはまだとても小さかった。心に深い傷を負ったソフィは、自分の殻に閉じこもるようになってしまいました。ミセス・クロウズがひどく心配していたのを知っています。クロウズ夫妻がなんとか他の子供たちと遊ばせようとしても、ソフィは簡単には友達をつくることができなかったし、悪夢に悩まされてもいたようです。

わたしはソフィよりも十歳ほど上です」アンドリューが説明をつづけた。「ですから、あの事故でみんながどんなにショックを受けていたか、はっきりとおぼえていますよ。ミセス・クロウズは、馬に興味を持たせることでソフィを殻から引っぱりだそうとした。年月をかけて、ソフィは変わりました。彼女の騎乗技術は、才能ある女性騎手にも引けをとらないほどにまで磨かれた。それで自信がついたのでしょう。見ているほうも、うれしくなりました。ソフィは、今でも馬を心から愛しています。ああ……愛していました……」アンドリューは窓の外に目を向けて息を吸い、それから先をつづけた。

「ソフィは乗馬クラブを経営したいと、常に望んでいました。おそらく自分の経験から、乗馬療法の効能を信じていたのでしょう。それが他の人間にも役立てばと考えていたようです。デイヴィッドも、その計画を支持していました。いや、彼女の計画のみならず、彼女自身の大きな支えになっていた。だからソフィは彼と結婚し、祖母が〈アップルウッド・レジデンシャル・ケアホーム〉に入った時点で、〈マナー・ハウス・ファーム〉を信託の形で自分に遺贈してくれるよう頼んだのです。そうすれば、改築工事を始められますからね」

アンドリューの表情が、声とともに硬くなった。「しかし、すべてが変わってしまった。デイヴィッドは、異なった開発計画を進めようとしていたのです。ソフィがその証拠を見つけたのは、八月十六日。

その同じ日、何も気づかれていないと信じこんでいたデイヴィッドは、〈マナー・ハウス・ファーム〉の名義をソフィから彼の会社に変更するための書類を彼女にわたしました。そして、それを正当化するために、役割を分担しようと提案したのです。ソフィに乗馬クラブの――そう、デイヴィッドにそんなものを建てるつもりがないことは、もうわかっていたのに――設計の監督を任せ、自分は――まったく別の計画の――プランニングと資金の調達を担当する。それで、彼の会社の名義にしておかないと、必要な資金を集めるのは難しいと言ったのです」

「デイヴィッドの別の計画というのは？」ジェームズは尋ねた。

「知りません。その話をしたとき、ソフィは具体的なことは何も言いませんでしたからね。かなり怒っていましたよ。ひどく動揺してもいた。わたしは、彼女が身辺を整理するのを助けることだけに、集中するようにしていたんです」

「デイヴィッドが用意した屋敷の名義変更の書類にソフィが署名するのを、あなたが思いとどまらせたのですか？」ヴァルが訊いた。

「そんな必要はありませんでした」アンドリューが答えた。「ソフィもミセス・クロウズもそんなことはしませんよ」

「なるほど。ミセス・クロウズも屋敷がデイヴィッドの会社の名義になることは、望んでいなかったわけですね？」ヴァルが訊いた。

「そのとおり。ソフィがデイヴィッドの裏の計画を知る前でさえ、そんなことは望んでいなかった。だから、〈マナー・ハウス・ファーム〉の名義をミセス・クロウズからソフィに変更することはせずに、ソフィとミセス・クロウズの共同名義にして、共有者として互いに生残者権を持つようにしたのです」

　ヴァルはアンドリューからわたされた不動産の権利証書に目をとおした。「つまり、どちらかが亡くなった場合、不動産は生き残ったひとりのものになるということですね？　それならば、両方が亡くなったときは誰が譲り受けることに？」

「それですよ。共同名義になっているかぎり、祖母が亡くなるまで〈マナー・ハウス・ファーム〉は完全に自分のものにはならないということを、ソフィは理解していました。そして、彼女は自分の死後、不動産が馬の保護施設《ホース・サンクチュアリ》にわたるよう、遺書を書き換えたのです。理由はふたつ。まず、ソフィは自分の乗馬クラブと保護施設とが連携して動ければと望んでいて、施設に厩舎《きゅうしゃ》を提供するつもりでいたんです。いかに独立したふたつの存在が共存していくか、その契約書の草稿もできあがっていました。そして、もうひとつの理由は、慈善事業に遺贈した場合、遺書に異議を唱えるのが難しくなるということです」アンドリューの灰色の目が、ほんの一瞬、炎のように輝いた。「これは、念のためですがね」

ジェームズは、言外の意味を理解した。**ソフィは、デイヴィッドが遺書に異議を唱えるにちがいないと思っていたのだ。**「ソフィには、自分に危険が迫っていると考える理由があったんですか？」

ジェームズの視線を受けとめて、アンドリューが答えた。「わかりません。しかし、ソフィは、殺されて……殺されてしまった」彼は息を呑《の》んだ。「つまり、危険が迫っていたということです。自分の財産を護《まも》ろうと手を打ったとたん、事件は起きてしまった」

「デイヴィッドは、そういうことを全部知っていたのですか？」ヴァルが尋ねた。「それに、ソフィが遺書を書き換えたことは？」

アンドリューは残念そうに首を振った。「いいえ、知っていたとは思えません。屋敷の名義をソフィから彼の会社に書き換えるための書類を用意していたという事実が、その証拠です。

しかし、ソフィが離婚を望んでいたことは知っていたにちがいない。それが、ひとつの……動機になったのだと思います」

アンドリューは名刺を一枚机に置き、ジェームズのほうに滑らせた。「デイヴィッドの弁護士の名刺です。連絡をとる必要が生じたときのために、裏にわたしの自宅の住所と電話番号を書いておきました」

車に戻りながらデイヴィッドの弁護士に電話をかけたジェームズは、留守電の声を聞いても驚かなかった。彼はヴァルに目を向けた。「配偶者の線に戻りますか？」

「そうね」ヴァルはそう言って、〈ペンドルベリー・ホテル〉のほうを示した。「ホテルで降ろすから、デイヴィッドのアリバイをチェックして。わたしは本部に戻ったほうがよさそうだわ」

沈黙に包まれて、川沿いのシダレヤナギの下を考えを巡らせながら歩いていたジェームズは、ヴァルが眉《まゆ》をひそめていることに気がついた。「何を考えているんですか？」

「はっきりとはわからない。でも、さっきの会話の何かが引っかかって……」

「相続についての話ですか？」ジェームズは訊いた。

「ああ、それよ」ヴァルが指を鳴らした。「アンドリューは、妙な言い方をしたわ――祖母が亡くなるまで〈マナー・ハウス・ファーム〉は完全に自分のものにはならないということを、ソフィは理解していましたってね」

「そのどこが妙なんですか？　ミセス・クロウズが先に死んだら、屋敷はソフィひとりのものになる」

ヴァルは首を振った。「彼が言ったのは、そういうことじゃない。どうなるかをソフィが理解していたと言ったのよ。このふたつの意味は同じではないわ」

ジェームズは、そのニュアンスに気づかなかった自分を責めた。「今、ミセス・クロウズに話を聞くことはできません。今朝の病院からの報告では、容態に変化はないということでしたからね。ミセス・クロウズは、遺書という秘密事項が多く含まれる極めて個人的なものの証人を頼むほど、友人のミセス・ランバートを信頼している。ミセス・ランバートは、われわれに会うことを承知してくれるでしょうか？」

「承知してもらうのに必要なのは、まずアップルティー。そしてケーキ。あとは忍耐力ね」

八月二十八日　土曜日　午前九時

アダムは車の窓から外に手をのばして、ブザーを押した。そして、無垢《むく》材の門が滑るように開きはじめたとき、なぜか不安をおぼえた。ネルの家には何度も来ているが、門の外で彼女を拾うか落とすかしただけだ。彼の横でシルヴィアが地元紙を掲げ、後部座席に坐《すわ》っている同僚のエリンといっしょに記事を読んでいる。アダムは声を潜めてしゃべっているふたりと距離を置き――「やだ、現場のひとつでこんなことが起きたなんて信じられない。かわいそうなネル。

想像してみて！　ネルは、そこにいたのよ！」――ネルの住まいに対する興味を満たすことだけに集中した。

時間にしてたった三十分ほどしか離れていないのに、ペンドルベリーのアダムの住まいとことでは大ちがいだ。ネルの家は、丘陵に抱かれた緑ゆたかな絵のように美しいのどかな村に建っていて、友人とシェアしている彼のフラットは賑《にぎ》やかな町の中心にある。ロンドンで育った彼は、活気に満ちた便利な町が大好きだ。それでも認めないわけにはいかない。そう、この果てしない眺めはすばらしいし、この静けさは――鳥のさえずりと木の葉のざわめき以外何も聞こえない――なぜか一瞬にして心をなごませてくれる。

玄関へとつづく小径《こみち》に車を乗り入れたアダムは、ガレージに目をとめた。**三台は入るな。彼女のスマート一台を入れるには、ちょっと広すぎる。隣人とシェアでもしているのだろうか？**　その屋根を、溢《あふ》れんばかりのベンケイソウとルドベキアと香りただようオレガノがふわりと緑に覆い、蜂がブンブンと飛んでいる。納屋の屋根のソーラーパネルは、晩夏の太陽に向けて傾けられているが、それでもコウモリが屋根のタイルの下にあるねぐらに出入りできるよう角度を調整してあった。

ゆうべアダムとネルは、夕暮れに公園をあとにした。気温が下がり、小さな虫が飛びはじめたせいで、ネルが家に帰ると言いだしたのだ。夜のあいだに彼女の不安がやわらぐことはなく、彼の不安は募っていった。それでも、ネルは隙を見せなかった。彼女は、徐々にしか人を近づけない。しかし待つ価値はあると、アダムは感じていた。

ネルは、ほとんど眠っていないという事実が隠れるほどの、輝くばかりの笑顔で同僚を出迎えた。眠れなかったのは、鍵《かぎ》とアラームを何度もチェックし、ちょっとの音で——古い納屋は度々音をたてる——跳びあがっていたせいだが、自分が人とのあいだに引いている境界線を踏みこえられることに対する、いつもの不安のせいでもあった。それでも客として招いた以上、温かく迎えたかった。それに、ゆうべアダムは、彼女の気を紛らわそうと心を配ってくれた。ネルは散らかってもいない部屋を片づけ、クロス類を二度も取り替えて香水を大量に振りかけた。

跳ぶように入ってきたエリンが——ネルとアダムよりも十歳ほど若い彼女は、常にエネルギーに満ち溢れている——カーペットに乾いた泥の跡を残して廊下を歩いていく。彼女を指導するのは、聞き分けのない興奮しすぎの子犬の躾《しつ》けをするのに似ていると、アダムは言っていた。ネルは苛立《いらだ》ちを隠しているつもりだったが、シルヴィアは気づいたにちがいない。彼女がヒールを脱ぎはじめると、真っ赤に塗られた爪が見えた。

「脱がなくていいのよ、シルヴィ」ネルはハグで彼女を迎えた。彼女はネルとアダムよりも十歳ほど上に見えるけれど、歳を言いたがらないことから察するに、もっと上なのかもしれない。いつまでも艶《あで》やかで、チームのマーケティング・マネージャーとして話すのが得意で、ヒョウ柄の細身のワンピースを着た彼女は、トークショーのホストのように見える。長年にわたって広報の世界で働いてきた彼女は、コンバットブーツにパーカー——しかも、野外で目立たないよう色はグレーやカーキ——という出《い》で立ちの生態学者のなかで、かなり浮いている。それでも、シルヴィアを責めることは誰にもできない。

「ダーリン！」シルヴィアは芳香をただよわせてネルに頰を寄せ、キスの真似をすると、あたりに目を走らせた。「なんてお洒落《しやれ》な田舎暮らしなの！　デザイナーの名前を教えてもらわなくちゃ」

「そうね。どれも……なんか、ちょっと……独創的じゃない？」エリンが鼻にしわを寄せて、中国製の薬戸棚を示した。そのとなりには煙草色の大きなソファが三脚、彫刻を施したインド製のコーヒー・テーブルを囲むように設《しつら》えてある。

アダムが口笛を吹いた。「すごい家だな」彼のセクシィな笑みが消えた。「嘘だろう、ぼくの部屋よりでかいテレビがあるぞ。チームの〝映画のゆうべ〟は、うちじゃなくここでやるべきだ。ここには宥《なだ》めすかす必要がある同居人もいない」

「あなたは町に住みたいから、フラットをシェアしてる。それだけのこと」ネルは彼をキッチンへとうながした。「通のあなた方には満足してもらえないでしょうけど、とにかくコーヒーをいれるわ」

「〈マナー・ハウス・ファーム〉でのことを、すっかり話してくれなくちゃ。犯人を見たの？」エリンが真っ黒な長い髪をいい加減なお団子にまとめながら、あとをついてきた。

ネルはシュッと息を吸いこんで、アダムに目を向けた。「いいえ」彼女は顎《あご》がこわばりそうになるのを抑えて、無理にほほえんでみせた。「でも、コウモリを何頭か見たわ。ゾロもそのうちの一頭よ」

エリンはシルヴィアの手から新聞を引き抜いた。「事件のことは読んだわ。あなたがその場にいたなんて信じられない」

アダムに向けたネルの視線は、さっきより鋭くなっていた。彼は小さく首を振った。つまり、**彼は何もしゃべっていないということだ。**ネルは新聞を手に取り、その記事に目をとおした。

『地元の相続人、家族の屋敷で殺害される。

八月二十五日水曜日、ペンドルベリー近くの〈マナー・ハウス・ファーム〉で、ソフィ・クロウズさん（二十六歳）が殺害された。クロウズさんは、夫のデイヴィッド・スティーブンソン氏とともに開発を手掛けていた家族の屋敷内で撲殺体で発見された。その直前、スティーブンソン氏から警察に捜索願が出されている。

スティーブンソン氏は次のように述べている。「迅速に動いてくださったトレント署長と捜査班のみなさんに、心より感謝しております。美しい妻のために、法の裁きがくだることを祈るばかりです」

事件当日、〈マナー・ハウス・ファーム〉で人と会うことになっていたクロウズさんは、約束の時間（死亡推定時刻ごろ）に姿を見せなかった。警察はクロウズさんの最後の瞬間に何が起きたのかを解明中で、情報の提供を呼びかけている。

『警察は有力な容疑者を複数特定し、話を聞いている模様』

9

八月二十八日　土曜日　午前九時

ネルはサッと口に手をあてた。「嘘でしょう」わたしは有力な容疑者なの？

『『マナー・ハウス・ファームで人と会うことになっていた』って書いてあるけど、これあなたとの約束のことでしょう？』エリンが訊《き》いた。

ネルはうなずきながらも、血の気がひいていくのを感じていた。ジェームズの言葉が、耳のなかにひびいている――遠くへは行かないようにしてください、ワード博士。また、お話をうかがう必要があります。

「マスコミが嗅《か》ぎつけて、あなたを見つけだすのも時間の問題ね。話を聞こうと、この家の前に居座りつづけるわよ」

胃がムカムカしてきた。嘘でしょう。そんなことになったら……。

「ほんと、ひどい話だと思わない？」シルヴィアが言った。「気の毒だわ。たった二十六歳で。新婚だったんでしょう？　それに、あのすてきな屋敷。これからだったのにね」

エリンが鼻を鳴らした。ネルとシルヴィアが彼女のほうを振り向いた。エリンの顔が真っ赤になっている。「そうね、もちろん殺されたっていうのは最悪だわ。でも、その人、頑張って働く類《たぐ》いの人じゃなかったのよね？　あなたとの約束でさえ、自分で予定の調整をしたりはしなかった。プロジェクト・マネージャーが代わりに連絡してきたんでしょ、ネル？　それにその人は、環境に配慮しながら自分の家族の家を改築しようとしてたわけじゃないわ。もう、考えただけで吐きそう。住宅建設計画のために屋敷を売り払うつもりだったのよ。上流階級の人間の典型ね。お金の心配なんかしないで、欲しいものはすべて手に入れる。それで、感謝してるかって？　してないわ。満足してる？　すごい屋敷を持っていて？　ぜんぜん。あの人たちは、もっと多くを欲しがってるのよ。わたしの世代のほとんどが、自分の家を持ちたいなんて望むことさえできずにいるのにね。しかも、あの人たちは働きもしないで、あれだけのお金や特権を得ている。ほんとうにむかつくわ」

　エリンが、家を持つということに関する何かをきっかけに、社会的不平等について声を荒らげるのは毎度のことだ。それでもネルは顔が熱くなるのを感じた。ネルは、そういうことでかぞえきれないほど責められてきた。カレッジでは学友に、「その地位があるなら勉強なんかする必要ないだろう」とか「飲み歩いてみんなに奢《おご》りまくってればいいじゃないか」と言われた。家族の地所の管理人が、「頭が空っぽの貴族のお嬢さま（すてき！）の子守をさせられるなんて……」と文句を言っているのを、耳にしたこともある。あれは、ネルが彼の下で働いて地所の管理を学びたいと望んだときだ。地所の再野生化《リワイルディング》計画を始めたときも、お遊びだとしか思ってもらえなかった。その管理人は、博士号でさえネルが望めば手に入るもののひとつと考えていたようで、「努力もせずに寄付と引き換えに得たものだ」と、誰かに言っていた。

「エリン、あなたはぜんぜんわかっていない」ネルは自分の声が硬くなっていることに気づいて、なんとかやわらげようとした。「あなたの思いこみこそが、不公平で——」

言い返そうと口を開きかけたエリンを、ネルが制した。

「いい、エリン。彼女についてわたしたちが知っているのは、彼女が誰かに殺されてしまったということだけ」

呼吸を整えようとしているネルの手からアダムが新聞を引き抜き、無言のまま問いかけるように眉《まゆ》を吊《つ》りあげてみせた。ネルも無言でうなずき、それから言った。「コーヒーをいれるわ」

「すてき。それに、あなたの小さなコウモリにも会いたいわ。楽しい感じの記事を書きたいと思ってるの」そう言ったシルヴィアの視線が、コーヒー・マシンに向いた。「わおっ、ちょっとすごいじゃない。エスプレッソをお願いするわ、ダーリン」彼女は朝食用のカウンターのスツールに腰掛けた。

「ぼくは、アメリカーノにしてもらえるかな?」アダムが訊いた。ネルはうなずきながら、マシンのスイッチを入れた。

「わたしはマキアート」カウンターの上に坐《すわ》って脚をぶらつかせているエリンの踵《かかと》が、カウンター下の戸棚の扉をコツコツと打っている。

挽《ひ》きたてのコーヒーの香りが部屋いっぱいにただよいだしたころ、ネルは三人が部屋を見まわしていることに気がついた。アダムは窓台のハーブのうしろに置いたソノスのスピーカーをチェックしていて、シルヴィアはひとまとめにしてある日本製のシェフナイフを眺めている。

「あなた美食家だったの、ネル？」彼女が訊いた。

「まさか。誰かがつくってくれる場合をのぞいては、ぜんぜんこだわらない」ネルは飲み物を配った。「さてと、今日の主賓を紹介させて」

アダムはまず、ゾロ用のネットを張った大きなケージをエリンとシルヴィアに観察させた。ネットの上には布巾《ふきん》が掛かっていて、その下で小さな影が動いている。アダムは口をポカンと開いた。「ぶらさがってるのかい？」

「ええ、ゆうべから。いい兆候よね？」ネルは白い手袋をはめ、エリンにも同じものをひと組わたした。「この子が、ただのウサギコウモリじゃなく、グレーウサギコウモリだっていう確証を得るために、親指と前腕と耳珠の長さを測ってみたの。子供のうちは、すごく似てるから」

「この郡ではほとんど見かけることのない種の、出産哺育《ほいく》のためのねぐら新発見ということになる」アダムが顔を輝かせて言った。「すごいぞ！」

ふたりが喜びを分かち合っていると、エリンが水を差すように手袋をはめた両手をアダムに振ってみせた。「物真似を始めたい気分になってきた」

ネルがネットをとらえている小さな爪を一本一本引き離して、安全なケージからコウモリを取りだすと、シルヴィアが真っ赤なバーキンからスマホを取りだした。ゾロが輝く目をパチパチさせて、人間たちを見あげている。ネルはランプをつけ、ティッシュで手際よくゾロを半分包んだ。「傷はだいぶ癒《い》えてきてるけど、飛べない原因がまだ見える」ネルは、ゾロの翼をひろげてみせた。

「ああ、翼が裂けてる。これじゃ、飛べるわけないわ」エリンがうなずいた。

「いいえ。ふつう、これくらいの裂傷でコウモリが飛べなくなることはないわ。よく見て」ネルはランプに向かって、ゾロを掲げてみせた。ライトに照らされたその翼が、レントゲンのように見えている。エリンが肩をすくめた。

「肘《ひじ》の部分が炎症を起こしているでしょう？」ネルが言った。「腫《は》れと赤みはだいぶひいたけど、傷はまだ見えている。この子、生後どのくらい経ってるかわかる？」

エリンがゾロの膝関節《しっかんせつ》を見て答えた。「五歳より若い？ それ以上は、はっきり言えない？」

「一歳にもなっていない。関節の隙間をよく見て。窓みたいに隙間があいてるでしょう？ 大人になるにつれて、ここが骨化して隙間が塞《ふさ》がっていくの。このサイズをおぼえておくと便利よ。ほら、かなり大きいでしょう。つまり生後数カ月しか経っていないということ。この夏に生まれて、乳離れしたばかりだと思う。おそらく、母親と離れて初めて単独で飛んだんでしょうね」

「それで襲われちゃったの？」シルヴィアはショックを受けたようだった。

「そういうこと。感染症にかからないように、抗生物質を投与してるの。それに、やっと体重が増えてきたし、肩まわりに脂肪もついてきた」ネルはエリンの指を取って、ゾロの肩にふれさせた。「まだちょっと痩《や》せすぎだけど、滑らかな毛の下にしっかり脂肪がついてるのがわかるでしょう？　でも、飛ぶのに充分なほど体重が戻るには、まだ少し時間がかかりそう。それに、放してやる前に、自然のなかで自力でやっていけるかどうか、実際に飛ばせて試してみる必要がある」

写真を撮っているシルヴィアに、ネルが言った。「今日、飛べるかどうかはわからないわ。だから、あまり期待しないでね。まだ力が足りなくて、傷が痛むかもしれないし。でも、やってみましょう。準備ができているかどうか、ゾロが教えてくれる」ネルはエリンに笑みを向けた。「この子の発射台になってみる？」

「ええ、なってみる」エリンが両手を差しだした。

ネルは極めて慎重にゾロをエリンの手に託した。「両手でゾロを包んであげて。ウサギコウモリは飛ぶ前に身体をよく温める必要があるの。大きく身をくねらせだしたら、準備ができた証拠」

「オーケー。わっ、やだ……この子、わたしの袖《そで》に入ろうとしてる。どうしたらいい？」

「落ち着いて。しっかり押さえていてあげれば、動きまわったりしないから。それから、ゆっくり手の力をゆるめて、上になってるほうの手をどけてみて」

シルヴィアが動画を撮りはじめた。ゾロの警戒を怠らない優雅な長い耳が、異なった方向にピクリと動いた。人には聞き取れない声を放って周囲の壁からの反響を聞くことで、物の距離や方向や大きさを探っているのだ。でも、ゾロは飛び立たなかった。エリンが戸惑い顔でネルを見た。

「おそらく、エネルギーが足りていないのね」ネルが言った。「それに飛ぶための筋肉が鈍っているのかも」

「野生に還すのは難しいってこと?」シルヴィアが訊《き》いた。

「いいえ」ネルは答えた。「薬の投与をつづけて、餌を食べさせて、飛ぶ練習をさせれば、いつか野生に還れる」

「その時機を、どうやって見きわめるの?」シルヴィアが訊いた。

「環境の変化にすばやく的確に反応して長く飛べるようになったら、その時機がきたってこと」ネルはゾロをケージに戻した。ゾロはアダムの差し入れの蠢《うごめ》くミールワームを一匹小さな白い歯にくわえ、ちょこちょことネットの壁をのぼって布巾のうしろにぶらさがった。

「すごいぞ、食欲が出てきたじゃないか」アダムはそう言うと、ケージに近づいてさらに目を凝らした。「ミールワームに慣れさせるために、時間をかけて手で餌を与えつづけたにちがいないね」彼の逞《たくま》しい前腕の毛が、ネルの腕をくすぐっている。アダムは、森を思わせる爽《さわ》やかでありながら温かみのあるグリーンの香りがした。

「ほんと、ゾロはしっかり護《まも》られてる」シルヴィアが言った。「ねえ、わたしのコネを使えば、確実に『BBCワイルドライフ』誌に取りあげてもらえるわ。ひとりの生態学者が希少動物を救って、意義深い新たなねぐらを発見した。うまいライターに書かせれば、魅力的な話になることまちがいなし」彼女はマニキュアを施した指を振りまわしてつづけた。「そう、わたしみたいな、うまいライターに書かせなくちゃね。あなたのすてきな写真も載せてもらうのよ、ネル」彼女が唇を尖《とが》らせた。「くすんだ色をした現場用の作業着姿はだめよ」

「わたしの手柄じゃないわ」ネルは言った。「アダムが助けてくれたのよ。ミールワームがなくなってしまったときも、彼がとどけてくれた。束の間の名声を得る資格があるのはアダム。あるいは、わたしの指導者の誰かでもいい。次の会議のとき、訊いてみても――」

「やめてよ、ネル。あなたって、ほんとにかわいそう」エリンが声をあげて笑った。「あなたの社交生活は、コウモリを中心に展開してるみたいに聞こえるわ」彼女はそう言ってアダムをつついた。「でも、きっとアダが救いの手を差しのべてくれるわ」

ネルは、誰かがアダムのことをアダと呼ぶのを初めて聞いた。**このふたり、わたしが思っている以上に親しいの?** ネルは仕事場でふたりがいちゃついているのを、最近よく目にしていた。それでも今、鳩尾《みぞおち》に不快なパンチを食らったような気分になった自分に驚かずにはいられなかった。たしかに、エリンはかわいらしい。でも、苛々《いらいら》させられる。アダムは、彼女のそういうところが気にならないらしい。一瞬ネルは、用意したプレゼントをエリンにわたすのをやめようかと思ったけれど、それでは心が狭すぎる。それに、これは仕事に役立つプレゼントだ。エリンは――ついでに言えばアダムも――ネルの同僚だ。

ネルは戸棚に手をのばして、ほとんど厚みのない幅広のプラスチック・ケースに入った――レファレンス図書館と言ってもいいほど完璧《かんぺき》な――コウモリの糞《ふん》の標本を取りだした。それは、ネルが早起きをして、苦労してまとめたものだった。生態学者以外の人間は贈られても絶対に喜ばないが、イギリスに生息する十八種すべて――小さなものはソプラノピピストレル〔学名Pipistrellus pygmaeus〕から大きなものはユーラシアコウモリ〔学名Nyctalus noctula〕まで――の糞が揃っている、滅多にない貴重な標本だ。種の大きさ順に左端にネルの手できちんと学名が明記されていて、その横に整然と一列に糞がならんでいる。これだけ集めるのに、ほぼ二年かかった。そして今、ゾロのおかげで、研修を始めたエリンのために完璧な一セットを用意することができた。しかもエリンは、ネルが標本をならべるのに使った透明なプラスチック・ケースの中身――フェレロ ロシェ・チョコレートまで食べられる。「プレゼントよ、エリン」

「すごいじゃないか！」アダムがそう言って身をかがめ、標本を眺めた。

エリンは眉《まゆ》をひそめ、シルヴィアはそっとのぞいている。「これって、もしかしてあれ？」

シルヴィアが尋ねた。「あなた、糞を――糞を――人にプレゼントするわけ？」

「ただの糞じゃないよ。これは滅多にない完璧な標本だ」アダムがエリンに笑みを向けた。「これで正式に役に就いたってことだ。もう逃げられないぞ。うらやましいな」

ネルは彼に小さな容器をわたした。「あなたの標本に追加して」

アダムは顔を輝かせたが、エリンとシルヴィアが依然として訝《いぶか》しげな顔をしているのに気づいて説明を始めた。「コウモリのねぐらの調査をする際、ぼくたちは種を正確に特定するために、糞のサンプルを採取してDNA鑑定にまわすんだ。しかし、いい標本があれば、目視比較をして初期評価のための選択肢を絞ることができる。こいつを潰《つぶ》してテストするんだ」

アダムが実演して見せようと、ゾロのケージに手を入れた。「コウモリは昆虫を食べる。だから昆虫の鞘翅《さやはね》のせいで糞がキラキラしていて、砕けやすいんだ。しかし、その糞がネズミなんかのものだと……なんていうか、グチャグチャでね」

「うわっ、あなたたち生態学者は、不健康な糞便愛好的《スカトロジー》興味の持ち主なわけね」シルヴィアが嫌悪感を強調するように唇を歪《ゆが》めてみせた。

ネルに向かって、一瞬アダムが共謀者めいた笑みを向け、そのあと唇を噛《か》んでみせた。**やだ、こんなことでドキドキするなんて、簡単すぎるわ。**

エリンがケースをカウンターに置いた。「なんていうか、自分がコウモリに向いてるかどうか、よくわからない。ライセンスを取るのに、何年もかかるみたいだし。イモリとか爬虫類《はちゆうるい》のほうがいいかも」彼女はネルに目を向けた。「あなたはヘビは好きじゃないのよね、ネル？アダはヘビのことも教えてくれるの」エリンはアダムの腕を肘で軽くつつき、彼を見あげた。「あなたがすっごくいい先生だって、もうわかってる」彼女が目映《まばゆ》いばかりの笑みが浮かんだ顔を、ネルに向けた。「アダは、クライミングも教えてくれるの」

「あら」ネルは驚きが顔に出そうになるのを必死で抑えた。アダムもなんとか真顔を保とうと頑張っているようだったが、結局は曖昧《あいまい》な笑みを浮かべた。「でも、コウモリの調査をする気がないなら、木に登る必要はないし——」

エリンが呆《あき》れたように天井に目を向けた。「ネル！　なにもかもコウモリに結びつけないで。クライミングは、ただの遊び。ねえ、遊びって言葉、知らないの？」

八月二十八日　土曜日　午前九時十五分

〈ペンドルベリー・ホテル〉の駐車場を歩いていたジェームズは、通りと駐車場を隔てている煉瓦《れんが》造りの低い塀のうしろの細長い空間にも、監視カメラが設置されていることに気づいた。漆喰《しっくい》壁が古びていたり、看板の『E』がなくなっていたりと、ホテルはくたびれた感じに見えるが、ビジネス的にはうまくいっているようだ。モーテルチェーンの〈トラベロッジ〉が買収に乗りだしても不思議ではない。

なかに入ると、若い受付係が怒った客の相手をしていた。ジェームズはうしろで待ちながら、すぐにバッジを見せられるよう準備した。監視カメラの映像がほしかった。しかし、捜査令状が出るまで待ちたくはない。ジェームズは同情の色を滲ませて、受付係にほほえんでみせた。

男はカウンターに身を乗りだして、自分の主張を強調すべく、デスクに太い指を突き立てている。「ここで会議を開くように事を運んだのはわたしだ。おかげで人が集まって、二日間このホテルは満室になった。うちの家族が、もう二泊する分は無料にしてくれることになっていたはずだ」

「申し訳ございません。こちらではうかがっておりませんので、マネージャーに確認してまいります」

「そうしてくれ。ダーモに、サイモンがそう言っていると伝えてくれ。サイモン・メイヒューだ」

ジェームズは、その名前に聞きおぼえがあった。**つまり、この男がデイヴィッドが使っている企画コンサルタントということか。**

受付係が走り去ると、サイモンはうなり声をあげながら振り向き、ジェームズに向かって首を振ってみせた。「当たり前のことができていない」

ジェームズは笑みを浮かべて答えたが、上辺だけの笑顔にしか見えないことはわかっていた。彼は自己紹介をしてバッジを掲げてみせた。「支払いの問題が片づいたら、会議について少しうかがえますか？　捜査の役に――」

「ああ、それね。ソフィ・クロウズの件。まったくいやな話です。ええ、もちろんかまいませんよ」受付係がまだ戻ってこないことを確認して、彼はつづけた。「いや、ただで泊まれるというから、妻を連れてきたんですよ。一日、二日ゆっくりするのもいいと思いましてね」

ジェームズはサイモンのロレックスと、身体にぴったり合ったスーツと、最新型のスマートフォンに目をとめ、そのあとくたびれたホテルの古びた受付カウンターに視線を向けた。「差し出がましいようですが、あなたには〈ナイ・ホール・ホテル〉がお似合いだ。あそこにはすばらしいスパもあります」

「妻は通りの先にあるレジャー・センターの会員でしてね。余所《よそ》のスパのために高い金を払うなど無意味です。ああ――」サイモンは、やって来たマネージャーに笑顔を向けた。「ダーモ、わたしへの請求金額にまちがいがあるようなんだ」

ダーモは硬い笑みを浮かべ、パソコンのキーを叩《たた》いてうなずいた。「これでいい。ここで会議を開いてくださったことに、もう一度お礼を言わせていただきますよ。みなさん喜んでくださったようだ。会議は定期行事になるのでしょうね？」

ふたりが握手をかわしていると、エレベーターの扉が開き、疲れた感じの女性がパンパンに膨らんだスーツケースを引きずっておりてきた。スーツケースの車輪はうまく動いていないし、彼女のゆったり目のカーディガンには小さな男の子がふたりしがみついている。「サイ、荷造りはすっかり終わったわ。車にこれを運んでくるわね。そのあと、わたしは泳いでくるから、この子たちを見ていてちょうだい」そう言ってほほえむと、嵐雲が吹き飛んだかのように、彼女の表情が晴れた。

「すまないが用事ができた」サイモンが言った。「子供はきみが見てくれ。この刑事さんと話をする必要がある。捜査に協力しなくてはね。きみは好きにしてくれ。ランチタイムにカフェで落ち合おう」

彼女は顔をくもらせたが、サイモンはすでにジェームズのほうを向いていた。「バーで話しましょうか？」彼はジェームズの答えを待たずに歩きだし、隅のテーブルに着いた。「それで、何が知りたいんですか？」

「デイヴィッド・スティーブンソンの開発計画について、話していただけますか？」

「ああ」サイモンは鞄《かばん》からノートパソコンを取りだした。そして、それを立ちあげると、ジェームズのほうに画面を向けた。そこにあらわれたのは地図だった。「あの男は天才だ。わたしは何年も前から、地元の開発の基本計画を練っていたんです。それなりにまとまった所有地が州のあちこちにあるものの、それが繫《つな》がらない。しかし、解決策はあるものだ。賢くもディヴィッドがそれに気づいたんです」

サイモンが身を乗りだして、〈マナー・ハウス・ファーム〉に隣接するふたつの土地を指さした。「これは完璧《かんぺき》な例です。この農場の所有者はミスター・ギルピン。彼は、わたしの記憶にあるかぎり、ずっとこの土地を売りたがっていた。しかし、買い手などつくはずがない。ここに繫がる道がないんですからね。買っても開発のしようがないんです。この土地は、線路とギルピン所有の――売る気も再設計する気もない――別の土地、それに〈マナー・ハウス・ファーム〉に囲まれている」サイモンは期待の色を浮かべて、ジェームズを見た。

「〈マナー・ハウス・ファーム〉を手に入れれば、アクセスが可能になる。開発できる土地が増えるということだ」

「そのとおり」サイモンがキーを叩くと、別の地図があらわれた。開発案の地図だ。現在のギルピンの農地と〈マナー・ハウス・ファーム〉の地所いっぱいに、住宅の列ができている。

「母屋は残す計画だったのでは？　開発リストに屋敷の母屋は載っていなかったんじゃないですか？」

「載っていません。しかし、ちょっとした魔法が働きましてね。長年にわたって増築を重ねてきたおかげで、見落とされたということです。あれだけの広い土地に住居が一軒のみというのは、いかにももったいない」サイモンは背もたれに身をあずけて、唇に気取った笑みを浮かべた。

ジェームズが見たところ、開発案の地図には何百軒もの住宅が建っている。「ずいぶんと儲《もう》かりそうだ。しかし、屋敷の母屋が取り壊されることについて、ソフィはどう思っていたんですか？」

「ソフィはリアリストだと、デイヴィッドは言っていました。しかし、あの母屋に関してはひじょうに感傷的だったようで、彼女の前ではその話題は持ちだすなと指示されていました。ぐちゃぐちゃ言われたくありませんからね。それに、デイヴィッドには基本計画が議会をとおらなかった場合に備えての代替案があった」

「当ててみましょうか。〈マナー・ハウス・ファーム〉を乗馬クラブにする？」

「そのとおり。とはいえ、われわれはどちらも、議会が住宅建設計画を許可するにちがいないと確信していました。みんな家がほしいんです。望ましい場所にね。そう、通勤圏内に。さっきも言ったとおり、わたしは何年も前から開発の基本計画を練っていて、その解決策を模索していたんです。デイヴィッドのアイディアと、わたしの専門知識……すばらしいコンビネーションだ。この計画を練りあげるのにかかったのは、たった半年。二週間ほど前に完成して、議会に提出しました。わたしの名前でね。わかるでしょう？　そのほうが事がうまく進む」

ジェームズはパソコンの画面を見つめた。賢いやり方だ。ソフィが議会の開発計画サイトでデイヴィッドの名前をさがしても、見つかるのは改築に関する記載だけで、この基本計画にはたどりつかない。だったら、ソフィはどうやってこの計画のことを知ったのだろう？　ああ…

……「しかし、屋敷の敷地全体の開発許可申請が出ていることを、議会が公表してしまった?」

「そうです。予想どおり、身勝手な連中がうるさく騒ぎだした。必要は認めるが、うちの近所につくられては困るという連中です」サイモンは肩をすくめた。「こんなことは初めてだ。しかし、とにかく設計図を紙にコピーしてデイヴィッドに送るよう、建築家たちに指示しました。自分のオフィスの壁に大勝利のしるしを飾りたがる開発者は大勢いますからね」

なるほど。

「しかし、議会は過度に慎重になり、あらゆる調査をするよう求めてきました。市民からの一通の手紙がホームページにアップロードされましてね。それを機に、次々と同じような手紙が送られてくるようになったらしい。まったく、身勝手にもほどがある。それで議会は、どこからも文句が出ないよう、徹底的にやらざるを得なくなったんです」

「調査が必要なら、いずれにしても実施するしかないでしょう?」

サイモンが見下すような目でジェームズを見た。「ああ、刑事さん。あなたは自分の仕事について心得ているにちがいない。そう、物事を成し遂げるにはいくつものやり方があります。体面を重視すれば、面倒を強いられることになる。お役所仕事がこれだ。しかし、わたしはルールではなく結果を重視するほうでしてね」

ジェームズはサイモンに目を向けた。「危険そうだ」仮に、この男が捜査に関わることになったら、苦情について徹底的に追及するにちがいない。しかし、警察はその手紙の差出人を追ったりはしない。

「予算の倹約ですよ」サイモンが言った。「余分な調査を重ねれば、デイヴィッドは最終的に何十万ポンドもの費用を支払うことになる」

「それについて、彼はどう思っているんですか？」

サイモンは鼻を鳴らした。「不満に思っていますよ。着工前に追加の資金を集めるのは簡単ではありませんからね。借金も増えてしまう。そうなると利益が減少する。彼の気持ちは理解できます。金は重要なものにのみ費やしたい。そう、建築家やプランナーに支払う金は惜しくないが、くだらないことのためには使いたくないということです」

「彼はあなたに腹を立てたりはしなかったんですか？　調査が必要になる可能性があることを前もって知らせなかったといって？」

サイモンは肩をすくめた。「わたしのせいにしようとしました。しかし、そんなことは痛くも痒《かゆ》くもない。このゲームでは、そういうことには耐え忍ぶしかないんです。大きな企画を軌道に乗せるチャンスがかかっている場合は特にね。デイヴィッドは、たしかにちょっと暴言を吐いたが、おなじみの貪欲《どんよく》なモンスターが顔を出したというだけの話です。調査に金を出しても、彼の懐にはかなりの金が入る」

「水曜日の午後四時から六時までのあいだ、デイヴィッドはここに？」

「ああ、もちろんです。彼はここにいました」

「ごいっしょだったんですか？」

「ええと。わたしたちは企画関係の役人ふたりと会っていたんです。そこでね」彼はそう言って、反対側の隅のテーブルを指さした。「調査を減らしてもらえるよう話していたんですよ。無駄でしたがね。昼食のあと、二時ごろから三時ごろまでです。そのあとディヴィッドは、外の空気を吸って部屋に戻ると言って出ていきました」

「部屋に？」ジェームズは期待に胸がざわつくのを感じた。うってつけじゃないか。「部屋にはどのくらい長く？」

「七時にレストランでみんなと食事をするのはやめて、ルームサービスをとったと言っていました。彼を責めることはできません。議会の連中はものすごく頑固でしたからね。ひとりで傷を舐《な》めていたかったんでしょう。われわれが食事を終えて八時にここに戻ると、彼が坐《すわ》ってブランデーを飲んでいました」

「三時半から七時のあいだに、彼を見かけませんでしたか？」

サイモンは首を振った。

ジェームズは、サイモンから聞いた話をメールで送ったあと、レジャー・センターのカフェへと向かう彼を見送り、受付係のもとに戻った。立ち去っていくサイモンの背中に向かって呆《あき》れ顔で目をぐるりとまわしていた受付係は、それを見られていたことに気づいて赤面した。ジェームズはニヤリと笑った。「わたしも、もうひとりの面倒な客になりそうだ」彼は受付係にバッジを見せた。「水曜日の午後三時から八時のあいだに、デイヴィッド・スティーブンソンがここで何をしていたか知りたいんです。ルームサービスを利用したようなんですが……？」

「担当はエレナだわ」彼女が受話器を取り、エレナに受付に来て刑事と話すよう言ってくれた。

「他に何か？」

「駐車場の監視カメラの映像を見せてもらえますか？　他にもカメラが備えつけられている場所があったら、その映像も？」

「ホテルの裏に一台備えつけてあります。それは作動していないけれど、駐車場のほうの映像ならコピーしますよ。その時間帯の映像だけでいいですか？」

「プラス前後三十分で。ありがとう」ホテルの制服を着たヤナギのように華奢《きゃしゃ》な十代の女の子が、ガムを嚙《か》みながら近づいてきた。

「エレナです」彼女は不安そうに、強い東ヨーロッパ訛《なま》りでそう名乗った。「何か問題でも？」

「問題はないよ、エレナ。お客について訊《き》きたいことがあってね。デイヴィッド・スティーブンソン。水曜日に計画会議が開かれただろう？　そのとき、彼の部屋に食事を運んだのはきみだよね？　彼は部屋に……」ジェームズは、パソコンのキーを叩《たた》いている受付係に期待の目を向けた。

受付係が画面に目を走らせて答えた。「三十七号室。請求額からすると、キハダマグロを召しあがったみたいね。五時に厨房《ちゅうぼう》に電話をかけている」

「ああ。はい。他のお客様の食事会の準備をしている最中でした。人手が足りなくて、わたしも厨房を手伝ってたんです。だからトレイを持って走っていって、大急ぎで戻ってテーブルの用意をしなくちゃならなくて……。お部屋にうかがったのは五時半ごろだったと思います」

「彼の姿を見たのかな？　それとも、ドアの脇に置いてきた？」

「もちろん部屋のなかまで運びました。テーブルにきちんとならべないといけないでしょう」

「彼はそこにいた？　姿を見た？」藁《わら》にもすがる思いで訊いた。

「ええ。お礼を言ってくださいました。チップもたくさん。そのあと、わたしは厨房に駆け戻ったんです。あとで空いた食器を取りにいったら、部屋の外に出してありました。六時半ごろです。レストランで給仕を始める前でした」

ジェームズはポケットからスマホを取りだして、デイヴィッドの写真を彼女に見せた。「この人だった？」

エレナは画面を見つめた。「ええ。他に何か？　わたし、朝食のトレイを回収しなくちゃならないんです」

エレナが走り去ると、ジェームズは受付係に向きなおった。「鑑識班に部屋を調べさせたいんだが、かまいませんか？　何か捜査の役に立つものが見つかるかもしれないので、念のため」

「でも、スティーブンソン様がチェックアウトされたのは木曜日。そのあと掃除をして、他のお客様が……」

「それでもかまわない。きみに協力してもらえると嬉《うれ》しいんだが……」令状をとるよりも、魅力を掻《か》き集めて強引に迫ったほうが速い。

「今夜お客様が戻られたら、お手伝いして部屋を移っていただいて、そのあとあの部屋は立入禁止にしておきます。鑑識班のみなさんには、あしたいらしていただくということでいいかしら？」

「完璧《かんぺき》だ」ジェームズはほほえんだ。

受付係が、カウンターに置いたUSBをジェームズのほうに押しやった。「監視カメラ映像のコピーです。それから、スティーブンソン様は午後四時に電話をかけています。一時間ほどお話ししていらしたようです」

ジェームズは眉《まゆ》をひそめた。「一時間？　受話器がはずれていた可能性は？」

受付係が首を振った。「いいえ。受話器がはずれていたら、警告音が鳴るようになっています。とても大きな音です。だから、絶対に聞こえます。それに、スティーブンソン様がおかけになったのは、国際電話だったんです」

ジェームズは驚きの表情を浮かべて、彼女を見た。「国際電話？」今どき、誰が固定電話を使う？　特に、海外に電話をかけるのに？　スカイプかフェイスタイムを利用するのがふつうじゃないか。しかし、そこで閃《ひらめ》いた。記録に残したいと思ったら、話は別だ。「その番号を教えてもらえますか？」

受付係はオフィスのほうに目を向けた。「わたしにはなんとも。でも、ボスに訊くのに今は絶好のタイミングとは言えません。機嫌が悪いんです。メイヒュー様の宿泊代を無料にするというのは、こちらの提案だったようですけど、バーの高額の支払いまで強引にホテル持ちにさせられてしまって。それに、絶好のタイミングで訊いたとしても、電話番号のような情報は提供したがらないと思いますよ。監視カメラの映像はかまいません。ホテルのものですから、こちらの判断でおわたしできます。特に、人の出入りに関しては、どなたに見ていただいても差し支えありません。でも個人的な電話番号となると、まったく話がちがってきます」

「しかし、これは殺人事件の正式な捜査です」ジェームズは、その事実を彼女に思い出させた。

「でしたら、令状をとるのは難しくないのでは?」

ジェームズはフラストレーションに苛《さいな》まれながら、ホテルをあとにした。**しかし、おそらく令状などとるまでもない。**ラッシュ時に町を横断するには二十分かかる。今月はあちこちで道路工事をしているから、プラス三十分。さらに〈マナー・ハウス・ファーム〉にたどりつくまでに——田舎道をとおったとしても、混み合った幹線道路をとおったとしても——二十五分。つまり、往復するだけで二時間半かかるということだ。それに……殺害のための時間もいる。後始末の時間も……。

デイヴィッドには、そんな時間はなかった。

10

八月二十八日　土曜日　午前十時十五分

「ジェームズ?」電話の向こうでそう言ったアシュリィの声は、切迫しているように聞こえた。

「ミセス・クロウズが昏睡《こんすい》状態に陥ったのは、脳卒中が原因みたい。まだ意識は戻っていないわ。このタイプの昏睡状態は何週間もつづくと、医者は言っている。何年もつづくこともあるそうよ。だから、病院はモニタリングを行っている」

「なぜ脳卒中を？」

彼女が息を吐く音が伝わってきた。「あなたが何を考えているのかわかる。でも、ミセス・クロウズの歳では不自然ではないわ。八十八歳で、もう何年も高血圧の薬を飲みつづけてる。狭心症を患ったこともあるし、一過性の脳虚血発作を起こしたこともあるそうよ。だから、脳卒中を起こしても、驚くにはあたらないかも」

ジェームズのなかに恐怖がひろがりだした。疑うべきだ。偶然にしては、タイミングが合いすぎている。「とにかく気をつけよう。きみがそこを離れる前に、病棟に制服警官を呼んで見張りに立たせてくれ。すぐにだ。可能ならば、一時間以内に〈アップルウッド〉できみと落ち合いたい。慎重に様子を観察し、あらゆる検査をして脳卒中の原因を突きとめてほしいと、病院に頼んでくれ。何が脳卒中を誘発したのか、知る必要がある」

八月二十八日　土曜日　午前十時十五分

ネルの苛立《いらだ》ちが――大勢で押しかけて一時間以上居座った上に、エリンが困ったちゃんぶりを発揮してくれたおかげで――ピークに近づいているのを察したアダムは、そろそろ帰ろうと提案した。帰り道、まずエリンを車から降ろしたのだが、その前にあとでクライミングに連れていくことを約束させられた。そして今、スマホからメッセージの着信音が聞こえてきた。アダムは、シルヴィアにチェックを頼んだ。

ボルボの汚れたシートにやむなく腰掛けているシルヴィアが、アダムのスマホを手に取った。「エリンからよ。今日以外で、クライミングに行ける日を知らせてきたみたい」また着信音が鳴った。「うーん。エリンは『木に登るみたいにアダムに登っちゃう』そうよ」シルヴィアが唇をすぼめた。「ずいぶんと率直だこと。曖昧《あいまい》さは省けるだけ省いたって感じじゃない？」

アダムは肩をすくめながらも、恥ずかしさのあまり顔が火照っているのをシルヴィアに気づかれないよう祈っていた。「まあ、赦《ゆる》してやろうよ」

短く三度、着信音が鳴った。「『赤面』ですって。さっきのメッセージ、友達に送ったつもりがあなたに送っちゃったんですって。『笑』」納得できないと言わんばかりに、シルヴィアが目を細めた。「あの子があなたを自分のものにできるって友達に話すほど自信を持ってるなら、相当うまくことわらなくちゃね」

「どういう意味？」

「やだ、とぼけないで。わたしはオフィスであなたを見てるのよ。あなたの心が他の人に向いてるのは見え見えだわ。誰にでもやさしくするのは禁物よ。これ以上、感情がおもてに出るようなら、手術でその思いを切除してしまうしかないわね」

アダムは堪《こら》えきれずに声をあげて笑った。「謎めいた人間のつもりでいたのにな」

「あなたはネルにことわられることを恐れて、行動に出られずにいる。拒絶されることに慣れていないのね。でも、だからってエリンをその気にさせていいわけじゃないわ」

「シルヴィ、互いにお遊びで、ちょっといちゃついてるだけだよ。きみには――というか、誰にだって――それを責めることはできないと思うけどな」

「そんな言い訳、わたしには通用しないわよ、アダちゃん」うろたえている彼を見て、シルヴィアが満足しているのはあきらかだ。「それがどんなに楽しいかは、わたしにもわかる。ええ、ふたりが同じことを期待しているならね。でも、もしそれが同じでなかったら……」

アダムがしょげているように見えたにちがいない。彼女は態度をやわらげた。「わたしのどうでもいい助言を聞きたいっていうなら教えてあげるけど、ネルも同じようにあなたを思ってる。なんだかんだ言っても、あなたはすでに彼女の聖域に踏みこんだのよ」シルヴィアは、その仄《ほの》めかしに自分で笑った。「そうよ、入っちゃったの。何？　三カ月で？　わたしなんて四年の付き合いで、初めてよ。でも、思ってた感じと、まったくちがってた。それは言っておかなくちゃね」

シルヴィアの助言の最初のひと言を聞いて、アダムは胸を膨らませた。しかし、今はそこから考えを逸《そ》らす必要がある。「どういう意味？」

「うーん。何もかも豪華だったじゃない？　それなのに、ネル自身の装いはぜんぜんお金持ちらしくない。コンバットブーツにジーンズにTシャツで歩きまわってる。デザイナーものの服なんか着てないわ。ブランドものでさえ身につけていない」

「ああ、たしかにね。現場で働きやすいものを着ている。しかし……ネルもぼくのことが好きだって？」

シルヴィアがため息をついた。「まったく若い世代には絶望させられるわ。ええ、ネルはあなたが好きよ。でも、もっと重要なのは、あなたが彼女をどう見ているかということなんじゃない？　大金持ちの両親と死に別れた孤児？　詐欺師？　大富豪の夫を殺害した女？　眼識のある盗癖者《クレプトマニア》？」

『ネルはあなたが好きよ』というシルヴィアの答えに元気づいたアダムは、彼女のゲームに参加した。「スパイだと思うな」

「うーん」シルヴィアが、うなずいて賛意を示した。「産業スパイとかね。それとも、生態学者のふりをしながら、国際的な策略に関わって危険のなかで生きているスパイ？」

「ああ、後者だと思うな」アダムは言った。「絶対にそれだ。彼女のクロゼットには、トレンチコートが何着か吊《つる》してあるにちがいないね」

アダムは一瞬にして頰が熱くなったのを感じた。シルヴィアが彼のほうにサッと振り向いて、悪戯《いたずら》っぽくニヤリと笑った。「あはっ！　つまり、スパイ姿の彼女を夢見て燃えちゃうわけね」

彼女が、また嬉《うれ》しそうに笑った。

アダムはやれやれと言いたげに首を振りながら、自分の軽率なコメントを肯定しようとした。

「燃えないわけないだろう？　ちょっと危険で、ちょっと魅惑的……クールなんてもんじゃないね。そして、きみはもちろん悪女で……」

「ええ、そうよ。身体にぴったりのセクシィなドレスを着て、滴り落ちそうなほどダイヤモンドをぶらさげて、カジノにいるの」シルヴィアが同意した。

「……そして、悲惨な最期を遂げる」アダムは重い口調で言った。

「太く短く生きる。それがわたしの理想」シルヴィアがアダムに視線を向けた。「……なんて、やめてちょうだい。気を若く持つことがだいじなんだから」

しばらく瞑想《めいそう》的な静けさをふたりで分かち合ったあと、シルヴィアが言った。「でも、ネルはちょっと謎ね。もう何年も付き合ってるのに、彼女が何を考えているのかいつも読めないの。人の心を読むのは得意なのにね。ネルは、いつもなんていうか……何かを隠してるような気がする。たとえば、記事を書くために彼女にインタビューしたとするでしょう。そういうとき、わたしのジャーナリストとしての想像力をフル回転させた上で、どこを切り取っても面白いネタになるような話を見つけて振ってみる。でも、彼女はそれに乗ってくれないの。猛烈に腹が立つわ。それで、なんとかしゃべらせようと、わたしは躍起になるわけ」

彼女の正直さに、アダムは声をあげて笑った。「ぼくも同じだ。しかし、躍起になって当然なんじゃないかな？　われわれ生態学者は、証拠をさがして調査現場で日々を過ごす。動物が残す極めて小さな痕跡《こんせき》を集め、それを繋《つな》ぎあわせて、種の活動についての全貌《ぜんぼう》を知ろうとするわけだ。まるで探偵ごっこだね。だから、証拠となる情報が足りないと……」アダムは、ぴったりの言葉をさがした。

「当惑する？」シルヴィアが言った。

「いや、好奇心を掻《か》きたてられる」

シルヴィアがクスクスと笑った。「冗談でしょう」

ネルの客は帰っていった。アダムの言葉に大笑いしているエリンとシルヴィアの声が門へとつづく小径《こみち》のほうから聞こえていたが、すぐに車は外の通りへと出て門がしまった。またひとりになった。玄関広間に敷かれたアンティークものの絨毯《じゅうたん》に残った泥と落ち葉のかけらを見て、ネルはため息をついた。エリンのブーツから落ちたものだ。拭《ふ》けばすむように、大きなドアマットを置いておいたのに。ネルは乾いた泥にブラシをかけて掃除機で吸い取ると、キッチンの戸棚の扉についたエリンのブーツの跡を擦《こす》り落とし、ゾロ用の器具をきれいにして、コーヒー・カップを片づけた。

エリンが使ったカップが欠けている。ネルは、その縁の部分を見つめた。エリンは謝るどころか、カップが欠けたことさえ言わなかった。標本も持ち帰っていない。ええ、それはけっこう。オフィスに持っていけば、チームのみんなが使える。

でも、食洗機にカップを入れていると苛立ちが募ってきた。上流階級の人間の価値観と感謝の心のあり方についての、エリンの演説を思い出したのだ。同じ基準で暮らしているわけでもないのに、思いこみに基づいて判断し、それを事実のように披露する。ネルは、そういう人間をさんざん見てきた。彼女が人とのあいだに距離を置きたがる理由は、それだ。シルヴィアとエリンを連れて訪ねてくるという、アダムの提案をことわるべきだった。エリンがここに来るのに同意したのは、おそらく彼といっしょにいられるからだ。ネルがことわったら、エリンはアダムとボルダリングにでも行ったにちがいない。そうしたら、少なくともふたりがいちゃつくのを見なくてすんだ。最悪だ。ボルダリングのウォールから落ちたエリンが、アダムのほうに手を差しだし、アダムがそれをつかんで彼女を立たせる場面が浮かんできた。彼の腕には力こぶができている。エリンがよろめいて彼に抱きつき、アダムが彼女にキスをする。最低。

ネルは力任せに食洗機の扉を閉めた。そして、耳を聾《ろう》するばかりの静けさに包まれた。イゼベルさえ外を探検中だ。彼女は自分の家にいて、初めて……虚《むな》しさを感じた。

同僚としては文句はない。仲よく付き合って、ふつうの人たちと同じように自分のことを話したりもする。ネルにとっても、それは難しくはなかった。アダムがあらわれるまでは……。彼女のなかで、虚しさのブラックホールがひろがっていく。ネルは、それをなんとか押し潰《つぶ》そうとした。すべてを望むことはできない。だから他を犠牲にして、プライバシーを護《まも》ることを選んだのだ。静けさには慣れている。忙しくしていれば気にならない。

ネルの指がスマホへとのびた。彼女は、母親にメッセージを送った。

『パリに発《た》つ前に話せる？』

すぐに明瞭《めいりょう》な短い返事がとどいた。

『話したいわ。でも、あなたのパパのおかげでパスポート騒動の真っ最中なの（＝なくしたってこと）。あらゆる場所を捜索中…』

地元紙がキッチンのカウンターに置いたままになっている。ネルは、ソフィの輝くばかりの笑顔を見つめた。エリンはひとつだけ正しいことを言った。そう、マスコミが嗅《か》ぎつけて、わたしを見つけだすのは時間の問題だ。以前に自分の名前を新聞で見たときも最悪だった。それが殺人事件絡みで新聞に載ることを思うと、あまりの恐ろしさに背筋が震えた。警察が自分への疑いを捨てたとしても、調子に乗るわけにはいかない。

ネルの目に、ある言葉が飛びこんできた。『撲殺』。ソフィは撲殺されたのだ。そして、ネルはその音を聞いた。ジェームズに話す必要がある。もう否定することはできない。

11

八月二十八日　土曜日　午前十一時十五分

本部に戻るヴァルに車を譲ったジェームズは、車まわしの入口で配車サービスの車を降り、すぐ脇にある『アップルウッド・レジデンシャル・ケアホーム』と書かれた看板の前でアシュリィの到着を待った。ニュースを見たとしても、今朝の地元紙を読んだとしても、ソフィが殺害されたことをヘンリエッタ・ランバートがすでに知っているのは、ほぼまちがいない。彼女が質問に答えられないほど動揺していないことを、ジェームズはただ祈っていた。

彼は、どんなふうに話を聞きだそうかと考えながら、あらためてホームを観察した。チューダー様式の屋敷を高齢者が暮らしやすいように改築したものだということが、この距離からでもわかる。ハイテクのセキュリティ・システムはもちろんのこと、どの出入り口にも支えとなるハンドルや手摺《てす》りがついていて、階段の脇には必ず傾斜路《スロープ》がある。一階のフランス窓の前のスロープにも手摺りが巡らせてあり、そこを伝って出られる入居者専用の庭園や小径の地面は平《なら》らに均してあって、車椅子が楽々とおれるようになっている。どこを見ても高齢者向き。ここではやさしく振る舞う必要がある。

近づいてくる車の音に気づいてジェームズは振り向き、アシュリィに手を振った。彼女が車を駐《と》めると、ふたりはならんで歩きだした。「ミセス・ランバートがうちの祖母みたいに、優柔不断っぽい見せかけの下に画鋲《がびょう》なみの鋭さを備えている人だったら、覚悟してかかる必要があるわ」アシュリィが言った。

「そうでないことを祈ろう」ジェームズは、情報を得られるなら喜んで我慢するつもりだった。なかに入ると、上気した受付係――この前とは別の女性だった――が、そこで待っている入居者を支えながら、高齢の客が面会者名簿に名前を書くのを手伝っていた。電話が鳴りだし、つづいて呼び出しベルが鳴った。

ジェームズとアシュリィが近づいていくと、彼女が訴えるような表情で出迎えた。「これが全部すむまで、待っていただけます？」

「もちろん」アシュリィが答えた。

受付係は留守電に電話の対応を任せて入居者の世話を焼き、そのあと客にデイ・ルームの場所を教えた。

数分後、彼女が呼び出しベルに応《こた》えて廊下を走っていくのを見たジェームズは、面会者名簿を手に取り、ソフィが殺害された日のページをめくった。

「水曜日にアンドリュー・アーデンが来ていることは、わかっている。ソフィとヘンリエッタ・ランバートとミセス・クロウズに会いにきたんだ」彼はそこに書かれた名前に目をとおした。「ほら、ここに名前が書いてある」

アシュリィが彼の肩ごしに名簿をのぞいた。ページを繰っていくジェームズに、彼女が言った。「ここにも名前があるわ。八月二十三日月曜日」

ジェームズもその欄に目を向けた。「いや、それは警備会社の誰かだ」

アシュリィが首を振った。「それじゃないわ。その下」

「ああ、ほんとうだ」ジェームズは最初のページまで、すべて目をとおした。「他にはないな。しかし、この面会者名簿は七月以降のものだ」

「オーケー。お目付役が戻ってきたわ」アシュリィが警告した。ジェームズは名簿を受付デスクに戻し、今日のページを開くとペンを取ってふたりの名前を書きこんだ。

「お待たせして申し訳ありませんでした」駆け戻ってきた受付係が、息を切らしながら謝った。「さて、どんなご用でしょう？」

ジェームズはとびきりの笑みを浮かべ、アシュリィと同時にバッジを見せた。「お願いがふたつあります。ひとつは簡単……ミセス・ランバートと話がしたい。しかし、もうひとつのお願いは、ちょっと微妙です。実は、ミセス・クロウズの部屋を見せていただきたいんです。いいえ、令状はありません。しかし、時間を無駄にしたくないんです。ミセス・クロウズは、お孫さんが殺害された数日後に昏睡《こんすい》状態に陥っているんですからね。ここで捜査の役に立つ何かが見つかれば……」

受付係は唇を嚙《か》んだ。「それについて、異議を唱えることはできません。ミセス・クロウズは、お孫さんをものすごく愛していました。だから、捜査の役に立ちたいと思っているにちがいありません。でも、ご理解ください……今週末はわたしがマネージャー代理を務めていますが、ボスがこういうことを許可するかどうかはわかりません。ですから、ボスに確認して許可が得られるまでは、書類の遣《や》り取りなどはなしでお願いします。それが無理なら、令状をお持ちください」彼女はそう言って、ジェームズにスペアキーをわたした。「はい、どうぞ。お名前は書いていただけましたか？」

「書きました」ジェームズは名簿に記入した自分たちの名前を指さした。「ソフィは毎日のようにミセス・クロウズに会いにきていたんですね。ご主人のデイヴィッド・スティーブンソン氏も、よくいらしていたんですか？」

「いいえ。わたしたちは、それを不思議がっていたんです。ミセス・クロウズがソフィにご主人のことを尋ねているのを、度々耳にしていました。ソフィはいつも、『彼は仕事が忙しくて来られないけど、よろしく言っていたわ』と答えるんです。ラスヴェガスでの結婚式の写真をわたしたちに見せてくれたときは、『デイヴィッドの家族は散り散りになっているから、これがいちばん簡単なやり方だったの』と言っていました」受付係が悲しそうに肩をすくめてみせた。「誰もが家族をすごくだいじに思っているわけではありません。ここで暮らしているすてきな入居者さんのなかには、クリスマスにしか愛する家族に会えない方もいらっしゃいます。でも、家族のことは他人にはわからない。疎遠になる理由があるのかもしれません」

「二十五日の水曜日、ここにやって来たソフィがどんな様子だったか、おぼえていますか？午前十一時に名簿に名前を書いている」

「ええ、おぼえています。だってもちろん、ソフィを見たのはあれが最後ですもの。自分が何かしていればこんなことにならなかったんじゃないかと思いながら、何度も何度も思い返しているんです」受付係はそう言って唇を噛んだ。「あの日、ソフィはなんていうか……動揺しているようでした。そう、混乱していた。昼食のあいだもここにいました。ソフィがいてくれると、いつも華やいだ雰囲気になるんです。入居者さんのほとんどがソフィを知っていますから、食堂で彼女を見かけると、みんな声をかけたりして。あの日は、昼食のあとアーデン氏がおいでになって、ソフィたちとミセス・クロウズのお部屋で過ごされました。アーデン氏がいらして間もなく、ソフィは帰っていきました」

受付係が心を落ち着けるまで、ジェームズは黙って待っていた。

「ミセス・クロウズのお部屋は、一階のその先……十二号室です。ミセス・ランバートは、デイ・ルームで――ああ、あっちです――クロスワードをしておいでです」

「ありがとう」ジェームズはアシュリィをうながすと、受付に背を向けてすばやく歩きだしながら小声で言った。「ミセス・クロウズの部屋の捜索が先だ。彼女の気が変わるといけないからな」

ミセス・クロウズの部屋は、前回訪ねたときと驚くほど印象がちがっていた。エレガントさは変わらないものの、がらんとしていて静かで、暖房が効きすぎたその空間に、フローラル系のタルカムパウダーの香りと家具用の艶出《つやだ》しワックスのラベンダーの匂いが、不快なほど色濃くただよっている。天板に赤い革を張った机が、出窓の前に設えてある。この机の前に坐《すわ》れば、草地性丘陵地帯《ダウンランド》の景色を楽しむことができそうだ。銀の万年筆が二本収まっているペン立てと、うっすらと文字の跡がついている吸い取り紙と、革のケースに詰めこんだ名刺の束――机の上は、きちんと整頓《せいとん》されていた。

マントルピースには様々な歳のソフィの写真が飾られている。どれも馬と写っているのだが、そのなかには勝利のしるしの馬リボン《ロゼッタ》をつけている馬もいた。いちばん新しそうなのは、看板の脇に立っている写真だ。その看板の文字は『ＲＨＳＵ』しかわからない。もっと若いころのソフィが、見るからに手強《てごわ》そうな年配の女性に腕をまわしている写真もあった。ヘルメットのようなスタイルに短くカットした銀色の髪と、珊瑚《さんご》色の口紅と頬紅のおかげで幾分やわらかに見える厳《いか》めしい顔つきと、ツイードのスカートにクリーム色のブラウスという非の打ち所がない装い。まっすぐカメラに向けられたその女性の鋼色《スチールブルー》の目は、笑みを浮かべて細くなっている。

「この人がミセス・クロウズね」アシュリィがゴム手袋をはめながら、そう言った。「いかにも賢そうで、きちんとしている。どんなことでも最後までやり遂げるタイプっていう感じね」アシュリィはその写真をカメラに収めると、部屋を見まわして抽斗《ひきだし》とクロゼットのなかをチェックして、マットレスの下を手で探り、それが終わるとバス・ルームに向かった。ジェームズの耳に、バス・ルームの戸棚をそっと開く音が聞こえてきた。

ジェームズは手袋に包まれた指で大きな封筒を開き、口笛を吹いた。「アンドリュー・アーデンが言っていた書類を見つけたぞ。〈マナー・ハウス・ファーム〉を、ソフィの名義からデイヴィッドの会社名義に書き換えるための書類だ。日付は八月十六日。だとすると、ソフィ自身が持ってきたにちがいない。こんなものをわざわざ作成したということは、ソフィとミセス・クロウズが〈マナー・ハウス・ファーム〉の相続について手を打ったことを、デイヴィッドは知らなかったんだな。署名がないことが、アンドリュー・アーデンの話を裏づけている」ジェームズは吸い取り紙の上に書類をならべ、写真を撮った。そして、写り具合をチェックした彼は、画面いっぱいにとらえたクローズアップ写真に、三枚の名刺が写りこんでいることに気づき、吸い取り紙の縁からそれを引っぱりだしてみた。『アンドリュー・アーデン』『ディヴ・ディクソンLLP』『便利屋　ジョージ・ハンビィ』ジェームズは笑みを浮かべた。彼の父親も、もらった名刺はすべてとっておく。ただし、ジェームズの父親の場合、そうした名刺はすべて、最後には便利な抽斗のなかで忘れられてしまうのだ。

「報告するようなものは何もなし」寝室に戻ってきたアシュリィが言った。

ジェームズは机の抽斗を開けてみた。文具と、尖《とが》った文字で書かれた買い物リストと、裏に日付が記されたソフィと馬の写真。それ以外は、ほとんど何も見あたらない。しかし、いちばん上の抽斗に手紙が入っていた。それを読んだジェームズは、声をあげて笑った。「住宅開発をするなら、事前にあらゆる調査を実行するよう業者に強いるべきだと、議会に手紙を送っていたのはミセス・クロウズのようだ」

しかし、あらためて見てみると、その美しい曲線的な筆跡はミセス・クロウズのものとも、ソフィのものともちがっていた。**だったら、誰が書いたんだ?**

八月二十八日　土曜日　午後十二時十五分

静けさを突き破るように鳴ったスマホのバイブ音を聞いて、ネルは跳びあがった。慌てて細身のパンツのポケットから引っぱりだしたものの、心をかき乱す音がさらに大きくなっただけだった。アダムからだ。ネルは顔をしかめ、また茂みに身を潜めながら電話に出た。

「ネル？　今朝はすまなかった」アダムの声とバックの車の音が、スピーカーから大音量で聞こえてきた。ネルはボリュームをさげた。

「えっ？　別に気にしてないわ。大丈夫よ」彼女は小声で答えながら、青と白の立入禁止テープの向こう側に立っている制服警官を横目で見た。向こうは法域だ。ネルもそこにいるべきなのだ。警官が振り向いて、こちらに目を向けた。聞こえたのだろうか？　ネルはほんの少しうしろにさがった。

「大丈夫じゃないよ。エリンが研修について、あんなふうに言うなんて思ってもみなかった。彼女を連れていくと言ったことを後悔してるんだ。きみがしてくれたことに対して、感謝もしないんだからね」

エリンが何に対して感謝するかは明白だわ。

「いいのよ、アダム。たいしたことじゃないもの。殺人事件のおかげで、少なくとも広い視野でものを見られるようになったみたい」

「ああ、わかる気がするな。大丈夫なのかい……そっちのほうは？」

「ええ、大丈夫」

「なんだか……大丈夫そうに聞こえないけどな。どうして小さな声でしゃべってるの？」

「警察に行ったの。トンネルで音を聞いたことを話しに……」

「話したんだね？」電話の向こうから、息を吐く音が聞こえてきた。「ホッとしたよ。これで警察も、きみが危険にさらされてるってことをわかってくれるだろう。容疑者扱いするのをやめて、護《まも》ってくれるはずだ」

「うーん、そんなふうにはいかないみたい。ああ……嘘でしょ……」

テープに沿って警官が近づいてくるのを見て、ネルはさらに身を低くした。ほんとうはジェームズと話したかった。たとえ感傷的だと思われても、彼なら少なくとも信じようとしてくれたはずだ。でも、ネルの話を聞いたヴァルは懐疑的なコメントを口にした。「参考人になったとたん忘れていたことを思い出すなんて、ずいぶんと都合がいいですね」と言ったのだ。その皮肉がネルをもっと……そう、積極的な行動へと駆り立てたのだ。

「何をしてるんだ？」

「今は、話していられるような状況じゃないの」

電話の向こうからは何も聞こえてこない。ネルはアダムが聞いていないのだと解釈し、それならこのまま電話を切っても無礼にはならないだろうと考えた。でも、親指がフックボタンをタップする寸前、「嘘だろ！」というアダムの声が聞こえてきた。

「ネル、きみがどこにいるかわかったよ。調査時に設定したまま、〝位置情報の共有〟が有効になっていた。そんなところで、いったい何をしてるんだ？」

八月二十八日　土曜日　午後十二時十五分

ミセス・クロウズの部屋の捜索を終えたジェームズとアシュリィが受付に近づいていくと、

受付係が手招きをした。彼女がうなずいてみせた先には、ハンドバッグを膝《ひざ》に載せて腰かけ、金縁眼鏡のフレームごしに新聞を読んでいる、赤紫色のコートを着た女性がいた。そのきつく巻いたグレーの髪は波を象《かたど》った彫刻のようで、彼女が記事の内容に目をパチパチさせながらかぶりを振っても、少しも揺れなかった。

「ミセス・ランバートです。警察に行きたいからタクシーを呼んでほしいと言われたんです。でも、その前におふたりに会っていただいたほうがいいと思って……。おふたりと話したあと、やっぱり警察に行くとおっしゃったら、そのときはタクシーを呼びます」

ジェームズはうなずいた。アシュリィが相手を驚かせないよう、獲物に忍び寄る猫にも似た足取りで近づいていった。「ミセス・ランバート?」大きな声ではっきりと言った。「アシュリィ・ホリス巡査部長です。こちらはジェームズ・クラーク巡査部長。警察にご用がおありとか?」

顔をあげたミセス・ランバートの目が、ふっくらとした顔のなかで輝いている。「耳は遠くないのよ、あなた。それに、わたしが警察に話したいことは、個人的な事柄かもしれないでしょう? そういうことを受付前で大声で話すのはいやだわね」

それを聞いた瞬間、アシュリィは後悔したようだった。「すみませんでした。でも、わたしたちにお話しいただけますか? それとも警察においでになります?」

「そうね、場合によるわ。あなた方は、ソフィ・クロウズの殺人事件の捜査をしているのかしら?」彼女はそう言って《ペンドルベリー・ヘラルド》紙の一面を軽く叩《たた》いた。その口調は厳しかったが、顔が震えている。

「はい」ジェームズは前に進みでた。「ミセス・ランバート、あなたにお話をうかがいたかったんです」

「それはよかった」艶《つや》やかな黒い杖《つえ》を使って、ミセス・ランバートが立ちあがった。「わたしのお客様のために、お茶とケーキをデイ・ルームに運んでいただけるかしら?」

ジェームズとアシュリィは揃って首を振った。「いいえ、そんなお気遣いは——」

ミセス・ランバートに杖で踝《くるぶし》を——痛くはないけれど、思わず口を閉じずにはいられないほどしっかりと——叩かれて、ジェームズはその意図を理解した。「ああ、そうでした。お茶とケーキがほしかったんです。ありがとうございます」

ミセス・ランバートが無邪気な笑みを向けると、受付係が腕組みしたまま答えた。「わかりました。厨房《ちゅうぼう》に電話をして、誰かにトレイを運ばせます」

ミセス・ランバートは、ジェームズとアシュリィをしたがえて廊下を歩きだした。「さあ、こっちですよ」

三人は〈アップルウッド〉の整然とした食堂をとおりすぎ、窓から溢《あふ》れんばかりの日が射しこんでいるヴィクトリア様式のデイ・ルームへと入っていった。老齢の男性がふたり、カードを楽しんでいる。そのひとりが、とおりすぎる三人に突きでた眉《まゆ》を吊《つ》りあげてみせた。ジェームズは賭《か》け金の山に目を向けて、老人に笑みを返した。料理番組に夢中になっている三人の女性は、シェフのやり方にそれぞれ文句をつけているようだった。

ミセス・ランバートが腰をおろすよう椅子を示すと、ジェームズはミセス・クロウズの部屋から許しを得て持ってきたアルバムを置き、コートを脱ぐミセス・ランバートに手を貸した。

「ありがとう、あなた」ミセス・ランバートが空いている椅子を軽く叩くのを見て、ジェームズはその椅子の上で丁寧にコートをたたんだ。そのあいだ、ミセス・ランバートは濃紺のカーディガンをいじっていた。彼女が坐《すわ》った席からは、ホームの庭の景色が見わたせる。シーダーの大木が芝生に影を落とし、車まわし沿いの広々とした花壇には色とりどりの花々と、こんもりと葉の茂った低木が植えられている。ミセス・ランバートの脇にあるサイド・テーブルに前日の《タイムズ》紙と、八分二十一秒で止まっているストップウォッチと、難解そうなクロスワードが載っていた。そこには、美しい曲線的な文字で答えが書きこまれている。その筆跡に、ジェームズはなぜか見おぼえがあった。ああ、なるほど。

「さて——」ミセス・ランバートは眼鏡の角度を調整すると、ハンドバッグをかきまわしはじめた。そして、きちんとたたまれた紙を取りだし、それを見つめた。「あなた方は、ソフィが訪ねてきたときのことを知りたいにちがいないわね。それに、おふたりがマッジの……ああ、マージョリィのことですよ……部屋を調べているのは見ましたよ」彼女がアルバムを顎《あご》で示した。「きっと、ふたりの遺書のことを知りたいのね。それに開発のことも」

「ふたりの？」ジェームズは尋ねた。「ソフィとミセス・クロウズは、ふたりとも遺書を書き換えたのですか？」

「そうですよ、あなた。そこが重要なの」

「重要というと？」

「ソフィは遺書を書き換えた。そして、その直後に……」ミセス・ランバートが手を振って紙を示した。かぶりを振りながら、言葉をさがしているようだった。「マッジも同じ。遺書を書き換えたら、見てごらんなさい……四日後に病院に運ばれてしまったわ。あなた方が怪しんでくれることを心から祈っているのよ、刑事さん」

「ええ。怪しいと思いますよ。しかし、なぜミセス・クロウズが遺書を書き換えたのか、お話しいただけますか？」

「ええ、お話ししますとも。あら、お茶が来たわ」トレイを持って近づいてくる介護士を見て、ミセス・ランバートがうなずいてみせた。トレイには、大きなティーポットと、ソーサーつきのカップが三客と、レモン・ドリズル・ケーキがひと切れ載っている。「ありがとう、あなた」話の再開を待つ三人を残して立ち去っていく介護士に礼を述べると、ミセス・ランバートはジェームズにうなずいた。「あなたにお母さん役をお願いするわね。ええと、どこまで話したかしら？　ああ、そうだわ。ソフィのことから始めましょう」

一瞬、彼女の唇が震えた。「かわいそうな愛《いと》しいソフィ」彼女はスッと息を吸うと、震える手に持ったメモに目を向けた。

ジェームズはお茶をカップに注ぎながら、その機を利用してメモをのぞいてみた。

『チキン・シュプレーム＝月曜日、クロケット＝十六日』

「ソフィがやって来たのは、十六日の月曜日。かわいそうに、ひどい状態だったわ。わたしたちがクロケットの試合を終えたころにあらわれて、ここでお茶を飲んだのよ。だから、きっと三時半ごろですよ。旦那《だんな》様が送ってきたようだけれど、あなた方が車を駐《と》めてきたあたりでソフィを降ろしたの」

見られていたことに気づいていなかったジェームズは、うろたえて身じろぎした。そして動揺を隠そうと、レモン・ドリズル・ケーキの皿を引き寄せた。おいしそうなケーキだった。しかし、ミセス・ランバートに悲しみと怒りのこもった目で睨《にら》まれてしまった。彼は慌ててケーキの皿を押し戻した。そして、テーブルの向こうまで皿を滑らせると、ケーキを前にしたミセス・ランバートがちょっと笑みを返してくれた。

「ありがとう、あなた。やさしいお客様がわたしに代わって注文してくれないかぎり、一日にひと切れしか食べさせてもらえないの。でも、体力を保つ必要があるでしょう。ええと、さっきも言ったとおり、ソフィは車まわしを歩いてきたんですよ。妙だと思ったわ。若い男性が自分の若い奥様を玄関まで送らないなんて、どういうことかしら? ソフィは彼を追い払うみたいに手を振っていたわ。そして、車が走り去るとすぐに、ソフィはなんていうか……ガックリしてしまったの。詰め物が抜けてしまったみたいにね。彼女はバッグから大きな封筒を出して、電話をかけていた。なかに入ってきたのは、三十分ほどあとだったわね。でも、またすぐに外に出て、歩きまわりながら電話で誰かと話していましたよ。そのあいだにマッジがやって来て、すっかり話してくれたのよ」

ミセス・ランバートが話を中断してお茶をすすり、小さな銀のフォークでケーキの端をそっと切り取り、考え深げに口に入れた。

「その話というのは？」アシュリィが尋ねた。

「あの屋敷——そう、〈マナー・ハウス・ファーム〉は乗馬クラブにするということで夫婦のあいだで話がまとまっていたはずなのに、旦那様にはそんなつもりがなかったという証拠をソフィが見つけたというの。あれは美しいお屋敷ですよ。おそらく手を入れなければだめね。でも多くの可能性がある。ソフィなら、見事に成し遂げるにちがいないわ……ええ、成し遂げられたはずですよ」

彼女はレースの縁飾りがついたハンカチを袖《そで》から取りだして、目元を拭《ぬぐ》った。

「でも、実際には——」ミセス・ランバートがつづけた。「旦那様は、まったく別の計画を立てていたの。ええ、あの男は、あそこに大きな住宅市街地《ニュータウン》をつくろうとしていたんですよ。その設計図が、建築家たちから郵便でとどいたんですって。ソフィの計算では、何百万ものお金があの男の懐に入るというの。ご存知でしょうけれど、あのふたりは結婚して間もないわ。だからソフィは、あの男がお屋敷目当てで自分と結婚したんじゃないかと恐れていましたよ。開発の要《かなめ》となるのは〈マナー・ハウス・ファーム〉だと、ソフィは考えていたようね」

ミセス・ランバートはフォークで大きく切り取ったレモンケーキを食べ、お茶を飲み干した。

「ええ、もちろん、わたしたちは頭を突き合わせて、あの男の計画をぶち壊してやる方法を考えましたよ。とにかく第一に、あのお屋敷が彼の手にわたらないようにしなくてはならなかった。そこで遺書が登場するわけ。ああ、ソフィが離婚の手続きを始めていたことはご存知？　それが、第二のステップね。第三のステップは、あの男から有り金のすべてを巻きあげること。土地は手に入らないということを本人が気づく前にね」

ジェームズは真顔を保とうと必死で闘っていたが、ミセス・ランバートが彼の反応に満足していることに気づいて驚きを隠すのをやめ、小さな笑い声をあげた。**このご婦人を見くびると、痛い目に遭うぞ。**

「もちろん、マッジの知り合いが際限なく助けてくださいましたよ。市長は昔、マッジの果樹園から果物を盗んでいたの。それに、議会にも何人か知り合いがいるしね。事が迅速に進むよう、そういう人たちがみんな自分の役割を果たしてくれたわ。そしてわたしたちは、住宅市街地の開発――ええ、ソフィの旦那様が密《ひそ》かに計画している開発――を進める前に、開発業者にありとあらゆる調査をさせるよう求める手紙を議会に送った。ソフィは、すでに乗馬スクールの設計を建築家にお願いしていたの。そのときに、調査が終わらないと事は進められないと、その建築家から助言をもらっていたようね。だから彼女はあのすてきな電話機を取りだして、大きな開発にどういう調査が必要か調べたわけ」

ミセス・ランバートが片方の手を掲げ、指を折ってその調査をひとつひとつ挙げていった。

「考古学の調査、絶滅危惧種《きぐしゅ》の調査、保存樹のあるなし、景観がどう変わるか、交通量がどれだけ増えるか、騒音、それに水環境。議会が支持する方策や法律について、ソフィは建築家さんから教わっていたの。だから、ソフィがそれを全部調べあげて、わたしたちの手紙に書いたのよ。もちろん、わたしがね。マッジは目が悪くなっていますからね。余分に書いたものがあるから、差しあげるわ。ああ、でも、マッジの部屋にあったのを見つけて持ってきたのかしら？」椅子の背に身をあずけた彼女は、疲れたように見えた。「ねえお若い方、ポットにお茶は残っているかしら？」

ジェームズはお茶のお代わりを注いだ。

「ソフィは、手紙と調査でデイヴィッドを止められると考えていたんですか？」アシュリィが訊《き》いた。

ジェームズが注いだお茶を飲んで、ミセス・ランバートが答えた。「いいえ、あなた。ソフィは、あの男の痛いところを突いてやりたかっただけですよ。ええ、お財布をね。例の建築家さんによれば、そうした調査には四万から五万ポンドかかるそうなの。たいへんな額のように思えるでしょう？　でもね、基本計画からすると、たいした出費ではないらしいわ。あの男は、すでに必要なお金を二百万ポンド以上借り集めているみたいね。そのローンの返済がじきに始まるようだけれど、返済スケジュールはかなり厳しいものになるはずよ。だから、おそらく建設費の支払いのために、建設会社と提携関係を結んでいるんじゃないかしら。でもね、数百万ポンド規模の利益があがるんですもの。余分に調査費を――ええ、比較的少額の調査費を――出させたくらいでは、あの男を止めることはできませんよ。だけど……」

アシュリィが身を乗りだした。「だけど？」

「ソフィは気づいたの。あの男のローン返済計画は、慎重に計算されたものだということにね。その返済期間を少しでも変更したら、全体の額に大きなちがいが生まれるわ。つまり、問題は余分な調査の費用ではないということ。そう、調査にかかる時間が問題なの。返済期間が延びれば、財政的な破滅をもたらすことになる。ソフィの計算によると、工事が二ヵ月延びるごとに十万ポンド余計に費用がかかるそうよ。それに、工事が遅れれば、建設会社との提携関係も危うくなるでしょうね。そのときになって初めて、すべてが無駄に終わることに、あの男は気づくのよ！　だって、あの土地を使うことはできないんですもの！　ソフィは手紙に自分の名前を書いた。手紙を出したのは自分だということを、旦那様と彼のお友達の企画コンサルタントにわからせたかったのね」

ミセス・ランバートは、さらに深く椅子に身を沈めた。「ほら、ソフィはいつもやさしくておとなしい子だったでしょう。軍曹みたいなマッジとは大ちがい。でもね、あの日の午後は、かわいらしいソフィのなかに鋼のような強さが備わっているのを見て、嬉《うれ》しくなったわ」彼女の顔が震えた。「あれが原因でなければいいんだけれど……」

ミセス・ランバートが舌打ちをして、かぶりを振った。「そんなことを考えるのはよくないわね。うーん、他にもあなた方にお話ししたいことがあったのに、思い出せないわ。昔はなんでもしっかり記憶していたのに、今はもうだめ。でも、きっとそのうち思い出しますよ」

「ミセス・クロウズの遺書のことですが、何を書き換えたのかご存知ですか？」ジェームズは尋ねた。

「ええ、知っていますよ。マッジは、自分とソフィを〈マナー・ハウス・ファーム〉の共同所有者ということにしていたの。ふつうなら、マッジが死んだらマッジの所有分はソフィのものになる。そして、そのあとソフィに何かあったら、すべてが旦那様の手にわたる。でも、もちろんソフィもマッジもそんなことは望んでいなかった。

物事を理解するのは、ソフィよりもマッジのほうが速いわ。ひとたびあの男の計画を知ると、マッジは弁護士をここに呼んで遺書を書き換えたの。ええと、あれは——」彼女はメモに目を向けた。「そう、月曜日だったわ。二十三日の。その二日後、二十五日の水曜日にソフィが自分の遺書を書き換えたのよ。ええ、まさにその日に……」ミセス・ランバートは、両手で持ったハンカチを捻《ねじ》った。

「つまりね、刑事さん、マッジは、あの男の計画がうまく進まないように遺書を書き換えて、わたしたちといろいろ手を打ったすぐあとに謎の病気にかかってしまったということ。とても偶然とは思えないわね。わたしはね、第二次大戦中にブレッチリーで学んでいたんですよ。ええ、ステーションXと呼ばれていたところ。だから、偶然を装った仕掛けを見破る訓練は受けている。マッジは、わたしの親友ですよ。そして、ソフィはわたしの孫も同然……だった。だから、こんなことをしでかした……人でなしを、あなた方に絶対に捕まえてほしいの」

ジェームズは彼女の目を見て言った。「最善を尽くして捜査にのぞむことを約束します。それに、警察の護衛がつくまで、ここにいるアシュリィがひと晩じゅう、ミセス・クロウズのそばについています」

ミセス・ランバートが目を潤ませてふたりにほほえみながら、アシュリィの手を軽く叩《たた》いた。

「感謝しますよ、あなた」

「しかし、ミセス・クロウズは誰を新たな相続人に指名したのか、教えていただけますか？」

ジェームズは尋ねた。

「ええ、もちろんお教えしますよ。マッジは、自分がしたことについてソフィに話さなかった。とにかくマッジは、ソフィの利益を護《まも》っているつもりでいたんでしょうね。マッジは、〈マナー・ハウス・ファーム〉の半分をソフィに遺《のこ》した。そして、もう半分は彼女の弁護士に遺したの。アンドリュー・アーデンにね」

12

八月二十八日　土曜日　午後十二時三十分

警察官が非常線の縁をまわりこむようにして、大股《おおまた》に近づいてくる。ネルの鼓動は、彼にその音が聞こえているにちがいないと思うほど、激しく打ちはじめていた。アダムはまだ、電話の向こうで彼女を叱りつけている。ネルは罪悪感に胸を痛めながら、電話を切った。息を殺して茂みに這《は》い戻り、木々の鋭い枝の先に背中をつつかれると、できるかぎり身を低くした。ああ、嘘でしょ。こんなことなら、もっと熱心にヨガをやっておけばよかった。警官がさらに近づいてくる。

やだ。電話の声が聞こえちゃったの？　電話は、ほんとうに最悪のタイミングでかかってき

た。忌々しいアダム。やさしくて魅力的なアダム。警官が目の前をとおり過ぎていくのを見て、

ネルは尖《とが》った低木の陰に身を沈めた。〈マナー・ハウス・ファーム〉を囲むようにのびている

田舎道の剝《は》がれた石を踏みしめるブーツの音がする。

電話が鳴った。嘘でしょう。お願い、もうやめて。スマホに目を向けたネルは、画面が暗い

ままなのを見て、鳴ったのは警官の電話だったのだと気づいた。安堵《あんど》の息を吐くと、顔のそば

の葉が揺れた。警官が戻ってきて車まわしの入口あたりで立ち止まった。ネルはリュックをつ

かむと、下草の向こうの地面を見とおし、反対方向に駆けだした。

口がからからに渇いている。ここで捕まるわけにはいかない。今、彼女がしていることは、

逮捕されても不思議ではない犯罪だ。それでも、試してみる必要がある。ヴァルとジェームズ

の懐疑的な表情が、心に焼きついている。ここまで説明して無実が証明できないなら、他に犯

人がいることを示す何かを見つけだすしかない。

木の葉が揺らぐ音に驚いて飛ぶようにあとずさったネルは、オークの大木のゴツゴツの幹に

ぶつかってしまった。まるでシカのようにビクビクしている。そうよ、警官なんかどうでもい

い。殺人者が足跡を消すために戻ってきたらどうするの？　ああ、やめて、理性的になるのよ

……。それでも、羽を逆立てたツグミが嘴《くちばし》に細長い虫をぶらさげて不意に茂みからあらわれる

と、ネルはよろめいて転びそうになった。

神さま、お願い。ソフィが殺される直前、ネルはこの林を丁寧に見てまわった。そんなことをした者は、他にはいない。何かがちがっていたら、それがたとえささいなことでもネルにはわかる。そのちがいに気づける人間は彼女しかいない。**さあ、やるのよ**。

ハシバミの生け垣に囲まれて、すっくりとそびえ立つオークの木々。その、たっぷりと葉をつけた大枝をとおして、ネルの不安にそぐわない昼の日が射しこんでくる。ネルのまわりでしきりに囀《さえず》り、ここは自分のテリトリーだと主張しているのは、モリムシクイとゴジュウカラだ。

ネルは、ヤマネの歯形がついたハシバミの実を拾いあげた。トラヴェラーズジョイの蔓《つる》の下に、ハシバミの木を縫うように、ヤマネのとおり道ができている。ネルは前回そうしたように、蔓が絡みついた木をたどって歩きだした。何歩か進むと、トラヴェラーズジョイが引きちぎられて、その蔓がハシバミの木にぶらさがっていた。

ネルは眉《まゆ》をひそめた。この前ここをとおったとき、トラヴェラーズジョイは少しも傷ついていなかった。彼女はスマホの画面をスクロールさせて、写真をチェックした。まちがいない。前回ここに来たとき、この植物はこんなふうになっていなかった。それなのに今は、ちぎれた蔓がハシバミの木のまわりで揺れている。道路のほうから入ってきて、木々のあいだを無理やりとおり抜けた大きな何かに、林の奥に向かって叩き飛ばされたような感じだ。木と木の間隔は、このあたりが最も広くて、二メートルほど。枝に目を凝らしてみると、茂った葉にほとんど隠れている部分の小枝が一本、林の奥に向かって折れていた。林に押し入ってきたその何かは、動物や人間よりもだいぶ大きそうだ。高さも幅も、ちょうど車くらい。折れた小枝はサイドミラーの高さだ。ネルはすばやく数枚、写真を撮った。

警官が小径《こみち》を歩いていないことを確かめながら、ネルは警察の立入禁止テープを潜り、道路側から林の植物を見てみた。枝も折れてはいないし、葉も蔓もちぎれてはいない。ネルは林のなかに戻ってタイヤの跡をさがしてみたが、カラカラに乾いた地面は助けになってくれなかった。これは、車のための道でも乗馬道でもない。ここを車でとおろうとしたら、木々のあいだを縫い、密集して生えている低木や茂みを避けて、道なき道を走りつづけるしかない。そんなことをして、屋敷の母屋を訪ねる者はいない。ただし……。

ネルは不安を募らせながら立ちあがった。林にひびくクロウタドリの歯切れのいい鳴き声と、それをさえぎるかのように聞こえてくるキツツキが木をつつく音。そのリズムは、ネルの鼓動とほぼ一致していた。

ネルがトンネル内にいるときに殺人が起きたのだとすると、犯人が林側の入口からトンネルに入った可能性は皆無。おそらく、ここをとおって母屋に向かったのだ。ネルは何かの跡をさがしに、ここにやって来た。でも、実際にそれを見つけたとなると話は別だ。彼女は期せずして、殺人者の足跡をたどっていたのだ。

クロウタドリの警告するような鋭い鳴き声を聞いて、ネルは振り向いた。警官の——あるいは彼女を黙らせようと忍び寄ってくる殺人者の——影が見えないかと、まわりじゅうに目を走らせてみる。

きみがその場にいたことを犯人が知っていたらどうする？——そう言ったアダムの言葉が頭のなかで渦巻きだしたそのとき、砂利を踏むリズミカルな音が聞こえてきた。音をたてまいとしているかのように、慎重にゆっくりと近づいてくる。ネルはしゃがみこみ、それから肘《ひじ》をついてシャクナゲの大枝の下に身を横たえた。恐怖のせいで呼吸が浅くなっている。大きな葉にさえぎられてよく見えなかったけれど、ジーンズに包まれた脚がとおり過ぎていくのがわかった。でも、一度とおり過ぎたその脚は、また戻ってきた。あたりを見わたして何かをさがしているのだ。

熱いものがネルの身体を撫《な》でるように駆け抜けていく。彼女は鍵《かぎ》を探りだして手に取ると、その金属の歯が指のあいだから突きだすように、しっかりとにぎりしめた。爪先《つまさき》にスチールキャップがついたブーツは、誰かを蹴《け》るのに適している。必要とあらば、身長百八十センチの男の頭に蹴りを入れられることは、実践してわかっている。それに、ダメージを与えるのに望ましい場所は、すべて頭の高さにあるわけではない。

枝の向こう、ネルの目の前で脚の動きがとまった。

八月二十八日　土曜日　午後十二時四十分

ジェームズは、運転しているアシュリィにも聞こえるよう、スピーカーホンに切り替えた。

「話してくれ、ヘシャ」

「アンナ・マディソンのお金の流れについて、いくつかわかったことがあります。この二カ月のあいだに、彼女の銀行口座に四件の送金がありました。毎回、一万ポンド。でも、送金者を突きとめることはできません。スイス銀行の匿名口座から振りこまれているんです」

「つまり、何者かが彼女に大金を支払い、その送金者が自分だとわからないよう、手間をかけて細工したということだ。脅迫か？　黙っていることを条件に金を要求できるような何かを知ったとか？　以前にも同様の振りこみがないか、調べてみてくれ。他の口座も頼む。デイヴィッド・スティーブンソンと、ソフィ・クロウズと、サイモン・メイヒューと、ネル・ワードの口座だ。アンナ・マディソンへの送金と一致する支出がないか、確認してほしい」

ヘシャとの電話を終えると、ジェームズはアシュリィに目を向けた。「行き先を変更していいかな？　まず、デイヴィッドのオフィスだ。そこにアンナがいなかったら、自宅を訪ねよう」

三十分後、アシュリィはアンナのポルシェの横に車を駐《と》めた。「ひとつ目の幸運ね」彼女が言った。そしてスマホの着信音が鳴ると、ため息をついた。「あなたがアンナと話してるあいだ、ここで大量のメールと格闘していてかまわない？」

「もちろん」ジェームズは車を降り、建物に近づいていった。

なかからアンナの声が聞こえている。ジェームズは内扉をノックし、それを少し開けた。アンナは驚いて飛びあがったものの、彼を見てホッとした様子で手招きをし、椅子を手で示した。

「……ご迷惑をおかけして、申し訳ありません。また自由に屋敷内に入れるようになりましたら、すぐに連絡させていただきます。ご理解いただいて感謝しています」彼女が電話を切った。

「留守電は嫌いだけど、少なくとも合理的ではある」きれいに書かれた短いリストの一項目を線で消しながら、アンナが言った。

ペンが見つかったとは驚きだ。メタルとガラスでできた彼女のデスクの上のペン立てには、キューティクルスティックと爪ヤスリ以外、何も入っていないように見える。彼女の椅子のうしろには川が見えるはずの窓があるのだが、椅子にさえぎられてほとんど景色は望めない。ジェームズが腰掛けている坐《すわ》り心地の悪い椅子と、そのうしろに設《しつら》えられたプラスチックのように見える白い二台のソファ。その横にあるガラスのコーヒー・テーブルの上には建築雑誌が乱雑に置かれているが、このオフィスにはいかなるデザイン原理も活《い》かされているようには見えなかった。蛇腹の飾り帯《コーニス》がついた高い天井からのライトが部屋を明るく照らしているものの、その温かみは、いかにも硬そうな白壁にすっかり吸い取られてしまったかのように見える。ネルならばこのスペースをどう変えるだろうかと、ジェームズは考えずにはいられなかった。

開け放ったままの両開きドアの向こうにあるデイヴィッドの部屋は、がらんとしている。ボスが不在で、計画は停止を強いられているにもかかわらず、アンナは忙しそうだ。デスクの上は、ひろげたままのファイルで埋め尽くされているし、パソコンからはメールの着信音がひっきりなしに聞こえてくる。

「いつもなら土曜日はここに来ません。でも今日は、しばらく〈マナー・ハウス・ファーム〉

には入れないということを調査担当者に伝えにきたんです。それに、開発は一時停止だと、開発専門官にメールで知らせようと思って」アンナがそう言って、ボブスタイルの艶《つや》やかな髪を撫でた。

「電話もメールも、自宅でできるのでは？　そうすれば、ここに来る手間が省けたんじゃないですか？」

アンナが肩をすくめた。「デイヴィッドが来てるんじゃないかと思って。ひとりで家にいても、なんだか気分が……」彼女は、赤紫のグロスを塗った唇を噛《か》んだ。「実は、デイヴィッドがほとんど口をきいてくれなくて……あれ以来、ずっと」

ジェームズはうなずいた。「わかりますよ。ところで、調査担当者には誰が依頼の連絡を？」

「わたしが見積もりを送らせてそれを吟味し、メリットとデメリットを要約してデイヴィッドに見せたんです」アンナがデスクに積まれた書類のなかからフォルダーを取りだした。「ご覧になりたければ、ここにプリントアウトが入っています。それぞれの調査会社の紹介ページもつけてあります」

ジェームズはファイルを受け取り、その詳細な見積もりに目をとおしはじめた。

「考古学と水環境の調査が、火曜日に始まることになっていたんです。それも今日、キャンセルしました。生態学の調査は、すでに始まっていました。その日にソフィが……」彼女の顔が歪《ゆが》んだ。

生態学のページを開くと、そこに三つのコンサルタント会社の名前が記されていた。

その最初の社名をアンナが指さした。「〈エコロジカル・コンサルタンツ〉は、どこよりも安いというわけではないけど、どこよりも迅速に動いてくれる。それに、母屋と林のあいだにあるトンネルについて言及したのは、〈エコロジカル・コンサルタンツ〉だけでした。あそこの生態学者が、古い地図を見てトンネルを見つけたんです。エドワード七世時代の地図だと、言ってたようだけれど。それを聞いて、ここに頼めば徹底的に調べてくれるにちがいないと思ったんです。何かを見逃して、あとで問題になるなんていうこともなさそうだし。高いお金を払って、そんなミスを犯されたらたまらないわ」彼女が唇をすぼめた。「そんなわけで、〈エコロジカル・コンサルタンツ〉をデイヴィッドにすすめたんです」

〈エコロジカル・コンサルタンツ〉の紹介ページを繰ったジェームズは、『プロジェクト・チーム』の欄のネルの写真に目をとめた。野の花がコバルト色とルビー色の霞《かすみ》のように見えている草地でメモをとっている、印象的な写真だった。姿勢がよすぎるせいで、ちょっと尊大な感じにも見える。しかし、笑みが浮かんだ顔は晴れやかで、その目はキラキラと輝いている。ジェームズは、彼女にまっすぐ見つめられているような気がした。クリップボードを防御壁のようにかまえているのは、傷つきやすさを隠そうとしている証拠だ。ジェームズは写真のネルを見つめている自分に気づいて、ページをめくった。

『ネル・ワード博士が博士課程で行った環境経済学と環境政策についての研究は、開発における自然生態系への影響緩和を訴える複数のNGOによって、政府の公式報告書《ホワイトペーパー》に寄稿された。

その後、生態学のコンサルタント業務に活動の場を移したワード博士は、技術の幅をひろげ、現在は植物と保護種の調査をも手掛けている。ホクオウクシイモリ、メンフクロウ、ヤマネ、コウモリの調査ライセンスを所持。その仕事は環境の評価や、〝大規模開発が環境に与える影響〟についての執筆など、多岐にわたる。

〈マナー・ハウス・ファーム〉の生息環境調査と屋内のコウモリの調査は、ワード博士が手掛けることになる予定。夜間のコウモリの調査は、同じく上級生態学者でコウモリ調査のライセンスを保持するアダム・カシャップ博士とともに行われる』

写真のアダム・カシャップ博士は、胸まである長靴を履いて、魚を追いこむための網を振りまわしていてさえ、しゃくに障るほどのハンサムだった。ウェーブのかかったボサボサの黒っぽい髪をした長身の博士は、こちらが引きこまれそうになるほどの派手な笑みを浮かべている。なんてこった、嫌みなほどの美男美女カップルじゃないか。ジェームズは自分がネルといるところを想像してみた。そう、警察のダンスパーティのような洒落《しゃれ》た場所にいるふたりなら想像できる。洗練されていてエレガントな感じだ。しかし、アダムとならば心が浮き立つような冒険ができる。気楽に崖《がけ》を懸垂下降したり、豊富な知識を持って熱帯雨林を散策したりしながら、絶えず希少種に目を光らせ、必要とあらば保護するのだ。ジェームズはため息を抑えて、先を読んだ。

『アダム・カシャップ博士の研究学位論文（殺虫剤が送粉者の脳の発達に与える影響）は、政府の戦略会議と国家管理モデルに報告された。

カシャップ博士の専門は無脊椎《むせきつい》動物。博士は生態学コンサルタントとして、土壌汚染が原因で売却も再利用もできないまま放置されている土地の開発についてのアドバイスや、グリーンルーフのデザインなどを手掛けている。その幅広いスキルには、爬虫類《はちゆうるい》やアナグマなどの保護種の調査も含まれている。コウモリとホクオウクシイモリの調査ライセンスを所持』

さらに四ページ、調査の方法論や、項目別の料金――『標準な契約の場合』と、小さな文字で書かれている――についての詳細がつづいていた。「持ち帰ってかまいませんか？」彼女がうなずくのを見て、ジェームズは尋ねた。「最も安いわけではないのに、なぜ〈エコロジカル・コンサルタンツ〉を？」

「さっきも言ったとおり、いちばん迅速に動いてくれるからです。調査が早くすめば、全体の費用が抑えられます。予定が遅れることも、費用が余分にかかることも、もう受け入れるしかありません。こうなった今はなおさらのこと、支出を少しでも減らすために、調査をできるだけ早く終わらせることが不可欠です」

「それで、デイヴィッドは一連の調査を強いられたことを、どう思っているんですか？」

「調査費や遅れのせいで出る余分な出費が数十万ポンド程度だったら、足下のラグを引き抜かれたような気がするくらいですんだでしょうね」

ジェームズは何も言わなかった。彼は待った。

アンナがため息をついた。「こんなことになったのは、サイモンのせいなんです。ええ、デイヴィッドの企画コンサルタントのこと」顎《あご》の線が硬くなっている。「コンサルタントが聞いて呆《あき》れるわ。あの男は、ただの愚か者。だから、デイヴィッドが本人にそう言ってやったんです。デイヴィッドがこっぴどく叱りつけているのを聞いて、思わず拍手しそうになりました。あの人のせいで、たいへんな遅れが出ているんですからね」

「ふたりは口論を？」

「ええ。激しくやり合ってました」アンナがパソコンに向かい、マニキュアを塗った指でマウスのボタンをクリックした。「二十日の金曜日です」

「サイモンにはこうなることがわかっていたはずだと、デイヴィッドは思っているんですね？」

エルゴノミクス・チェア〔人間工学に基づいてつくられた椅子〕に坐っていたアンナが、その背に身をあずけた。「ええ！　もちろんです！　それが、あの人の仕事でしょう。この規模の開発では、そうした一連の調査を行うのが当たり前のようです。サイモンは経験豊富なプランナーですもの。知らなかったはずがない。それに、デイヴィッドはアドバイスを受けるために、あの人に大金を払っているんですよ」

「だったら、なぜサイモンは事前にそのことをデイヴィッドに警告しなかったんですか？」ジェームズは尋ねた。

「いい質問だわ。本人は、調査を省いてもらえるように、議会に掛け合っていたと言ってます。でも、わたしに言わせれば、まったくの戯言《たわごと》。ほんとうに議会と交渉していたなら、もっと前にデイヴィッドにそう話して、支出を抑えるために頑張っているところをアピールしたはずです」

「サイモンが警告しなかったのは、ただの怠慢からだと思いますか？　それとも、他人の金には無頓着《むとんちゃく》だとか？」

「あの人は大きな開発に関わることになってプレッシャーを感じていたんだと、わたしは思います。このあたりは、住宅市街地《ニュータウン》の開発計画の許可がおりにくいことで有名なんです。だから、住宅の供給が毎年目標にとどかなくて、議会の予算が年々減っている。予算の削減は、サイモンにとって痛手になります。大きな計画に投資する余裕がある、開発者の団体が減ってしまいますからね。大きなプロジェクトが動かなければ、ボーナスは入らない。まったく仕事がなくなる可能性も大いにあります」

アンナはドアにチラッと目を向けると、デスクに身を乗りだし、声をひそめてつづけた。

「サイモンの会社で、最近、余剰人員の解雇が行われたみたいなんです。サイモンにとって、デイヴィッドの計画はただの大仕事というわけではなく、キャリアを救うためのものでもあったんでしょうね。だから、調査の話が出る前に、引き返せないところまで事を進めてしまう必要があったんだと思います。キャリアを救う仕事を与えてくれたデイヴィッドに、サイモンが何をしたか見てください。ええ、義務を怠ったんです。だいじな情報なのに、デイヴィッドが喜ばないことがわかっていたから、それを伝えずに見て見ぬふりをつづけ、問題をどうにもならないほど大きくしてしまった。あの人は無能で無責任な、腰抜けの愚か者です」

「調査のせいで、開発が中止になることは？」

「そんなことにならないよう祈っています。当然です。ここまでの開発計画は、そうそうあるものではありません。だからこそ、デイヴィッドはこれがどれだけ深刻かを、サイモンにわからせる必要があったんです。どちらのためにもこの計画を成功させる必要があると、デイヴィッドはサイモンに言いました。でも、多額の資金を注ぎこみつづけなければならないようなら、おしまいだと。ええ、ふたりともおしまいです。このままなら、サイモンをクビにして、別のプランナーを雇うしかないとも言っていました。コストを低く抑えて開発が順調に進むよう、サイモンが議会の態度を軟化させることができなければクビだと、デイヴィッドはサイモンに言いわたしたんです」

「それで、サイモンは議会にはたらきかけを？」

「あれは、そのための会議だったんです。サイモンが手をまわして、デイヴィッドが議会の人たちと話せるよう完璧《かんぺき》な機会をつくったんです。たしか、あの人はこう言ってました。『景気づけのスコッチをやりながら、このニュータウンが地元に与える社会経済的利益について説明してやるといい』って」アンナがそう言って、ジェームズに悪戯《いたずら》っぽい目を向けた。

「それがうまくいかなかったら、あなたもここでの仕事を失うかもしれない？　デイヴィッドが人員削減を余儀なくされたら？」

面白がっているのか、アンナの口角がキュッとあがった。「いいえ、大丈夫。デイヴィッドにとって、わたしは代わりのきかない部下ですもの。解雇の対象になんかなりません」

ジェームズはパソコンに目を向けた。「鑑識班に、それを調べさせる必要があります。捜査の手順のひとつなので。今日、調べさせていただけますか？　それとも令状が必要ですか？」

アンナが、マニキュアを塗った手を振り動かした。「ご自由にどうぞ。デイヴィッドには、強制休暇を取らされたって言うことにします」彼女はキーリングから鍵《かぎ》を一本抜き取った。「スペアキーです。終わったら、ドアを施錠して郵便受けに鍵を入れておいてください」

アンナが腕時計を見た。カルティエだ。明るすぎるライトを浴びて、フェイスのダイヤモンドがキラキラと輝いている。「あなたを残して帰ることにします」アンナはそう言って、赤紫のシャネルのバッグにiPhoneを滑りこませた。「〈フェヴリエ〉でランチにするわ」

「そいつはすごい。ミシュランのひとつ星レストランでしょう？　トリュフがおすすめですよ」ジェームズはたっぷりと皮肉をこめてそう言いながら、アンナといっしょに外に出た。そして、鑑識班の番号をタップしているときに気づいた。話の矛先が自分に向いたとたん、アンナは会話を打ち切った。しかし、気にすることはない。話の裏づけをとるつもりだし、口座も調べる。それから、戻ってくればいい。

八月二十八日　土曜日　午後十二時四十分

ネルは枝ごしに脚を見ていた。依然として、目の前に立ち止まっている。襲われたらどう対処するか、ネルは考えを巡らせた。姿を見られたとしても声を聞かれたとしても、枝をかき分けて進まなければ、男はここまで来られない。つまり、弱いところに痛烈な蹴《け》りを入れてやるチャンスはあるということだ。それで逃げる時間が稼げる。でも、細身の革パンツ姿で、重いブーツを履いて、リュックを背負っていたのでは、簡単にはいかない。それに警官を避けて進む必要がある。

ネルは大きく息を吸った。土臭い林の香りが鼻を満たしていく。でも、何か他の香りもする。森を思わせる、爽《さわ》やかでありながら温かみのあるグリーンの香り。この香りなら知っている。ネルは、自分のなかから緊張が溶けだしていくのを感じた。**こんなところで、いったい何をしてるの？**　ネルはメッセージを送った。

『あなたのうしろにいる』

一瞬後、脚が振り向いた。

「ネル？」アダムだとわかってはいても、そのささやき声に驚かずにはいられなかった。苛立《いらだ》ちと（どうして放っておいてくれないの？）、喜び（愚かにも危険を冒して法に触れるところまで助けにきてくれるなんて！）が混じり合って、身体じゅうがざわざわした。

ネルは枝のあいだに手をのばして、アダムを引っぱった。次の瞬間、ふたりは生い茂った低木の緑の天蓋《キャノピー》に包まれていた。

「何をしてるんだ?」アダムが吐きだすように言った。「すぐそこに忌々しい警官がいるんだぞ」

ネルは両手をあげ、懐疑的な表情を浮かべて意志を伝えた。**知ってるわよ。だから隠れているんじゃない。**「帰って。警察は、あなたには興味を持っていない。あの人たちが目をつけてるのは、わたしよ」

「きみが帰らないなら帰らない」アダムが腕を組んで、きっぱりとささやいた。

「邪魔をしないでちょうだい。さっき、あるものを見つけたの。他にもないか、あたりを見てみるつもり。ふたりでいると、ひとりでいるより目につくわ」ネルは彼の赤いTシャツに、あからさまに目を向けた。アダムは緑のパーカーのジッパーをあげられるところまであげ、あらためて腕を組んだ。ネルの身なりに目を走らせた彼は、革のパンツを見て眉《まゆ》をサッと吊《つ》りあげた。

どういう意味? でも、今は難しい質問をするときじゃない。「いいわ、だったらついてきて」

ネルは、ちぎれたトラヴェラーズジョイと、調査時に撮った同じトラヴェラーズジョイの写真をアダムに見せた。「車でここまで入ってきたとしても、このあたりまでが限界ね。見て、この先は低木とイバラが生い茂ってる。車をここに置いていったのかもしれない。薮《やぶ》に隠れて見えないし、引き返すだけのスペースはかろうじてある」下草が生えていない空地を示して、ネルは言った。「だとしたら、犯人はここから母屋まで歩いたってことね」

歩きながら、アダムが地面を指さした。「アナグマの巣穴があるのは、この先だな」ふたりがとおってきた小径《こみち》を横切るようにのびているのは、幅のある背の低い哺乳類《ほにゅうるい》の通り道だ。その地面には、葉っぱも何も落ちてはいない。硬い粘土質の表面は、地面スレスレをとおる多くのアナグマの腹に擦《こす》られて光っていた。

「そう、この先よ。足跡を見つけたくて、巣穴の入口に砂を撒《ま》いておいたの。運がよければ、殺人者がその砂の上を歩いて、跡を残してくれてるかもしれないと思わない？」ネルは期待をこめて片方の眉を吊りあげ、駆けだした。

アダムが追いつくと、ネルは地面にできた斑点《はんてん》のような跡を示してみせた。

「餌を置いた場所だわ」ネルのスペシャル料理――蜂蜜《はちみつ》入りのカリカリナッツ・コーンフレークスは、跡形もなく消えていた。糞《ふん》が見つけやすいよう、コーンフレークスには色つきの不活性プラスチックの粒が交ぜてあり、それによってアナグマのテリトリーの境界がわかるようになっている。餌のまわりの堆積《たいせき》物が乱れていることから察するに、おそらくアナグマは食料をさがしに巣穴から出てきてすぐ、そこにあった餌をすっかり平らげたのだ。ネルが屋敷のトンネルで、コウモリの調査に夢中になっていたころだ。

木々の向こうに目を凝らして、アダムがささやいた。「こいつはすごいや」

ネルはアナグマの巣穴をチェックした。八つの出入り口それぞれの前に、大きなエプロン状に撒いてある金色の砂の上に、爪痕《つめあと》と何かを引きずったような跡が残っている。動きがあった証拠だが、足跡は――アナグマのものも、人間のものも――まったく見あたらなかった。「残ってないわ」

出発点に戻りながら、アダムが尋ねた。「犯人が道路を使わなかったと考える理由は？　なぜ、わざわざ林のなかを？」

「あのプロジェクトのために働いていたのは、わたしたちだけじゃないわ。だから、誰があらわれても不思議じゃなかった」

「つまり、犯人は開発のことを知っていたということだ。それに、この土地にもかなり詳しい。あるいは、どこに車を隠せるか、調べるチャンスがあったか」

「そういうこと。そうなると、容疑者はずいぶん絞れるわ。ソフィの旦那《だんな》様、アンナ・マディソン、それにこの開発計画のために働いているプランナーや、何らかの仕事を任された請負人たち……」ネルは怯《ひる》んだ。「生態学者とかね」

ふたりは無言のまま母屋のほうへと足を進め、車まわしの先の低木がまばらに生えているあたりで立ち止まった。前回ここに来たときにはなかった跡が、はっきりと地面についている。砂利に残った溝やタイヤの跡だ。捜査班の刑事や病理学者、それにソフィの死体を乗せた車が行き来する様子を、ネルは想像してみた。荒れた庭の、のび放題にのびた草を、捜査関係者が踏みつけていく。大きな葉が不自然な方向に折れているのは、ソフィが――あるいは殺人者が――残した何かをさがして、棒で草をかき分けた跡だ。

警察は、ハシバミの木に隠れるようにぶらさがっている、引きちぎられたトラヴェラーズジョイの蔓《つる》に気づいただろうか？ あれは、誰かが林に車を乗り入れた唯一の証拠だ。蔓がちぎれていることにネルが気づいたのは、ヤマネを調査する上で植物が重要な手掛かりになるからだ。林の観察は得意分野だと、ネルは自負している。

つなぎを着こんだ誰かが、ケースを持って母屋から出てきた。ネルとアダムは低木の陰にしゃがみこんだ。

「もう充分だろう？」そうささやいたアダムの熱い息が耳に吹きかかった。彼の首の拍動が、はっきりと感じられる。それはネルの鼓動よりも、ほんの少し速かった。ここでうわついた返事をしてはいけない。**それは、かなりまずい**。でも、そんなことを考える必要はなかった。別の警官が母屋から出てきたのを見て、アダムが彼女を引っぱった。「行こう、クッキングディーンの最重要指名手配者くん。ぼくたちは調子に乗りすぎている」

13

八月二十八日　土曜日　午後二時十五分

ジェームズは悪いことが起きそうな予感を募らせながら、漂白剤の匂いがただよう病院の廊下を足早に進んでいった。かたまってゆっくりと歩いている家族をよけ、前を行くアシュリィにつづいてデスクへと急ぐ。見張りに就いていた制服警官から『ミセス・クロウズの部屋に見舞客が来ています』とメッセージがとどいたのだ。ソフィの友人、イソベル・ライトとケイティ・ミラーだ。すぐに病院でふたりを捕まえて、話を聞きたかった。

「こんにちは、ミセス・クロウズに会いに戻ってきたわ。毒性テストのことで、何かニュースはある?」デスクの向こうの看護師に、アシュリィが尋ねた。

「テスト?」看護師が眉をひそめて、パソコン画面に目を向けた。「ああ、これね」彼女はマウスのボタンをクリックし、そのあと壁のホワイトボードのほうを向いた。「いいえ。まだ何も」

「ねえ、なんとかならない?……わかるでしょう」アシュリィが指をクルクルとまわして見せた。「迅速に進めてもらいたいの。科研のほうでも時間がかかることを思うと、ぐずぐずしていられないのよ」

「テストをすることが決まってから、数時間しか経っていないんですよ。それに、他にも患者さんがいるんです」

「他に殺人事件の捜査を必要としている患者がいる?」アシュリィが訊《き》いた。

看護師が腕組みをした。

「急を要するの。捜査のためだけじゃない。ミセス・クロウズの命に関わる可能性もあるわ。誰かを捕まえて、十分以内にテストしてもらえない? わたしたちがここにいるあいだに?

そうすれば、すぐに科研にとどけられる」

「できるだけやってみますけど」ミセス・クロウズの部屋に向かって歩きだしたふたりの耳に、看護師がつぶやく声が聞こえてきた。「警察官だったら、長時間労働と人手不足のつらさを誰よりも理解してくれるべきなんじゃないの」

ジェームズは怯んだが、アシュリィは肩をすくめてミセス・クロウズの部屋のドアをノックした。なかにいた三人が振り向いた。ジェームズとアシュリィが部屋に足を踏み入れると、ベッド脇のキャビネットの横に立っていた警官がふたりにうなずいた。

若い見舞客は、ベッドの傍らに腰掛けている。ジェームズは、まず自分とアシュリィの名を告げ、それから尋ねた。「ミセス・クロウズの容態は？　何か変わったことはあったかな？」彼はベッドに横たわっている弱々しい女性に目を向けた。胸の上に乗せられた手と、点滴の液剤が送りこまれていく浮きあがった青い血管。

「変わりはありません」制服警官が答えた。「面会者は、このおふたりだけです」

「こんにちは、ミセス・クロウズ」笑顔の効果で、その声は温かく聞こえた。「ソフィのお友達がふたりもお見舞いにきてくれたなんて、すてきじゃない」アシュリィが自己紹介をうながすかのように、若いふたりに顔を向けた。

「イソベルです」黒っぽい髪の女性が名乗った。にぎりしめた手のなかで、小さな花束が萎《しお》れはじめている。ジェームズは『生花のお見舞いはご遠慮ください』と書かれた貼り紙に目をとめた。イソベルは、がっかりしているにちがいない。

「ケイティです」もうひとりの女性が、顔にかかった赤褐色の髪をかきあげながら言った。自撮りに備えたふたりのメイクは、実生活のなかでは完璧《かんぺき》すぎる。ジェームズにとって、それはかなりの衝撃だった。

「ソフィがこんなことになるなんて、信じられません」そう言ったイソベルの目は、パッチリと開いている。「あまりにも……」

「……恐ろしすぎる」ケイティは自分の膝《ひざ》に目を落としている。「わたしのせいみたいな気がして……。わたし……ソフィの行方を知らないかって尋ねてきたデイヴィッドのメッセージに、返信さえしなかったんです」外を走る車の音が、窓から聞こえてきた。ジェームズはケイティがつづきを話しだすのを待った。「返信していたら、こんなことにはならなかったんじゃないかしら？　どこをさがせばいいか、デイヴィッドに伝えていたら……？」

「返信していたら、どこをさがせばいいと伝えましたか？」ジェームズは尋ねた。

「わかりません。お祖母《ばあ》さまのところ？　お屋敷？」彼女は肩をすくめた。

「どちらもデイヴィッドが真っ先に調べています」ジェームズは言った。「しかし、あなた方には今できることがあります。われわれは、ソフィについてもっと知る必要がある。カフェで何か飲みながら、話を聞かせていただけますか？」

さっきのカリカリした看護師が忙《せわ》しげに部屋に入ってきて、テストをするから全員出ていってほしいと告げた。アシュリィがジェームズに眉《まゆ》を吊《つ》りあげてみせた。テストが迅速に進みそうなのを見てジェームズも喜んではいたが、アシュリィのように楽観はしていなかった。

数分後、ジェームズはアーモンドミルク・スキニー・ラテのカップをふたつ、ソフィの友人のためにフォーマイカのテーブルに置き、ラージサイズのアメリカーノをアシュリィにわたすと、自分用のフラットホワイトをすすった。「ソフィとは、どこで知り合ったんですか？」

「わたしたち大学で出逢《であ》って、初めは……なんて言うか……とりあえず三人組になったんです」ケイティが答えた。「初日にハウスメイトを選ばなくてはならなくて。でも、すごく気が合って……。ソフィは小さなグループのほうがよかったみたい。だから、わたしたちはすぐに親しくなりました」

「その小さなグループには、他に誰が？」ジェームズは尋ねた。

「わたしたち三人だけです」イソベルが答えた。「ソフィは家族のことを話したくなかったんだと思います。どうしても事故のことに触れることになるでしょう。それに、あの〈マナー・ハウス・ファーム〉に住んでいたんですもの。大学には、他にもお金持ちの家の子が何人かいました。そういう子たちは、学位を取るためというより、遊びまくるために大学に来ていた。でも、ソフィは本気で実業家になりたがっていたんです。たぶん、お祖母さまのためね。もし、誰かが彼女の家のことを知ったら、焼き餅《もち》を焼くか、勉強しようとするソフィをからかうかしたでしょうね。だから、ソフィはけっして人前に出たがらなかった」

ケイティが同意のしるしにうなずいた。「ディヴィッドに出逢うまで、デートさえしなかったわ」

「おふたりは、ディヴィッドのことをどう思っていたんですか？」ジェームズは訊いた。

どちらもすぐには言葉が出ないようだったが、一瞬後、イソベルが肩をすくめて答えた。「デイヴィッドのことは、よく知らないんです。ソフィが彼に出逢ったのは卒業間近だったから、みんなで出掛けるなんていうこともなかったし。共通の友達もいません」

「ソフィとは卒業後も親しく付き合っていたんですか？」

イソベルの顔に、束の間、うしろめたそうな表情が浮かんだ。「ええ、最初のうちは。でも、最近はほとんど会っていませんでした。たまにWhatsAppでメッセージの遣《や》り取りをするくらい。ケイティとわたしは、ビジネスに本腰を入れはじめたんです。それが、すっごく忙しくて。することが山のようにあるんです。とにかく顧客を増やさなくてはならないし、ネットワークを成長させて、存在感を高める必要もある。ソフィに会うなんていうことは、なんていうか……頭のなかから抜け落ちていたみたい。あっという間に時間が経ってしまって。ひと息入れようと思ったら一年経っていたっていう感じ」その言葉には、後悔の色が滲《にじ》んでいた。

「卒業してすぐのころ、三人で何度か飲みにいったんです」ケイティが言った。「ソフィがロンドンに来て、いっしょにバーに行ったりして。でも、そんな機会は、どんどん減っていきました。ソフィから誘いがかかることがなくなって、わたしたちも誘わなくなってしまった」

「そんな機会に、デイヴィッドがいっしょに来ることはなかったんですか？」ジェームズは訊いた。

「一度もありませんでした」イソベルが答えた。「〝週末の逃避女子会〟って、ソフィは言っていました」

デイヴィッドは、高圧的なモラハラ亭主だったのだろうか？　アシュリィが質問できるように、ジェームズは背もたれに身をあずけてフラットホワイトを飲んだ。

「あなた方と付き合うことが、ソフィには難しくなっていたのかしら？」アシュリィが軽い口調で尋ねた。コーヒーに砂糖を入れているが、普段の彼女は砂糖など入れない。アシュリィは挑戦的な目を向けられることを予想して、目を合わせまいとしているのだ。

「わたしたちに会うことをデイヴィッドが嫌がってるんじゃないかって、思ってました」ケイティが言った。「ソフィといっしょにいるあいだ、ひっきりなしに彼からメッセージがとどいたりしてたから。その内容に、ソフィが腹を立てていたこともありました。ソフィは隠そうとしてたけど、わたしはボディ・ランゲージのYouTubeをよく見てるんです。だから、ソフィが怒ってるのは見え見えでした」

アシュリィがほほえんだ。「鋭いのね。それで、メッセージの内容は？」

「ソフィは見せてくれなかったし、わたしたちも訊きませんでした」イソベルが答えた。

「ソフィがあなた方を訪ねる回数がどんどん減っていった原因は、デイヴィッドにあると？」

アシュリィが訊いた。

「そうかも」そう答えたケイティに、イソベルが警告するように目を向けた。「でも、わたしたちは忙しかったんです。だから、ソフィもきっと忙しいんだと思って」彼女はそう言って悲しげに肩をすくめてみせたが、肩を落としたようにしか見えなかった。「今となっては、知る術《すべ》はないわ」

「ソフィは卒業間近にデイヴィッドに出逢ったと、さっき言ってたわね」アシュリィが訊いた。「それは、いつだったのかしら？」

「卒業ダンスパーティ」ケイティが答えた。「ソフィは、なんて言うか、文字どおり先延ばしできない状態になっていたんです。わたしたちがいたのにね。ほら、わたしたちは〝出会い系の女王〟だから」

それを聞いたアシュリィが、訝《いぶか》しげな顔をした。「というと？」

「わたしたち、出会い系のアプリを作成したんです。すっごくク――――ルなの」ケイティが、エッジを効かせて言った。「友達と友達をくっつけちゃったりして。わたしたち、誰がどういう人と合うか見抜くのが得意なんです」彼女の顔に、一瞬思わせぶりな笑みが浮かんだ。「初めのうちは、遊びみたいなものだった。でも、わたしたちの紹介でどれだけ多くのカップルが生まれたかに気づいたときには、データベースがアルゴリズムになっていたんです。それで、大学を卒業するころにはビジネスを始めていました。今は、クライアントのためのイベントを開催したりもしています。アプリがすでにお相手を選んでいるんだけど、そこに集まったクライアントはどの人がそのお相手なのか知らないんです」彼女が身を乗りだして、ささやいた。「想像してみてください。薄暗いセクシィなバー。ビートの効いた音楽。そこにいるひとりが、あなたの完璧なお相手。刺激的でしょう。人間のセクシィなスープっていう感じ。わたしたちは、シンギュラリティって呼んでるんです」説明を求められることを期待して、彼女がジェームズに目を向けた。

「なるほどね」彼女におもしろがられていることに苛立《いらだ》ちをおぼえて、ジェームズが言った。ケイティは、ジェームズがシンギュラリティという言葉を理解したとは思っていないようだった。「つまり、シングルという言葉と――」

「ビッグバンを結びつけた」ジェームズはケイティをさえぎった。「わかってます」ケイティが指に髪を絡めて言った。「わかっているとは思えないわ。これは駄洒落《だじゃれ》なの。ビッグバン。つまり、新しい宇宙が始まって――」

「わかってます」ソフィの話に戻りたくて、ジェームズはまたもさえぎった。「ものすごいセックス。わかってます」

ケイティの唇が歪《ゆが》んだ。「あら、すでにものすごいセックスを手に入れているなら、わたしたちのアプリはあなたには必要ないわ!」

アシュリィがコーヒー・カップの縁ごしに、彼にニヤリと笑いかけた。ジェームズは自分の失言にうめき、そのあと声をあげて笑った。

イソベルは笑わなかった。彼女の目の下の窪《くぼ》みに、こってりとコンシーラーが塗ってあることに、ジェームズは気づいていた。彼女はくっきりと描いた眉を、ちょっとだけ動かしてみせた。派手に吊りあげたりしたら、額にしわが寄ってしまう。

イソベルが、ふたりの刑事にYouTubeのクリップを見せた。「ソフィの身に……あんなことが起きていたとき、わたしたちはここにいたんです」ムードたっぷりに仄暗《ほのぐら》く照らされたバーで、イソベルとケイティがクライアントと歓談し、そのあと目立たない場所に引っこんだ。

その映像には、笑い声や会話、それに視線を絡み合わせるカップルなどが、編集で挿入されている。

ジェームズは、ドリンク・メニューに書かれているバーの名前に目をとめた。ケルベロス。

「これは何時ごろの映像ですか？」

「パーティが始まったのは六時」イソベルが答えた。「平日のパーティは職場から直行する人たちのことを考えて、早めに始めるんです。わたしたちは三時ごろに着いて、準備を始めました。照明の調整をしたり、他の人に話を聞かれてしまう心配をせずに寛《くつろ》げるように、椅子の位置をアレンジしたりして。バーのスタッフには、その雰囲気を保って、緊張している誰かがいたらちょっと話しかけて助けてあげてほしいってお願いしました。みんなおめかしをしてきて、ちょっとだけ食べて……。時間は、あっという間に過ぎていった。九時になると、帰る人も出てきたけれど、パーティが終わる十一時までいた人も何人かいました」

ケイティが、スマホに残っていた配車サービスの記録をジェームズに見せた。「片づけを終えたあと、十一時半に車に乗りました。家に着いたのは十二時になる十分くらい前でした」

「翌日はオフィスで追跡調査をしていました」イソベルが言った。「クライアントひとりひとりの情報を整理して、クライアントがパーティ会場で出逢ったのが完璧《かんぺき》なお相手だったかどうかを知らせたり、SNS用の動画を集めたり、会場に連絡したり。もうクタクタでした。だから、夜はボーッと過ごしました。映画を見ながらピザを食べたりして。デイヴィッドからメッセージがとどいてるなんて、気づきもしなかった。わざと見なかったわけじゃ……」

「わたしも同じ」ケイティが言った。「なんていうか……」

「恐ろしいわ」ソフィのたったふたりの友人が、声を揃えて言った。

八月二十八日　土曜日　午後三時三十分

ジェームズは今朝の収穫――ミセス・クロウズのアルバムと、デイヴィッドの弁護士の連絡先が書かれた名刺と、生態学調査の見積もり――をデスクに置くと、〈ペンドルベリー・ホテル〉のUSBをパソコンのスロットに差しこんだ。アシュリィに彼女の分のサンドイッチを投げわたし、自分のサンドイッチの包みを開け、ホテルの監視カメラ映像を見ながら、デイヴィッドの弁護士に電話をかけるべく名刺を取りあげる。

パンに水分が染みこんだサンドイッチのセロファンをはがしながら、アシュリィがつぶやいた。「わたしには、アンナが持ってるものすべてが必要だわ。ガソリンスタンドのサンドイッチじゃなく、いつでもミシュランのひとつ星レストランで食事ができる身分になりたい」

「うーん」ジェームズは、弁護士への電話が留守電に繋《つな》がると電話を切った。彼の注意はすでに監視カメラのざらついた映像に向いている。十四時三十分……駐車スペースにデイヴィッドのゴールドのBMWが駐《と》まっている。ジェームズは早送りで画像を確認し、動きをみとめたところでふつうのスピードに戻した。十五時十四分……青いスーツを着た背の高い金髪の男がホテルの階段をおりて、駐車場に入ってきた。デイヴィッドだ。

「よっし！」ジェームズは身を乗りだした。そして、男がカメラの撮影範囲の外に歩き去ると、息をとめた。六分後、ふたたび映像にあらわれた男は、階段をのぼってホテルへと入っていった。ジェームズはうめき声をあげながらサンドイッチを脇に押しやったが、その期待に満ちた目は引きつづき画面に向いていた。何も起こらないまま数分が過ぎると、またキーを叩《たた》いて早送りにした。動きはなし。右下の隅に表示された時刻が、どんどん過ぎていく。二十時、二十時三十分……映像は、そこで終わっていた。

「くそっ！」ジェームズがうしろに引いた椅子が、コーヒーを持ったヘシャにぶつかりそうになった。

「わっ！」ヘシャは身をかわして、貴重なカフェインを護《まも》った。「どうしたんですか？」

「デイヴィッドがこっそりホテルを抜けだすところを見つけたと思ったんだ。しかし、サイモン・メイヒューが言っていたとおり、外の空気を吸いに出ただけだった。開発専門官との話が思いどおりにいかなくて、頭を冷やしに出てきたんだろうね」ジェームズは弁護士の名刺を脇に投げ置いた。ソフィが離婚の申請をしたことをデイヴィッドが知っていたなら、そしてデイヴィッドのアリバイが確固たるものであるなら、弁護士に話を聞く必要はない。

「あら、わたしも監視カメラ映像のチェック作業に、どっぷり浸かってたんです」ヘシャがそう言って、首を鳴らした。「〈ナイ・ホール・ホテル〉の何時間分もの監視カメラ映像を見て、わたしがさがしてたのはアンナ・マディソン。彼女は自分の名前でふたり用にダブル・ルームを予約しています。でも、連れの男性は十一時まであらわれなかった」

「連れというのは？」

「受付係によると、ミスター・スミスの名でチェックインしたようです。長身で金髪の既婚者。日に焼けた指に、結婚指輪の跡が白く残っていたそうです。毎月何組の不倫カップルがチェックインするか、ホテルのスタッフは賭《か》けをしているんですって。クリスマス・シーズンが、いちばん多いそうです……ご参考までに」ヘシャの快活な若々しい声に、そんな皮肉は似合わない。しかし何年かしたら、彼女もヴァルのように逞《たくま》しくなるのだろう。

「デイヴィッド・スティーブンソン？」

「断言はできません。はっきり顔が写っている映像が見つからなくて」

「それで、夜の十一時まで、アンナはひとりで何をしていたんだ？」ジェームズは尋ねた。

「今、それを突きとめようとしているところです。ホテルの領収書を見て、七時に食事をとったことはわかりました。それまでは、ひとりで敷地内を散歩してたみたいです。運がいいことに、たった五十エーカーほどの敷地すべてを、カメラがなんとかカバーしている。だから、次に彼女の姿を見つけるまで、何時間分ものすべてのカメラの映像をチェックしなくてはならないんです。ほんと、うんざりなんてものじゃないわ」ヘシャが首をさすった。

「殺人が起きた時刻ごろ、アンナを見かけたスタッフはいないのかい？」ジェームズは訊《き》いた。

「期待してたんです。でも、いませんでした。アンナはホテルでお行儀よく合法的に夜を楽しんでいたのかもしれないし、まったく別のところにいたのかもしれない」

「やれやれだな」ジェームズは厄介な仕事に取り組んでいるヘシャを労《いたわ》り、そのあと生態学調査の見積もりから会社紹介のページに載っていたネルの写真を抜きだすと、ボードにそれをとめた。

アシュリィがやって来た。「すごい美人ね」

「ここから、さらに進化している。髪をカットしたんだ」

「なるほど」

アシュリィの鋭い目にさらされて、動揺を隠そうと必死になっていたジェームズは、若手の警官が勢いこんで部屋に入ってきたのを見て胸を撫《な》でおろした。その警官は、まずヴァルのためにドアを押さえ、それからプリントアウトした紙束を振りまわしてみせた。「ヘシャ・パテル巡査、全英警察データ（PNC）上にあった最近の車の捜索結果と、自動車ナンバー・プレート認識（ANPR）のデータです」

「わぉっ！　すごいわ、ありがとう」ヘシャがコーヒーをゴクゴクと飲みながら、ページに目をとおしはじめた。

「これまでの動きについて、今、聞かせてもらえる？」

ヴァルにそう訊かれたジェームズは、うなずきながら写真やメモがとめつけてあるボードのほうを向いた。「イソベル・ライトとケイティ・ミラーは、容疑者リストからはずしていいと思います」ジェームズはそう言って、ふたりの写真をボードからはずした。「事件が起きた時刻にロンドンでパーティを催していたというふたりの説明を、バーのオーナーが裏づけています。パーティの様子は動画に収められているんですが、最初から最後までふたりが写っています」

「でもふたりは、ソフィとデイヴィッドの不仲を仄《ほの》めかしていました」アシュリィが言った。「彼のせいでソフィがひとりで出掛けにくくなっていたのだとすれば、デイヴィッドは彼女に対して高圧的だったのかもしれない。ソフィは家族のほとんどを亡くしているから、孤立させるのは簡単です。これは、心にとめておかなくちゃ」

ヘシャがプリントアウトを要約した。「最新版の車に関する情報です。ソフィの車が、最終的に〈マナー・ハウス・ファーム〉のガレージに入っていたことは、すでにわかっています。事件当日の朝、自宅のフラット近くを走っている彼女の車が、ANPRに記録されています。でも、午前十時三十分ごろに〈アップルウッド〉に向かったあとは、どのカメラにも写っていません。屋敷へは、カメラのない田舎道をとおっていったんでしょうね」ヘシャが苛立《いらだ》たしげにため息をついて、プリントアウトの次のページに目を向けた。

「デイヴィッドは車で会議に向かい、ホテルの駐車場に車を駐めた。会議のあいだじゅう、車は動かされていません。そのあと彼は車でオフィスに戻り、帰宅した。本人の言葉どおりです」彼女がページを繰った。「ネル・ワードは、オフィスの車を使っています」ヘシャは眉《まゆ》をひそめた。「田舎道をとおったようで、記録は継ぎはぎです。でも、ガソリンを入れにスタンドに寄ったことは、通りの監視カメラ映像で確認できています。彼女が走ったルートは、本人の説明どおりだと考えていいと思います」

ヘシャが、またページを繰った。「アダム——本名アラヴィンダン——カシャップの車は、高速の数台のカメラに記録されています。クインス・メドウズとペンドルベリー間の往復ルートは、本人の説明と一致しています。それに、言葉どおり、サービスエリアで休憩を取っています。彼もオフィスの車を利用できる立場にあります。タイヤを切り裂かれて以来、ネルが使っていたオフィスのボルボに乗っています。

アンナ・マディソンは、本人が言っていたよりも少し早くオフィスを出ていますが、田舎道をとおったとみえて、ルートは確認できません」

ヘシャが顔をしかめた。「これには気づかなかったわ。誰か赤のアウディTT——登録ナンバー『5 Tango 4 Lima Lima 1 0 November（5T4LL10N）』——を調べるように頼みました？　所有者は、ポール・ダン」ポカンとしている面々に向かって、彼女がつづきを読んだ。「ペンドルベリーに向かう二車線道路を走行中、短時間テスコに立ち寄った——心当たり、ありません？」

「待って、赤のアウディTT？」ヴァルが言った。「ああ、工業団地で燃えた車だわ。たしか、乱暴に乗りまわしていて、大惨事になったのよ。交通課の誰かが、調べるように頼んだにちがいないわ。それが、こっちの資料に紛れこんでしまったんでしょうね」ヴァルが一瞬黙った。「テスコに立ち寄った？　お酒を買いに寄ったとか？」彼女がかぶりを振った。「ヘシャ、急いで交通課にとどけてくれる？　きっと待ってるわ」

ヴァルがジェームズに鋭い目を向けた。「いいときに思い出したわ。うちのチームは、交通課の聞きこみをずいぶん手伝ってきた。必要なら交通課の手を借りるようにと、署長が言ってるの。応援を頼む？」

ジェームズはボードに目を走らせた。捜査は滞りなく進んでいる。「今のところ、大丈夫だと思います。ありがとうございます」

「よかった。つまり、犯人逮捕に着実に近づいているということね？　明確な動機があるのに確固たるアリバイがある重要参考人がひとりと、アリバイはないけれど明確な動機もない、もうひとりの重要参考人？」

ジェームズはアンドリュー・アーデンの写真をボードにくわえた。「ミセス・クロウズが亡くなったら、気さくな弁護士先生が〈マナー・ハウス・ファーム〉の所有者になるということを心にとめておきましょう」

監視カメラ映像のチェックをつづけていたヘシャが、のびをした。「ディヴィッドのアリバイには隙がない。ホテルの部屋から電話をかけているんですもの。でも、今どき誰がそんなことをします？　アリバイづくりとしか思えないわ。共犯者がいたという可能性もあるんじゃないですか？」

ヴァルが腕組みをした。ジェームズにこの場を任せるつもりなのだ。彼はその意図を理解した。「たとえば？」彼は尋ねた。

「アンナ？」ヘシャが答えた。「彼女がいた場所を特定して確認することは、たぶん不可能です。支払いのことでもめていたのかもしれない。あるいは、アンナとディヴィッドが不倫関係にあったとか?」

「そうでなければ、開発をあてにしている誰かかも?」アシュリィが言った。「ミスター・ギルピンはどうかしら? あの人、訪ねていったエド・ベーカー巡査に、デイヴィッドに土地を売ったことを話さなかったのよね? 自分と人との繋《つな》がりについて、すごく口が堅いということだわ」

ジェームズは肩をすくめた。「土地を売ったことを人に打ち明けないというのは、不思議ではないような気がするが――」

「ええ。でも、ミスター・ギルピンの土地は開発に不可欠だった。あの計画の要《かなめ》とも言える。その計画をソフィは阻止しようとしていたのよ。そうなると、サイモン・メイヒューにも動機が生まれる」

ジェームズはうなずいた。「そのとおり。しかし、サイモンにも水も漏らさぬアリバイがある。会議に出席していたというアリバイがね」

「共犯者がいたと考えたら?」アシュリィが言った。「アンナとグルだったとか? あるいは、あの土地をよく知っている調査担当者? 大規模な開発が、ひとりのコンサルタントにとって重要ならば、他の誰かにとっても大きな意味があるのかもしれない。保証された仕事が得られるとか、地元に大きな利益をもたらすとか、評判を得られるとか……」

「調査員は何人くらい関わっているの?」ヴァルが訊いた。

「生態学、考古学、それに水文学」ジェームズは答えた。「考古学と水文学の調査は、アンナが今朝キャンセルしたようです」気まずい事実に身をよじらないよう気をつけながら、ジェームズはつづけた。「調査のために現場に入っていたのは、生態学者だけです」

「デイヴィッドが調査を承認したということね」アシュリィが言った。「つまり、彼はネルがいつあそこにいるかを知っていた。ネルが共犯者だとしたら？」

「どういうわけか、この捜査はどこをたどってもネル・ワードに行きついてしまうようね？」

ヴァルがジェームズに目を向けた。彼は心が沈むのを感じながら、ため息をついた。しかし、異議を唱えることはできなかった。

14

八月二十八日　土曜日　午後三時三十分

ネルはバイクをガレージに入れ、その扉を閉めた。アダムとふたり、足を忍ばせて林を抜けだした彼女は、見張りの警官を避けて、アダムの車へとコソコソ戻った。どうやって帰るつもりかと、彼に訊《き》かれることを恐れていた。アダムはネルの素性について、何も知らない。ネルは、それをどこから話したらいいのか、まだ迷っていた。でも、そのときエリンからメッセージがとどいた。それでアダムは、大急ぎで走り去っていったのだ。当然だ。忌々しいエリン。

でも、少なくともあの呼び出しのおかげで、アダムにバイクを見られずにすんだ。もう少し、時間稼ぎができそうだ。

それでも、後悔に胸を痛めずには、自分のことを話せない。**それについて話し合いを始める、いい機会だったんじゃないの？**　アダムは屋敷にあらわれた。入ってはいけない犯行現場に、危険を冒して彼女を助けにきたのだ。**何かが起きるような気がして、ワクワクしたのもたしかよね？**　ネルは玄関ドアを開けて、アラームにコードを打ちこむと、ブーツを脱いだ。アダムなら信じられる気がする。でもそれは、アダムを信じるだけではなく、自分の判断を信じるということだ。そこまで飛躍するのは難しい。信じる価値があると思って誰かを信じたのに、それがとんでもないまちがいだったという苦い経験を持つ人間にとっては難しすぎる。**それにエリンが指を鳴らしただけで、彼は尻尾《しっぽ》を振って行ってしまったじゃない？**

でも、なぜそんなことでネルは気を揉《も》んでいるのだろう？　アダムは、彼女の身を案じていただけだ。彼はネルの同僚であり、友人でもある。**アダムは心のやさしい人だもの。相手が誰だったとしても、きっと様子を見にいった。**

帰ってきたネルを、イゼベルが喉《のど》を鳴らして出迎えた。彼女の脚に体を擦り寄せて、キャットフードがしまってある戸棚へと誘導するつもりだ。「その手には乗らないわよ。夕食には、まだ早すぎるわ」ネルはフワフワの猫をすくいあげ、片手で巻き尺をさがした。今日のうちに片づけておきたいことが、まだ残っている。何かしていれば気が紛れるし、事件解決の助けになるかもしれない。

ネルは巻き尺の端を靴下をはいた爪先《つまさき》で押さえ、肩までの高さを測ってみた。林のトラヴェラーズジョイが引きちぎられていた位置は、これくらいだった。巻き尺にじゃれつくイゼベルのせいで、三度試してようやく測ることができた……百三十五センチ。ノートパソコンを開いて、すべての車種のサイズをネットで調べてみた。フェラーリやランボルギーニなら、リンボーダンスで蔓《つる》を傷つけることなく、その下をくぐれるにちがいない。でも、ほとんどの車は——ちょうどそのくらいか、もう少し全高が高いせいで——蔓を傷つける可能性がある。殺人者の車は、ミニからヴァンまで、どんな車種でもあり得るということだ。これでは、まったく役に立たない。

ネルが巻き尺を引っこめると、イゼベルは新しい玩具《おもちゃ》を取りあげられてがっかりしたようだった。残念な気分になっているのは、ネルも同じだ。彼女は、自分の林を見る独特の視点が、重大な何かを見抜いて見事にいくつかの謎を解き、それを警察に提供することで、捜査の矛先を自分とは別の誰かに向けさせることができればと望んでいたのだ。でも、そううまくはいかなかった。これは、単にネルが行き詰まってしまったという話ではない。刑事たちも同じように手詰まりになっていたらと思うと、恐ろしかった。手詰まり状態で、容疑者はただひとり。その容疑者はネルだ。

着信音が鳴り、ポケットのなかが明るくなった。アダムだ。

『大急ぎで帰ったりしてごめん。大丈夫だよね？　うろついてないで、うちに帰ってるよね！😝』

また着信音が鳴った。エリンだ。自撮りした写真が一枚とどいていた。いつからエリンがわたしに写真を送るようになったわけ？　ああ、なるほど。忌々しいクライミング・ジムで撮ったのね。信じられないほど長所を目立たせてくれるって評判のライクラ素材のウェア——たしか、アンチセルライト効果があるって聞いたわ——に、二十何歳だかの身体を押しこんでいる。登山用のハーネスを着けているときは、まあまあという程度なのにね。ネルはため息をついて、窓の外を見た。あの子はゲームをしてるだけなんだから、カリカリしないで。

また着信音が鳴り、エリンからメッセージがとどいた。

『しっかり護《まも》られてるから安心！💪』

やめて！

さらに着信音が鳴るのを聞いて、ネルはスマホを部屋の向こうに投げそうになった。でも、パーシィからだった。ネルが不機嫌そのものの顔で電話に出ても、彼女のチャーミングなソバカス顔に浮かんだ笑みが消えることはなかった。

「あら、ずいぶんと楽しそうじゃない。とりあえず刑務所の外にいられれば、それで勝利なんだとばかり思ってたわ」

「刑務所だったら、少なくとも独房に入れてもらえるわ」

「そういう選択肢は絶対にないわよ。ねえ、どうしたっていうの？　ハンサムな刑事さんにいじめられたとか？」パーシィは、そう言って眉《まゆ》を動かして見せた。「結局は、彼に捕まっちゃった？」

「やめて、男との付き合いはないの」

「知ってるわよ。もう、ずっと前からね。ええと、いつからだったかしら――」

「もういいわ。昔のことを掘り返すのはやめて」

「でも、すごく期待してるのよ！　あなたが誰かに興味を持つなんて、何年ぶり？」

膝《ひざ》に飛び乗ってきたイゼベルのためにノートパソコンをどけながら、ネルは訊いた。「誰のことを言ってるの？」

パーシィの眉がサッと吊《つ》りあがった。「興味の対象は、ひとりじゃないってこと？」

「ひとりもいないわ。どこをどうさがしてもね」ネルがスマホを掲げて椅子の背に身をあずけると、イゼベルが膝の上でクルリと向きを変え、そのフワフワの尻尾がネルの顎《あご》をくすぐった。

「信じないわ。わたしが、このまま黙って引きさがると思う？　さあ、すっかり白状しなさい」

「いっしょに働いてる男性と、ちょっとそんな感じになってるような気がしてたの」丸くなったイゼベルが、顎をあげて目をギュッと閉じ、撫《な》でられるのを待っている。

「ああ、アダムね。逞《たくま》しい二の腕と、皮肉なユーモアのセンスを持つ、筋トレ好きの生態学者」

「なんですって？　どうして、そんなこと……？」ネルがスマホ画面のパーシィを見つめていると、イゼベルが頭をそっと押しつけて気持ちをやわらげてくれた。

「話したくてしょうがなかったくせに。彼の話なら前に聞いたわよ。ちょっとだけどね。それで、どうなったの？」

「アダムは、誰とでもいちゃつくの。わたしは見る目がないんだわ」

「誰かといちゃついてたからって、除名することはないわ。あなたに夢中じゃないってことにはならないもの」

「アダムは他の子に夢中。絶対にたしかよ。それに、わかってると思うけど、彼は同僚なの。仕事がしにくくなるのはいやだわ」

「だったら、ハンサムなジェームズは？」

頰が赤くなるのを感じて、ネルは渋々認めた。「そうね、彼には何かがある。うーん……興味をそそられるわ。プロに徹してるっていう感じなの。それでも時々、向こうも気があるんじゃないかって感じることがある。うーん、でもわからないわ。殺人事件について話を聞かれてる最中のことだもの」

パーシィが真顔でうなずいた。「それに、もちろん彼は立場的に〝ミッドサマー・ルール〟を忘れるわけにはいかない」

「何それ？」

「テレビでは、刑事が恋しちゃう容疑者は、例外なく犯人だってこと」

八月二十八日　土曜日　午後五時

ジェームズは電話を切った。捜査本部の部屋の向こうにスマホを投げつけたい気分だったが、気持ちを抑えてデスクに置き、深く息を吸った。

「コーヒーつきの無料セラピーはいかが？」アシュリィがそう言って、たっぷりと注ぎたしたコーヒーのマグをデスクに置いた。

「頼むよ。アンドリュー・アーデンのアリバイを追っているところなんだ。クライアントといっしょだったと、本人は言っている。クライアントの連絡先を添えてスケジュール帳のコピーをメールで送ってきた。しかし、話を聞きたいクライアントは、バンクホリデーで海外に旅行中。電話をかけると外国の呼び出し音が鳴るものの、応答なしだ。メッセージにさえ返信なし」

「あした帰ってくるんじゃない？　遅くとも火曜日には戻るわよ。たぶんね。ええ、週の終わりには、きっと帰ってくる」

「それじゃ、助けにならないよ。われわれは危機に瀕《ひん》しているんだ。ヴァルは署長にこっぴどく叱られたみたいだ。決定的な何かを見せて、署長に納得してもらう必要がある。それなのに、捜査はおれの思いとはちがう方向に進んでいる」

アシュリィはそれを聞いて眉を吊りあげて見せたが、その眉が完全に吊りあがるよりも早く、ジェームズが答えた。「わかってるよ。自分が藁《わら》にすがろうとしてるってことは。しかし、すべての可能性について調べておきたいんだ……今のうちにね」

アシュリィが、じっと彼を見つめた。「あなたのえこひいきが、みんなにバレバレにならないうちにってこと？」

「すべての可能性について調べる機会を、失わないうちにということだ。おれは徹底的にやりたいだけだ」

「そうね。もちろん、そうでしょうとも」

ジェームズは、長いため息をついた。今夜は、愉快な夜にはなりそうもないな。

15

八月二十八日　土曜日　午後八時

火にかけた鍋《なべ》のなかで自家製のボロネーゼ・ソースが沸々と泡立ってきたのを見て、ネルはそれをかきまわした。たとえ食欲がないときでも、食事にはきちんと手をかける。濃厚なハーブの香りがキッチンを満たしている。かなりいい感じだった。

〈マナー・ハウス・ファーム〉のあたりをコソコソ調べまわっていた午後からずっと、胸がざわついている。アダムはエリンに会いに飛んでいき、そのあとエリンがこれ見よがしな写真を送ってきた。ネルは有意義な何かで頭をいっぱいにして午後を過ごそうと、コーヒー片手に身を丸め、喉《のど》を鳴らすイゼベルを膝に乗せて、家族の地所の再野生化《リワイルディング》について再検討した。そこでは、イギリスの古いログハウスの到着に合わせて、先週ネルは現地に行ってきたばかりだ。そこでは、新しい放牧地に慣れた巨大な畜牛が、曲がった角で若木の枝を引っぱって折り、その幹を丸裸にしていた。なんとも爽快《そうかい》な眺めだった。さらなる調査が予定されているものの、これまでのベースライン調査で、徐々に生物多様性が向上していることがわかっている。この幸先のいいスタートと、この環境がまわりに与える影響を思って、ネルは胸を躍らせていた。少なくとも、何かを変えることができるかもしれない。

ゾロの夜の飛行テストは、朝とはちがってうまくいったけれど、獲物を捕まえることはできなかった。そんなこんなで、夕食が遅くなってしまった。それでも、これはいい兆しだ。それに、ゾロの体重は標準レベルに近づいているし、傷もだいぶ癒《い》えていて、抗生物質の投与もあと一回でおしまいになる。この調子でいけば、じきに野生に還《かえ》ることができる。すごい進歩だ。

それでも、ネルは落ち着かなかった。

どうしても、あの林のことを考えてしまうのだ。何かを見つけたことはたしかだ。それがわかれば、ジェームズに事件解決の突破口となる重要な手掛かりを示し、自分の嫌疑を晴らして、すべてを終わりにできる。**でも、そのあとは？**　そう、ジェームズが彼女に会いにくる理由がなくなってしまう。デートに誘ってくれれば別だけど。あるいは、ネルのほうから誘うとか……

…。ネルは、ふたりのデートを想像してみた。殺人事件の捜査以外の場所で会う彼は、どんな感じだろう？　目のまわりのしわは、よく笑っている証拠だ。それに、彼は洞察力があって、やさしくて……待って、わたしには人を見る目が、ないんじゃなかった？

門のインターホンが鳴った。ネルはため息をついて火を消し、モニターをのぞきにいった。彼だった。ジェームズだ。ためらっているような彼の表情を見て、ネルの胸は高鳴り、その顔に笑みがひろがった。彼のために門を開け、鏡を見て髪をほどよく乱してみる……ちょっと待って……わたしが林のなかをうろついていたことを知って、訪ねてきたんだったらどうしよう……？　でも、もう遅すぎる。彼の車はすでに門のなかだ。車のドアが閉まる音が聞こえた。つづいてもう一度、ドアが閉まる音。ネルの心は沈んだ。ああ、なんてこと……。

ネルは「紅茶かコーヒーをいれましょう」と言いながら、ジェームズとヴァルをキッチンに案内し、見捨てられた夕食の鍋をレンジの奥へと押しやった。うまくできたと思ったのに、結局無駄になってしまった。いつものことだ。

「ワード博士、お食事の邪魔をしてしまって申し訳ありません」ヴァルがレンジを示して、そう言った。

「かまいません」ええ、諦《あきら》めるしかないんでしょう？　無表情の刑事たちからは、何も読み取れない。ネルのなかで、不安が膨らみだした。彼女はコーヒーを注ぐと、ふたりをリビングへと誘《いざな》った。厳《いか》めしい顔をした刑事たちはソファにならんで坐《すわ》り、ネルはその向かいに腰掛けた。背筋をのばし、足首をギュッと揃えて、手は膝《ひざ》の上に乗せる。ネルは、気まずい沈黙を埋めようとはしなかった。ジェームズはiPadの何かに夢中になっているようで、まだネルと目を合わせてもいない。心細さに刺されるような痛みを感じ、失望に胸をえぐられる思いがした。

ヴァルが口を切った。「ソフィ・クロウズが殺害された事件について、もう少し話をうかがいたいと思いまして」

「どうぞ」

「サイモン・メイヒューをご存知ですか？〈PTPプランニング・コンサルタンツ〉の？」

ヴァルが訊《き》いた。

ネルは予想もしていなかった名前を聞いて、その人物を思い出そうと考えてみた。「ええと……ああ。企画コンサルタントの？あの人なら、〈マナー・ハウス・ファーム〉の開発にも関わっているのでは？わたしの記憶ちがいでなければ、アンナ・マディソンが彼のことを話しているのを聞いたように思います」

「他のプロジェクトで、彼と働いたことはありますか？」ヴァルが訊いた。

「ええ、何度か」ネルは答えた。

「仕事上、おふたりの関係は？」そう尋ねたジェームズの懐疑的な口調を聞いて、ネルの心は一瞬にして萎《しぼ》んだ。

「必要以上の付き合いはありません」ネルの頭のなかを、様々な思いが駆け巡った。ジェームズの物腰と、口にされたサイモン・メイヒューの名前……この開発の何が刑事の興味を引いたのだろうかと、ネルは考えた。

「サイモン・メイヒューとの仕事を楽しんでいましたか？　彼とはうまくいっていたんですか？」ジェームズが探りを入れてきた。

単刀直入に訊いてほしかった。そうすれば、すぐに要点に入れる。「いいえ。はっきり言って、プロジェクトのリストにあの人の名前があるのを見ると、いつもうんざりします。サイモン・メイヒューは、近道が好きなんです。必要な調査についてクライアントに説明する立場にあるわたしたち専門家にとって、それは大問題です。あの人は専門家が説明を行うより前に、調査は必要ないという印象をクライアントに植えつけてしまう。それで、たいていクライアントはひどい……フラストレーションをおぼえることになるんです」

「近道をするよう彼が仕向けてきた場合、どんなことが起きますか？」ヴァルが訊いた。

「何も起きません」ネルは答えた。

「つまり、黙ってしたがうと？」

「いいえ。けっしてしたがいません。たとえサイモンに邪魔をされても、クライアントと話をします。問題は、わたしたち専門家がプロジェクトに投入されたときには、サイモンのような企画コンサルタントがすべてを管理してるということです。計画が決定する前にわたしたちがクライアントと話せれば、無駄に費用のかかる多くの調査を省いて経費の削減を図ることができる。でも、最後の最後にプロジェクトにくわわったのではそんな余地はありません。ええ、サイモン・メイヒューのプロジェクトはいつもそんなふう。選択の幅がかぎられてしまうと、何もかもに余計に費用がかかってしまう。それに、決まった時期にしかできない調査もあります。だから、前もって計画を立てないと遅れが出て、さらに費用が嵩《かさ》むことになる」

「そんなやり方をして、サイモンにどんな得があるんですか？」ジェームズが尋ねた。「クライアントは喜びませんよね？」

ネルは肩をすくめた。「調査なしですませられることを望んでいるんだと思います。議会が調査の必要性に気づかなければいいと思っているんでしょうね。議会だって、常に徹底しているわけではありません。だから、それでうまくいくこともあるんだと思います」

「議会がチェックを怠るということですか？」ジェームズが訊いた。

「いつもではありませんけど」ネルは答えた。「でも、だからといって調査の必要性が消えるわけではありません。だから、たいていあとになって問題が起きる余地を残してしまう。問題が起きてから対処するのはたいへんだし、費用も余計にかかってしまう。それに、開発に反対する人たちに攻撃の材料を与えることにもなる。議会のホームページを見れば、適切な調査が行われたかどうか誰でもチェックできますからね」ネルは、また肩をすくめた。「サイモンのやり方は、わたしには理解できません」

ジェームズが眉《まゆ》をひそめた。「だったら、この開発はあなたの生態学者としての価値観に、どう適合するんですか？　いい加減な議会と、あくどい企画コンサルタント――そういうなかで働いているわけでしょう。このニュータウンの開発で、何エーカーもの林がコンクリートの下に埋もれてしまうことになる。それについては、気にならないんですか？」

「もちろん、気になります。でも、生態学者としてこの計画に関わるならば、少なくとも何かを変える挑戦はできます。たとえば、生息地を護《まも》ることが、環境のみならず開発者の利益にも繋《つな》がるということを説明して、わかってもらうとか」

「なるほど。それで、〈マナー・ハウス・ファーム〉については、どんな助言を?」ジェームズが訊いた。

「一度破壊した林を天然林に戻すのは不可能だということを説明します。保護区を破壊し、保護種の命を奪ってしまったら、その影響に対処するには莫大《ばくだい》な費用がかかります。逆に、緑地が開発地の住人となる人々の健康に好ましい影響を与えることは、調査が証明しています。つまり、住宅は高く売れることになる。林を保持することで、経済的価値も環境的価値もあがるということです。そして、生息地として他よりも価値が低い母屋のあたりは、環境に影響を与えることなく開発することができる。あのあたりにだけ家を建てるなら、たとえ範囲は狭くなっても、すべての経費や価値を考慮すれば、同様の利益が得られるはずです。それに、貴重な生息地を護ったことで、評判があがって信用が得られます。でも、実際には、お金がものを言う」

ヴァルが身を乗りだした。「ああ、お金ね。それでは、正直にお願いします。あなたもサイモンも開発に関わっている。この計画がなくなれば、ふたりとも仕事を失うわけですよね?つまり、ふたりには共通の目的がある。サイモンに何か……そう、公明正大とは言えない何かを、頼まれたのではありませんか?」

ネルの胸を怒りが突き抜けた。「そんなことは絶対にありません」

「彼に弱みをにぎられているというようなことは？」ジェームズが訊いた。

「ありません」ネルは腕を組んだ。

「最初にお目にかかったとき、あなたはなんとおっしゃいました？」ヴァルが訊いた。そして、わざとらしくiPadのメモを調べた。「ああ、これです。急進的な環境保護家などではなく実用主義者だと、そうおっしゃったんです。開発は、いずれにしても行われる。だったら、その開発のために賄賂《わいろ》を受け取るというのは、とても実用的だと思いますけど……。ここは、ずいぶんとすてきなお住まいですね」

「賄賂を受け取ることが実用的だと、あなたはお思いかもしれない。でも、わたしに言わせれば堕落です」

「つまり、あなたは堕落してしまったと？」

　ネルは挑発に乗るまいと闘った。「いいえ、けっして堕落などしていません。わたしはそういうことには関わっていないと言っているんです。いかなる形でも。相手が誰であろうと。どんな理由があろうとも」

　ヴァルが、さらに身を乗りだした。「整理させてください。あなたは殺人事件の被害者と、彼女が殺害されたとされる時刻に会うことになっていた。あなたはトンネルの存在を知っていた数少ない人間のひとりで、そこに足を踏み入れた。あなたはサイモン・メイヒューと仕事上の繋がりを持っていて、開発に圧力をかける彼のやり方もよく知っている。これまでの捜査であきらかになった事実は、すべてあなたに繋がっている。どこを調べていても、不意にあなたがあらわれるんです。もちろん、われわれが知るかぎり、あなたはあの場所に――殺人が起きたまさにその時刻に――いた唯一の人間だという事実も、忘れるわけにはいきません」

その口調に驚いてヴァルを見つめたネルは、ショックのあまり短い笑い声を漏らした。「わたしがその場にいたことは、否定しません。でも、そこにいた理由も、そこで何をしていたかも説明したはずです。林に着いてから立ち去るまで、どの時刻にどのポイントにいたか、すべて正確に示したはずです。撮った写真のコピーもおわたししました。写真にはタイムスタンプがついています。それにレシートもわたしましたよね」

刑事たちは、少しも動じていない。ネルは汗ばんだ手をジーンズで拭《ふ》いた。

「アリバイがないことはわかっています」彼女は、その言葉の重みを感じて大きく息を呑《の》んだ。口がカラカラに乾いている。「でも、それだけ揃ってるんですもの。アリバイの代わりになるんじゃないですか？」

ヴァルがソファの背に身をあずけると、質問役を引き受けるべくジェームズが身を乗りだした。

「たしかに、あなたは多くの情報を提供してくださいました。すべてに目をとおすのに時間がかかりましたよ。しかしネル、実際のところ、写真のデータやタイムスタンプは簡単に変更できるんです。ですから、あの写真はアリバイの代わりにはなり得ません。あの写真が証明できるのは、あなたが殺人事件が起きる前か、起きている最中か、起きたあとに、あの場所にいたということだけです」

つまり、ジェームズも彼女を信じていないということだ。ネルの胃のなかを、恐怖がヘビのように這《は》いまわりだした。**やめて。嘘でしょう**。「わかりました」ネルは身を護るように片手をあげた。躾《しつ》けによって身に備わった威厳が、こみあげる恐怖を制したのだ。「これは、とても深刻な話のようです。これ以上は法的な助言なしには、お答えできません」

ネルは立ちあがって、会話を打ち切った。ドアに向かって歩きだした彼女を目で追うジェームズの顔には、驚きの表情が浮かんでいる。ネルはドアのハンドルをつかんで、自分を支えた。膝《ひざ》が崩れてしまいそうだったけれど、必死で落ち着いた態度を装い、刑事たちが出ていくのを待った。

ヴァルが両方の眉を吊《つ》りあげたが、彼女もジェームズも立ちあがろうとはしなかった。「もちろん、あなたのおっしゃるとおりです」ヴァルが言った。「ええ、そういうことなら、話のつづきは警察署でうかがう必要があります。当番弁護士を呼びましょうか?」

ネルの鼓動が激しくなった。**わたしを今、警察に引っぱっていくつもりなの?**　ネルはこみあげてくる吐き気を抑えて、ヴァル・ジョンソン警部の目をまっすぐに見つめた。「ありがとうございます。でも、顧問弁護士がおりますので。電話をかけるあいだ、少しお待ちくださ い」

刑事たちは、ゆっくりと立ちあがった。

「ここにいてくださってかまいません」ネルが言った。「電話はキッチンでかけますから」

ネルはキッチンの戸棚に寄りかかってスマホの画面をスクロールさせ、チャールズ・バリントンの名前を見つけた。その名前の上で、指がさまよっている。前回、彼に頼ったときの記憶が蘇《よみがえ》ってきて、ネルは恥ずかしさの熱い波に襲われ、目眩《めまい》をおぼえた。ペンキを塗った冷たい木製の戸棚に頬をあてて、ギュッと目を閉じる。起きたことそのものも恐ろしかったけれど、有能なチャールズのやり方はすべてを――彼女の剣も盾も――破壊した。でも、ラッキーだったと思うしかない。あの件に関しては、選択の余地などなかったのだ。

ネルは彼の番号をタップすると深く息を吸って、呼び出し音に耳をすました。夜の八時十五分になっていたけれど、彼に電話をするのに遅すぎる時間ではない。

「ネル？」その低く重々しい声を聞いた瞬間、ネルは安堵《あんど》した。

「チャールズ、電話なんかかけてごめんなさい。わたし……」ネルの強がりは跡形もなく消えていた。「すごくまずいことになってるみたいなの」混乱が声にあらわれていることは、自分でもわかった。「殺人事件のことで、今、刑事がふたり、うちに話を聞きにきてる。わたしは容疑者ということになってるみたい。それで、あなたのいないところでは何も話さないって言ったら、警察で話を聞く必要があるって……」

「逮捕されたんですか？」

「いいえ。でも、すごく……深刻な感じ。刑事たちは、今すぐわたしを警察に連れていきたがってる。助けてもらえる？」

「どこの警察ですか？」

「ペンドルベリー署」

「ちょっと待ってください……」一瞬の間を置いて、彼が言った。「ここだ、ペンドルベリー署までは九十分ほどかかるな……」

ネルの心は沈んだ。「ロンドンにいるの？　仕事で？」

「そうです」チャールズが答えた。

チャールズの仕事にできるだけ支障が出ない方法を見つけだそうと、ネルは考えを巡らせた。

「コナーがロンドンにいるはずだわ。彼があなたを迎えにいって、その車でペンドルベリー署まで来ることにしたら、車のなかで仕事ができるかしら？」

「いい考えだ。コナーの都合がつくようなら、わたしはそれでかまいませんよ」

「ありがとう、チャールズ。すぐにコナーに電話してみる」

「ネル、電話を切る前に、いくつか言っておくことがあります。わたしと話をするまで、警察にはほんとうに何も話さないでください。これまで、あなたは警察に協力的に振る舞ってきたにちがいない。しかし、ここからは慎重になる必要があります。わたしが着くまで、絶対に誰ともしゃべらないように。そちらに着いたら、情報の開示を求めて、警察がどんな証拠をつかんでいるのか調べてみます。そのあと話をしましょう。それまで、あなたは取調室で長時間待たされることになる。そのあいだに警官がやって来る。話し好きな警官たちが雑談をしにきたのだと、あなたは思うかもしれません。しかし、何も話さないこと。いいですね？」

「わかったわ」

「よかった。もうひとつ、刑事たちはあなたの家を調べたがるでしょう」

ネルの胃が揺れた。

「承諾してはいけません。令状をとるように言ってください。そのあいだに、わたしがそちらに着いて状況を把握できる。わかりましたね？」

「わかった。ありがとう、チャールズ。でも、もうひとつお願いがあるの。両親は、パリに行くことになっている。旅に出てくれてよかったと思ってるの。このことを、ふたりに知られたくないのよ」

「ああ、ネル。わたしはあなたの家族の弁護士です。しかし、あなたとの秘密は守ります。それでも、こんな重大事です。必要になったら助けを求めるべきですよ」そう言ってチャールズは電話を切った。

ネルはコナー・ケネディの連絡先を見つけて、画面をタップした。二度の呼び出し音で、彼が出た。

「こんばんは、ネル」コナーの温かみのあるアイルランド訛《なま》りを聞いて、緊張が少し緩んだ。

「こんばんは、コナー。ところで、まだロンドンにいるのかしら？」

「いいえ。ご両親が先ほど列車に乗られたので、フィンチミアに引き返しているところです。もうすぐ着きますよ」

「ああ……」抑える前に、落胆の声が漏れてしまった。

「大丈夫ですか？」

「ええ。ああ、それが大丈夫じゃないの」ネルはため息をついた。「ぜんぜん大丈夫じゃない」

気がつくとネルは、忍耐強く黙って聞いてくれるコナーに説明を始めていた。「チャールズを迎えにいって、こっちに連れてきてほしいの。わたし……殺人事件の容疑者になってるみたいで、警察で取調べを――」

「チャールズ・バリントンですね？」心配そうな声でコナーが訊《き》いた。「どこの警察ですか？」

ネルの耳に、タイヤがキーッと鳴る音が聞こえてきた。安堵と感謝の気持ちが、彼女のなかに溢《あふ》れだした。「ペンドルベリー署。ごめんなさい――」

「二時間以内に迎えにいくと、チャールズに伝えてください。真夜中になる前に、警察に着きますよ」それで電話は切れた。

ネルはメッセージでコナーの到着時刻をチャールズに伝えた。返信は、瞬時にとどいた。

『ありがとう。そのあいだに準備ができます』

ネルは深く息を吸った。幸運にも、ふたりの助けが得られた。それでも、事を重くとらえて迅速に動こうとしている彼らの反応が、ネルをますます不安にした。リビングにいる刑事たちが、小声で何か話している。ネルは胃がひっくり返りそうになっているのをなんとか無視して、実践的になろうと努めた。固まりかけたボロネーゼ・ソースを冷蔵庫に入れ、サーモフラスクをコーヒーで満たし、ビスケットとチョコレートバーをつかんでメッセンジャー・バッグに詰める。それから、カウンターに置いてあった、まだ読んでいない《ニュー・サイエンティスト》と《フォーブス》の最新号もバッグにくわえた。

ゾロ！ それにイゼベル！ やだ、たいへん。ネルはユーティリティ・ルームに駆けこみ、イゼベル用のボウルをキャットフードでいっぱいにした。いつ帰れるかわからない。だから、気前よくたっぷり入れた。夕食の時間でもないのに、まるで魔法のように、どこからともなくイゼベルがあらわれた。ネルは自分が不在のあいだに猫がコウモリに近づかないよう、キャットフードのボウルと水を入れたボウルをバス・ルームへと運び、ユーティリティ・ルームのキャットフラップをロックした。そしてゾロのケージのなかに、餌と水を余分に置くと、イゼベルが入れないようにドアを閉めた。

リビング・ルームに戻ると、ネルは刑事たちにうなずいた。「お待たせしました。弁護士は、真夜中ごろペンドルベリー署に着く予定です。わたしも、そのころにうかがったほうがいいでしょうか？」

「今のところ、あなたは正式にはなんの罪にも問われていません」ヴァルが答えた。「でも、このままいっしょに来ていただいたほうがいいと思います」

ネルのなかに、ゆっくりと恐怖がひろがっていく。でも、これは予想どおりの答えだ。だから、彼女はその答えに黙ってうなずいた。

素直にしたがった彼女の従順さを最大限に利用しようとでも言うように、玄関に向かって歩きながらジェームズが尋ねた。「お宅を調べる必要があります。捜索に同意していただけますか？」

彼に裏切られたことへの怒りを隠すべく、ネルは身をよじってジャケットを着こみ、バッグを肩にかけた。そして、顎《あご》をあげると言った。「いいえ、捜索には絶対に同意できません。この家を調べたいなら、令状をとっていただく必要があります」

ネルはふたりを家の外へと導き、アラームを設定して玄関の鍵《かぎ》をかけた。

八月二十八日　土曜日　午後十一時四十五分

ジェームズは最後にもう一度、取調べ用のメモに目をとおした。弁護士が到着したら、すぐにでも取調べを始められるよう準備はできている。しかし、どうもすっきりしなかった。ジェームズはカップ片手に静まりかえった廊下を進んで窓の前に立つと、正面玄関のランプの明かりのなかで薄煙のように見えている霧雨を眺めながら、コーヒーを口に運んだ。仕事である以上、当然ながら気が進まないこともしなければならない。ネルを取調べることに確信を持てずにいても、彼女を庇《かば》うわけにいかないし、公平に見えるよう気をつけなければいけない。そんな素振りを少しでも見せたら、ヴァルとアシュリィに即座に指摘されてしまう。ジェームズは、別の容疑者が見つかることを祈っていた。しかし、怪しい人間を見つけるという彼の試みは、成功してはいない。

ヘシャでさえ、ネルを疑っているようだ。監視カメラ映像のチェックを終えた彼女は、すぐにネルの電話の記録を調べはじめた。真夜中近くに、エクセルのシートにならんだ番号と向き合う人間にしては、信じられないほどやる気満々だ。

警察署の時計塔のチャイムが、抑えた音で午後十一時四十五分を告げると、それに重なるように洗練された力強い車の低いうなりが聞こえてきて、ワインレッドとシルバーのベントレー・ミュルザンヌが玄関前に滑りこんできた。霧のような細かい雨が、そのヘッドライトに照らされてキラキラと輝き、ダムソンレッドのサイドミラーの上で雨粒がランプの明かりを受けて光っている。

電話をかけるために、車を駐《と》めたのだろうか？　それとも、まちがえてそこを曲がってしまった？　しかし、そのドライバーは、車を降りて後部座席のドアを開けた。そして、ドアに仕込まれた傘を引き抜いてそれを開くと、まっすぐに立ってあたりに目を走らせた。長身のふたり目の男が、暗い灰色の薄くなった髪を撫《な》でつけながら、車から降りたった。男は上着のボタンをとめ、黄色いシルクのネクタイをまっすぐに整え、それからドライバーに何か言うと、傘を受け取って玄関に向かって歩きだした。自らが率いる旅団に活を入れにいく、陸軍准将といった感じだ。

「あぁ……警部？」ジェームズは、廊下の先にいるはずのヴァルを呼んだ。

そして、ヴァルがジェームズの傍らにやって来たそのとき、正面のドアが開いて男が入ってきた。

ヴァルは訪問者に近づいていった。「何かご用でしょうか？」彼女が尋ねた。「わたしは、ヴアル・ジョンソン警部。そして、彼はジェームズ・クラーク巡査部長です」

「こんばんは」握手をかわしながらも、男は刑事たちに灰色の鋭い目を向けていた。「〈バリントン・アンド・カンパニー〉のチャールズ・バリントンです」彼はそう言って、ヴァルに分厚い手刷りの名刺をわたした。

ジェームズは、男の目に自分がどう映っているのかを思って落ち着かない気分になりながら、擦れてテカテカになっている吊《つる》しのスーツのしわをのばした。しかしそれは、男がロンドンのサヴィル通《ロウ》りの仕立屋で誂《あつら》えたにちがいない、ひと目で最高級品とわかるスーツに身を包んでいたからだけではない。畏怖《いふ》の念を抱かせるほど洗練された、その物腰のせいだ。この男に比べると、ヴァルでさえだらしなく見える。

「レディ・エレノア・ワード＝ビューモントの代理人を務めるためにやって来ました。レディ・エレノア・ワード＝ビューモント――ネル・ワード博士の名でも知られている人物です」

その言葉に驚いたジェームズは、シャツに熱いコーヒーをこぼしてしまった。「まさか」ネルはそんなことは言わなかったし、警察も彼女の正体を探りあててはいなかった。ジェームズは、コーヒーが染みて熱くなったシャツを胸から引き離した。「すみません、警部」ジェームズはヴァルのほうを向いた。こちらが押されていることを自ら暴露してしまったようで、悔しかった。チャールズのような男は、こうしたことを利用して優位に立とうとするものだ。**すばらしい**。

ヴァルはジェームズの反応を見て顎の線を硬くしてはいたが、それでもいつもの無表情を保っていた。「情報を開示しましょう」彼女がチャールズに言った。そして、コーヒーの染みがついたジェームズのシャツに目を向けて、つけたした。「ええ、クラーク巡査部長が着替えをしているあいだに、わたしがお話しします」弁護士をしたがえて廊下を歩きだしたヴァルが、肩ごしにジェームズを睨《にら》んだ。彼はヴァルの意図を理解した。この時間を使って、何かを探りだせと言っているのだ。

捜査本部の部屋に戻ったジェームズは、証拠を集めたボードを見つめた。ネルが貴族だって？　そういうことなら、すごい家に住んでいることも説明がつく。しかし、たっぷり金があるなら、夜に妙な場所を歩きまわらなくてはならないような仕事に就く必要はないはずだ。彼女はなぜ、そんなことをしているのだろう？

ヘシャが、ふらりと部屋に入ってきた。「あなたが、わたしよりも運に恵まれているといいんだけど。われらがネル・ワードの電話の相手は、ほとんどが連絡帳アプリに登録されていないんです。それってどう考えても妙だし、すごく面倒ですよね。どうして、わたしにはいつもこういう手強《てごわ》い仕事ばかりまわってくるのかしら？」ジェームズの様子に気づいて、彼女が大きく目を見開いた。「やだ、どうしたんですか？　コーヒーを無駄にしないでください！　それがなければ、みんな生きていけないんですから！」

無反応のジェームズを見て、ヘシャが彼の顔の前で手を振った。「ジェームズ、生きてますか？　生きていたら、なんとか言ってください！」

ジェームズは彼女のほうを向いた。「すまない。レディ・エレノア・ワード＝ビューモントについて、調べてみてくれないか？」

「調べますけど……。今ですか？」ヘシャが驚いたように両方の眉《まゆ》を吊《つ》りあげてみせた。「もちろん、すぐに調べます」

ヘシャがパソコンのキーを叩《たた》きはじめると、ジェームズはいちばん下の抽斗《ひきだし》をかきまわしてシャツを見つけだし、着替えをすませた。

「ファイルには何もありません」ヘシャが部屋の反対側にいるジェームズに大声で言った。「でも、ふつうの検索でかなりヒットがあります」

ジェームズは彼女のデスクに駆け寄って、画面をのぞきこんだ。ヘシャが新聞や雑誌の記事のリストをスクロールさせていく。フィンチミア伯爵ビューモントと、その妻のイメルダ・ビューモント下院議員（レディの称号も伯爵夫人の称号も使われていなかった）と、その娘であるエレノア主催の、多くのチャリティ・イベントに関する記事に、フィンチミア伯爵へのインタビュー。伯爵はそのなかで、フィンチミアで開催されるクラシックカー・レースの未来について、電動化したクラシックカーのためのクラスを設けるという、エレノアの生まれたてのアイディアについて語っている。フィンチミアの持続可能な開発目標の一環として、エレノアが先頭に立って行っている、伯爵家の有機農場の再野生化について書かれたものもあった。それに、数多くのエレノア――つまり、ネル――の写真。舞踏会でのドレス姿のネルに、クラシックカー・レースに参加しているつなぎ姿のネルに、木製の門に寄りかかっているバブアー〔イギリスのアウトドア・ライフスタイルブランド〕の服を着こんで長靴を履いたネル。

「なんてこった」写真を見て、ジェームズが言った。

「電話の記録が妙なのも、これで説明がつきますね。きっと、家族のセキュリティ対策なんだわ」ヘシャが部外秘情報をさがすべく、一般にはアクセスできない警察のコンピュータの検索を始めた。「嘘っ……でしょ」

ジェームズは、さらに身を乗りだした。ソーシャルメディアのアーカイブに保存されていた、タブロイド紙の昔の記事だ。動画から切りだしたと見られる、粒子の粗いネルの写真が何枚か載っている。

「タブロイド紙の記者には、いつもガッカリさせられる。そう思いません?」ヘシャがそう言って、想像力のかけらもない見出しを指さした。『伯爵令嬢はあばずれだった』写真の上に、デカデカと書いてある。写真のネルは豪華なホテルの部屋で、粋《いき》な感じのハンサムな若い男とはしゃいでいた。身につけているのは、露出度の高い真っ赤な悪魔の衣装と悪魔の角。次の写真のネルは悪魔の角はそのまま、ランジェリー姿になっている。そして、その次の写真では、悪魔の角だけをつけたネルが、日頃のヨガ・レッスンのたまものとしか思えないポーズをとっていた。

ジェームズは一瞬熱くなって、とめたばかりのシャツの襟元のボタンをはずした。「わおっ。こいつは……」彼は目を逸《そ》らした。

「こういう見出し、今だったら赦《ゆる》されませんよ」ヘシャが画面をスクロールさせた。「たまには、もっと正確に書いてほしいわ。『特権階級の白人男性優越主義者、身売りする マスコミを共犯者にするつもりか？』とかね。それでネルの写真は編集して、男の映像だけそのまま……ああ、最悪。女の映像だけ流されてしまうなんて」

ジェームズは、ドサリと椅子に坐《すわ》った。「なんてこった」そう言うのは二度目だ。彼は目眩《めまい》をおぼえていた。「ネルが人を近づけようとしない理由がわかった気がするよ」

「ネルが誰に対してもよそよそしいとしたら、これが原因かもしれませんね。一度火傷《やけど》をすると……って言うでしょう。ご存知でしょうけど、リベンジポルノは残酷な犯罪です。卑劣な卑《ひ》怯《きょう》者のすることよ」

検索結果に目をとおしていたヘシャが、気を緩めた様子で口角をあげ、それから歓喜の笑い声をあげた。「はっ！　ネルは、しっかり反撃したみたいですよ。タブロイド紙が記事を撤回するなんて、そうそうあることじゃないわ。きっと、法廷でネルにこてんぱんにやられたのね。ネット上にこの記事が流れていない理由が、これでわかった。超差止措置の申請が認められたんだわ」ヘシャが目を細くして画面を見つめた。「やり手弁護士――バリントンなんとか？――が、あらゆる手を尽くして裁判所に措置申請を認めさせたようですね」

勘弁してくれ。ジェームズは顔をこすった。「そのやり手弁護士が、今ヴァルと話をしているんだ。われわれが、こうして話しているこのときにね。そして、このあとネ……いや、レディ・エレノア・ワード＝ビューモントを取調べるあいだ、おれはそのやり手弁護士と向かい合って坐ることになる」

「あら、たいへん！」ヘシャがジェームズに同情するような眼差《まなざ》しを向け、そのあと眉をひそめた。「彼女がタブロイド紙に仕返ししたっていうのは、喜ぶべきことだわ。でも、それってネルは物事を成り行き任せにするタイプの人間ではないっていうことですよね」

ジェームズは、ゆっくりとうなずいた。ヴァルは正しかった。今回も、また。彼の公平さは充分ではなかったということだ。彼は見たいようにネルを見て、彼女についていちばんに知るべきことを見逃していた。ジェームズは、パソコンの画面に目を戻した。「ああ、嘘だろう!」

ヘシャが驚いたように、ジェームズを見た。「えっ……どうしたんですか?」

ジェームズは顔をしかめながら、写真に添えられたキャプションを指さした。『下院で警察改革について検討』

「これが何か?」

「署長のトニー・トレントと握手をかわしているのは、イメルダ・ビューモント下院議員だ。彼女は署長が長年温めてきた計画を支持しているようだ。そして、おれは大急ぎで令状をとり、ビューモント下院議員の娘の家を捜索しようとしている」

16

八月二十八日　土曜日　真夜中

ネルは、真夜中に向かってチクタクと時を刻んでいる、取調室のいかにも中古品らしい時計に目をやった。この部屋に入って、もう四時間近く経っている。ビスケットとチョコレートバーの糖分のせいで、やや興奮状態にあるし、コーヒーのおかげでエネルギーがみなぎっていた。ネルはそんな状態のまま、味気ない蛍光灯の明かりの下で、雑誌を次々と読んで過ごした。警官たちが度々やって来ては飲み物をすすめてくれたけれど、それが会話のきっかけになることを恐れて、毎回ことわった。ネルは、坐り心地の悪いプラスチック製の椅子のせいで凝り固まった筋肉をのばすべく、肩をまわして背中をのばした。こっそり犯行現場に戻ってみたことに対する罪の意識が、重く彼女にのしかかっていた。**そのことを知られてしまったのだとしたら、どうしよう？　警察はわたしが何かを隠しているという確信を、さらに深めるにちがいない。**

またドアが開くと、ネルは身がまえた。おしゃべりを拒むか、批難の言葉を突っぱねるかしなければならない。

しかし、なんともホッとしたことに、部屋に入ってきたのはチャールズだった。

「チャールズ」ネルは立ちあがって、彼の頰にキスをした。チャールズの厳《いか》めしい表情が、より見慣れた穏やかなものに変わった。

「こんばんは、ネル」彼は腰をおろすと、フォルダーを開いて法律用箋《ようせん》を取りだし、万年筆のキャップをはずした。「早速、始めましょう」

起きたことについて、ネルが自分の立場からの説明を始めると、チャールズはメモをとり、それから無言でじっと考えた。

「わたしの見たところ――」彼が身を乗りだした。「警察は、あなたの有罪を証明するような有力な証拠は、つかんでいないようです。殺人の手段と動機と機会について考えてみましょう。まず手段……ソフィ・クロウズはトンネル内にあった煉瓦《れんが》で頭部を殴られて――」

「ああ、なんていうこと」ネルは顔をしかめた。**それで……計画的犯行? それとも衝動的に? あるいは計画を立てて、機会をうかがっていた?**

「そして動機……警察は、あなたがソフィを殺害する動機を見いだせずにいます。今のところは、まだ」

「動機なんて、あるわけないじゃない」ネルは怒りもあらわに言った。「ソフィのことを知らないのに、どうしたら動機が生まれるの?」

チャールズが両手の指先を合わせた。「しかし、あなたには機会がたっぷりあった。殺人が起きたとき、その場にいたわけですからね。警察は、その時刻にその場にいた人間を他に見つけていません。おそらく警察はあなたに焦点をあてて、あなたを容疑者リストにくわえるべきか否か見きわめようとしているんだと思います」チャールズは心得顔でネルを見つめた。「捜査をするのは警察の役目です。おそらくあなたの協力的すぎるやり方が、刑事たちを驚かせてしまったんでしょう」

ネルは身をよじった。「助けになればと思っただけよ。それに、わたしは忙しすぎて誰かを殺す暇なんかなかったということを、証明してみせたかったの」

「助けになればというその気持ちが、疑いを招いてしまった。さて、話を戻しましょう。取調べに際して、向こうは計画と戦略をしっかり練ってくるはずです。答えるときは慎重にならなくてはいけません。もちろん『ノーコメント』と答えることもできますが、相手は単に言い方を変えて質問の答えを得ようとするでしょう。率直に答えたほうが、事が迅速に進みます。必要なときは、わたしが介入します」

ネルは自分の顔から血の気がひいていくのを感じた。その顔を見て、チャールズが表情をやわらげた。

「取調べの結果が、逮捕に繋《つな》がることはありません。すぐに終わりますよ。刑事たちが、このたいして根拠のない容疑に固執しつづけるようなら、来週、よき友人のトレント署長とゴルフをする際に、話題にしてやりましょう」

痛っ！　つまり、実力主義を貫くよりも、自分の立場を利用して、この難局を切り抜けるということだ。ネルは、その仄《ほの》めかしに苛立《いらだ》ちをおぼえた。**やっぱりわたしは偽善者なんだ。現実を目の当たりにしたとたん、結局は特権という腕のなかにまっすぐに飛びこんでしまう。**チャールズのような誰かに助けを求めることができるネルは、ラッキーだ。彼はすべてをなげうって、ネルのために動いてくれる。でも同時に、警察は無駄に時間を費やすことになる。すぐにでも真犯人を見つけだすことに注意を向け直す必要がある警察にとって、時間は貴重だ。

「心の準備はできていますか？」

ネルは大きく息を吸った。「さっさと片づけてしまいましょう」

ヴァルに呼ばれて、ジェームズは跳びあがった。動画から切りだしたネルの写真を見て、彼は信じられない思いを味わっていた。ネルをよく知らない分、それはなおさらひどい仕打ちに思えた。しかし、ネルは重要な事実を巧みに隠しているにちがいない。その点については、彼も否定できない。そう、彼女は自分自身についてさえ隠していたのだ。それは攻撃材料になる。そして、ジェームズにはそれを利用する必要があった。

「フォルダー」部屋の入口あたりで、ヴァルが吐きだすように言った。

ジェームズは、取調べの計画を収めたフォルダーを取りに、デスクへと戻った。ヴァルの視線を感じて、背筋がのびていく。**プロらしい顔をするんだ。**ふたりはネルとチャールズがいる取調室に腰を落ち着けると、録音を開始し、名前を告げた。

机を挟んでネルの前に坐《すわ》ったジェームズは、動揺していた。彼はノートに目を落とし、なんとか質問に集中しようと努めた。

「名前をフルネームでお願いします」ヴァルがネルに言った。

ようやく目をあげたジェームズは、ネルのしかめっ面に驚かされた。「レディ・エレノア・ワード＝ビューモント。母は結婚後もワードという旧姓を捨てず、二重姓を名乗っています。みんなそれを忘れて母のことをレディ・イメルダ・ビューモントと呼んで、絶えず母を苛立たせていますけれど。その母の名前を、わたしも受け継いだわけです。そして、同じ姓を名乗っています」ネルは、ほほえんで見せようと頑張ってみた。「でも、その名前で呼ばれることはありません。どういう場でも、わたしはその正式な名前を使いません。ごく希《まれ》に、わたしがフィンチミアの人間だと知っている誰かに出逢《であ》うことがありますが、たとえわたしの顔を知っていても、ネルと呼んでくれます。仕事ではネル・ワード博士でとおしています。ですから、あなた方にもそう名乗りました。〈マナー・ハウス・ファーム〉には仕事で出向いていたわけですから。でも、ネルと呼ばれるほうがいいわ」

チャールズは名乗ったあとにつけたした。「いくつか明確にしておきたいことがあります。ひとつ――わたしの依頼人は、逮捕されてはいない。ふたつ――依頼人は、この取調べの要求に、ひじょうに協力的に応じている。三つ――これまで依頼人は、常に捜査に協力的に振る舞ってきた」

「ありがとうございました」ヴァルが言った。「録音のため、これがソフィ・クロウズ殺害事件の捜査のための取調べであることを言及いたします。ジェームズ・クラーク巡査部長が、一枚の写真をあなたにお見せします。ここに写っている女性をご存知ですか？」

ネルは、ふたたびその写真を見た。「いいえ。前にも見せていただきましたが、この女性に会ったことはありません」

「彼女の夫であるデイヴィッド・スティーブンソンは、ご存知ですか？」ヴァルが尋ねた。

ネルは首を振った。「いいえ、ふたりとも知りません」

ジェームズは大きく息を吸った。彼はネルと目を合わせ、それから言った。「あなたはソフィ・クロウズが殺害された時刻に、〈マナー・ハウス・ファーム〉――つまり犯行現場にいたと、おっしゃいましたね。録音のため、その正確な時刻を言っていただけますか？」

ネルは、その日時を述べた。

「アンナ・マディソンと打ち合わせた計画には、トンネルに入ることも含まれていたのですか？」ヴァルが尋ねた。

「もちろんです」ネルは答えた。「許可なしに、私有地に入ったりはしません」

「トンネルには、どうやって入ったんですか？」ジェームズが訊《き》いた。

「林側の入口から入りました」

ジェームズはうなずいた。「その入口について、説明していただけますか？」

ネルは眉《まゆ》をひそめた。「ええと、ほとんど見えませんでした。全体がすっかり木の葉に覆われていましたから、ふつうなら見逃してしまうと思います。ええ、だいたいの場所がわかっていて、それをさがしているのでないかぎり、見つからないでしょう。何年ものあいだ、手つかずのまま放置されていたようです」

「何年ものあいだ、手つかずのまま放置されていたよう……」キーを叩《たた》きながら、ジェームズが彼女の言葉を繰り返した。それから彼はネルに目を向けた。「しかし、あなたが手をつけた。そういうことでしたよね？」

チャールズが咳払《せきばら》いをした。「取調べの対象者が協力的に振る舞っているのですから、そういう仄めかしは必要ないでしょう」

ジェームズは取調べを速やかに進めるべく、言い換えた。「わかりました。あなたは入口を覆っていた落ち葉を自分の手で取り払ったことを裏づける情報を、われわれに提供した。落ち葉を取り払うのは、たいへんな作業だったのではありませんか？」その労働を想像して、ジェームズは顔を歪《ゆが》めた。「黴《かび》もびっしり生えていたでしょうし、落ち葉は泥だらけになっていたにちがいない。ずいぶん時間がかかったのでは？」

「ええ、ものすごく」ネルは、まっすぐに彼を見た。

ジェームズは、なんとか目を逸《そ》らすまいとした。「だったら、なぜ母屋の台所側の入口を利用しなかったんですか？　トンネルに入る許可は得ていたわけだし、母屋でソフィ・クロウズと会うことになっていたんでしょう？　それに、ソフィ・クロウズと会う約束の六時までは間があったのに、七時五十分までコウモリの調査を始めなかった。なぜ、ソフィに会ってからトンネルを調べようとは思わなかったんですか？」

「時間がなかったからです。母屋の外部を細かに調査して、コウモリの出入り口を見つける必要があったんです。それには、母屋の状態を調べることも含まれています。モルタルや屋根のタイルのすべての隙間を地図にするんです。その作業には、少なくとも一時間かかります。ソフィがいたら、そのあと屋根裏を調べたでしょう。それにかかる時間は四十分程度。そのあとトンネルに入るのは、時間的に無理があります。ですから、ソフィに会う前に林側の入口から入ってみることにしたんです。あとになって、あそこがコウモリの出入り口だとわかりました。自然とあの入口に惹かれたのは、たぶんそのせいです。出入り口を調べることは、調査にとって重要です」

「コウモリは、最初どうやってトンネルに入ったのですか？　林側の入口は、完全に落ち葉に覆われていたわけでしょう?」

「入口の鉄門は徐々に落ち葉に覆われていき、何年もかかって完全に覆いつくされてしまった。でも、半円形のトンネルの屋根のちょうど門の上あたりに、隙間ができています。とても小さな隙間でほとんど人の目には見えませんが、コウモリなら充分見つけられる大きさです。それに、コウモリが最初にあの入口を使いだしたころは、落ち葉に覆われてはいなかった。コウモリは、毎年、冬眠のためのねぐらに戻ってきます。今では、地元の住民もそれを知っています」

「つまり、コウモリは行くべきねぐらの場所をおぼえていて、それを次の世代に伝えているということですか?」ジェームズが笑いだしそうな口調で訊いた。

ネルはうなずいた。「そのとおりです。なかには三十年くらい生きるコウモリもいます。様々な種の様々な歳のコウモリが集まって、冬眠のために毎年同じねぐらに戻るんです。毎年、毎年」

「なるほど、わかりました。あなたが母屋の側からトンネルに入らずに、落ち葉に完全に覆われた林側の入口を素手で……うーん……そう、掘り起こすことを選んだ理由は、受け入れるとしましょう。しかし、それでもまだ疑問が残ります」

そう言ったジェームズをネルが見つめた。その顔に浮かんだ表情を見ても、彼女が不安がっているのか罪の意識に苛《さいな》まれているのか、ジェームズにはわからなかった。

「トンネルに入ったあと、あなたは入口を落ち葉で覆った。楽な作業ではありません。掘り起こすのと同様、気持ちのいいものではなかったでしょう。それなのになぜそんなことをしたのか、説明していただけますか？」

「ああ」ネルは長い息を吐いた。「もちろん説明します。コウモリがあのトンネルを利用しているわけですから、何も変えないでおくことが重要なんです。だから、見つけたときと同じ状態に戻す必要があったんです」

「ああ、もちろんです。コウモリにとってはね」ジェームズは言った。「ちょっとばかり意地が悪すぎることはわかっているのですが、この職業に免《ゆる》じて赦していただくことにして……誰かが、たいへんな労力を使って自分がいた場所を隠したことを知ったら、希少な種を護《まも》るためにそうしたのだろうとは、わたしは思わない。他の人間に自分がそこにいたことを知られたくなかったにちがいないと、思ってしまいます」ジェームズは身を乗りだした。「たいへんな労力を使ってトンネルの入口を元どおりにしたのは、トンネル内にいたという事実を隠すためではなかったんですね？」

「はい」ネルはジェームズを見つめた。大きく目を見開いているネルが、またも子鹿のように見えた。彼は取調べをつづけられるよう、目をそむけてノートに視線を落とし、ネルが隠している事実を突きとめることに集中した。

「ソフィ・クロウズの死体のほうに向かって歩いていたことがわかる足跡が、あなたのブーツの靴底と一致していても？」

ネルが大きく口を開いたところで、チャールズがさえぎった。「挑発行為です。ノーコメント」

「しかし、この一致については認めないわけにはいかないはずだ」ジェームズのその言葉は、思いが声に出てしまったかのように聞こえた。

「ノーコメント」チャールズが繰り返した。

ヴァルがチャールズを見つめ、それからネルに視線を移した。「あなたに不利な紛れもないいくつかの事実を、ここにあげてみましょう。ひとつ――あなたは犯行現場にひとりでいた。ふたつ――殺害されたソフィの死体のほうへと向かう、あなたの足跡がトンネル内に残っていた。三つ――あなたは自分がそこにいたという事実を隠すために、つらい重労働に耐えた」

「わたしがそこにいたという事実は否定していません。それに、わたしが事実を隠そうとしていたなら、自分が何をしたかあなた方に話してしまうなんて、バカみたいじゃないですか」その声は、高く張りつめたものになっていた。しかし、不意に彼女が顔をしかめ、宙を見つめた。

「待って……ちょっと待って」ネルが身を乗りだし、何か閃《ひらめ》いたかのように、指を一本突き立てた。「殺人者がトンネル内にいたなら、独特なDNA型がその人の靴に付着しているかもしれないって、考えてみました？」

ジェームズは、彼女の目が輝いたのを見た。何か思いついたのだろうか？　それとも、ただの光の屈折か？

「ネル……」チャールズが片手をあげた。

「そうよ、わたしのブーツにそのDNA型がついてることは、わかってる。でも、わたし以外にも、あのトンネルにマッチするDNA型を靴底につけて歩き去った人間がいる。冬眠用のコウモリの巣というのは、異なった種のコウモリが集まっている、数少ない場所のひとつなんです。コウモリの冬眠場所は、その性質からして、たいてい人が使うことも足を踏み入れることもできないようなところにあります。だから、そこにあるものは独特です」

ネルはジェームズを見た。「おわたししたデータのなかに、地元のコウモリの群れにくわわっている種についてのスプレッドシートが入っていたはずです。そこに、このあたりのコウモリの冬眠場所と、それぞれをねぐらとする種のリストが記されています。殺人者がコウモリの糞《ふん》を踏んでいたら、靴底にその跡が残っているはずだから、それを採取して分析することができる」集中しているしるしに、彼女の目は細くなっていた。「少量のサンプルから複数の種のDNAを見つけられるように、研究室に定量PCR解析を依頼する必要があります。見込みは薄いけれど――」

チャールズが手をあげてさえぎった。「もう充分です、ネル」

ヴァルが咳払いをした。「あなたがトンネルにいた形跡をどのように隠蔽《いんぺい》したかについて、話していたんでしたね。ふつう、自分の行動の形跡を消すのは、犯罪の発見を遅らせるためです。ひとたび死体が発見されて、何者かが死体の近くにいた証拠が見つかった場合、その容疑者が――なぜそこにいたのか、なぜ事実を隠蔽しようとしたのか――完璧《かんぺき》な説明を提供してくれるのは珍しいことではありません」

「何度も言いましたけど、わたしは何も隠蔽などしていません」ネルが、きっぱりと言った。

「トンネルを元の状態に戻しておくことは、職業上、重要なことなんです」

ヴァルが片方の眉《まゆ》を弓形に吊《つ》りあげた。「あなたは、コウモリにとって最適な状態を保つことを重んじている。でもネル、あなたは生態学者です。そうした状態が、死体を隠すのに理想的な環境を提供するということをご存知のはずです」

チャールズが突き刺すような視線を、まずヴァルに、それからジェームズに向けた。「もはや質問になっていない。あなた方は仮説を述べているだけです。したがって、取調べはこれで終了ということに」彼はメモをファイルに収めて席を立った。

しかし、ネルが腰をあげる前にドアをノックする音がした。ヴァルが立ちあがって、部屋の入口にいる警官と小声で話しだした。差しだされたフォルダーに目をとおしたヴァルが、ネルのほうを向いた。その唇は、固く引き結ばれている。彼女は警官に礼を述べると席に戻り、音をたてて机にフォルダーを投げ置いた。ネルは怯《ひる》んだ。

「ネル・ワード。家宅捜索で、あなたが嘘をついていることを示す証拠を入手しました」ヴァルが言った。「ミズ・ソフィ・クロウズ殺害の容疑で、あなたを逮捕します。何もしゃべる必要はありません。でも、質問を受けたときに答えなかった何かを、のちに法廷で弁護のために持ちだしても、いい結果は得られないでしょうね。今後あなたが口にすることは、すべて証拠として提出されます」

ネルはあまりの衝撃に、信じられない思いでジェームズを見つめた。その視線を受けて、彼は息を呑《の》んで目を逸らした。ネルはパニックに満ちた目を、チャールズに向けた。彼の固く結ばれた唇が険しい表情をつくり、こめかみで血管が脈打ち、灰色の目は抑えた怒りのせいで暗くなっている。チャールズがネルの傍らに立って、彼女の手をにぎった。「心配ありませんよ、ネル。わたしが、すぐに終わらせます」その言葉を強調するように、彼がつづけた。「必ず、すぐに」

ネルは、女性警察官に連れられて狭い廊下を歩きだした。背後から、チャールズの声が聞こえてくる。「証拠を見せていただく必要がある。しかし、少し待ってもらいましょう。失礼して、トニーに電話をかけさせていただきます」

ネルは女性警察官にしたがって両開きドアを抜け、無味乾燥な留置施設へと入っていった。消毒剤と酸っぱい汗と吐物らしき臭いが、熱い波となって彼女の鼻に襲いかかってきた。混乱のためか、動きがギクシャクと妙な感じになっている。そのせいで、ネルはつまずいてしまった。写真を撮られるときも、左右がわからなくなっていた。でも、少なくともDNAと指紋は、すでに採ってある。そうした様々な手続きを瘦《や》せた警官が、驚くべき力強さと器用さを持ってうまく切り抜けさせてくれたのだが、ベルトと靴紐《くつひも》をはずす際には、彼女に謝らなくてはならないほど、もたついてしまった。

「あなたは受けがいいんだわ」ぶっきら棒な口調で、警官が言った。「内診がメニューに入っていないもの」

胃がひっくり返りそうになった。そんなこと、思ってもみなかった。

デスクに着いていた別の警察官が、パソコンをチェックして言った。「四号室に入れて」

「最上階の特別室よ」警察官に導かれるまま、居室の前を歩きすぎていく。名札のついた扉の前を行くネルの耳に、すすり泣きの声が聞こえてきた。別の居室の誰かが、「黙れぇぇぇぇぇっ！」と叫んでいる。前をとおりすぎようとした瞬間、扉を内側から叩《たた》かれてネルは跳びあがった。空いている居室もひと部屋あった。その向かいの住人が信じられないような大声で、調子はずれにうたっている。「悪っいけどさぁ、別っにい〜〜いじゃん」

ネルは混乱しながらも、その苛立《いらだ》たしい不快な音調にギクリとした。

「キングサイズのベッドにエジプト綿製の寝具」居室に入ると、細長いコンクリートの厚板を指さして警察官が言った。その上には、薄いマットレスとペラペラの毛布が載っている。「そして、最新式のバス・ルーム」彼女が示した部屋の隅に、ステンレス製の桶《おけ》が置いてあった。「食事はルームサービス。残念ながら、夕食は終わってしまった。朝食は六時よ」

ネルが答える間もなく、音をたてて扉が閉まった。名札用のホワイトボードに名前を書くマーカーの音が聞こえる。そしてそれがやむと、足音が遠ざかっていった。

ネルは染みだらけのマットレスにたじろぎながら、居室のなかを歩きまわった。そして、部屋の隅のカメラから桶へと視線を移した彼女は、身震いしながら、このトイレは使うまいと心に決めた。

隣人は、依然として調子はずれな歌をうたっている。やはり、何も悪いと思っていないらしい。別の隣人たちが、それに応えて扉を叩いている。遠くの居室の住人は、まだすすり泣いていた。ネルは目を閉じた。音を閉めだして、考えようとしてみた。

チャールズのことは信じられる。すぐに終わらせると、彼は言った。次の取調べは、いつ始まるんだろう？　数分後？　数時間後？　数日後？

ネルは、信じられない思いで居室の扉を見つめた。きっと、すべてはまちがいだったと言ってすぐに誰かが謝りにくるにちがいない。それにしても、警察は何を根拠にわたしを逮捕したんだろうか？　見つかって逮捕されるようなことは、したおぼえがない！　どうして、こんなことになってしまったんだろう？　警察は、ほんとうにわたしが嘘をついていると思っているんだろうか？　ジェームズさえも？　わたしはバカだ。彼はいい刑事役を演じていただけ……そうでしょう？

ネルはこの時間を利用して、散り散りになっている考えをまとめて、警察が何を考えているのか解きあかそうとした。

警察は、なぜわたしに不信感を抱くようになったんだろう？　何が原因で、わたしを疑いだしたんだろう？　ソフィとの待ち合わせ時間を伝えてきたアンナ・マディソンからのメールを見て、刑事たちは顔を見合わせていた。そして、時間の変更を知らせる、もう一通のメールを受け取らなかったかと訊《き》いた。そんなメールは、絶対に——

不意に気がついた。警察は、アンナがネルに宛てた時間変更を告げるメールを読んだのだ。つまり、アンナ側の誰かが、そのメールがネルのもとにはとどかないよう細工をしたのだ。でも、ネルの側の誰かが、とどいたメールを削除した可能性もある。嘘でしょう。でも、オフィスの人間なら、誰にでもできることだ。

それで、謎が解けた。わたしがトンネルに入ったのは五時近くで、ちょうどそのころ、ソフィが……。アンナが約束の時間を五時に変更していたなら、ソフィはそのとき、わたしに会うつもりでいたにちがいない。だから、彼女はトンネルに……。

苦いものが喉《のど》にこみあげてきて、ネルは両手で口を覆った。殺人者は、ネルとの約束を利用したのだ。ネルがトンネルに入ることも知っていたのだ。危険なんてものじゃない。

つまり、その殺人者はネルを知っているということだ。

17

八月二十九日　日曜日　午前一時

ネルは、なんとかパニックを押さえこもうとした。考える必要がある——頭をすっきりさせて、混乱した考えを選《え》り分けなくてはいけない。それでも、まだ、「あなたがしてることはバカげてる」と言う声が聞こえていた。

これは妄想なんかじゃない。わたしは逮捕されたんだ。殺人の容疑で……。誰かにはめられたにちがいない。疑いのヴェールをとおして同僚たち——つまり、友人たち——をひとりひとり吟味していると、今では馴染《なじ》みとなった感覚に襲われ、胃がむかむかしてきた。知り合いのなかにそんなことをする人間はいないと、ほんとうに言い切れるだろうか？　ネルは深く息を吸い、平静を失うまいと闘いながら、殺人が起きる前の数日の出来事について思い返し、どこかの時点で誰かがいつもとちがうことをしていなかったか、探ってみた。

アンナ・マディソンが〈マナー・ハウス・ファーム〉の調査のことで初めて連絡してきたのは、六日前の八月二十三日月曜日だった。そのメールによれば、調査は急を要しているということだった。いつものことだ。ネルはすぐに見積もりを始めたが、そのあいだも、となりのデスクからシルヴィアが週末のデートの話をして楽しませてくれた。〈グラインドボーン・オペラハウス〉で観た公演は信じられないほどすばらしく、ピクニックのバスケットの中身もすてきだったけれど、お相手の男性がイマイチだったらしい。

オフィスにひとり、またひとりと、調査用具を担いだ生態学者たちが戻ってきて、おしゃべりが始まり、笑い声があがり、現場についての冗談が飛び交い、お茶用の湯を沸かす薬缶《やかん》がシューシューと音をたてていた。漆喰《しっくい》塗りの壁に立てかけられた、爬虫類《はちゅうるい》の罠《わな》に使う筒状に巻かれた屋根用フェルトや、魚を捕らえるための清潔な網。それに、きれいに洗われて次の出番を待っている長靴と防水ズボンも、ならんでいた。

ゆったりとした足取りで部屋に入ってきたアダムが、大きなリュックをふたつ、山積みの調査用具の横に放り投げると、すぐにネルのほうを見て言った。「ネル！　きみは目の保養になるよ！」

「アダム！　アンブルダウンはどうだった？」

「ああ、わかってるだろう。屋根のタイルを一枚一枚剝《は》がすあいだ、睡眠時間はゼロの長時間労働だ。ジムのマラソン・セッションよりは、ましだけどね！」そう言ってスプリングのきいたキャスターつきの椅子にドサリと腰をおろしたアダムが、爪先《つまさき》で床を蹴《け》りながらネルに向かって突進してきた。そして、スマホの画面をスクロールさせると、それをネルの前に差しだした。「ぼくたちが新たにつくった、コウモリのねぐらを見てくれ」

ネルが身を乗りだす間もなく、エリンが弾むように近づいてきて、ふたりのあいだにコンバット・パンツを突きだした。「アダム、借りてたパンツをお返しするわ」

ネルは、そのパンツに目を向けた。たたんではあるけれど、洗濯はしていないようだし、裾《すそ》が折り返したままだった。

「ああ、ありがとう」アダムはそれを自分のデスクに押しやり、またネルを見た。「先週、エリンがリトル・スミッティントン池に落ちたときに、ぼくの予備のパンツを貸したんだ」

アダムが言い訳がましくそう言うのを聞いて、エリンの顔に苛立ちの色がよぎった。そのあとアダムの腕をつついて、彼女が言った。「ねえ、写真を見せて」

ネルのパソコンの向こうで、シルヴィアがウインクしてささやいた。「あの子、前々から彼のパンツを脱がせたくて必死になってるのよ」

「すご～い」アダムの写真を見てしゃべりまくっているエリンを横目に、シルヴィアが笑いを嚙《か》み殺している。

写真の感想を求めてネルに視線を向けたアダムが、仕事のスケジュールと計画案とともにパソコンの画面に映しだされている、地図と航空写真に目をとめた。彼が口笛を吹いた。「大規模なニュータウンの開発計画じゃないか。〈マナー・ハウス・ファーム〉だよね？　興味深い調査になりそうだな。依頼人は誰なんだ？」

「〈DMS開発合同会社《LLC》〉のアンナ・マディソンよ」

「あら？」シルヴィアが眉《まゆ》をひそめた。「初めての依頼人だけど、その名前に聞きおぼえがあるわ」彼女がマニキュアを塗った指でマウスを操り、画面をスクロールさせていった。「ああ、これこれ。前に会議で顔を合わせた人だわ。おしゃべりしたような気がする」

「ネル、わたしたち、もう邪魔はしないわ。どうぞ仕事をつづけて」キッチンに向かって歩きだしたエリンが、アダムのほうを振り返った。ついてこいと言っているのだ。しかし、アダムはためらっている。

「写真を見る時間くらいあるわよ、アダム」ネルは言った。「ぜひ見せてほしいわ」

アダムは顔を輝かせて、新しいねぐらの写真を見せた。これは撤去せざるを得なくなった元のねぐらに代わるものだ。元のねぐらは、コウモリを一頭も死なせることのないよう人の手で徹底的に調べたのち撤去された。

「すごくうまくいったよ。ほとんどのウサギコウモリは、自力で新しいねぐらを見つけた。しかし、こいつは――」アダムはそう言って、屋根のタイルの下からふたつの小さな丸い目をのぞかせている、和毛《にこげ》に覆われた顔のクローズアップ写真を見せた。「新居にエスコートしてやる必要があった。この新居は、ぼくのフラットよりすごい。つくりはしっかりしてるし、屋根板の下にきちんとした出入り口があるし、冬には北側で冬眠ができる」

あのとき、アダムのかいたばかりの汗と大鋸屑《おがくず》の温かい匂いを感じて、ふたりの距離の近さを自分がどんなに意識していたか、ネルは思い出した。でも、それだけではなかった。アダムが冬眠について口にするのを聞いて、ネルは閃《ひらめ》いたのだ。だから、見積もりをメールする前に、歴史地図のサイトをのぞいてみた。

そして、アダムが調査に必要な道具を取りに自宅に戻ったあと、ネルは一枚の古地図に運命のトンネルが載っているのを見つけた。彼女はそのコピーをスキャンしたものと、トンネルに入る許可を求める文書と、トンネルの調査にかかる費用を元の見積もりにくわえて、アンナ・マディソンにメールした。一時間と待たずに、アンナからすべて受け入れる旨の返信がとどいた。

ネルが調査の予定をカレンダーに追加すると、さらにアンナからのメールが何件かとどいた。はい……〈マナー・ハウス・ファーム〉の調査は、八月二十五日水曜日の午後でＯＫ。はい……ミスター・ギルピンの地所の調査は、来週購入手続きが終わって自由に出入りできるようになったらね。はい……コウモリの調査のために母屋と庭を見てまわるのは、午後六時に家主と会うまで待つこと。はい……母屋のなかと庭を調べたあと、コウモリの調査を始めます。ネルは、水曜日のクインス・メドウズの調査を代わってほしいと、アダムにメッセージで頼んだ。そのあと、〈マナー・ハウス・ファーム〉で合流して、いっしょに夜間のコウモリの調査をするのだ。

　ネルが、〈マナー・ハウス・ファーム〉と、その十エーカーにおよぶ地所の周辺二キロ以内の、植物相と動物相の記録（郡の記録には、コウモリ、アナグマ、ヤマネ、鳥類、両生爬虫類としか記されていない）を至急送ってほしいと、それぞれの保護団体や会にメールした直後、シルヴィアが彼女をつついた。「ランチにしない？」

　今、ネルはひとり居室で、ぐったりと壁にもたれていた。**あのとき、パソコンをロックしなかった。**そんなことをしようとは、思いもしなかった。そんなことを思う人間は、あのオフィスにひとりもいない。プロジェクト自体は極秘になっていても、ほとんどの場合、チーム内で作業をシェアしたり話し合ったりする。でも、パソコンをロックしなかったせいで、誰かにアンナのメールを――ネルにはとどかなかったメールを――読む機会を与えてしまったんだろうか？

　誰もネルのパソコンを使わなかったと、言い切れるだろうか？　同僚の誰かが、大急ぎで何かを探していて、うっかりそのメールを削除してしまった可能性はないだろうか？　どこかに移動させてしまったとか？　でも、もしかしたら……？　ゆっくりと漏れだした恐怖が、ネルの血管を凍らせていく。**誰がそんなことを？**

　月曜の午後にアダムが戻ってきたときには、お願いは報告に変わっていた。「つまり、きみが領主夫人役を演じているあいだ、ぼくは面白味に欠けるクインス・メドウズの調査をさせられるってこと？」

痛っ！「だめ？」

「いつもどおり、夜明け前調査のプラス料金とチョコレート・ビスケットひと袋で手を打つよ」

「決まりね。それじゃ、クインス・メドウズの調査はあなたに任せて、わたしは十一時ごろ〈マナー・ハウス・ファーム〉に行って環境調査をすませ、夜のコウモリの調査に備えて母屋の様子を見ておくわ。夜の六時に家主と会うことになってるから、屋根裏も調べられる。助かるわ」

「ひじょうにけっこうです、領主夫人」アダムはそう言いながら、敬礼の真似をした。

「よかった。いっしょに準備ができるように、七時半ごろ来てもらえると嬉《うれ》しいんだけど、大丈夫？」

アダムがグーグルマップをチェックした。「はい、奥様。もちろん大丈夫です、奥様。何も問題がなければ、途中で夕食にパスティを食っていきます、奥様」彼はそう言って、敬礼の真似をした。

ネルは職場のシークレット・サンタ〔贈り主を秘密にして行うクリスマスのプレゼント交換〕でプレゼントされた、コウモリのかわいらしいぬいぐるみを彼に投げつけた。アダムはそれを片手でキャッチして、ニヤリと笑った。

ネルのパソコン画面に、新たにとどいたメールが表示された。「ああ、〈アナグマの会〉から〈マナー・ハウス・ファーム〉周辺の記録がとどいたわ」彼女は、そのスプレッドシートを開いた。「あのへんにアナグマがいることはわかってるんだけど、巣穴の場所は誰も突きとめていない。あの私有林のなかにある確率が高いんじゃないかしら？」

「巣穴を見つけたら、調査のための餌をまいておいてくれ」

ネルはうなずいた。「手づくりの混合餌をまいておく。巣穴があるようなら、アナグマがどこまでをテリトリーにしているのか知る必要がある。先にそれを始めておくわ」

「きみは忙しくなるな。クインス・メドウズの調査は、早めにすますことにするよ」

ネルは、アダムに笑みを返した。彼の目があんなふうに輝くのを見るのが、ネルは大好きだった。「ねえ、こんなものを見つけたの」彼女はそう言って、エドワード七世時代の地図をひろげた。そのA0サイズの地図は、デスクを覆い隠すほど大きかった。

「これはなんなの、ネル？」シルヴィアがよく見える位置に移動した。

「〈マナー・ハウス・ファーム〉の十五世紀に建てられた母屋にあるトンネルよ」

エリンが自分用の紅茶とアダム用のコーヒーを持って、やって来た。ネルは色褪《いろあ》せた地図に描かれたトンネルを指でたどって見せた。「見て、このトンネルは林へとつづいてる。隠所からの司祭の逃げ道だったのかもしれないわ」

「ああ、密会に使えるな」アダムが言い切った。「大邸宅には、たいてい愛人を忍びこませるルートがあるものなんじゃないのか？　トンネルから入るのが、どう考えてもいちばん簡単だ。自分でトンネル掘りをする必要がない人間が出す、典型的な結論だ。上流の人間は、シャベルを持って穴掘りなんかしない」

ネルは不快感を隠して言った。「不義密通説は置いておいて、このトンネルはコウモリの冬眠場所として完璧《かんぺき》よ。地元の〈コウモリの会〉が近くの貯氷庫のなかにある冬眠場所をねぐらにしているコウモリのリストを送ってくれたんだけど、そこには希少種も含まれていた。アブラコウモリとウサギコウモリはふつうよ。でも、チチブコウモリやベヒシュタインホオヒゲコウモリ――すごいでしょ――それにグレーウサギコウモリまでいるの。信じられないわ」

「だったら、調べてみなくちゃね」エリンが言った。

ネルはそこに皮肉の色をみとめたが、シルヴィアはうなずいた。「調べてみて。それで、興味深い何かを見つけたら、わたしがブログの材料をほしがってるっていうことを思い出してね」

「ええ、やってみる。トンネルに入ることを許可するメールが、依頼人からとどいたところなの。さあ、何が見つかるか楽しみだわ」

「インディ・ジョーンズくん、きみがマチェーテで下草を刈りながら進んで洞窟《どうくつ》を見つけたら、その〝運命のトンネル〟のなかで神聖なるグレーウサギコウモリを見つけることになるかもしれないぞ」アダムがニヤリと笑うのを見て、シルヴィアとネルはうめいた。「なんだよ、うまい洒落《しゃれ》だと思わないか？」

「最悪」ネルはかぶりを振った。

「なんだよ、気の利いた返しを期待してたのにな。皮肉な発言の名手のはずが、どうしちゃったんだ？」

ネルは絶望を装って、頭を抱えて見せた。彼女が目をあげて笑いだすと、アダムがコウモリのぬいぐるみを投げ返した。でも、横を飛んでいったコウモリに驚いたエリンが持っていたカップを投げだし、その中身が全部ネルのジーンズにかかってしまった。ぬいぐるみが頭を直撃するのと同時だった。

ネルは息を呑《の》み、火傷《やけど》しそうなほど熱くなったジーンズを脚と股《また》から引き離した。

「やだ！」エリンは顔をしかめてみせたが、おもしろがっているのは見えみえだった。

「ごめん、ネル」アダムは、ほんとうに悪いと思っているようだった。ネルがティッシュでコーヒーを拭《ふ》き取ろうと無駄な努力をしていると、彼が両手を差しだして言った。「予備のパンツを貸そうか？」

火曜日は何事もなく、面倒なレポートを書いて過ごした。ハイライトは、みんなのお茶をいれていたアダムが、身を寄せて「最後の一枚だ。誰にも言うなよ」とささやき、ウインクしながらチョコレート・ビスケットをプレゼントしてくれたこと。

それを思い出して一瞬嬉しくなったものの、翌日のことを考えたとたん、身体が震えた。水曜日。運命の調査の日だ。

その翌日、オフィスで妙な行動をとっていた者はいただろうか？　木曜日は、ほとんど全員が現場に出払っていた。でも、午後になってシルヴィアがやって来ると、その平和は終わりを告げた。「筋肉男子の助けが必要なんだけど」若い生態学者が三人、皮肉をこめて筋肉を動かしてみせると、シルヴィアがウェーブのかかった金髪の上にサングラスを押しあげて顔を輝かせた。「筋肉男子の見本だわ。いっしょに来て」

間もなくシルヴィアの助手たちが、ディスプレイ・スクリーンやパンフレットが詰まった箱やイーゼル、それに巻き取り式のスクリーンが入った長くてかさばる筒を抱えて、よろよろとオフィスに戻ってきた。

「倉庫に入れておいて。フウッ、もうくたくた」シルヴィアはそう言ってネルの傍らの椅子にドサリと腰をおろすと、真っ赤なスチレットヒールの靴を脱ぎ捨てて、ルビー色に塗った爪先《つまさき》を動かした。「わたし、だらしなく見えるわよね」

「ええ、ものすごくね」ネルは同意した。注文仕立てのパラッツォ・パンツに、ヒョウ柄のブラウスに、日焼けしたように見える完璧なメイク。まるで、今サントロペから帰ってきたみたいだ。

「ああ、ネルったら」シルヴィアが傷ついたふりをした。

そんな彼女のふくれっ面を無視して、ネルは訊《き》いた。「会議はどうだった？」

「会議なんてどうでもいいわ。だいじなのは、そこでの出逢《であ》いなんだから。ねえ、出逢った人たちのことを聞きたくない？」椅子の背にもたれたシルヴィアの顔は、期待に輝やいていた。

「わかったわ、どんな人に出逢ったの？」

「うーん」シルヴィアが目を閉じて、感嘆のため息をついた。「わたし、ついに運命の人に出逢ったみたい」一瞬の間を置いて、彼女がつづけた。「トロイ……」

ネルは早口でその名前を繰り返した。「トロイ？　それって本名なの？」

「トロイは――」シルヴィアが茶目っ気たっぷりにつづけた。「ただただ、最高に完璧な男性なの。チャーミングで、ハンサムで、面白い。それに、驚くべきことに、身の程をわきまえている数少ない男性のひとりよ。ええ、エゴの持ち合わせは――」彼女が芝居じみた声でささやいた。「ほんのちょっとだけ」そう言って、トレードマークの不道徳な笑い声をあげた。「プレゼンが終わったあと、バーで会ったの。ありとあらゆることについて話したわ。一度も結婚していないんですって。年下だけど、若すぎるってほどじゃないわ。彼も写真を撮るのが好きみたい。モデルをしてたこともあるそうよ。彼もわたしと同じで、フィットネスにはまってるの……っていうか、彼はパーソナル・トレーナーなのよ」

ネルは当惑した。「つまり、プランナーじゃないってこと？　開発関係の仕事をしてるわけじゃないの？　だったら、どうしてあの会議に出てたわけ？　たしか、ホテルは会議の出席者で満室になっていたはずよ」

「ああ」シルヴィアが唇を嚙《か》み、それから肩をすくめた。「どうしてあそこにいたかなんて知らないわ。開発に関わってるようなことは、ひとことも言ってなかった。それに名刺をわたしたときも、職業には関心を持たなかったみたい。トロイは、わたし個人に興味があるのよ。それって運命だと思う」

「彼との関係を深めるつもり？」ネルは訊いた。

シルヴィアが、またも不道徳な笑い声をあげた。「ああ、ネル。それなら、すでに深めちゃったわ」

ネルにうながされて、シルヴィアがさらにつづけた。「でも、そうね、さらに深められればいいんだけど。わたしの名刺の裏に、電話番号を書いてくれたんだけど、それをなくしちゃったのよ。それで、自分に猛烈に腹を立ててるの。トロイはわたしの名刺を持ってるから、彼次第ってこと。でも、きっと連絡してくるわ。わたしたち、ほんとうに繋《つな》がってるって感じるの。あっ、ちょっと待って、彼の写真があるわ」シルヴィアが、真っ赤なバーキンからiPhoneを取りだした。

その顔が輝いているのを見て、こんなに幸せそうなシルヴィアを見るのは数年ぶりのことだと、ネルは気がついた。彼女は身を乗りだし、iPhoneの画面に映しだされた、ホテルのバーにいるシルヴィアとハンサムな男性のツーショットを見た。その男性になんとなく見おぼえがあるような気がしたけれど、はっきりとは思い出せなかった。もう一枚の写真の彼は、喜びに満ちた表情を浮かべてシルヴィアを見つめている。「この写真を見るかぎり、彼はあなたにぞっこんって感じね」

「そうなの。今週は、ふたりで過ごす完璧な機会なんだけど……」

「ああ、そうね。ウェールズに行くんだったわよね?」

アダムが飲み物を載せたトレイからコーヒーを取って、ネルにわたした。「やあ、シルヴィア。会議はどうだった? 新しい依頼人を見つけた?」

シルヴィアが首を振った。「いいえ。人が押し寄せてきて、質問攻めに遭わされたけどね。

でも、ネルがすでに新しい仕事を勝ち取ってくれてるから、ぜんぜん気にならなかったわ」

iPhoneから目をあげたネルは、アダムも写真を見ていたことに気がついた。その視線をネルへと移した彼の笑顔が、揺らいでいる。シルヴィアがiPhoneをしまいながら言った。「心配しないで、アダム。彼は、すっかりわたしのものよ」

ネルは何かを忘れているような気がしたが、それについて尋ねる前に、アダムはエリンに呼ばれて行ってしまった。ネルは彼がエリンにハーブティーをわたし、彼女のジョークに声をあげて笑うのを見ていた。エリンはアダムに身を寄せ、彼の腕に手を置いて、その顔を見あげている。

シルヴィアが、まじまじとネルを見つめた。「いつになったら、あのとびきり魅力的な若者を苦痛から解放してあげるの？」

シルヴィアの視線をはねのけて、ネルはささやいた。「彼はエリンに興味があるのよ。彼女がアダムに夢中だってことは、誰が見てもわかる。そんな彼女を思いとどまらせようとしないんだから、きっとアダムも彼女のことが好きなんだわ」

シルヴィアが皮肉をこめて彼女を見た。「ああ、ネルったら。あなたが景色を読むように、わたしは人の心を読むの」

今、別世界とも言うべき留置場の居室のなかで、ネルはシルヴィアの言葉を思い出し、その場に戻ったかのように、つかのま困惑をおぼえた。でも、ふたりがオフィスで冗談を言い合っていたあいだも、ソフィの死体は冷たくトンネルに横たわって、発見されるときを待っていたのだ。そして、何者かが、ネルをソフィ殺しの犯人に仕立てようとしていたのだ。

極度の危険を感じて、心が研ぎすまされていく。職場の人間のなかで、彼女がトンネルに入ることを知っていたのは、シルヴィアとアダムとエリンだけだ。アンナのメールがネルにとどかないよう細工する機会は、三人ともあったはずだ。でもそのなかに、人を殺してネルに罪を着せるような人間はいない。エリンでさえ、そんなことはしない。困った子ではあるけれど、殺人者ではあり得ない。

きっと、アンナの側の誰かだ。アンナ？　それともデイヴィッド？　もしかしたら、サイモン？

面倒を省いて近道をするサイモンのやり方は、ちょっと変わっている。**必死になりすぎた彼が、やってしまったのだろうか？　目標を達成するために？　切羽詰まって、その挙げ句に殺人を？**

アンナのことはよくわからない。彼女と面識がないのはたしかだ。デイヴィッドの名前にも聞きおぼえがなかった。それに、今回の仕事をシステムに登録したとき、過去に〈DMS開発合同会社〉との繋がりがないことは確認した。ネルは居室のなかを歩きまわった。もう何も閃《ひらめ》かない。

わたしを逮捕する理由になるような何が、うちで見つかったんだろう？　家のなかのひとつひとつを思い返していたネルの胃が、ひっくり返りそうになった。ネルが留置されているあいだ、ゾロとイゼベルは餌をもらえない。多めに用意してきたけれど、一日より長くはもたないだろう。猫はなんとかなる。でもゾロは無理だ。もう少しで野生に還《かえ》れるところだったのに、ここで後戻りなんて冗談じゃない！　コウモリを必要以上に長くケージに閉じこめておきたくはなかった。そう思ったとたん、ネルはその皮肉に顔をしかめた。逮捕後、ひとりにだけ連絡できるというけれど、その相手をアダムにする？　ネルはため息をついた。エリンが言ったとおりだ。ネルの暮らしは、コウモリを中心にまわっている。でも、調査のあとアダムに電話をかけて、ネルが乗っているオフィスの車をアダムがそのまま使えるように、フラットに寄るから家まで送ってほしいと言ったとき、彼もグレーウサギコウモリを見られるといって興奮していた。彼がいっしょにゾロの面倒をみてくれて、ネルは嬉《うれ》しかった。だけど、そもそも彼の車のタイヤがパンクしなかったら、あんなことは起きなかったのだ。

アダムの車。

ネルは背筋をのばした。パンク。四本とも全部。それは、よくあることなのだろうか？　この数年のあいだ、ネルもかぞえきれないほど荒れた現場に出向き、家に戻る途中、徐々にタイヤの空気が抜けてゆっくりとパンクしたことは何度かある。それでも、そんなことは度々あるわけではない。それに、四本ともパンクするなんて、一度もなかった。心臓がドキドキしてきた。

アダムの車のタイヤは、傷つけられたにちがいない。

アダムが〈マナー・ハウス・ファーム〉にいるわたしと合流したら、わたしのアリバイがで

きてしまう。それを防ごうとして殺人者が細工したのなら、アダムの身も危険にさらされているのではないだろうか?

18

八月二十九日　日曜日　午前一時三十分

ジェームズがネルの家の捜索で撮られた写真をボードにとめつけると、ヴァルがじっとそれを見つめた。唯一、腿《もも》のあたりを叩《たた》いている指だけが、彼女の不安をあらわしている。ジェームズは時計に目をやった。午前一時三十分。あとどれだけ待たされるんだ?

「すみませんでした。令状をとるのを急ぎすぎました」彼は、ネルに関して厳しい決断を下せることを、なんとしても証明して見せたかったのだ。何かが見つかることを期待していたわけではない。ただそれが、自分が客観的にものを見ていることを示す、安全な方法に思えたのだ。しかし今、彼女の正体があきらかになったばかりか、捜査について彼女が嘘をついていたことを示す証拠が見つかった。ジェームズのプロ意識は、おそらく疑問視されることになるだろう。またただ。彼は胃が硬くなるのを感じた。署長に厳しく叱責《しっせき》されるにちがいない。

ヴァルが首を振った。「あれだけの情報をにぎっていたわけだから、あの時点で令状をとって当然よ。それに、あなたが謝る必要はない。これはわたしの責任」

静まりかえった廊下の先で、ドアが音をたてて閉まった。跳びあがったジェームズは、不安でいっぱいになりながらヴァルに目を向けた。その彼の顔をヴァルは二度見した。たぶん、ヘッドライトに照らされたウサギのように見えたのだ。意外なことに、ヴァルがウインクした。

「しっかりしてちょうだい、巡査部長。自分を信じるのよ」思いがけない励ましの言葉を聞いて緊張が解けたジェームズは、ヴァルにしたがって署長室へと向かった。部屋の外で待つふたりの耳に、トレント署長とバリントンのくぐもった話し声が、かすかに聞こえてくる。

そして、だいぶ経ったころ、バリントンが大股《おおまた》に部屋から出てきた。彼が廊下の先の取調室を指さして言った。「向こうでメモを整理しています」

「ジョンソン警部！　クラーク巡査部長！」トレントが怒鳴るような声でふたりを呼んだ。

すばらしい。階級名、プラス怒鳴り声。なんと、その上トレントは制服を着ている。結婚記念祝いに泊まっていた〈ナイ・ホール・ホテル〉で連絡を受けて、自宅に寄って着替えてきたのだ。誰かに自分の立場をはっきり示したいにちがいない。バリントンに？　それともおれとヴァル？　おそらく、その全員だ。上等じゃないか。

令状をとる際に、ヴァルが署長の代理にサインを求めたのは、トレントが結婚祝いの邪魔をするなと暗に仄《ほの》めかしていたからだ。今にも雷を落としそうなその顔つきから察するに、トレントはバリントンに攻撃されてかなり参っている。それに、呼びだされて出ていく彼を、妻が上機嫌で送りだしたとは思えない。トレントは、警察署長としての誇りを著しく傷つけられ、夫婦の危機にさらされて、今にも爆発しそうになっている。完璧《かんぺき》だ。

ジェームズはヴァルがこの窮地にどう対処するのだろうかと思いながら、彼女を横目で見た。そして、もうひとつ――初めて気づいたことだが――ヴァルが仕事以外の時間に何をしているかけっして話さないのは、これが理由なのではないだろうかと考えた。休暇中に呼びだされても、彼女は絶対に荷物を持ったままあらわれない。トレントもそんなふうだったら、この決定にくわわっていたはずだ。そうすれば、ネルの家の捜索令状をとるのに警視にサインを求める必要はなかったのだ。

ヴァルがファイルを開いてトレントを見た。「お許しいただけるようなら、まずお詫《わ》びいたします……ええ、結婚祝いのお邪魔をしてしまって――」

トレントがヴァルをさえぎった。「それについては、言ってくれるな。わかっていると思うが、この件でわたしはひじょうに難しい立場に立たされている。きみたちがその判断をくだすに至った理由を、理解する必要がある」

「もちろんです、署長。証拠を手に入れたんです。ワード博士が――」

「レディ・エレノア・ワード＝ビューモントだ」トレントが正した。

「レディ・エレノア・ワード＝ビューモントは、われわれにワード博士と名乗ったんです。〈マナー・ハウス・ファーム〉には仕事で、つまりワード博士として出向いたからだそうです。わたしたちにも、そう呼んでほしいと言われました。あるいはネルと」

トレントが唇を尖《とが》らせた。ファーストネームで呼び合うという略式のやり方が、気に入らないのだ。ヴァルは、それに気づいていた。「正体を隠していたというのは、ワード博士がわれわれを騙《だま》そうとしたことの一例にすぎません。ビューモント家と繋《つな》がりのある人間は、まちがいなく彼女の人柄を保証するでしょう。それでも、ワード博士が容疑者であることに変わりはありません」ヴァルは一瞬口をつぐみ、またつづけた。「裕福な人間も罪を犯す可能性があるし、実際に犯します。過去の例を挙げれば――」

「ああ、けっこうだ。例を挙げてもらう必要はない」トレントがため息をついた。「しかし、ここに適正手続きがなされなかったことを示す、ふたつの重要な事実がある。ひとつは、きみたちのチームが容疑者の正体を見破れなかったこと。不注意としか言いようがない恥ずべきことだ」

「申し訳ありません」ヴァルが答えた。「でも、警察官は全員、〝差別なしに人を扱う公正さを持って任務にあたるべし〟という方針のもとで働いています。そこに例外はありません。ですから、仮に容疑者の背景を充分に理解していたとしても、その扱いにちがいはなかったはずです」

顔をしかめてトレントが言った。「いいところを突いている。しかし、レディ・エレノア・ワード＝ビューモントについて徹底的に調べることができなかったなら、他の容疑者についても何かを見逃している可能性が充分あると、チャールズは言っているんだ。この捜査をすぐにも打ち切りに追いこむ手立てを、彼は持っている。警察の無能ぶりを理由にね。弁解の余地はないよ、ヴァル」

ヴァルが苦い顔でうなずいた。ヴァルのチームがミスを犯すことは滅多にない。それを署長が認めていないことを知って、ジェームズはがっかりした。トレントのデスクの真ん中に、戦略指揮コースを受講するためのヴァルの出願書が当てつけがましく置いてある。傍らにいるヴァルが口を開こうとして身がまえたのが、ジェームズにはわかった。

「われわれの容疑者には前科がありません。つまり、データベースに彼女の情報はないということです。範囲をひろげて経歴を調べてみましたが、仕事関係では、例外なくネル・ワード博士の名前でとおしています。職場のマネージャーからも話を聞いたし、リンクトインのプロフィールもチェックしたし、一般の検索エンジンを使って情報を探してもみました。どんな場でも、生態学者としての名前が使われています。車の登録でさえもです。ですが、あらためてコレクションの車の保険契約を調べてみたところ、父親の名前が使われていることがわかりました。その数はかなりのものですが、コレクションの車については捜査からは除外していいと思います。それでも、重要なことに、ネル・ワード博士とレディ・エレノア・ワード＝ビューモントを繋ぐものは一切ありません。それについて、彼女がひじょうに慎重になっているのはあきらかです。彼女が容疑者として浮かびあがってすぐ、われわれは電話の記録も含めた背景調査を始めました。うちのチームがこの捜査において、様々な登録を入念に調べもせずに、さらなる捜査を正当化するための証拠を見つけだして性急に捜査を進めていったと、批難されるのは残念です」

「問題がそれだけなら、きみの言い分も理解できる」トレントが言った。「しかし、それだけではない。家宅捜索を急いだという問題もある。まず……令状をとるにはわたしのサインが必要だったはずだ。権限を無視されて、わたしは愉快ではない。そしてもうひとつ……朝まで待って、しかるべき手続きを経た上で捜索を行うこともできたはずだ。いや、そうするべきだった」

「失礼ながら署長、その時点で、参考人はひじょうに独特なやり方で捜査に協力的な態度を見せていたのです。ですから、取調べを進めるなかで、主導権はこちらにあるということを明確にする必要がありました。大切な証拠を消してしまうチャンスを与える前に、機を得て家宅捜索を早めたということです。急ぎすぎたことは認めますが、それによって動機を示す新たな証拠と、時宜を得た有力な情報を得られたことは事実です」

「動機？」トレントが片方の眉《まゆ》を弓なりに吊《つ》りあげた。

「わたしたちは、そう考えています」ヴァルが言った。「家宅捜索で、明るみに出たことです」ヴァルが、ファイルをデスクに置いた。「再考察していただけるよう、ここに概要をまとめてあります」

それに目をとおしたトレントが眉をひそめ、そのあとヴァルにそっけなくうなずいた。そして、椅子を引いて立ちあがると、窓のほうへと歩きだした。「レディ・エレノア・ワード＝ビューモントには、なんの危険性もなかったはずだと、チャールズは主張している。したがって、ああいう性急なやり方は正当ではないということだ。そして、ここでも彼は強調している。捜査の最も基本的な場面で適切な判断をくだすことができなかったのならば、捜査のあらゆる段階で過ちを犯す可能性があるのではないかとね」

ヴァルはうなずいた。「署長の立場はわかります」

「ああ、わかってもらいたいね。この状況の緊張をやわらげることができたのは、チャールズとわたしが長年の友人だったからに他ならない。事が正当に行われていない場合、チャールズはその責任者のキャリアをためらうことなく潰《つぶ》しにかかる、冷酷な男だと言われている」トレントは口をつぐんで、威圧感をただよわせた。

雨に濡《ぬ》れた窓ごしに、ぼんやりと明かりの灯《とも》った駐車場を眺めていた署長が、ふたたびしゃべりだした。「チャールズは――親切にも――取調べをつづけることを認めてくれた。ただしそれは、レディ・エレノア・ワード＝ビューモントのために、できるかぎり速やかに事を終わらせるためだ。そして、それは逮捕者の取調べではなく、参考人から話を聞くという形でなくてはならない。レディ・エレノアは明日《あす》に持ちこすよりも、今すぐに終わらせたいにちがいないと、チャールズは考えている。留置場などで安らかな夜を過ごせるわけがないから、それは理解できる。幸い、チャールズはこの状況について、我々同様ひじょうに慎重になっている。だから、速やかに解決すれば、マスコミに悩まされることはない。まったく、記者どもの機嫌を損ねないようにするために、わたしがどれだけ苦労していると思う？」トレントがため息をついた。「レディ・エレノアを居室から取調室に移すよう指示し、その間にきみたちは戦略を練ってくれ。取調べに許された時間は三十分だ」

「わかりました、署長。ですが、だからといって、家宅捜索で見つかった証拠が無効になるわけではありません。この証拠は、犯行の動機を示すと同時に、これまで彼女が嘘をついていたことを明らかにしています」

「ああ、それはわかっている」今度はトレントが苦い顔をする番だった。彼がデスクのほうへと戻った。「しかし、さらなる証拠が見つかれば——もちろん、適法手続きがなされていることが不可欠だが——再逮捕は可能だ」トレントは、刺すような眼差《まなざ》しでヴァルをじっと見つめた。「したがって、取調べの次の段階では万全を期すことだ。いいな？」

「はい、署長」

「けっこうだ。それでは始めてくれ」

ヴァルはうなずいた。「感謝します、署長」

「取調べの様子は、わたしも見せてもらう」

ジェームズはしかめっ面を隠すべく、立ちあがってデスクの下に椅子を戻した。ヴァルが無表情のまま言った。「ありがとうございました、署長」

ジェームズはドアを閉めると、ヴァルに向かって眉を吊りあげてみせた。

「戦略は、すでに立ててあります」彼はそう言って、フォルダーを掲げた。

「よかった。見せてちょうだい。目をとおしたら、すぐに始めましょう」ヴァルは歩きながら、それを読んだ。「ああ、それから、あなたはきちんとした格好をしたほうがいいわ」

「なぜです？」ヴァルのあとを歩きながら、ジェームズは訊《き》いた。

「この事件はあなたに任せてある。あの弁護士がわたしたちの頭を断頭台に乗せていようと、署長が様子を見ていようと、あなたを格下げするつもりはないの。取調べの指揮は、今までどおりあなたが執ってちょうだい」

ジェームズは足をとめて、彼女を見つめた。混乱していた。信頼してくれるヴァルへの感謝の気持ちと、へまをするのではないかという恐れ。それに、最も容赦ない観客の前でネルにこんなことを訊かなければならないと思うと……。

「しっかりして、クラーク巡査部長。挑戦せずに経験を積むことはできないのよ」

19

八月二十九日　日曜日　午前二時三十分

取調室に戻ったネルは、今回もヴァルとジェームズの向かい側に、チャールズとならんで坐《すわ》った。訊きたいことが山ほどあった。それでも、ジェームズがカメラをスタートさせて、全員の名前と日付と時間を述べるまで待たなくてはならなかった。そのすべてを終えたジェームズが本題に入るべく言った。「それでは――」

「待って。お願いがあります。アダムのことが心配です……」

ジェームズが肩を落としてため息をつき、横目でヴァルを見た。

ネルは先をつづけた。「あの夜、アダムはタイヤがパンクしたせいで、わたしの調査に参加できなかった。車のタイヤが四本すべてパンクしたんです。そんなこと、度々起きるでしょうか？」ネルはジェームズに視線を向け、それからヴァルを見た。「タイヤは故意に切られたんだと思います。あなた方も、そう思っているにちがいありません。でも、そうだとしたら、何者かがアダムのあとをつけていたということになる。現場に向かうときも、オフィスに行くときも――」彼女は身を震わせた。「フラットに戻るときも。ちがいますか？」刑事たちは答えなかった。ネルは胸の奥からこみあげてくる絶望感と闘いながら、必死の思いで言った。「お願いです。彼を護《まも》ってください。その犯人を見つける手立てはあるんですか？　だって、その犯人は――」

「ありがとうございます」ヴァルが片手をあげてさえぎった。「心にとめておきましょう。でも今は、あなたの取調べに集中してください」彼女がうなずいて、先をつづけるようジェームズに合図した。

ジェームズが咳払《せきばら》いをして、メモに目を向けた。「あなたは、ソフィ・クロウズのことも、その夫であるデイヴィッド・スティーブンソンのことも知らないと、繰り返しおっしゃって――」

「ええ、知りません」ネルは質問をさえぎって答えた。

「たしかですか？　われわれは、あなたがデイヴィッドとソフィ両方を知っていたことを示す証拠をにぎっています」

ネルは混乱のあまり、眉をひそめてチャールズを見た。

ジェームズがつづけた。「お宅を捜索した際に、あなたと彼らがいっしょに写っている何かの催しの写真を見つけました」

「なんですって？」部屋がぐるぐるとまわりだした。なぜそんな写真がうちに？　いったいどういうこと？

ジェームズが証拠物件袋を二個取りだし、ネルの前に置いた。それぞれに一枚ずつ、写真が入っている。一枚は、フォーマルなダンスパーティの写真でネルと友人たちが写っている。ネルの肩に腕をまわしている男性は、そのパーティのための彼女のパートナーにちがいない。二枚目は、一枚目と同じドレスを着てほほえんでいるネルが、やはりフォーマルドレスに身を包んだ黒髪の若い女性と混雑したバーにいる写真。例の男性が、ふたりの背後に立っている。

ネルは手を膝《ひざ》に乗せたまま、まじまじと写真を見た。脳がそれを理解し、そこに写っている顔を思い出すと、ネルは安堵《あんど》のため息をついて椅子の背にもたれた。「ああ、驚いた。これは何かのまちがいです。この男性はデイヴ。デイヴィッド・スティーブンソンではなく、デイヴ・ディクソンです」

ジェームズが首を振った。「これは、デイヴィッド・スティーブンソンです。この写真を見れば、彼があなたのボーイフレンドだったことはあきらかです」その口調はおだやかだったが、ネルを見つめる彼の眉根《まゆね》が寄っている。

「いいえ、あなたはまちがっている。彼はディヴ・ディクソンです」ネルは視線を落とし、戸惑いをおぼえて身じろぎした。「それに、彼はわたしのルームメイトのお兄さんで、特に付き合いがあったわけではありません。わたしが恋人同士の邪魔者にならないように、彼女がわたしのパートナー用に誘ったんです」

「わかりました。話を進めるために、便宜上彼をディヴ・ディクソンと呼ぶことにしましょう。彼について話してください」

「これは、卒業パーティの写真です。わたしが博士号を取ったあとの卒業パーティです。ふつうは博士号を取ったあとにダンスパーティなんか行かないけれど、修士課程を終えたルーが……ああ、ルームメイトのルイーズ・ディクソンが――」ネルは写真の黒髪の女性を指さした。「ダンスパーティの〝遊園地〟というテーマに興奮して、いっしょに行こうとわたしを誘ったんです。ルーはヨーロッパに行ってしまうことになっていたので、あれがいわゆる〝お祭り騒ぎ〟の最後のチャンスでした。彼女はボーイフレンドと行くことになっていて、わたしのためにディヴを引っぱってきた。でも、彼と会ったのは一度か二度、向こうが訪ねてきたときだけです」

「われわれが興味を持っているのは、この女性ではなく――」ジェームズがルイーズをさして言った。「こっちの女性です」彼が写真の隅を示した。銀色のドレスに身を包んだ金髪の若い女性が、うしろのほうに立っている。「ソフィ・クロウズです」

なんですって? ネルは嫌悪感を抑えて写真を手に取ると、目を細めてややぼやけたその画像を眺めた。そして、それとわかった瞬間、皮膚がざわついた。ソフィだ。初めての卒業を祝っている二十一歳くらいのソフィだ。

「彼女はあなたのグループの一員だったように見えますね」

「そう見えるかもしれませんが、ちがいます。わたしは、彼女に会ったことがありません」

「われわれはソフィのフラットで、この同じ夜に撮られた写真を見つけました。彼女とデイヴィッドがカップルとして写っている写真です。どうやら、あなたのお相手のデイヴ・ディクソンは……なんと名乗っていようと、とにかくその男は、あなたの卒業パーティの最中に、あなたを置き去りにしてソフィと過ごしていたようだ」

ネルは、あまりのバカバカしさに声をあげて笑った。**そんなことを思うなんて、この人たちの頭はどうなってるの?**

チャールズがメモをとる手を休め、顔もあげずにきっぱりとジェームズに警告した。「クラーク巡査部長、仮説を述べるのはやめて質問をしてください」相手は当然したがうものと信じて疑わない人間特有の雰囲気をかもしだしながら、彼はまたメモをとりはじめた。

ジェームズが一瞬ヴァルに目を向け、それからカメラを見た。「わかりました。ネル、正直に答えてください。大切な夜、デイヴは祝いの最中に、ソフィと過ごすためにあなたを置き去りにしたんですね?」

ネルはなんとか平静でいようと努めた。「いいですか、デイヴだかデイヴィッドだか知りませんけど、彼とソフィのことにこだわるなんてバカげています。デイヴとわたしはカップルではなかった。彼は、あの夜のためだけのお相手です」ネルは顔をしかめた。「それ以上のことは何もありません。ロマンスはなし。パーティのあと、送ってさえくれませんでした。帰り支度をすませたわたしに、『友達に会ったからもう少し残る』と彼は言ったんです。なんとも思いませんでした。だって、再三言っているように、わたしたちはカップルではなかったんですから。わたしが帰ったあと、たぶん彼はソフィと過ごしたんでしょう。あり得ないことではないし、正直言って――」

ジェームズがさえぎった。「しかし、特別な夜ですよ。卒業パーティでしょう？　お相手を頼むのは、誰でもいいというわけではなかったはずだ。誰か……特別な男性に頼んだ」ジェームズが彼女の顔を探るように見つめた。「ちがいますか？」

ネルは顔が熱くなるのを感じたが、視線をそらすまいと頑張った。「特別な男性なんていませんでした。素性のせいで……いろいろ簡単にはいかないんです。意義のある男女関係はもちろん、ほんとうの友達をつくるのも難しかった。正直になれないような相手と運任せで付き合うような真似はしたくありませんでした。現実を見ようともせずに、貴族の娘と付き合うというアイディアに惹《ひ》かれる男性もいたし、正体を知ってその気をなくす人もいたし、特権に憤る人もいたし、ただ利用するために近づいてくる男もいた。正体を知られずにいるほうが簡単なんです。人と関係を結ぶことを諦《あきら》めたほうが楽なんです。だから、ディヴは……都合がいい相手でした」

「都合がいい？」ジェームズの口角がさがった。「興味深い表現ですね」

ネルは顔をしかめた。「一度か二度彼に会ったけど、わたしのことは何も訊《き》かれませんでした。あの人は——自分がいかにすごいか、何をしたか、何を考えているか——とにかく自分のことばかりしゃべっているタイプの男だったんです。たとえ何か言いたいことがあったとしても、わたしが口を挟む隙なんてありませんでした。だから、わたしのことを訊かれずにすむように、話をはぐらかしたりする必要なんてまったくなかったんです。自分がお金持ちで成功しているという印象を与えるのに、あの人は必死になっていた。よりによって、ゴールドのBMWに乗るなんて。未来のクラシックカーまちがいなしね。ええ、公平に言って、おそらくそうなるでしょう。とにかく、ルーは四人組でパーティに行きたがっていて、デイヴが面倒な質問をしない人だっていうことがわかっていた。それだけのことです。それに、この写真はベッドの下に押しこんであった箱に入っていたわけでしょう？　写真立てに入れて飾ってあったわけでも、だいじにしまってあったわけでもなく」

「それでも、ずっと持っていた。他の思い出深い記念の品といっしょに」ヴァルが言った。あぁ、最悪。ジェームズさえ、納得していないように見える。

「ええ、たしかに。ルーとわたしが離ればなれになる前の、最後の夜の写真ですから。ふたりは、いい友達だったんです……」

「今でも付き合っているんですか？」ジェームズが訊いた。

ネルは首を振った。「いいえ。ルーは、スイスのバーゼルで高収入のいい仕事に就いたんです。ときとともに、連絡が……徐々に途絶えて」

「あなたはルイーズのことをいい友達だと思っていた」ジェームズが言った。「それなのに、彼女のほうはあなたの正体さえ知らなかったということですね」

ネルは唇を噛《か》み、そのあとフクロウが未消化の骨を吐き戻すように、必死で言葉を絞りだした。「普段の生活で、家族のことは持ちだしたくないんです。すべてを打ち明けて付き合っていた相手に、秘密を……漏らされたことがあるんです。それで、ひどく……傷つけられました。わたしも、家族も」ネルはごくりと水を飲んだ。「だから、人とのあいだに……距離を置くようになったんです」

ネルは写真を見つめた。女の子たちが、友達と無邪気に笑い合っている。ネルも笑ってはいるものの、警戒心に満ちた目にその笑みはとどいていない。ネルは、人の目に映る——人に言われることさえある——自分のよそよそしさがどういうものか、今初めてわかった。虚《うつ》ろな孤独感が、胸にひろがっていった。

母は、ネルが自分で自分を苦しめていると警告し、人との関係を修復するようすすめた。でも、カレッジ時代に付き合っていたジュリアスのせいで巻き起こったスキャンダルに、彼女は古傷をえぐられてしまった。あのときから、堅牢《けんろう》な要塞《ようさい》を築いてプライバシーを守ることが、彼女の唯一の選択肢になってしまったのだ。そのせいで、人とのあいだに大きな隔たりができてしまったことに、今ようやく気がついた。ネルが顔に血がのぼるのを感じたそのとき、ジェームズがしゃべりだした。

「つまり、あなたはデイヴィッドのことをボーイフレンドだとは思っていなかったということですね」彼の視線は、まっすぐネルの顔に向いている。彼女の顔が赤くなったのを、別の何かのせいだと解釈したにちがいない。「しかし、彼のほうは？」

「思っていなかったはずです。ええ、浮気心はあったかもしれない。でも、恋愛関係に発展するようなことは、けっしてありませんでした」

ネルは口をつぐみ、目を細めてダンスパーティの写真を見た。シャンパンのせいでかすんでいたデイヴの記憶を呼び起こしてみる。たしか、彼は銀色のドレスを着たブロンドの女の子に腕をまわしていた。ネルは写真の隅に写っているソフィに目を向けた。銀色のドレスを着ている。ネルは、胃のあたりが重く沈みこむのを感じた。

「嘘でしょう」現実を理解したネルは、ささやいた。「あの夜、彼はソフィといっしょだった」ヴァルがネルの反応に注目した。「だったら、あなたはソフィに会ったんですね？」

「いいえ」ネルは苛立《いらだ》ちを抑えて答えた。「同じダンスパーティに出席していたというだけのことです。出席者は、他に何百人もいた。何度も言っているように、わたしは彼女に会ったことがありません。話したことはないんです」

「しかしあなたは今、デイヴィッドが彼女といっしょにいたことを思い出した。彼があなたのお相手を務めることになっていた、特別な夜に」ジェームズが言った。

「ええ、デイヴが彼女に会っていたことを、わたしは今思い出しました」ネルは肩をすくめた。「でも、これも何度も言っているとおり、わたしたちは特別な関係ではなかったんです。あの夜は、ルーと友達とで外出したというだけのことです」

「どんな形にせよ、最後にデイヴィッドと連絡を取り合ったのはいつですか？」

「あのあと、一度だけ連絡をもらいました。ルーにどこに引っ越したのかと訊かれて、ペンドルベリーの近くだと答えたんです。それで、デイヴが……ああ、デイヴィッドが……近くに来たときに電話をかけてきました。こっちにいるあいだにコーヒーでも飲まないかって。でも、わたしは仕事があったし……もう何年も話していなかった。会っても意味がないと思ってことわりました」

「つまり、彼はあなたの電話番号を知っているということですね？　それに、どこに住んでいるかもわかっている？　その土地の開発に、たまたま関わることになったと？　それは……ちょっと偶然にしてはできすぎているような気がしますね」

「そんなことはありません。ソフィだってこのあたりに住んでいたんですから、同じことです。彼が近くに移ってきたのは、おそらくそのためでしょうけど」

「おっしゃるとおり、それももうひとつの偶然です」

チャールズが咳《せき》をした。

「わたしの電話番号は学生時代から変わっていません。ですから、ええ、彼はわたしの電話番号を知ってるはずです。でも、だからといって、わたしたちが何年も連絡を取り合っていないという事実に、変わりが生じるわけではありません」

「しかし、信じがたいほどの偶然だ」ジェームズが椅子の背に身をあずけた。「この国に生態学者は大勢いるというのに、あなたがデイヴィッドに調査を依頼されることになるとはね。しかも、その調査対象は、彼と彼の妻――つまり、卒業パーティの最中に彼があなたを置き去りにして、いっしょに過ごしていた女性――の所有地です。それだけではない、あなたには、そこでソフィと会う理由があった……都合のいいことに、ふたりきりで。絶好の機会になるとは思いませんか？」

ネルは、呼吸を乱すことなく穏やかな口調で話すよう必死で頑張った。「調査の依頼主が知り合いだなんて、思ってもみませんでした。デイヴが開発関係の仕事をしていることも、彼がデイヴィッド・スティーブンソンだということも、知らなかったんです。連絡も打ち合わせもすべてアンナ・マディソンとしていたし、デイヴィッド・スティーブンソンの名前が出たことさえ一度もありませんでした。それについては、簡単に確認できるはずです。アンナに訊いていただいてもいいし、わたしのメールをチェックしてくださってもいい。今回もまた」

「〈マナー・ハウス・ファーム〉がソフィの家族のものだということは、ご存知でしたか？」

ジェームズが訊いた。

「知りませんでした」ネルは答えた。

ジェームズが坐《すわ》ったまま身じろぎした。「さっき、あなたの過去の付き合いがあなたの家族を傷つけたとおっしゃいましたね」

ネルはサッと顔をあげ、ヘビが獲物をねめつけるように、緊張感もあらわに彼を睨《にら》んだ。

「ええ、言いました」

「それは――実際のところ――あなたが異性との付き合いにおいて、プラトニックな関係にとどまるにはいささか勇ましすぎるきらいがあることが原因で？」ジェームズが新聞記事に添えられた粒子の粗い写真を机に置き、ネルのほうにそれを滑らせた。そして、爆発を予測しているかのように、身を引いた。

しかし、反応したのはチャールズだった。「その件は超差止になっています。したがって、それは違法に入手したものということになる。その記事を配布することも、印刷することも犯罪です。そして言うまでもなく、あなたはわたしの無実の依頼人に過度の苦痛を与えている。裁判所に逮捕状を請求してもいいが、あなたのためにこうさせていただく。あなたのためにね」彼は机に身を乗りだし、火をつけようとでもいうように、記事をきっちりと細長く切り裂いた。こともあろうにネルの裸の胸の部分の写真の切れ端が、その紙切れの山のてっぺんに載っている。

ネルは煮えたぎるほどの恥ずかしさをおぼえた。血がのぼって頭がドクドクと脈打ち、顔が溶岩なみに熱くなっている。そして、封じこめていた記憶が浮きあがってくると、部屋が揺れはじめた。

あのときネルは、火山なみの反応を見せる両親にすべてを打ち明け、そのあとチャールズと彼が率いる弁護団の面々を呼んで、事の詳細について話し合わなければならなかった。その記憶は、今も心に焼きついている。あれは苦行でしかなかった。ダークスーツを着こんだ厳《いか》めしい顔をした男たちや、失望のあまり身を震わせている両親を前に、酔った勢いでしでかした愚行について事細かに話す必要が、十八歳の娘にあるだろうか？　ましてや、ひとつひとつの体位を確認するために、動画を一時停止させて画面を拡大するなど残酷すぎる。

愛する者たちを失望させてしまったことを、あれほど痛感したことはない。自分への信頼や評価を、修復できないほど傷つけてしまったのだ。その恥ずかしさは、寄生虫のように彼女を蝕《むしば》みつづけた。

「よくもこんなことが……」ネルは、自分がそう言うのを聞いた。その低く震える声は、どこか別のところから聞こえてきたように思えた。「わたしは何もしていない……ええ、何も。ただ、捜査に協力しようとしただけなのに、逮捕されて、何か罪を犯したようなことを言われて……それで……それで……」ネルは言葉を呑《の》み、息をしようとあえいだ。それから声をあげて言った。「犯人がのうのうと歩きまわっているというのに、あなた方はわたしの取調べに無駄に時間を費やしている。その上、今度は貴重な捜査の時間を使って、無関係なスキャンダルを掘り返している」

チャールズが諫《いさ》めるように彼女の腕に手を置いた。

ネルは、その手を振り払って立ちあがった。「十五年前にわたしが犯した愚かな過ちが、ソフィの死とどう関係あるっていうんですか？　わたしは、恐ろしい犯罪の被害者です。誰かがわたしを売ったからって、わたしを責めるのはやめていただけますか？　それとも、わたしの道徳性を疑っているということ？」ネルは、まずジェームズを、それからヴァルを睨んだ。顔が真っ赤になっていることはわかっていた。自信たっぷりに平然と振る舞えないことが悔しかった。でも、これほどのフラストレーションにさらされて、泣かずにいるのが精一杯だった。

チャールズが最善を尽くしてくれたにもかかわらず、こんな紙切れが不意にあらわれて、いまだに彼女を苦しめるのだ。

　あのスキャンダルは家族を苦しめたばかりか、一家を社会的な死へと追いやってしまった。その波紋は、一家の不動産ビジネス――特に結婚式関連の――にもダメージを与えることになり、スキャンダルが噂にのぼらなくなって名声を回復するまでの数年間、一家はあがきつづけることになった。ネルは、自分を取り巻く社会がいかに気まぐれであるかを学んだ。ネルがその騒ぎを乗りこえるあいだ、パーシィだけがそばにいて、恥じ入るべきなのはネルではないと繰り返し言ってくれた。勇気を振り絞って法廷でジュリアスと闘ったときも、彼女が元気づけてくれた。パーシィは、ネルが民事ではなく刑事訴訟を起こせなかったことだけを嘆いていた。それでもジュリアスの痛いところを突いてやれたことは、わかっている。ネルは、損害賠償で彼から大金を引きだし、それをウイメンズエイドに寄付した。あれは特にこたえたはずだ。

「レディ・エレノア」チャールズが、目の前の状況に彼女を引き戻した。「ただひとこと指示をいただきたい。この取調べは、ここで終わらせるべきです。あなたの寛大な許可を得たからこそ取調べを再開できたのだという事実を、この人たちに思い出してもらいましょう。あなたに承認していただけるなら、警察の違法行為について、独立警察審査庁にぜひとも申し立てたい」チャールズはそう言うとブリーフケースを閉じて立ちあがり、ネルにぴったり寄り添って刑事たちを見おろした。

　ネルはヴァルに視線を向け、それから目に怒りをたぎらせて裏切り者のジェームズを見た。

そして、彼が床に視線を落とすまで睨みつづけた。ショックを受けてはいても、経験を積んで構築された鉄の自制心がある。ネルは、たった一度うなずいた。「そうしてちょうだい」そう言うと、彼女はドアを開け、チャールズをしたがえて廊下へと足を踏みだした。

チャールズと同年代の男がとなりの部屋から飛びだしてきて、ふたりの前に立った。

「がっかりだ、トニー」チャールズが批難した。「あとで連絡する。少なくとも、悪意訴追と警察の違法行為について、考えなくてはならない」

トニー・トレントがチャールズの腕をつかんだ。「チャールズ、それについて話し合おうじゃないか——」

チャールズがトレントの手を見おろし、それから視線をあげた。「すでに署長室でさんざん話し合った。その挙げ句がこれか？　もうけっこうだ。あとは、わたしのやり方でやらせてもらう」

チャールズはネルに腕をまわすと、厚手のスーツにぎゅっと抱き寄せるようにして廊下を歩きだした。その衝撃が、夕刊にあの記事が載ったときのことをネルに思い出させた。あの夜、ネルは友達とクラブにいた。そこに無防備な反応を期待したパパラッチが、追いかけてきたのだ。クラブの用心棒のひとりが彼女をクラブの外に逃がし、もうひとりがカメラマンと彼女とのあいだに入って盾になってくれた。でも、それが事を悪化させてしまった。うしろめたいことがあるから逃げるのだと、解釈されてしまったのだ。記者たちは、笑うような声をあげて腐肉にたかるハイエナのように、追跡記事でネルをズタズタにした。

チャールズに導かれて玄関へと向かうネルの耳に、両親のベントレー・ミュルザンヌの低いうなりが聞こえてきた。パニックが彼女の鳩尾《みぞおち》にパンチを食らわせた。このニュースは、すでにマスコミに知れわたってしまったにちがいない。ネルの逮捕について耳にした記者がひとりかふたり、外で待っていればそれで充分。全国のタブロイド紙に写真が載ることになる。過去のスキャンダルが家族を傷つけたとすれば、彼女が殺人の罪で逮捕されたことが写真つきで報じられたら、両親が何と言うか想像もできなかった。その見出しを想像してみた。『リベンジポルノでお馴染《なじ》みの令嬢、元愛人の妻殺害の罪で逮捕』

涙が口に入ってきた。もう吐きそうだった。

ドアの向こうで、カメラのフラッシュのようにライトがまたたいている。それを見てネルはあとずさった。身体がチリチリと熱くなる。彼女はチャールズを引っぱった。

「別の出口はないの？　お願い、さがして」ネルは頼んだ。その声は細くかすれていた。

チャールズが、ちょっと振り向いて答えた。「大丈夫ですよ、ネル。外にいるのはコナーだけです。車のなかで、われわれを待っています」

「でも……」

「夜中の三時半ですよ、ネル。信じてくれていい。外には誰もいません」

ネルは、恥ずかしさに顔が火照るのを感じた。彼は、この気持ちを理解してくれている。

チャールズは彼女の手をにぎり、警察署のドアを開けた。

トレントは廊下で、まずヴァルを、それからジェームズを睨《にら》みつけた。そして、取調室を顎《あご》で示した。「部屋に戻るんだ」彼がうなるように言った。

ヴァルとジェームズは足を引きずるようにして狭い部屋に入ると、椅子に坐《すわ》った。トレントは行ったり来たりを始め、それからカメラの停止ボタンを押すと、サッと振り向いた。「いったいどういうつもりだ?」皮膚の下で、顎骨《がっこつ》が脈打っている。

ヴァルが大きく息を吸った。「あの取調べには、なんの問題もありません。向こうが独立警察審査庁に訴えでても――」

「きみは正気か?」そう言ったトレントは、驚いているように見えた。「ああ、訴えられるのは珍しいことではない。しかし、きみはわたしの話を聞いていなかったとみえる。機嫌を損ねた容疑者が、何も知らずに訴えでて書類攻めに遭い、結局はうんざりして諦《あきら》めるというのがほとんどだ。しかし、チャールズ・バリントンはちがう。彼は、自分が何をしているか心得ている。捜査を打ち切らせることもできるし、人のキャリアを終わらせることもできる」トレントは、一瞬言葉を切った。「彼を説得して、ようやくあの取調べに応じさせたんだ」トレントが机の上の切り裂いた紙切れをつかみ、部下に向かって振ってみせた。「こんなものを持ちだすとは、いったい何を考えている?」

ヴァルが大きく息を吸った。「われわれの参考人には、度々取調べの主導権を奪おうとする癖がありました。そして、彼女が嘘をついていることがわかり、被害者との関係があきらかになった。これは、彼女に平静さを失わせるための手段であり、わたしもそれを認めていました。

取調べを思いのままにできないと彼女が悟ったときに、こちらが何を引きだせるか試すための手段だったんです」

「あれはただの揺さぶりではなかった。不意打ちだ！　特別に取調べに応じる許可を得たというのにな」

「署長、失礼ながら言わせていただきますが――」ヴァルが両方の掌《てのひら》を上に向けて言った。「あの弁護士は、取調べの時間を短く設定しました。賢いやり方だと思います。ですが、そんな短時間では、ああでもしなければ真相に迫ることはできません。ふたたびあの弁護士に邪魔をされたら、どうすればいいんです？　いつになったら、彼女が隠している真相を探りだせるんです？」

「きみたちが本物の確固たる証拠を見つけだせば、真相はあきらかになるんじゃないのか？」トレントは、ふたりを睨んだ。そして、信じられないというふうにかぶりを振ると、大股《おおまた》に部屋を出て乱暴にドアを閉めた。

八月二十九日　日曜日　午前三時三十分

コナーがネルのためにドアを開いている。彼女がベントレーの後部座席に沈みこんで目を閉じると、コナーが運転席に戻って車を出した。

「ハウスキーピング・サービスに、お宅の片づけを頼んでおきました」コナーがバックミラーごしに彼女を見ながら、そう言った。「荒らされた家に帰りたくはないでしょう。片づけには今夜いっぱいかかるようですから、〈ナイ・ホール・ホテル〉にわれわれ三人の部屋をとりました。大きなホテルですから誰が泊まっているかわからないし、空腹ならば二十四時間ルームサービスを利用することもできます。お望みならば、チェックアウトの時間も遅くできますよ」

「ありがとう、コナー」笑みを浮かべようとしたけれど無理だった。家に捜索が入ったらどうなるか、ネルは考えていなかった。警官たちが家じゅうを——身のまわりのものや、私的なメモや、下着を（嘘でしょ！）——くまなく探りまわっているところを想像して、また屈辱をおぼえた。警官たちの侵害行為が——そして、ジェームズの残酷な取調べの記憶が——植物を犯す黒斑《こくはん》病のように、ネルの胃を蝕《むしば》んでいく。

あんなものを持ちだして取調べに使うなんて、どうしたらそんなことができるの？　きっとジェームズは、すべての写真に目をとおしたにちがいない。やだ、ビデオを観たとか？　いったいわたしは……ああ、いつになったら学ぶの？　誰かに惹《ひ》かれはじめると必ず痛い目に遭うのよ。

アダムだって、研修を装ってエリンとクライミング・デートの約束をしている。ああ、わたしはほんとうにバカだ。

ネルは血の味がするまで、頰の内側を嚙《か》んだ。それでもシートの背にもたれると、熱い涙が流れだした。

「よし」傍らでシートベルトを締めながら、チャールズが言った。「すぐに独立警察審査庁への申し立ての準備に取りかかりましょう。時間をかけて完璧《かんぺき》な書類を用意し、今週末に提出します」

ネルに視線を向けたチャールズに、急いで涙を拭《ぬぐ》ったことを気づかれてしまった。ショックを受けた彼の顔に動揺の色があらわれた。「ああ、だめですよ。感傷的になっている時間はありません。マスコミへの超差止命令は、今も有効です。しかし、ソーシャルメディアは危険です。それについてはチームを組んで対処しますが、被害防止対策を練りあげる必要があります。あなたの不動産ビジネスと経歴を護《まも》るためにね。そして言うまでもなく、再逮捕の可能性を潰《つぶ》す必要があります」

ネルは不都合な感情を抑えこんだ。これは、習性になっている。他にも、ネルにはもうひとつ気がかりなことがあった。彼女は意を決して訊《き》いてみた。「わたしの足跡は、ソフィの死体のどのくらい近くまで迫っていたの？」

「なんとも言えませんね。林側の入口からトンネルの三分の一ほどのところまでとしか、警察は言っていません。あなたが、その先どこまで歩いたか、把握していないようです。ソフィの死体は、母屋側の入口から三分の一ほど進んだあたりで発見されています。つまり、長くてもトンネル三分の一ほどの距離しか離れていなかったということになる」

ネルは震えた。「わたしにわかっているのは、彼女の姿は見なかったということだけ。でも、見ていれば……」

「見なくてよかったんですよ。とにかく、わたしはこれがあなたの不利に働くことがないよう願っています。警察は、あなたの家を捜索した。おそらく、何もかも調べたにちがいありません。しかし、車はこれからだ。それに、パソコンもこれから鑑識が調べることになるでしょう。問題は、警察が動機を突きとめたと信じていることです。したがって、刑事たちはこの先もあなたをマークしつづけるにちがいない」

ネルはかぶりを振った。「なんですって？　卒業パーティの最中に、デイヴがわたしを置き去りにしてソフィと過ごしていたから？　それに対して、わたしが嫉妬《しっと》したのが動機？」

チャールズがうなずいた。「それであなたは、デイヴィッドの愛情を取り戻すためにソフィを殺害した」

「でも……あまりにバカげてる！」

「ええ、あなたの考えではね。しかし、そういう理由で殺人を犯す人間は大勢います」チャールズが横目で彼女を見た。「警察は、もうひとつの可能性についても考えているようです。それは、あなたとデイヴィッドが不倫関係にあり、ふたりでソフィの殺害計画を立てたというものです」

ネルは、ポカンと口を開いた。そして、その口を閉じた。頭が、すごい勢いで回転している。

「もちろん……デイヴィッドは怪しいわ……」

チャールズが彼女に鋭い目を向けた。「ああ、だめですよ。そんなふうに考えるのはやめてください。危険ですよ、ネル。深く探ろうとすれば、殺人者を挑発することになる。思慮に欠ける行為は慎むこと。あなたの代理人として警察に呼ばれるのはかまわない。しかし、身元確認のためにモルグに呼ばれるのはご免です。絶対に」

20

八月二十九日　日曜日　午前五時

ジェームズは、自分のために濃いコーヒーをいれた。なんとも気分が悪かった。ネルの打ちのめされた顔が忘れられなかった。その顔には激しい怒りの色があらわれていた。それでも彼女は仕返しにためらうことなく、その場で彼の職を脅かしてくれた。デスクの上の資料の山に突っ伏しているヘシャを見て、ジェームズは彼女のカップにコーヒーを注いだ。彼女をつついて起こし、鼻先にコーヒーの湯気をあてる。

「何？」ヘシャが跳びあがり、それから笑みを浮かべて顔をこすった。「すみません、うとうとしてしまったみたいです」

「驚かないよ。帰って、しっかり寝てきたら？」

ヘシャはカップを抱きしめるように持って、壁の時計に目をやった。そして、首を振った。

「今から帰っても意味がありません。このまま仕事をつづけます。早く結果を出さなくちゃ。いくつか気になっていることがあるんです。人を訪ねていい時間になったら、話を聞きにいってきます。あなたは？」

「帰らない。おれのせいで、ヴァルは窮地に立たされてしまったんだ。挽回《ばんかい》しなくては」

ヘシャが苦笑いした。「もう、みんなの耳に入ってます」

ドアが開く音を聞いて、ふたりは顔をあげた。部屋に入ってきたのはアシュリィだった。やって来るはずの時間より、三時間ほど早い。彼女がジェームズに向かって、肩をすくめてみせた。「署内の秘密経路を伝って、噂が流れだしてるわ。徹夜してるにちがいないと思って来てみたの」ふたりの横に椅子を引きずってきたアシュリィが、リュックからホイルの包みをごそっと取りだした。「ベーコンサンドよ。働きつづけるための燃料。食べながら詳しい話を聞かせて。少なくとも、わたしの脳は少し眠ってる」彼女はマイボトルから自分のカップにコーヒーを注ぐと、期待に満ちた笑顔をジェームズに向けた。

アシュリィがサンドイッチを投げるのを見て、ジェームズは驚いた。しかし、それをキャッチした彼の顔には、満面の笑みが浮かんでいた。

「つまり、あなたの魅惑的な生態学者さんは、そんなに魅惑的じゃなかったってことね」アシュリィが感想を述べた。「ええ、その点に関しては、ぜんぜん魅力的じゃないわ」

ジェームズは答えなかった。惨めすぎてサンドイッチをかじるのもやっとという感じだった。しかし、空腹と、バターが滲《にじ》むやわらかなパンに挟まれたカリカリのベーコンが、そんな気持ちをたちまち打ち負かしてくれた。

　ベーコンサンドを食べながら、ヘシャが気まずい沈黙を破った。「マージョリィ・クロウズのアルバムに目をとおしていたんです」開いたままのアルバムを顎《あご》で示して、彼女が言った。「馬に乗ってるソフィの写真がほとんどです。勝利のしるしの馬リボン《ロゼッタ》をつけてる馬もいます」ヘシャはコーヒーをすすった。

　ジェームズはアシュリィが持ってきた紙ナプキンで指を拭《ふ》くと、分厚いアルバムのページをめくった。

　乗馬の写真に交じって、ソフィと祖父母の背景をぼかした写真がならんでいる。こっそり誰かを見ているソフィに、長いブロンドの髪に隠れているソフィ。若いころの彼女は、いかにもシャイな感じに見えた。しかし、馬に乗った彼女は──動物に意識を集中することで、恥ずかしさを忘れられるのか──背筋をのばして自信に満ちた笑顔を浮かべ、堂々と輝いている。マージョリィ・クロウズは美しい女性で、ソフィを慈しんでいることが写真からもわかった。そして、厳格そうなソフィの祖父は、孫に心を奪われて、おどけているようにさえ見える。息子と義理の娘を失った悲しみに耐えながら、ソフィを育ててきたこの夫婦の暮らしがどんなだったか、ジェームズは想像してみた。彼らの人生は、一夜にして激変してしまったにちがいない。

　アシュリィは、彼の心を読んだようだ。「いい家族だったみたいね。つらい状況のなかで精一杯楽しんでるっていう感じだわ」

　ジェームズはうなずいてページをめくった。そして、一枚の写真を見つめた。祖父母と十代のソフィが見おぼえのある暗いスペースに立って、ワイングラスを掲げている。他にもふたり、グラスを持った若い男と年配の男が写っていた。

「噂のあのトンネルだ」ジェームズは言った。「当時はワインラックがあったようだ。何か特別なことがあって、上等のワインを開けたようだな」

写真を見ていたアシュリィがうなずき、それから顔をしかめた。「ソフィは、すごく幸せそうね。でもこの人たち、恐ろしいくらい……あの場所の……近くにいる」彼女はそう言って身を震わせた。

ジェームズはまじまじと写真を見た。「待ってくれ……この若い男はアンドリュー・アーデンじゃないのか？　おそらく、年配の男は彼の父親だ。よく似ている。アーデン親子は、長年クロウズ家の弁護士を務めていて友人でもあると、アンドリューが言っていた」

ヘシャが身を乗りだした。「ソフィを見る目つきから察するに、アンドリューは友達以上の関係を望んでいたみたいですね」

写真のアンドリューはソフィの傍らに立っていた。グラスを掲げて笑っているソフィの髪が肩の上で跳ねている。写真から溢《あふ》れでている彼女の太陽のような明るさと、若さゆえの自信。そんなソフィをそっと見ているアンドリューの顔には、彼女への強い思いと不気味な色が浮かんでいる。

ジェームズはうなずいた。「そのようだな。アンドリュー・アーデンがトンネルの存在を知っている数少ない人間のひとりだとは、思ってもみなかった」

ヘシャが彼を見た。「昔ソフィと付き合ってたようなことを、アンドリューは言っていませんでした？」

「いや。彼は何も。こっちも訊《き》かなかったしね」

「ふたりが付き合っていたとしたら？　それで、アンドリューがずっと彼女を思いつづけていたとしたら？」写真を見つめていたヘシャが、眉《まゆ》をひそめた。

ジェームズは肩をすくめた。「彼は結婚していて子供もいる。過去にソフィと付き合っていたとしても、終わったことだ」

「ええ、でもあなたが訪ねていったとき、アンドリューは週末なのに働いていたんですよね？」ヘシャが指摘した。「バンクホリデーに。金銭的な問題があるのかしら？　それとも家庭に問題が？」

ジェームズは唇を尖《とが》らせた。「可能性はあるが……」

「あるいは……」ヘシャが立ちあがり、考えをまとめるべく部屋のなかを歩きだした。そして、ジェームズに顔を向けて言った。「付き合ったことは一度もないのに、彼がずっとソフィを思いつづけていたとしたら？　それで、ソフィの結婚生活がうまくいっていないばかりか、彼女が離婚するつもりでいることを知ったとしたら？〈アップルウッド〉で会ったあと、ソフィを追って〈マナー・ハウス・ファーム〉に行き――よくわからないけど、たとえば――駆け落ちしようと言いだしたとしたら？　それで、ソフィがことわって口論になり、彼がカッとなって……？」

ジェームズはうなずいた。そして、立ちあがって言った。「あらためてアンドリュー・アーデンを訪ねるときが来たようだ」しかし、腕時計に目をやった彼はうなり声をあげて腰をおろした。「ああ、その頃合いは四時間ほどあとになりそうだ」

ヴァルが部屋に入ってきて、腕に抱えたファイルをいちばん手前のデスクにドサリと置いた。

「すてき、誰かがベーコンサンドを持ってきてくれたのね」

アシュリィがサンドイッチの包みを掲げてみせた。

「ありがとう、アシュ」ヴァルはベーコンサンドをひと口かじると、目を閉じて咀嚼《そしやく》した。

「これが昇進への道だということを、しっかり心に刻んでちょうだい」彼女がジェームズに向かって眉を吊《つ》りあげた。「トレントに、言うだけのことは言った。次は、集めた証拠を全部見なおすのよ」

「ネルは捜査の対象からはずしますか？」ヘシャが尋ねた。

「まだはずせない」ヴァルが答えた。「彼女が嘘をついていたという事実と、有罪の可能性を示す証拠がある。だから、除外できないわ。でも、慎重に捜査を進める必要がある」彼女はため息をついた。「あの取調べで、もっと聞きだせればよかったんだけど。とにかく今のところ、彼女は容疑者のままよ」

ジェームズはフラストレーションを押さえこんだ。あの最悪の取調べで、ネルを容疑者リストから完全にはずせていたらと思わずにいられなかった。ネルを相手にもうひと勝負することを思うと……勘弁してくれ。ジェームズは彼女の申し立てによって、自分のプロ意識が調査対象になるのだという事実を思い出して、気持ちを引き締めた。

ヴァルが声を落として言った。「さっきも言ったとおり、ネルについては慎重になる必要がある。トレントは旧友に宣戦布告されたものだから、熱くなってやいやい言っている。超差止命令が出されている写真を取調べに使ったことを問題にするのはけっこうよ。でもそれと、そういう記事や写真が出まわっていることとは別問題だわ。だから、わたしたちが形式的な手続きに追われるあまり、進めるべき捜査が進められなくなってはまずいと、バリントンが気づいてくれるよう期待しましょう。それから、ここであなたの質問に答えておくわ。わたしたちはこれまで適正手続きを踏んで捜査を進めてきた。この先も同じよ。その結果、やはりネルが怪しいということになったら、それはそのときのこと」

ジェームズは、こんなことになって――ほとんど彼のせいだ――昇進のチャンスが危うくなってしまったのではないかと、ヴァルに訊きたかった。しかし、今はそのときではない。ヴァルは、それについて口にさえしない。罪の意識を重く感じ、彼はガックリと肩を落としていた。

白い筒状の容器を二本抱えた若い警官が、肘《ひじ》でドアを開けて部屋に入ってきた。筒の蓋《ふた》には、それぞれラベルが貼ってある。若い警官は、ジェームズの前のデスクにその筒を置いた。「まっすぐここに持ってくるべきだと思ったんです。ワード博士の家の捜索で押収したものです」

全員の目が、その容器に集まった。蓋のラベルには手書きの文字で『アナグマの餌用ペレット』と書いてある。ジェームズは、ネルの机の脇の棚にこの筒が置かれていたのを思い出した。

若い警官がゴム手袋をした手で蓋を開けた。一本の容器には緑色の粒が、もう一本には青い粒がいっぱいに詰まっている。若い警官が、そのひと粒をつまみあげた。小さなプラスチック製のチップで、直径は二ミリほど。「見おぼえがあるような気がしませんか?」

「屋敷の母屋の台所で見つけた赤い粒にそっくりだ」ジェームズが答えた。

ヴァルがボードをチェックした。「その赤い粒は、台所のトンネルにつづく扉近くで発見されている」

「ワード博士の家に、赤い粒はありませんでした。しかし、これはここに置いていきます。他の押収品も全部、リストにしておきます」若い警官は、そう言って部屋を出ていった。

「再逮捕の理由になりますか?」ジェームズは、頭をフル回転させながら訊いた。**いったいどういうことなんだ? ネルは母屋に入ったのか?**

「再逮捕には無理がある」ヴァルが答えた。「でも、訊きたいことがさらに増えたわ。あとはタイミングとアプローチの仕方の問題ね。すでに、彼女の痛いところを突いていることはたしかよ。ネルは見かけよりも興奮しやすいタイプなのかもしれない。おそらく、なんの苦労もなく生きてきたんでしょう。お金と影響力があれば、怖いものなしだもの。彼女にとってディヴィッドは、本人が認めている以上に意味のある存在なのかもしれない。セックス・ビデオ騒動で痛い目に遭ったあとに関係を持ったのだとしたら、特にね。あんなことがあったら、人を信じるのが難しくなる。それに、信じていた人間に裏切られたら、攻撃的になるんじゃない?」

その言葉に、ジェームズはたじろいだ。彼は互いに惹《ひ》かれ合っていることを利用して、ネルの信頼を得ようとしたのだ。しかし、それで捜査に役立つ何かが生まれることはなかった。それどころか裏目に出てしまった。見事に。信頼が裏切られるというのがどういうものか、ジェームズは身をもって知っている。付き合っていた女性に浮気をされたあのとき、裏切られたことに対する怒りだけでなく、煮えたぎるような屈辱をおぼえた。しかし、少なくともジェームズの場合は、世間にそれを知られることはなかった。友人と家族に気づかれただけだ。ネルが痛いところを突いてきたのもうなずける。ジェームズはネルについて強いて冷静に見なおし、他に動機はないか考えてみた。「デイヴィッドがネルの共犯者である可能性も捨てきれません。大金を得るチャンスが手に入れば、さらに金を借りることができますからね」

アシュリィがデイヴィッドのファイルを手に取った。「彼が魅了した女性はふたりともお金持ちって、ちょっと気にならない？　それに、名前まで変えてるって変じゃない？」

「この事件に関わっている人間はみんな、自己の同一性《アイデンティティ》を失ってるみたいね。いわゆる自己喪失《・クライシス》？」ヴァルが唇を尖らせ、それからチームの面々に目を向けた。「他の容疑者についても調べる。でも、ネルの動機についても探りつづけるわよ。そして、何かわかったら、彼女を再逮捕する」

21

八月二十九日　日曜日　午前七時四十五分

ネルは目覚めた瞬間、自分がどこにいるのかわからずパニックに陥って、ホテルのシーツに潜りこんだ。断続的にしか眠れなかった。砂漠に目玉を転がしたような感じがする。そして、ここがどこかを思い出した瞬間、ネルの胸に暗く重い現実がひろがりだした。逮捕され、またあの話が持ちだされ、家宅捜索を受けた。そうしたすべてを――事件にともなう危険と、殺人者の脅威にさらされながら――また乗りこえなくてはならないのだ。ネルは羽布団を頭の上まで引っぱりあげ、揃いのやわらかな白と淡いブルーの寝具にくるまった。でも、いつまでもそうしてはいられない。行動する必要があった。そう、少なくともできることをしなくてはいけない。

ネルはベッドを出ると、ダマスク織りの金色のカーテンを開いた。ぼんやりとかすんだ朝日射しが、意志を新たにした彼女に降りそそぐ。チャールズは、すぐにマスコミ対策と独立警察審査庁への申し立ての準備に取りかかるはずだ。でも、たとえ彼ができるかぎりの手を尽くしても、ソーシャルメディアは常に時限爆弾なみの危険をはらんでいる。それに、この殺人事件を追っているマスコミが、そこに彼女の名前を見つけたら、これまで慎重に分けてきたレディ・エレノアとネル・ワード博士の境目は消えてしまう。アダムも他の同僚たちも、みんなあの話を知ることになるだろう。おそらく検索して画像を見つける。ネルは吐き気をおぼえた。それに、彼女が正体を隠しているのは、あのスキャンダルのせいだけではなかった。あの騒ぎが収まったあと、ネルは見当ちがいの思いこみに悩まされるようになった。これまでに彼女が成し遂げたことは、すべてコネがあったからできたのだというのだ。

今は目立たずにいることが重要だ。捜査には関わらず、マスコミの注意を引かないこと。これまでは運がよかったのだ。でも、この運がいつまでつづくだろう？　捜査の対象からはずしてもらえるまで、安全とは言えない。そして、殺人者が捕まらないかぎり、そんな日は来ないのだ。

チャールズからメッセージがとどいていた。

『われわれは七時半に朝食をとるつもりですが、よかったらごいっしょに。八時半にホテルを出発します』

すでに八時近くになっていて、激しい空腹にネルのお腹が鳴った。夕暮れから朝方にかけて眠る間もなくコウモリの調査をしたあとの感じに、よく似ていた。身体がカフェインとタンパク質を切望している。でも、まず身体の汚れと、疑われているといういやらしい感覚を擦《こす》り落とす必要がある。

ネルはバス・ルームに行って湯をはり、見つけたミニボトルのバスオイルを片っ端から浴槽にあけた。そして、充分に湯がたまるのを待つあいだに、チャールズに返事を打った。

『八時半に受付で会いましょう。わたしは配車サービスを頼んでうちに帰るから、ご心配なく』

湯気とともにジャスミンとバニラの甘い香りが、ふわりとただよってきた。四号室の記憶が、ちょっと薄れた気がする。ネルは熱い湯に身を沈め、皮膚が擦れて赤くなるまでゴシゴシと身体を洗った。

三十分後、ネルがロビーの受付のとなりにあるギフトショップからふたつの手提げ袋を持って出てくると同時に、コナーがあらわれた。

「ネル、よく眠れましたか？」耳に心地よいアイルランド訛《なま》りで、コナーが訊《き》いた。

「ええ、ありがとう」ネルは嘘をついた。「あなたは？」

コナーがうなずいた。

それを見たネルには、彼が何かためらっているのがわかった。言いたいことを言いだせずにいるような感じだ。ネルは彼のために沈黙を破った。「いきなり呼びだして、ひと晩じゅう付き合わせてしまって、ほんとうにごめんなさい。あなたがしてくれたすべてに、感謝してる。それにハウスキーピング・サービスやホテルの手配までしてもらって……。すごく感謝してるわ」

コナーがネルに顔を向けた。肩のあたりに緊張が見えるし、日に焼けた厳《いか》つい顔のなかでハシバミ色の目が深刻そうな色をたたえている。「これくらい、なんでもありません。お安いご用です。何か必要なときは、あるいは……」髭《ひげ》を剃《そ》ったあとの顎《あご》の線が、キュッと締まった。

「とにかく、いつでもわたしをあてにしてください。必ず力になります」そう言って彼が身体の脇で拳《こぶし》をつくると、ジャケットの袖《そで》をとおしてその筋肉が見えた。

ネルは、期せずして目の当たりにしたコナーの感情的な言動に驚き、今の発言は〝運転以外の邪悪な行為も辞さない〟という意味なのではないかと気づいて、たじろいだ。コナーが元特殊空挺《くうてい》部隊の隊員で、警察改革に乗りだしたネルの母親が殺害の脅迫を受けるようになって以降、非公式にその身を護《まも》っていることをネルは知っていた。ふたりのあいだに緊張がただよっている。ネルがそれをやわらげるべく、手提げ袋をひとつ彼に差しだした。

「ギフトショップで、いいウイスキーを見つけたの。突然の迷惑なお願いを聞いてもらったことに対する、ささやかなお礼よ」彼の肩の緊張が緩んだのを見て、ネルはほほえんだ。「それと、あなたの日々のトレーニングへの感謝の気持ち。あなたみたいな人が味方でいてくれて、わたしは幸せだわ」

コナーの表情がやわらぎ、その顔に親しげな笑みが浮かんだ。実際に過酷なトレーニングを積んでいるからこそ、そんなふうに笑えるのだ。「少なくともわたしは、あなたがパンチを決められることも、武器を扱えることも、猛スピードで車を運転できることも、知っている。なんと言っても、最高の師に習ったんですからね」コナーは、自分の胸を叩《たた》いた。「それでもランニングは日課にするべきです。あなたのスタミナは、クソなみにひどい。いつか、それに頼らなくてはならない日が来るかもしれませんよ」

乱暴な言葉で親しげにそう言われて、不思議と心が落ち着いた。そして——公平のために言っておくと――スタミナ不足はほんとうのことだった。「そうするわ」ネルは答えた。でも、留置場で考えていたことを思い出して身が震えた。そう、自分ははめられたのだ。そして、アダムも危険にさらされている可能性がある。コナーが言うとおり、それに頼らなくてはならない日が来るかもしれない。

「よかった。もう三十代ですからね。若くて痩《や》せているからといって、いつまでもそのままではいられませんよ。すぐに始めるべきです。いい状態を保つことがだいじです」

「ええ、ほんとね、コナー。よくわかった」ネルが芝居がかったため息をついたそのとき、チャールズがあらわれた。「いいときに来てくれたわ、チャールズ。コナーにホテルのまわりを一周走らされるんじゃないかと思ってたところ――」

「それはいい考えだ」コナーが顔を輝かせた。

ネルは呆《あき》れ顔で天井を見あげ、それからチャールズに別れを告げた。「わたしは配車サービスを頼むから、送ってくれなくて大丈夫よ。それから、ささやかなプレゼント。いいウイスキーを見つけたから、これはあなたに。ホテルのホームメイド・ビスケットはジェラルディンとジャスパーに。急に呼びだしてしまって悪かったわ。それに……ありがとう、チャールズ」

「年代物のシングルモルトでわたしを釣ろうとしても無駄ですよ、ネル。しかし、その試みをとめる気はありません」彼の目にかすかな笑みが浮かんだ。「とにかく面倒に関わらないことです」

ネルはふたりを見送ると、エレガントなレストランを見つけて朝食をとった。コーヒープレスごと運ばれてきた香りのいいコーヒーを飲み干してさらにおかわりを頼み、バターたっぷりのトーストを山のように平らげると、だいぶ人間らしい気分になれた。受付でチェックアウトをすませると、ネルはヤナギ細工の肘掛《ひじか》け椅子に腰をおろし、アダムにメッセージを打った。

『タイヤが四本ともパンクするなんて、あなたのことが心配だわ。ふつうじゃないもの。タイヤは切られたの？　お願い、気をつけて』

送信ボタンをタップしたあとで、バカなことを書いてしまったような気がしてきた。でも、もう遅い。タイヤを切られたなら、アダムにはそれがわかっているはずだ。ネルは身震いし、それから配車サービスのアイコンをタップした。

「ネル？」シルヴィアの声を聞いて、ネルは嬉《うれ》しい驚きをおぼえた。「こんなところで何をしてるの？」

ネルは立ちあがって振り向くと、シルヴィアに腕をまわしてエアキスをした。そして、不意に感情がこみあげてくるのを感じたネルはシルヴィアにしがみつき、泣きそうになるのを必死でこらえた。

シルヴィアはしばらく彼女をしっかりと抱きしめ、それからその顔を見つめた。「何かあったの、ネル？」

ネルは首を振った。「いいえ……ただ……あなたに会えてよかった」

シルヴィアが目を細め、ネルの手をぎゅっとにぎった。「スパに行くところなの。ウェールズに発《た》つ前に、顔の手入れをして、手足の爪を塗ってもらって、髪をなんとかしてもらおうと思って。でも、早く来すぎたみたい。いつものことだけど。ちょっとお茶でもする？」

ふたりはスパのカフェに入り、それぞれ緑茶を頼んだ。ネルはコーヒーのほうが飲みたかったけれど、そんな毒性の高いものは〈ピュリティ・スパ〉のメニューに載っていなかった。スパのカフェにいると、やさしい繭に包まれているような気分になれた。やわらかな土色と、池に配された石のまわりを流れる水音と、それに似せたポロポロと鳴る繊細な曲と、豊かに茂ったエメラルド色のシダと、あたりに色濃くただようオイルの香り。

「トロイがわたしを見つけてくれるかもしれないから、準備をしておくの」香り高い緑茶の湯気ごしに、シルヴィアが言った。「それが終わったら出発。今夜ウェールズに着いて、B&B〔Bed & Breakfast の略。宿泊と朝食をセットにした民宿〕を独り占めするわ。ええ、あしたの朝、最後の宿泊客が帰って、昼食後に両親がホリデーに旅立ったらね。ほんとうはB&Bをやっていくには、ふたりとも歳をとりすぎてるのよ。でも、少なくともわたしに留守番を任せて、ひと息入れに出掛けてくれる。それだけでも嬉しいわ」

シルヴィアの何気ないおしゃべりが、ネルにはありがたかった。そんなふつうの話を聞いていると、殺人事件以外のことに気が向いて救われる思いがした。

「オフィスのみんなで週末にお邪魔したときのことを思い出すわ」ネルは言った。「ほんとうにきれいなところよね」

「ああ、そうだったわね」シルヴィアが興奮気味に答えた。「やだっ、あれはもう三年くらい前のことよ！　両親がB&Bを始めたばかりのころですもの。客室を改装する前で、まだキャンプ場だったのよね」

「植物や鳥の観察には最高の環境だった。よくおぼえてるわ」ネルは言った。「すごく静かなところ」

「今も同じよ。自然は手つかずのまま。両親は小さな有機農場を手に入れたの。それで自分たち用の野菜を育てたり、毎朝産みたての卵を集めたり、巣箱から蜂蜜《はちみつ》を採ったりしているわ。のどかでしょう。今年に入って、保養所も始めたのよ。ヨガとアートとライティングのクラスがあるの。すてきよね」

ネルは凝り固まった肩をまわした。「今のわたしにそれがどんなに魅力的に聞こえるか、あなたにはきっと想像もつかないわ」保養所だなんて――ひとりで引き籠《こ》もれるなら洞窟《どうくつ》だって――完璧《かんぺき》だ。

「あとでリンクを送るわ。サイトをつくりなおしたの。すごくお洒落《しゃれ》になったわよ」シルヴィアが、そのうたい文句を口にした。「ウェールズの奥深い田舎にあるデジタル・デトックスのための保養所で、**テクノロジーを排除して緊張をほぐしませんか？**」

「ご両親は得意分野を見つけたみたいね」掌《てのひら》でマグカップを包みこんだネルは、その温《ぬく》もりに緊張が解けていくのを感じた。

「そうするしかなかったっていう部分もあるのよ。あそこは携帯の電波が入らないし、ふたりともテクノロジー恐怖症なんだから。Wi-Fiさえ使えないの。留守電はあるものの固定電話を使って連絡をとるしかないものだから、先史時代の予約システムは変えられなかったわ」シルヴィアが天井を仰いだ。「メールを見るにも、大昔のパソコンをネットに接続しなくちゃならないの。SNSのチェックも同様」

「わっ。面倒ね」

「そうでもないわ。画面に両親のパスワードを書いた付箋《ふせん》が貼ってあるから。とにかく古いパソコンだから、立ちあげるのもたいへんだけどね。でも、トロイがわたしを見つけて連絡してきたら、金曜日に両親が帰ってくるまで、誰にも邪魔されずに何日かいっしょに過ごせるわ」ネルはシルヴィアに皮肉たっぷりの目を向けた。「トロイがあなたを見つけるって、どうしたら思えるわけ？」

心得顔でシルヴィアが答えた。「見つけてほしいと思ったら、女にはヒントをばらまく手立てがあるの。説明しなかった？　フェイスブック。ツイッター。インスタグラム。自分のSNSの情報を、名刺にしっかり書いてあるわ。そこに思わずクリックしたくなるような何かをアップしておけば、それでOKってわけ」

八月二十九日　日曜日　午前八時三十分

警察署を出発したジェームズとアシュリィは、ミセス・クロウズの検査結果が出ていることを期待して、まず病院を訪ねた。ふたりがナースステーションのデスクまであと数秒というところまで近づいたとき、呼び出しのアラームが鳴り、当直の看護師が飛んでいった。

看護師が走っていく先には、ミセス・クロウズの部屋がある。それに気づいたジェームズは、恐怖をおぼえた。

彼もアシュリィも走りだしたが、すべての方向から人が駆け寄ってくる足音を聞いて、道をあけることにした。四人の看護師がミセス・クロウズの部屋に駆けこみ、つづいて雑役係が心臓に電気ショックを与える除細動器《デフィブリレータ》を運び入れ、そのあとに医者がふたり急ぎ足でやって来た。

充電中のデフィブリレータがパチパチと鳴る音と、心電図モニターの単調にひびく不吉な音と、それに重なって聞こえてくる、データや数値を読みあげる看護師の声。緊急コードで遣《や》り取りする、緊迫感に満ちたくぐもった声も聞こえる。ジェームズは病室の外で為《な》す術《すべ》もなく、信じてもいない神に静かに祈りを捧《ささ》げた。その彼の手を、アシュリィがすごい力でにぎっている。**彼女にこんな力があるなんて、誰が思った?**

部屋のなかで、医者が大声で言った。「開始!」デフィブリレータの甲高いうなりとドスンという鈍い音が、心電図モニターの音を搔《か》き消した。期待に満ちた静けさが、消毒剤の匂い以上に重くあたりにただよい、そのあとまた単調なモニター音が聞こえると、ふたたび人が動きだした。「もう一度試そう。開始!」また甲高いうなりが聞こえ、ドスンという音がして、静けさが訪れた。変わることなく、単調なモニター音が聞こえている。

ドアのあたりで看護師がふたり、顔をくもらせて何かつぶやいたそのとき、医者が言った。

「もう一度だ。開始！」しかし、モノトーンが勝利をおさめた。

「みんな、よくやってくれた。午前八時三十五分、ミセス・クロウズは亡くなった」

看護師たちと医者がひとり部屋に入っていくと、なかにいた医者が廊下に出てきた。その医者がジェームズとアシュリィに気がついて、近づいてきた。

「ご家族ですか？　それともご友人？」

ジェームズは首を振り、アシュリィの手から自分の手を引き抜くと、感覚が戻るよう指を動かした。「警察官です。殺人事件の捜査の関連で、ミセス・クロウズの容態を注視していたんです」

医者は驚いたようだった。「ああ、それであの検査を？」

「そうです」アシュリィが答えた。「結果はまだうかがってませんけど」

「結果が出ているか、ちょっと見てみましょう」医者がデスクの前に進み、パソコンの画面をのぞいた。「ああ、数分前にとどいたようだ」

アシュリィの顔色がパッと変わった。

「毒性試験で、肝臓に異常があるとの結果が出ていますね」医者が眉《まゆ》をひそめた。「降圧薬を服用していたのに、これは妙だな」

医者は眉をひそめたままキャビネットの鍵《かぎ》を開け、棚に指を滑らせた。そして、一本の薬瓶を見つけるとそれを取りだし、なかの薬を何錠か掌に出して明かりの下でじっと見つめた。錠剤を傾けた医者の眉根《まゆね》がさらに寄り、口がポカンと開いて肩が落ちた。「ああ、なんということだ」

「どうしました？　薬がどうかしたんですか？」アシュリィが迫った。

ジェームズは不安な思いでアシュリィを見ていた。彼女がミセス・クロウズをなんとか護《まも》ろうとしていたことを、ジェームズは知っている。

医者が不安げに言った。「ミセス・クロウズはサイアザイド系の利尿剤、ハイグロトンを処方されていました。しかし、これはハイグロトンではない。ミドドリンです」

「だから？」アシュリィが必死でフラストレーションを抑えているのが、ジェームズにはわかった。

「ミドドリンは慢性低血圧の治療薬です。この錠剤は、ハイグロトンによく似ている。しかし、高血圧の人間にミドドリンを飲ませたら、脳卒中を起こす引き金になる可能性があります。脳卒中による昏睡《こんすい》状態の原因にもなりかねない。ミセス・クロウズがそうなったように」

「もっと早く試験を行っていれば、手を打つことができたのでは？」アシュリィが食いしばった歯のあいだから吐きだすように尋ねた。

「正直なところ、なんとも言えません。特に高齢者の場合は推定することが難しい」

アシュリィは怒っているようだった。彼女が医者から顔をそむけた。

「この病院で薬が入れ替えられた可能性は？」ジェームズは訊《き》いた。

医者が背後の鍵つきのキャビネットを示して答えた。「ありません。キャビネットは常に鍵がかかっているし、薬を患者に配るのは薬剤師と決まっている。それに、この薬は入院時にケアホームから持ちこまれたものです。〈アップルウッド〉ではなかったかな？」

「つまり、中身をすり替えられたとしたら、それは〈アップルウッド〉でのことだと？」

「ああ……おそらく。あるいは薬局のミスか。瓶に薬局の電話番号が書いてあります。ほら、ここに」

アシュリィはスマホを取りだして薬剤師への連絡方法を写真に収めると、電話をかけに受付のほうへと向かった。医者はジェームズに説明をつづけた。

「薬剤師がこんなミスを犯すことは、まずないと思います。ケアホームで中身がすり替えられたという可能性のほうが、高いでしょうね。さきほども言いましたが、ここでは薬は慎重に配られているし、安全に保管されています」

看護師がやって来て、医者にサインを求めた。アシュリィはまだ薬局の人間と電話で話している。ジェームズはスマホを取りだして〈アップルウッド〉に電話をかけ、マネージャーと話がしたいと告げた。受付係は彼をおぼえていた。「ええ、この週末はわたしがマネージャーの代理を務めているんです」

ジェームズは、まずミセス・クロウズについてのニュースを伝え、そのあとで訊いた。「ミセス・クロウズの薬と他の誰かの薬が、誤って入れ替わってしまった可能性はありますか？」

「たしかめてみます」受付係が介護士に話を聞いて、マージョリィ・クロウズのカルテをチェックするあいだ、ジェームズは待たされることになった。

アシュリィが電話を終えて戻ってきた。

「薬局はなんと言っている？」ジェームズは訊いた。

「まちがえるはずがないって。扱う薬は一種類のみと決まっていて、それをしっかり守っているらしいわ。その決まりどおりに調剤した薬をベテラン薬剤師がチェックし、さらにダブルチェックするそうよ。わたしが話した女性は、まちがいが起きる余地はないと断言していた」アシュリィが依然として険しい顔をしているのを見て、ジェームズは廊下の先を顎《あご》で示した。そして病院の外に出ると、アシュリィにも聞こえるように、スピーカーマークをタップした。

「もしもし」受付係が言った。「お待たせしてごめんなさい。きちんとたしかめようと思って。でも、ミセス・クロウズの薬と他の誰かの薬が入れ替わってしまったという可能性は、絶対にありません」

「なぜ、そう断言できるんですか？」ジェームズは訊いた。

「ここの入居者のなかには、低血圧の方はひとりもいないんです。だから、誰かの低血圧の薬を誤ってミセス・クロウズにお配りするなんて、あり得ません。可能性はゼロです」

アシュリィが、電話をしまうジェームズに目を向けて言った。「つまり、誰かが薬を入れ替えたということね。ミセス・クロウズは殺害されたんだわ」

22

八月二十九日　日曜日　午前十時

本部に戻ったジェームズは、チームに最新情報を伝えた。部屋の空気は暗く沈み、そんな雰囲気が数分間つづいたあと、誰かがトレントの警告を茶化しはじめた。寝不足のせいでへとへとに疲れていたヘシャは、コーヒーが入ったマグを手にメールを読みながら、適当に冗談を返した。しかし、アシュリィはくわわらなかった。すべてを見とおしているような、その険しい眼差《まなざ》しを見れば、皮肉な言葉を口にする気分ではないことがわかる。しかし、エド・ベーカーは絶好調という感じだった。いつもはぶっきら棒な同僚がこんなに上機嫌でいるのを、ジェームズは見たことがなかった。

ジェームズがからかいの対象にされないよう、パソコン画面を盾にしてメールを読んでいると、静かになったエドがジェームズのデスクにフォルダーを置いた。「これを読んでいれば、同僚の悪乗りに巻きこまれずにすみますよ。鑑識からの検査結果です」

ジェームズは深い眠りに就きたくてたまらなかった。他の誰かに、この検査結果を読ませて、希望の光を見つけてほしかった。しかし、少しでも疲れを見せたら、またエドの大はしゃぎが始まるだけだ。「エド、きみは何をしていたんだ？　何かわかったか？」仕方なくフォルダーを読みはじめながら訊いてみた。

「はい。忙しく働いていましたよ。〈マナー・ハウス・ファーム〉の開発に関わっている請負業者すべてを調べました。それに、フリーの建築家――彼は殺人が起きた時刻、パリにいたようです。自動車ナンバー・プレート認識（ＡＮＰＲ）のカメラに彼の車が写っているし、ユーロスターの入国審査にも記録がありました。それから、構造エンジニア――彼は小さなチームを組んで働いています。同僚は三人。問題の時刻、その全員がホテルでのクライアントとのミーティングに出席しています。会場のホテル――〈オールド・コーチ・イン〉のオーナーに裏づけをとりました」

ジェームズがボードに書いた『他の請負業者？』という部分を、エドが示した。そして、捜査の結果を詳しく述べて、彼らを容疑者リストからはずした。

「再度ミスター・ギルピンに会って、なぜ自分の地所について口を閉ざしていたのか訊いてみました。それで、ソフィ・クロウズが亡くなった時点では、土地の売買手続きが完了していなかったことがわかりました。完了まで、あと一日かそこらというところだったようです」

ジェームズは背筋をのばした。「開発妨害の裏にソフィがいることを知っていたとしたら、彼にも動機があるんじゃないのか？」新たな可能性を見いだした彼は、ぼんやりとした頭の霧を振り払った。

「興奮しないでください。殺人が起きた時刻、ミスター・ギルピンは息子といっしょに〈ペンドルベリー病院〉にいたことがわかっています。手術を受けて回復中の奥さんに会いにいってたんですよ。デイヴィッドが泊まったホテルの部屋を、ようやく鑑識が調べてきました。掃除をすませて、別の客が泊まったあとだということを考慮に入れなくてはいけない。しかし、これが見つかりました」エドが透明なラベルつきの袋を掲げてみせた。「ベッドの脚の内側にくっついていたせいで、清掃係の目につかなかったようです」

空っぽのようにしか見えなかったジェームズは、近くまで行ってエドが持っていた袋を手に取ってみた。小さな赤い粒が一個入っていた。「うーん」屋敷の母屋の台所に落ちていたものに酷似している。ネルの家にも、同じようなものがあった。どういう意味なんだ？　なんらかの理由で、ふたりは行動をともにしていたのだろうか？　寝不足でぼんやりしているジェームズにとって、その考えは悪夢でしかなかった。

デスクに戻ったジェームズは、ドサリと腰をおろしてため息をつき、メールのチェックを再開した。「こっちにも新たな情報がある。ネルが自宅にクロロホルムを置いている理由を、一通のメールがあきらかにしてくれた。コウモリのリハビリに関係があるようで、うしろ暗いところは何もないようだ。彼女はコウモリの調査ライセンスも、クロロホルムを扱うライセンスも持っている。希《まれ》にではあるが、クロロホルムは回復の見込みのないコウモリを安楽死させるのに使うようだ。〈バット・コンサベーション・トラスト〉と地元のコウモリ病院によれば、ネルはしかるべき研修を受けているそうだ。ああ、コウモリ病院なんてものが実在するんだ。

警官なんだからな、様々な職業に出くわす。知らなくて当然なんて言うなよ」

エドがうなった。「しかし、彼女がクロロホルムを何かに——つまり誰かに——使ったという可能性は排除できないのでは？」

ジェームズはフォルダーを掲げた。「ああ、これだけでは排除できない。しかし、鑑識が排除してくれた。犯行現場にクロロホルムの匂いは残っていなかったし、被害者の皮膚に染みや水ぶくれ、それに注射の跡もなかった」ジェームズは次のページに目をとおした。「ネルの地図に付着した血液は、彼女本人のものだ。腕の引っ掻《か》き傷については、ソフィの爪のあいだを調べたようだが、皮膚細胞は検出されなかった。ネルのものも、他の誰のものもね。手や腕に防御創が見られないことから、ソフィは不意打ちを食らったか――」

「知り合いの誰かに襲われた？」ヘシャが言った。

ジェームズはうなずいた。「凶器に使われた煉瓦《れんが》からは、ソフィのもの以外のDNAは検出されなかった。煉瓦は、トンネル内の他の煉瓦と同じもの。これは、われわれの予想どおりだ。機会と動機を持った誰かが、手段を得たということだ」

ブーツの足跡の写真を掲げて、ジェームズがつけくわえた。「そして最後に鑑識は、現場に残された足跡は、靴底の独特の減り方からネルのブーツがつけたものと断定した」

ジェームズは長い息を吐いた。「満足のいく仕事ぶりだし、親切にも迅速に結果をだしてくれた。しかし、それがどこにも繋《つな》がらない」

「ちょっとした発見があります」ヘシャがそう言いながら、監視カメラの映像から切り取った写真をボードにピンでとめた。「〈ナイ・ホール・ホテル〉の監視カメラ映像に、アンナ・マディソンといっしょにチェックアウトする男性がはっきり写っているのを見つけたんです。それで、今朝アンナに会ってしつこく問いただしたところ、男性の名前を聞きだすことに成功しました。スヴェン・ヨルグセン。まだ直接話していませんが、一般の検索サイトでチェックしてみました。三十代半ばの既婚者。だからアンナは話したがらなかったんですね。警察が彼を訪ねることに気づいて、特に口が重くなっていたみたいです。アンナは愛人という立場に甘んじているように見えます。スヴェンは彼女に気前よく高価なプレゼントを贈ったり、サプライズで週末の旅行に連れだしたりしている」

「贅沢三昧《ぜいたくざんまい》の金の出所は、その男だったということか？」ジェームズは訊《き》いた。

「おそらく。名前がわかったところで、財務チームに彼の銀行口座を調べるよう頼んでおきました。何度も言うようですけど、興奮しないでください。何時間分かのカメラ映像のなかから、やっとアンナを見つけた。ソフィが殺害された時刻に、彼女は〈ナイ・ホール・ホテル〉にいたということです」

「すばらしい」

「アンナを容疑者リストからはずしますか？」エドが訊いた。

「うーん、はずしてもいいかも」ヘシャがジェームズに目を向けた。「でも……？」

「つづけてくれ」ジェームズはうながした。

「アンナは頭がいいし口もうまいし、お金持ちのボーイフレンドからたっぷりお小遣いをもらえる。ホテルの警備員にいくらかつかませて、監視カメラ映像に手をくわえることくらい、簡単にできるんじゃないですか？」

「ああ、可能性はあるな」ジェームズは言った。

ヘシャがうなずいた。「デイヴィッドとアンナのパソコンを調べていたテクノロジー班から、今朝解析結果がとどいたときから疑問に思っていたんです。デイヴィッドのパソコンからは怪しいものは何も検出されず、パソコンは本人に返された。でも、アンナのパソコンからは……」

「アンナのパソコンからは？」

「削除済みの閲覧履歴を調べたところ、『A1』という文字が入ったベースボール・キャップとポロシャツを注文しているのがわかったみたいなんです」ヘシャがジェームズを見た。「変だと思いません？　彼女はそんなものを身につけるタイプじゃないわ。わたしが調べたかぎり、家族にも友達にもそういう感じの人はいません」

「なるほど……」ジェームズは眉《まゆ》をひそめた。

「それと、テクノロジー班はあのメールを見つけたようです。ソフィに宛てた、約束の時間の変更を知らせるメールを」

ジェームズは目を大きく見開いた。「すごいぞ」

「ええ、でもアンナはそのメールが送信された時刻には、もう仕事を終えていてオフィスにいなかったと主張しているんです。デイヴィッドはまだ残っていて、アンナのパソコンを使うことも可能だったと言っています。このままアンナのパソコンをあずかって、何か見つからないか調べてみます」

「そうしてくれ」ジェームズは言った。「しかし、嘘をついているのは誰なんだ？　アンナか？　それともデイヴィッド？」

ヘシャが肩をすくめた。「気になりますよね。今になって、アンナは動揺しはじめています。怯《おび》えてると言ってもいいくらい。しばらく友達と別の町に行っていてもいいかと訊かれました。居所はちゃんと知らせるし、いつでも連絡がつくようにするからって。国を出ることはないと思うけれど、念のためにパスポートをあずかっておきました。それにスヴェンの住所も聞いてあります。『彼が家族と住んでいる家に、わたしが行くはずないでしょう』と、アンナは言ってましたけど。ソフィを殺害したのはデイヴィッドだと、アンナは本気で思っているように見えます。心底……怯えている感じです」

ジェームズは目を細めた。「それが芝居ではないと言い切れるか？　デイヴィッドに疑いの目が向けば、自分は捜査の対象からはずされると計算した上で、芝居をしているとは考えられないか？」

「可能性はあると思います。ええ、アンナはすごい女優なのかも……」

ジェームズは顎《あご》を掻いた。〈ヘナイ・ホール・ホテル〉から〈マナー・ハウス・ファーム〉までは、そう遠くない。スピードの出る車なら、たとえばポルシェなら、あっという間に往復できる。「調べてみよう」

それをメモしようとしてiPadを開いたジェームズは、リストに実行ずみのしるしがついていない項目があることに気づいた。

『デイヴィッドが〈ペンドルベリー・ホテル〉からかけた電話の通話先番号を聞きだすための令状をとること』

ジェームズはトレント署長をさがして令状にサインを求めなくてはならないことを思い、あまりの恐ろしさに心のなかでうなった。しかし、少なくともそれで、チームがすべての手掛りを追っていることが署長にもわかるだろう。文句は言えないはずだ。

八月二十九日　日曜日　午前十時三十分

家に戻ったネルは、まず大急ぎでゾロとイゼベルの様子を見にいった。警察の捜索と、そのあとの掃除で、怯えているのではないかと不安だった。あるいは、もっとひどいことに、誰かがなかを調べるためにケージのジッパーをおろしてゾロを傷つけてしまったかもしれないし、ゾロがケージの外に出てしまった可能性もある。それでゾロがイゼベルに出くわしたら？　お願いだから、わたしの猫がわたしの希少なコウモリを食べてるところを見つけるなんていうことになりませんように。

ネルが部屋に入っていくと、イゼベルが朝食を期待して脚にすり寄ってきた。「お腹が空《す》いてるというのは、いいしるしだわ」ネルはイゼベルに餌をやり、イゼベルが食べるのに夢中になっているあいだにゾロを見にいった。

ふーっ。カウンターの上のゾロのケージは、ジッパーが閉じたままになっていた。ネルはユーティリティ・ルームのドアを閉めると、壁や床に目を向けながらケージに近づいていった。保護したコウモリに何度も逃げられた経験があるネルにとって、それは当然のことだった。

ケージを開けると、餌がすっかりなくなっていた。余計に置いていった分までなくなっている。布巾《ふきん》がモゾモゾと動いた。そっとめくってみると、ゾロが頭をあげてネルに向かって何か訴えた。憤慨しているように見える。ネルがミールワームを置くと、ゾロが舞い降りてきて、のたくる餌をガツガツと貪《むさぼ》った。まわりでネルが掃除をしたり、水を替えたり、最後の薬を用意したりしても、ゾロは食べるのをやめようとしなかった。

ネルは餌を食べおえたゾロを手に乗せた。翼の具合をたしかめてみる。炎症も腫《は》れも、もう残っていない。肩にはしっかり脂肪がついている。ネルはゾロの歯の裏に、最後の抗生物質クリームを塗ると、その味を水ですすいだ。ゾロはピペットの先を噛《か》むことで、不快感を示した。ネルはそんな威勢のよさにニヤリと笑い、飛行テストに備えてゾロを両手で包み、体を温めてやった。

数秒後、ゾロはネルの両手をこじ開けるようにして頭をあげ、生意気にも何かを主張した。そのあと、翼をひろげてサッと一度上下に動かすと、ゾロは天井へと飛び立ち、照明の周囲を飛びまわったかと思うと、力強く羽ばたいて空中に停止し、またバタバタと飛びはじめた。機嫌の悪さからみて、捕まえるのはもう少し待ったほうがよさそうだ。ゾロは、もう自然に還《かえ》りたがっている。

ネルは一時間ほど、カウンターの上に立ったり、壁にぴったりくっついて倒れそうになるほど身を乗りだしたりと、様々な方法でゾロに忍び寄ってみたが、そのたびにゾロは手のとどかないところへと飛び去ってしまった。まるでコメディタッチの寸劇だ。ついにネルは追いかけるのを諦《あきら》め、逆《リバースサイコロジー》のことをして挑発する作戦に出ることにした。円を描くように飛んでいるゾロを横目に、ネルは今夜の天気をチェックした。暖かくて乾燥しているということは、虫を狩るのに理想の陽気だ。方向感覚も戻るにちがいない。

ネルは一瞬ためらい、それからアダムにメッセージを送った。タイヤについてのメッセージの返事はとどいていない。

『今夜、ゾロを放すつもり。見送りに来る？』

彼がエリンに興味を持っていたとしても、そんなことはどうでもいい。アダムには、ゾロが自然に還るのを見る権利がある。なんと言っても、ゾロを救うのを手伝ってくれたのだ。ふたりは友達だ。そうでしょう？

すぐに返事がとどいた。

『行く、行く、行く!☺ やったね! それじゃ、今夜!』

ネルが追いかけなくなると、ゾロは飛びまわるのをやめた。カーテンのネルの手がとどくあたりにとまって、息をついている。ネルはゾロの体をつかむと、小さな爪を一本一本布から引き剝《は》がし、ケージに入れた。

きれいに片づいた家のなかを見まわした。ハウスキーピング・サービスのおかげで、すべて元に戻されている――いいえ、前以上に片づいている。服は種類別に分けられ、それをさらに色別に分けて吊《つる》されているし、本はアルファベット順にならんでいる。書類とオーナメントをいくつかならべかえる以外、何もする必要はなかった。こんなふうに特権を利用してしまったことに、ネルはまた刺すような罪の意識をおぼえた。ふつうなら、つらい夜を過ごしたあと、めちゃくちゃにされた家に帰ることになるのだ。少なくともネルは、人が侵入して探りまわったという事実を生々しく感じながら、後片づけをする必要はなかった。それは、ありがたいことだった。でも、うしろめたくもあった。

背の高い花瓶に生けた大きな花束がコーヒー・テーブルに置かれていて、そこにチャールズからのメッセージが添えられていた。

『さあ、顔をあげて。そして、誰も殺さないこと』

おもしろすぎ！　ネルはメッセージ・カードをゴミ箱に入れた。電話をチェックし、薬缶《やかん》を火にかけ、もう一度電話をチェックする。アダムから、またメッセージが入っていた。

『大丈夫かい？　まだ逮捕されていないことを祈ってる！😉』

「笑えるなんてもんじゃないわ」画面に向かってネルは言った。そして、自分が誰かと話したくてたまらなくなっていることに気がついた。

お湯が沸くと、ネルはアダムに返信した。

『犯罪の黒幕とディナーを共にする危険を冒す勇気があるなら、何か買ってきていっしょに食べない？』

瞬時にして電話の着信音が鳴った。ネルは跳びあがって身を震わせ、電話に出た。「こんにちは、アダム」

「調子はどう？」

「うーん……正直なところ、だいぶ落ち着いたわ」ネルは軽く聞こえるように、そう答えた。

「どういう意味？」

「なんて言うか……さっきのあなたのメッセージ、核心を突いてた。そういうこと」

「なんだって?」アダムの声が一オクターブ高くなっている。「頼むから冗談だと言ってくれ」

「そう言えたらいいんだけど」ネルはカップに注いだお湯のなかにティーバッグを落とすと、薬缶を置いた。「でも、殺人事件の容疑者に付き合うのがいやじゃなかったら、ほんと、ぜひ会いたいわ」そう言いながらも、不安のせいで胃が硬くなった。

「ああ、運を天に任せよう」愛情たっぷりのユーモアがこもった彼の声が、温かくひびいた。「午後遅くまで現場にいなくてはならないんだ。そっちに向かう途中、ぼくが何か買っていくよ。何が食べたい?」

「ああ」ネルはため息をつきながら、ティーバッグを堆肥用の生ゴミ入れ《コンポスト》にポトンと落とし、お茶をかきまわした。「ねえ、聞いて。わたしは殺人事件の――」

「なんてこった、ネル!」アダムが笑い声をあげた。「指名手配犯になっちまったんなら、これからはもう少し慎重にならないとね! カレーを持っていくよ。きみはトラブルに巻きこまれないようにしていてくれれば、それでいい」

八月二十九日　日曜日　正午

ジェームズは〈アップルウッド〉でアシュリィをひろった。彼女は両手に抱えた大量の面会者名簿を、顎《あご》をあげて押さえていた。

「待っているあいだに目をとおしてみたけど、写真に撮ってパソコンに取りこんでおいたほうがいいと思う」アシュリィが喘《あえ》ぎながら、面会者名簿を後部座席に置いた。「ネルもアンナもサイモンもデイヴィッドも、〈アップルウッド〉を訪ねていない。でも、アンドリュー・アーデンは来ている。少なくとも二回はね」

車を走らせながら、ジェームズはどんなふうに話を進めるべきか考えていた。アンドリューは弁護士として成功していて、忙しく働いている。家庭生活もうまくいっているのかもしれない。そう、そういう可能性もある。

ナビにしたがって、車はペンドルベリーの町はずれに建つ控えめな二戸建て住宅《セミデタッチドハウス》にたどり着いた。その前庭は、手入れもされていない。ジェームズとアシュリィは、通路に覆いかぶさるようにのびている低木や草をよけて進み、玄関のベルを鳴らした。

ドアの向こうからアンドリューの声が聞こえてきた。「出てくれないか？」

疲れ果てた様子の女性が、皿を片手にドアを開けた。

ジェームズとアシュリィは、バッジを見せた。

「アンドリュー・アーデン氏にお目にかかりたいのですが」ジェームズは言った。

「主人に？　アンドリューの妻です。リヴ・アーデンと申します。どんなご用でしょう？」

「わたしはジェームズ・クラーク巡査部長。こちらはアシュリィ・ホリス巡査部長です。週末にお邪魔して申し訳ありません。ソフィ・クロウズ殺害事件の捜査で、ご主人に協力していただいているのですが、もう二、三、うかがいたいことがありまして」

リヴが脇にどいた。「アンドリュー？」階段の上に向かって呼びかけながら、キッチンへと入っていく。小さな男の子がふたり、朝食用のテーブルの端で遊んでいた。ひとりが振りかざしたステゴサウルスに、もうひとりがトラックを命中させると、それがぶつかってジュースが入ったプラスチック製の広口コップが倒れた。

「もう、いい加減にしてちょうだい」リヴがコップをつかんで、こぼれたジュースを拭《ふ》き取った。「食べおわったなら、庭で遊んでくれない？　テーブルのまわりで遊ぶのはやめて」

男の子たちは開け放たれたフランス窓を駆け抜けて庭に出ると、弾《はじ》けるような笑い声をあげながらトランポリンの上で跳ねはじめた。

「すぐに吐くにちがいないわ」リヴがつぶやき、散らかったテーブルを片づけにかかった。バナナの皮の横に放置されている食べかけのバナナと、中身が半分残っているヨーグルトの瓶と、汚れた皿やボウルやコップ。ビニールクロスには、得体の知れないゼリー状の固まりがこびりついている。リヴはいかにもうんざりした様子でため息をつき、食器を片っ端から食洗機に放りこんだ。

「なんなんだ？」キッチンに入ってきながら、アンドリューが言った。そして、刑事たちがいることに気づくと、ためらうかのように足をとめた。「ああ……ようこそ。何か用でも？」

「おはようございます、アンドリュー」ジェームズは言った。「ソフィのことで、もう二、三、うかがいたいことがありましてね」

「そうですか。捜査は進んでいますか？　コーヒーでもいかがです？」

「ありがとうございます。しかし、けっこうです」ジェームズは答えた。「数分ですみますから」

アンドリューが椅子を示した。「どうぞ、お掛けください」

「三人で話したほうがいいと思います」アシュリィが言った。「庭に出ませんか？」

ジェームズはリヴの反応に気がついた。さっと振り返って、夫を睨《にら》みつけている。

アンドリューは妻を見て首を振った。「いいえ、リヴィに聞かれてまずいことは何もありません」

「わかりました」ジェームズとアシュリィは笑みを浮かべ、腰をおろした。向かい側に坐《すわ》ったアンドリューは、ふたりのあいだをじっと見つめている。

ジェームズが口を切った。「ソフィの遺体は〈マナー・ハウス・ファーム〉のトンネル内で発見されたということを、お話ししたかどうか確信がありません。しかし、あなたは屋敷にトンネルがあることをご存知でしたか？」

「トンネル？　ええ。あー。はい、知っていました」アンドリューは慌てているように見えた。

「よかった」ジェームズはうなずき、トンネル内に立っているアンドリューの写真を彼のほうに滑らせた。「ここに写っているのが誰なのか、教えていただけますか？」

アンドリューは驚いた様子で写真を眺めた。「ええ。これはクロウズ夫妻です。そして、父とわたし。それに……ソフィです」

「クロウズ家とアーデン家はとても親しかったと、前におっしゃっていましたね」ジェームズは言った。「もっと厳密に言うと、とても親しかったのはあなたとソフィだったのではありませんか？」

「それは……」そう言ったアンドリューの声はためらいがちに聞こえたが、腹を立てているのがわかった。彼がチラッと妻を見た。リヴは腕組みをして、シンクに寄りかかっている。

「過去にソフィと付き合ったことは？」ジェームズは訊《き》いた。「そんなことは――」

「ありません」アンドリューが鋭い声で答えた。「のどかな環境のなか、いっしょに仲よく育ったわけでしょう？　そんなふたりが成長して、ロマンスが芽生えることはなかったんですか？」

「まったくありませんでした」アンドリューが答えた。

「ソフィと付き合いたいと思わなかったんですか？」アシュリィが訊いた。「それとも、告白してことわられたとか？　彼女に拒絶された？」

「本気でおっしゃってるんですか？」アンドリューが両手をあげた。「こんな調子で話がつづくなら、わたしも弁護士を雇う必要がある。しかし、はっきり言っておきましょう。ソフィとは仲がよかった。そして、ある意味、わたしは彼女を愛していました。妹のように思っていたんです。われわれはみんなでソフィを護《まも》ろうとしていた。ソフィが試練を乗りこえてくれることを、みんな願っていたんです。ソフィはかわいらしい女の子だったが、苦しんでいることは誰の目にもあきらかだった。クロウズ夫妻は彼女のために幸せな家庭を築こうと懸命になっていました。しかし、夫妻自身も深い悲しみに耐えていたんです。その輪のなかで、わたしがいちばんソフィと歳が近かった。だから、秘密を打ち明けられる親友になったんです。たぶん、彼女に信頼されてわたしは舞いあがっていた」

「だから当然のように――」ジェームズは言った。「遺書を書き換える必要が生じたとき、そして、離婚の手続きをはじめるときも、ソフィはあなたを頼ることにした。弁護士としてだけでなく。信頼できる親友として」反応を見ようと視線を向けてみると、リヴは目を大きく開いて夫を見つめていた。

「ええ、もちろんです」アンドリューは答えた。首がまだらに赤くなっている。その眼差《まなざ》しは、刑事たちと妻に交互に向けられている。

「それによって、別の何かが掻《か》きたてられることはなかったんですか？」アシュリィが迫った。「あなたのソフィへの気持ちが、もっと特別なものに発展するとか？」リヴの身体から滲《にじ》みでている頑とした氷河なみの敵意を、こうまで無視できるアシュリィを目の当たりにして、ジェームズは驚きをおぼえた。

アンドリューは首を振った。「いいえ」

「あなたはソフィを追って〈マナー・ハウス・ファーム〉に行ったのではありませんか？　それで彼女と話をしたのでは？」アシュリィが尋ねた。「それで口論になった？」

リヴがテーブルの向こうから三人を睨みつけている。アンドリューが立ちあがった。「ソフィに対するわたしの気持ちについてはすでに質問を受け、それにお答えしました。再度尋ねられたところで、その答えは変わりません。あなた方がほんとうに知りたいのは、わたしにアリバイがあるかどうかなのでしょう？　しかし、それについてもすでに話してある。あなた方は、あきらかに時間を無駄にしている」

「ええ、あなたがいっしょにいたという、クライアントなる人物に連絡を取ってみました」ジェームズは言った。「しかし、つかまらないんです」

「ああ」アンドリューが、また椅子に沈みこんだ。「そうでした。ハリーは、この週末の長い休みを利用して旅に出ているんです。月曜日に戻りますよ。ひじょうに――なんというか保守的な男でね。ローミング料が発生しないように、スマホの電源を切っているにちがいありません。しかし、あしたになれば難なく話ができますよ」

「わかりました。もう一日待っても、たいしたちがいはないでしょう」ジェームズは譲歩した。

「あなたはミセス・クロウズをよくご存知だった」アシュリィが言った。「夫人の容態については、どの程度理解していたんですか？」

「昏睡《こんすい》状態に陥って、今は入院中。〈アップルウッド〉から知らせを受けました。しかしそれまでは、とても元気だった」アンドリューが眉《まゆ》をひそめた。「視力の衰えを除けば、ミセス・クロウズが身体のことで愚痴を言うのを聞いたおぼえがありません。高血圧に注意していることを、たまに冗談めかして話していましたがね」

「病院に面会に行かれたことは？」アシュリィが訊いた。

アンドリューが妻に視線を向けてうなずいた。それを見たリヴの口が、ポカンと開いた。

「今日、病院から何か言ってきませんでしたか？」アシュリィが尋ねた。

「いいえ……なぜそんなことを？」アシュリィの暗い表情を見て、アンドリューは顔を歪《ゆが》めた。彼が予想したことを、アシュリィが口にした。「こんなことをお伝えするのは残念でならないのですが、ミセス・クロウズは今朝亡くなりました」

「ああ、なんということだ」両手に顔をうずめたアンドリューは、ショックを受けているようだった。「昨夜、訪ねたとき、たしかにあまりいい状態には見えなかった。しかし、ミセス・クロウズは畏《おそ》るべき女性だ。だから、なんとか乗りこえてくれるものと信じていたんです」沈黙がおりた。

庭から子供たちの甲高い声が聞こえてくる。トランポリンの保護ネット上に、小さな頭が弾んで見えている。まるで興奮した顔の連写映像を見るような眺めだった。トランポリンという檻《おり》のなかに入れられているようにも見える彼らの表情は、恐ろしげにも、悪戯《いたずら》っぽくも、ショックを受けているようにも、浮かれているようにも見える。

子供のひとりが叫び声をあげ、それから泣きだした。リヴの肩がガックリと落ちた。「ああ、今度はなんだっていうの？」

「マミィ、マミィ、バーナビィが足のお指を痛くしたよ」少年が庭を駆けながら、兄らしく母親に訴えた。

「足の指なら、あと九本あるでしょう。バーナビィにそう伝えてちょうだい」リヴが言った。

「痛くてもう遊べないなら、部屋のお片づけをすること。足が痛くても、お片づけならできるわ」

少年は足をとめることなく向きを変え、トランポリンへと駆け戻っていった。数秒後、ふたりはまた跳ねはじめた。

深く息を吸ってアンドリューが尋ねた。「ミセス・クロウズは……速やかに？　眠っているあいだに逝かれたのですか？」

「心停止が起こったようです」ジェームズが答えた。「しかし、ミセス・クロウズの脳卒中は、何者かが〈アップルウッド〉に夫人を訪ねた際に、薬をすり替えたせいで引き起こされたようです。そして、これまでのところ、あなたがその唯一の容疑者ということに――」

「容疑者？」アンドリューとリヴが、恐ろしげに叫んだ。

「でも、主人にどんな動機があるっていうんです？」リヴが迫った。

「あら」アシュリィが、いかにも意外そうな表情を浮かべて言った。「ご存知ないんですか？」

ジェームズは、またも両手に顔をうずめたアンドリューの様子をうかがった。

「ソフィもミセス・クロウズも亡くなった今、アンドリューが〈マナー・ハウス・ファーム〉の唯一の相続人です」

「なんですって？」リヴが驚きの声をあげた。

ジェームズとアシュリィは目を合わせた。今にも夫婦喧嘩《げんか》が始まりそうな気配を感じて、ジェームズは言った。「今日のところは、これくらいで失礼します。しかし、また連絡させていただきます」

ドアが閉まったあとも、ジェームズとアシュリィは無言のまま玄関前の階段の上に立っていた。そして、ドアの向こうから声が聞こえてくると、アシュリィが眉を吊《つ》りあげた。

「いったい、いつ話してくれるつもりだったの？」

「こんなことが実際に起こるとは思ってもいなかったんだ。〈マナー・ハウス・ファーム〉はソフィが受け継ぎ、いつかソフィが亡くなったら馬の保護施設に遺贈されるものと思っていた」

「でも、あなたは知ってたのよね！　ソフィが殺されて〈マナー・ハウス・ファーム〉を相続できなくなったとき、何もかもあなたのものになるって、すぐにわかったんでしょう。子供のころの特別な場所が、あなたが愛してやまない家族から遺贈される。うまくやったわね、アンドリュー。ええ、刑事たちに痛いところを突かれたんじゃない？」

「なんだって？」

「あなたがソフィをうまいこと言いくるめたんだとしても、わたしは驚かない」

「バカなことを。自分が何を言っているか、わかっているのか？」

「こっちが訊《き》きたいわ」リヴが怒鳴った。「あの女は死んだ。それなのに、まだわたしたちのあいだに入りこんでくるのよ。あの人が離婚することだって、あなたはわたしに話さなかった」

「弁護士としての守秘義務があるからな」

「ああ、やめて。あの人はただの依頼人じゃないでしょう？　あなたの特別なお友達。そのお友達は、たまたま若くてきれいで、ものすごいお屋敷を持っていた。うまくやったわね！」

「なんてことを言うんだ、リヴィ。それは、きみが勝手に想像して――」

「ええ、わたしが勝手に想像してるだけよ」リヴが言った。「でも、刑事さんたちも同じことを考えてるみたいね」

23

八月二十九日　日曜日　午後三時

ジェームズがやる気満々で玄関ドアをノックすると、ジーンズにシャツ姿のデイヴィッド・スティーブンソンが戸口にあらわれた。髭《ひげ》はきれいに剃《そ》ってあるが、目の下に隈《くま》ができている。

「何かニュースでも？」腰をおろすなり、デイヴィッドが訊いた。

「捜査は進んでいます。しかし、いくつかあなたにうかがいたいことがありましてね。あなたは最近改名して、スティーブンソンを名乗るようになったんですね？」

デイヴィッドは五年ほど前から、仕事の上で今の名前を使うようになったのだということが、警察の捜査であきらかになっていた。

「ああ」デイヴィッドが、首を振った。「そう、両親が離婚したもので、名前を変えたんです」

「なるほど。興味深いですね。ご両親が離婚されたのは四年前だ。なぜその前に？」

「離婚が成立する前に、母からそのつもりだと打ち明けられたんです。母の言い分も、母がどんな思いをしてきたかも、よくわかりました。だから父親とは距離を置くことにしたんです。それで、父親の名前も捨てました。わたしが母の名前を名乗ることで、母が自信を持てるのではないかと思って」デイヴィッドの両手は、ジーンズに押しつけられている。

「では、なぜ妹さんは名前を変えなかったんですか？」ジェームズは、ルイーズ・ディクソンとの電話での会話をメモした手帳をチェックした。「わたしには妙に思えますが」

「そうですか？」デイヴィッドが肩をすくめた。「うーん、理由はいろいろあるんでしょう。母が妹に打ち明けたかどうかもわからないし、それはわたしがどうこう言うようなことではありません。ルーがバーゼルに移ったあとは、ほとんど会うこともなくなってしまいましてね。よその兄妹《きょうだい》のように、頻繁に電話で話すこともありません」

デイヴィッドがホテルの部屋からかけた電話についての質問が、喉《のど》まで出かかった。しかしなぜか、その情報はホテルから得たほうがいいような気がして思いとどまった。その代わりに彼はうなずき、よくわかりますと言わんばかりの笑みを満面に浮かべてみせた。「そんなものですよ。わたしもクリスマス以来、兄とは話していません。いろいろありますから、ついそっちを優先してしまって。兄には子供が三人いる。仕事も忙しいようだ」ジェームズは一瞬黙った。「お宅の仕事は、どんな具合ですか？」

「えっ？」

「この前ここにうかがったとき、あなたを気遣って、企画コンサルタントが計画を遅らせたがっているとおっしゃっていましたよね。しかし、あなたは忙しく働いていたいと。いずれにしても、屋敷は犯行現場ということで立ち入りが禁じられている。計画は、しばらく中止になるのでは？」

「ええ。わたしが、気を紛らわせる何かを求めているのはたしかです。ショックだったし、いまだにきちんと理解できていない状態です。もう、計画などどうでもいい。とにかく、ソフィを殺した犯人が捕まることだけを願っています」

「調査担当者への計画中止の連絡はあなたが？」

「いいえ、そういうことはアンナに任せてあります」

「しかし、調査の依頼はあなたがなさったんでしょう？」

「いいえ、それもアンナが」

「見積もりに目をとおすくらいのことは、なさったんでしょうね？」

「いいえ。アンナが」デイヴィッドがため息をついた。「いけませんか？」

「いえ、ただ調査担当者のひとりが、あなたの過去の知り合いだということを、ご存知なのだろうかと思いましてね」

「調査担当者？」デイヴィッドの胸が忙《せわ》しく上下しはじめた。「誰です？」

「ネル・ワード博士をおぼえていますか？」

デイヴィッドが椅子の背にもたれた。「ネル？」彼の唇が歪《ゆが》んだ。「ええ、ネルならおぼえています。彼女が学生だったころ、よく会っていました。妹のルームメイトでね」

「付き合っていたんですか？」

デイヴィッドがうなずいた。「ええ、彼女に迫られましてね。わたしは友達でいたかった。なんと言っても、ネルは妹といっしょに住んでいたんですからね。喧嘩《けんか》別れするようなことになったら、面倒でしょう」

「つまり、ネルの告白を拒絶したと？」不信感が顔に出ないよう、ジェームズは頬の内側を噛《か》まなければならなかった。早くも中年太りの兆しが見えている腰まわりと、ネルが言及していたエゴ。目の前の男を見ていると、ネルがデイヴィッドに固執しているというヴァルの説が受け入れがたいものに思えてきた。

「そういうことです」デイヴィッドが肩をすくめた。「学生だったネルにとって、わたしのようなビジネスマンは、賭《か》けて損がない人間ということだったんでしょうね」

ジェームズは手帳から顔をあげなかった。

「ネルのことは警戒していたんです。嫉妬《しっと》深い質《たち》でね。わかるでしょう、わたしがウエイトレスとちょっとじゃれ合っただけで、焼き餅《もち》を焼く。なんというか……そう、すぐに興奮するんです」

ジェームズは、取調べのときのことを思い返してみた。たしかにネルは猛烈に怒っていた。そして、正式に苦情を申し立てるようチャールズに命じた。そうすることでおれとヴァルが窮地に立たされることがわかっていて、報復に出たわけだ……しかし、あのとき彼女は追い詰められていた。それに、ネルがこの男に心酔していたという主張はいくらなんでも……。
「ネルがソフィに嫉妬する理由に心当たりはありますか？」
「まったくありません。しかし、わたしとソフィが結婚したことを誰かから聞いたのかもしれない。そして、〈マナー・ハウス・ファーム〉の調査の仕事を自ら求めて手に入れたのだとしたら……」言葉を切ってジェームズを見つめたデイヴィッドの口が、ポカンと開いた。「まさか、そんなことを思っているわけでは……？」

八月二十九日　日曜日　午後八時

今夜訪ねてくるというアダムとの約束に気分が高まったネルは、ひと息つけるようワインのボトルを開けた。スマホの着信音が鳴った。見ると、シルヴィアからメッセージがとどいていた。

『ダーリン
約束どおり、B&B——〈ブラニエ・タウェル・ファームハウス〉の保養所のリンクを送るわね。

ちょっと向こうに行ってくる。のどかな静けさのなかで過ごすのが楽しみ。トロイのために、わたしを見つけるヒントを残しておいたわ。だから――なんとも言えないけど――もし彼がわたしを見つけてくれたら自堕落なときを過ごせるかも！

愛をこめて、シルヴィア　X《キス》』

ネルは保養所のサイトに飛んでみた。記憶のとおりの絵のように美しい農場が、画面にあらわれた。玄関ドアの上の看板に『ブラニエ・タウェル　ブレコンビーコンズ』と書かれている。

『電子機器の電源を切って自然と繋《つな》がる暮らしが、ここにあります。携帯電話は圏外、Wi-Fiも繋がらない。そんなブラニエ・タウェルで、すてきなデジタル・デトックスを体験し、現代生活のストレスから自分を解放してみませんか？　静かなウェールズの田舎に、身も心もすっかりあずけてみませんか？　召しあがっていただくのは、わたしたちの有機農場で採れた果物や野菜や卵や蜂蜜《はちみつ》。健康的で安全な保養所では、様々なクラスを用意してお待ちしております。リフレッシュして元気になって町にお帰りいただけることまちがいなし。そして、きっとまたいらしていただけるものと信じております』

ネルは保養所のリンクを開いて、ヨガやアートやライティングや瞑想《めいそう》、それに写真撮影のクラスについての紹介文を読んだ。誰にも見つからない、のどかなウェールズの山への逃亡。それこそが、今のわたしに必要なことだ。

メールからシルヴィアのツイッターに飛んで、最新のツイートを読んでみた。ペンドルベリー地域計画会議で撮った彼女の写真の上に、ホームページに載っていた〈ブラニエ・タウェル・ファームハウス〉のスクリーンショットが、キャプションつきでアップされていた。『平和な至福の一週間！　金曜日まで、わたしと鶏だけでここで暮らしています！』

ネルは、ひとり笑みを浮かべた。すごくさりげないわ、シルヴィア。あの会議を検索するだけで、トロイはシルヴィアの居所を知ることができる。

ネルには、調べなければならないことがあった。彼女は意を決してノートパソコンを開いた。そして、まずデイヴィッド・ディクソンを、それからデイヴィッド・スティーブンソンを検索にかけてみた。様々なデイヴィッド・ディクソンとデイヴィッド・スティーブンソンの長いリストが画面にあらわれた。検索の範囲を地元に絞りこんでみる。そして、フェイスブックとリンクトインを次々と開き、ついに〈DMS開発合同会社《LLC》〉CEOのデイヴィッド・スティーブンソンを見つけたが、その写真は――ポートレートではなく会議場に立っているもので――小さすぎて顔を見分けることはできなかった。ネルはデイヴィッドに繋がるリンクが貼られていることを期待して、ルイーズのSNSを試してみた。

でも、インターホンのブザーが鳴って、追跡は中断となった。モニターを見ると、アダムが車の運転席から手を振っていた。ネルは彼を門のなかに入れ、玄関を開けた。

「わっ、いい匂い」アダムがキッチンのカウンターに料理の袋を置くと、ネルは言った。

「ありがとう」アダムが嬉《うれ》しそうに答えた。

「やだ、あなたのことじゃないわ。食べ物の匂いのことよ」ネルは声をあげて笑い、彼の腕を叩《たた》いた。「ああ、よかった。あなたに会えて、すごく嬉しい……」喉《のど》が締めつけられて、言葉がうまく出なかった。ネルはそれを隠すべく彼に背を向け、慌ただしく戸棚から食器を出した。

アダムはニヤリと笑いながら、足下に目を落とした。「ほんと？」

「さんざんだったの。ここにいるのが冷酷無情な警察官でなく友達だっていうだけで、ほんとうに嬉しい」ゆうべのつらい試練を——とりわけジェームズの裏切りを——思って、声が震えた。

「ああ？」アダムの顔から笑みが消え、心配そうな表情があらわれた。「話したいなら聞くよ」

「とにかく食事にしましょう。食べながら話すわ」ネルは財布に手をのばした。

「いいよ。今回はぼくがご馳走《ちそう》する」アダムが言った。ネルが皿をわたすと、彼が料理の包みを開き、ふたつの皿にすべての料理を少しずつ盛りつけた。

自分の皿とカトラリーとワインを手にテーブルの脇に立ったアダムを、ネルがソファのほうへと誘《いざな》った。ふたりは肘掛けつきの大きな低いソファ《チェスターフィールド》の端と端に、横ならびに腰をおろした。そして食べながら、ネルは逮捕された話をかいつまんで——チャールズとコナーと自分の称号についても省略して——彼に聞かせた。

「なんてこった、ネル！」話が進めば進むほど、アダムの不安の色は濃くなっていくようだった。「つまり……〈マナー・ハウス・ファーム〉の調査の依頼主は、きみの元彼だったってことかい？」ネルに睨《にら》まれて、アダムは言いなおした。「ごめん、わかったよ。つまり、きみの知り合いだったわけだ。そして、トンネルで殺害されたのは、そいつの奥さんだったってこと？」

ネルは身を震わせた。「ええ、そういうこと」

アダムは彼女を見つめた。そして、話題を変えようとした。「オーケー、それ以上話さなくていいよ。もう充分だって顔をしてる。それより……ああ。なんてこった」アダムが皿をコーヒー・テーブルに置いた。「ふたりとも、ゾロのことを忘れてた」

ネルはうなった。「最悪。こんな話をしてたせいで、忘れてしまうなんて……」彼女は食べかけの料理と、ほとんど手をつけていないワインに目を向けた。「行きましょう。向こうに着くころには、ゾロを放すのに充分なくらい暗くなってるはずよ。カレーは、帰ってから温めなおせばいいわ」

アダムの運転で〈マナー・ハウス・ファーム〉の車まわしの入口をとおりすぎたとき、見張りの警官に警戒の目を向けられて、ネルは身震いした。角を曲がって待避所に車をとめると、アダムが言った。「このあたりに近づかないほうがいいんじゃないのかい？」

「そうね、近づかないほうがいいにきまってる」ネルはキャリーバッグのなかのゾロと格闘し、手袋をした両手でその体を包みこんだ。「でも、ここでゾロの体を温めることにする。それから車の外に出て、ゾロを放すの」

うしろからライトが近づいてきたかと思うと、ランドローバー・ディスカバリーが待避所に入ってきた。そのドライバーは、ふたりを見るなりタイヤを軋《きし》らせて車の向きを変え、ふたりの車の横にランドローバーをとめた。ジェームズだった。

「嘘でしょう」ネルはつぶやいた。

「なんだって？」アダムが訊《き》いた。

「警官よ。わたしを逮捕した刑事のひとり。ジェームズ・クラーク巡査部長」

「こいつがその……」アダムが両方の手首を合わせ、手錠をかけられた真似をした。

ネルはうなずき、運転席の窓を開けたジェームズを横目に、アダムに同じジェスチャーをしてみせた。アダムは何も気づかないふりをして、ネルのほうを向いた。「きみと話がしたいみたいだ。どうする？」

ネルがため息をつきながらうなずくと、アダムが窓の開閉ボタンを押した。

「ワード博士、それに……カシャップ博士ですよね？　なぜ、ここに？」犯行現場という言葉は使わなかったが、立入禁止のテープを手で示している。言い訳をしなければならないことは、ネルにもわかっていた。

それでも、彼女の口調は冷ややかになっていた。「巡査部長さん、あなたにお話ししても信じていただけないと思います」

家族とパーシィを除けば、あのセックス動画のことを知っている人間に会うのは、あの騒動以来初めてのことだった。ジェームズが、何も言わないことはわかっていた。それでも、あの動画のことを知っている人間が、こんな状況のなかに――しかもアダムの前に――いると思うと、発疹《ほっしん》が出たかのように身体じゅうが熱くなった。傍らで、アダムも同じように身をこわばらせている。

「ほんとうに信じないか、試してみてください」ジェームズが言った。

ネルはまたもため息をつき、両手を掲げてみせた。ゾロの繊細な耳が、白い手袋をはめたネルの指のあいだから突きでている。「もちろん、コウモリです。コウモリのために、ここに来たんです」

ネルに向けたジェームズの顔に笑みらしきものが浮かんでいる。「あなたのコウモリが、あなたのアリバイを証明してくれさえしたらと思いませんか？　そうしたら、われわれのどちらにとっても事が複雑でなくなる」

「あなたがコウモリの言うことを信じてくれるなら……。これまで、わたしの言うことをひとつでも信じてくださいました？」

「だったら、話して。わたしを教育してください」

彼は度胸があるし、ものすごく興味を持っているようにも聞こえるし……あの残酷な取調べを受けたあとでは、温かみさえ感じられる。ネルのなかを安堵《あんど》の波が駆け抜けた。そんな自分に動揺したネルは、手のなかでモゾモゾと動いているゾロに目を落とした。指のあいだから顔をのぞかせているゾロは、目を輝かせて声を発している。

「準備ができたようだな」ゾロがネルの手を押しやるのを見て、アダムが言った。目をあげると、ジェームズが魅せられたようにゾロを見つめていた。

「ええ、準備ができたみたい」ネルがそう言うと、アダムが車から飛びおりて、ネルのために助手席のドアを開けた。

「いっしょに行ってもいいですか？」ジェームズは、純粋に興味を持っているようだった。ネルはうなずいた。だめだなんて、言えるわけがないでしょう？

三人で小径《こみち》に沿って歩きながら、沈黙を埋める必要を感じてネルは言った。「この林を行くと、屋敷の母屋にたどり着きます。だから、ここで放してやればゾロは狩りもできるし、見慣れた景色のなかで巣を見つけることができるはずです」

ネルが手を開くと、ゾロが頭をあげて長い耳をひろげた。声を発し、耳を傾けている。「見て、音を発してその反響を聞いている。反響定位《エコロケーション》。こうして、ものの位置を測るんです」ゾロが耳を高く立てて、ネルの手を這《は》いのぼっていく。

「馴染《なじ》みのテリトリーにいることが、わかっているようだな」ゾロが頭を上下させ、いかにも利口そうな目を左右に向け、ピンクの鼻をヒクヒクさせて夜の匂いを嗅《か》ぐのを見て、アダムが言った。

「ずいぶんと弱々しく見えるな」ジェームズが言った。

ネルの手に垂直にとまったゾロが、自由を取り戻そうと翼をひろげた。

「わぉ、まるで魔法だ」アダムがネルの目を見つめた。

ゾロが翼をはためかせて、その動きを試している。そして次の瞬間、宙へと飛び立った。

「わぉぉぉっ！」ジェームズが驚いてあとずさった。

ゾロがネルのまわりを二周した。ネルは顔を輝かせた。これはコウモリのウィニングランなのだと、彼女は思った。世話をして安全に巣に帰してくれたネルに、礼を言っているのだ。ゾロが自分のまわりを飛ぶのを見て、アダムはうれしそうにほほえんだ。そのあとゾロは空高く舞いあがり、暗闇に消えていった。

「行ってしまった」そう言ったジェームズの声には、喪失感がこもっていた。「あっと言う間だった。夜のなかに溶けていってしまったようだ」

「でも、あの子は元気よ」ネルは言った。「それに、自分がいるべき場所に還《かえ》れるわ」

「コウモリ愛に満ち溢《あふ》れたあなたがコウモリのためにどんなことをしているのか、この目で見られてよかった」

「わたしは、あの子にちょっと力を貸してあげただけ。でも、あの種のコウモリが快復するのは希《まれ》なことです」ネルはジェームズに目を向けた。「わたしが留置場にいるあいだに、餓死しなくてよかった。そう思いません？」ジョークのつもりで言ったのに、当てつけのようにしか聞こえない。それに気づいて、ネルはうんざりした。

ジェームズの表情が暗くなり、口調が尊大にも思えるほど重く変わった。「わ、わたしが何より優先しなければならないのは、殺人事件を解決することです。今、世話をしているコウモリは他にいるんですか？」

「いません」苛立《いらだ》ちながらネルは答えた。こんな人を相手に、礼儀正しく振る舞う必要はない。なんと言っても、ヴァルとふたりで、わたしをひどい目に遭わせてくれたのだから。

「よかった」ジェームズが言った。「だったら、次にあなたと話す必要が生じたとき、少なくとも、コウモリが腹を空《す》かせているんじゃないかと心配しないですむ」彼はランドローバーに乗りこみ、走り去っていった。

アダムが近づいてきて、ネルの傍らに立った。「なんてこった、あれはちょっと……度が過ぎてるな。大丈夫かい？」

腕が触れていたが、どちらも離れようとはしなかった。

「大丈夫よ。今日、少なくともひとつはいいことがあった。嬉《うれ》しいわ」

アダムがネルの肩をそっと押した。「いいことは、ふたつだ。ゾロが自由になったことと、きみが自由になったこと」車に戻ると、彼が心得顔でネルを見つめた。「それで、どうするつもり？」アダムの唇が歪《ゆが》んだ。「まずは調査……かな？」

ネルの鼓動が早くなった。アダムにはネルが考えていることがわかるらしい。

イグニッションキーをまわしても、おんぼろボルボは反応しなかった。アダムは再度、イグニッションキーをまわした。エンジン音がひびき、車は走りだした。ネルの家に向かって運転しながらアダムが言った。「クラーク巡査部長がきみを逮捕して厳しく取調べたのは、きみのことを気に入ってるからなんじゃないのかな。つまり、公平な目で第一容疑者としてきみを見るのは簡単ではないってことだ」

ネルは、心をくすぐるその言葉を受け入れることなく振り払った。アダムはまちがっている。初めはネル自身も、ジェームズに興味を持たれているのだと思っていた。でも、それは幻想だった。アダムは、わたしをからかっているのだ。いつものように。「ジェームズは——」

「ジェームズ？　ファーストネームで呼ぶわけ？」

「そうよ、それが彼の名前ですもの。とにかくあの人は、わたしのことを気に入ってなんかいない。警察官として、プロに徹してるだけ。ほんとに、いやになるほどプロに徹している」

「そうなのかい？」アダムが眉《まゆ》をひそめた。

「たとえば、初めてうちに来たときも、手掛かりを求めて家じゅうをこっそり嗅ぎまわってた。あのときから犯人扱いされてたんだわ。それに、家宅捜索することに決めたのも、あの人だと思う」

「なるほどね」そう言ったアダムに、さっきまでの威勢のよさはなくなっていた。もう、あまり動じなくなっているのだ。

「それに、わたしの素性まで調べたのよ」ネルは顔が燃えるように熱くなるのを感じて、窓の外に目を向けた。「だから、特別扱いされてる感じなんてぜんぜんしない」

アダムは何も言わなかった。まっすぐ前を向いて、運転に集中している。

ネルは、うしろめたさを感じていた。彼女の名前で深刻な苦情の申し立てが行われようとしている。ジェームズには、どんなに恨まれても不思議ではなかった。今、彼が愛想よく振る舞っているのは、ネルからもっと何か絞りだせればと思ってのことにちがいない。だから、このまま隙を見せずにいることが大切だ。「あの人は、わたしに危機を脱したと思わせたくないんだと思う。デイヴィッドのことを知っていたんだから、わたしは依然として容疑者のままよ。

動機は激しい嫉妬《しっと》。そういうことだと思う」

「うーん」アダムの唇が一本の線のようになっている。

「バカバカしいなんてものじゃないわ」

アダムが一瞬ネルを見た。「わかるよ。人は簡単に誤解する。それで、エリンと気まずい話をしなければならなかった。その……誤解について。騙《だま》そうなんて気は少しもなかったんだ」

わっ。門に近づいていく車のなかで、淡い期待が膨らみだしていた。ネルは何気なく聞こえるように言った。「暗証番号は1947」

「嘘だろう」アダムが驚きの表情を浮かべてネルを見た。「城の鍵《かぎ》をわたされたも同然だ」彼は感動した様子で何か感傷的なことを言いかけたが、口を開く代わりに身を乗りだし、キーパッドに暗証番号を打ちこんだ。

「夕食のつづきを食べる気力は残ってる？」

「冗談だろう？　クッキングディーンでいちばんのビリヤニが、ここにあるんだよ！」

ネルは玄関のドアを開けた。「あなたの車のタイヤのことを書いたメッセージに、返信してくれなかったわね」

「ああ……」アダムが髪をかきあげた。「わかってる」彼が長いため息をついた。「きみの推理は当たってる。警察が調べたところ、タイヤは切られていたそうだ」

ネルは振り返って彼を見た。「最悪だわ、アダム。ねえ、そのことをわたしに話そうとは思わなかったわけ？」

「それで……」アダムは、すっかり話したがっているように見える。「車を持っていかれてしまった。徹底的に調べるためにね」

「それって……?」ネルは廊下で足をとめて、彼を見つめた。「ねえ、あなた、何も話してくれなかったわよね?」

「ああ、話さなかった。事件と関係ないことを祈ってたんだ。地元のバカな連中の仕業かもしれないだろう。きみを心配させたくなかった」

「保護者気取りはやめて」ネルは足音も荒くキッチンへと進み、食事を温めはじめた。

「わかったよ、ごめん。きみは警察の取調べやなんかで、すでに充分すぎるくらい面倒を抱えていたからさ」

「そうね、でもはっきり言っておく。わたしは知らせてほしかった」ネルはそこまで口をつぐんだ。自分には、そんなことを求める権利などないことがわかっていた。顔がチクチクした。それから、留置場で考えていたことを思い出した。「わたしを〈マナー・ハウス・ファーム〉にひとりでいさせるために、誰かがあなたのあとをつけてタイヤを傷つけたんじゃないかと思うと、気が気じゃなくて……。警察も同じように考えてるにちがいないわ」

「それはちょっとドラマチックすぎるんじゃないか?」アダムが言った。

「デイヴィッドを知っていたという理由で、わたしが逮捕されたことに比べたら、たいしてドラマチックじゃないわ」ネルが料理をリビングに運ぶと、アダムがふたりのグラスにワインを注ぎたし、そのひとつを彼女にわたした。ネルはソファの上に横坐りしてワインをひと口飲み、じっと考えこんだ。

沈黙のなか、ふたりは料理を食べ、ワインを飲んだ。そしてしばらく経ったころ、ネルがかぶりを振りながら、ソファの背に身をあずけた。「知ってる誰かがこんなことを……したのかもしれないと思うと、恐ろしいわ」

アダムがうなずいた。

「でも、あの人には卒業パーティ以来、一度も会っていない」ネルが言った。「すごく変わったんじゃないかしら」彼女は肩をすくめた。「だって、あの人が自分で会社をやってるなんて信じられない。そんなことをする手段や気力があるなんて、あのころのディヴからは想像もつかないわ。でも、これは大規模な開発よ。他の小さなプロジェクトで、かなりの実績を積んできたんでしょうね」

ネルはサッと立ちあがり、キッチンからノートパソコンを持ってきた。そして、グラスにワインを注ぎたすとソファに腰をおろし、さっきの検索のつづきを再開した。アダムもスマホに文字を打ちこんでいる。

「アンナ・マディソンのリンクトインのプロフィールから、彼の会社を調べてみるよ」集中して画面を見つめているアダムの顔には、深くしわが刻まれている。

「あなたが手伝ってくれるとは思っていなかった」言うつもりもなかった言葉が、口から出てしまった。ネルは慌てて唇を引き結んだ。

アダムが画面から目をあげた。「なんだって?」彼が顔をしかめた。「もちろん手伝うよ。きみはクッキングディーンの最重要指名手配犯かもしれないが、ぼくは共犯者だ。きみの汚名をすすぐために協力するよ。あるいは――ほら――真犯人を見つけるために力を貸すよ」アダムが短く声をあげて笑った。「どうせきみはやるつもりだろう？　だったら、きみが面倒に巻きこまれないように誰かが見ている必要がある。ぼくが放っておくと思うかい？」

ネルの顔いっぱいに笑みがひろがった。でも、アダムはすでに検索に戻っていた。

「会社の実績については、何も出てこないな」彼が言った。「ニュースのページにも計画についての記載はないし、会社のホームページを見てもプロジェクト事例はひとつも載っていない」

ネルは身を乗りだして眉をひそめた。「この大規模な開発が、初めて手掛けるプロジェクトだってこと？」彼女はかぶりを振った。「どうしてそんなお金があるの？　百万以上必要なことは最初からわかってるし、予想外の出費もかなりあるはずよ。当時のあの人の金銭感覚は、学生なみだった。こんな規模のお金を出すなんて、あの人にできることじゃないと思う」

ネルはしばらく考え、それから言った。「会社登記所をあたってみる。デイヴィッドの会社についてどんな記載があるか、出資者はいるのか、調べてみる」キーを叩《たた》いたあと、ネルは首を振った。「ここにも、ほとんど何も載っていない。ほんの半年前に立ちあげた会社みたいね。出資者もいないわ」

ネルは思いを巡らせながら、アダムに目を向けた。「ああ、なんてこと。当然よ。ソフィは家主なのよ！　奥さんが〈マナー・ハウス・ファーム〉のような地所を持っていたら……」ネルは自分を蹴《け》り飛ばしたい気分になっていた。なぜ、もっと早く気づかなかったんだろう?

「奥さんがお金を持っていたら……もしかして……もしかして……」

アダムの目が大きく見開かれた。「それを自分のものにするために、デイヴィッドが妻を殺害した?」

24

八月二十九日　日曜日　午後十時四十五分

ネルは二本目のワインを開け、ふたりのグラスに勢いよく注いだ。「これでひとつの仮説が立ったわ。お金と地所――あるいはお金か地所――目当てで、デイヴィッドが妻であるソフィを殺害した」

「あるいは……あっ、ありがとう――」アダムが差しだされたグラスを受け取った。「ふたつ目の仮説になるが、ソフィが浮気をしていた」

「なんですって? それなら離婚すればすむことよ。殺すより、ずっと簡単だわ」ネルが異議を唱えた。

「何もかもが、そんなふうにシンプルなわけじゃないと思うな。人は秘密を抱えているものだからね」アダムがワインをひと口飲んだ。

ネルは刺すような罪の意識をおぼえた。何か言おうとしたけれど、アダムが先をつづけた。

「母の友人の姪《めい》が、浮気をしてね。グループ内に噂がひろまった。その姪っ子は見合い結婚をして、夫婦仲は——少なくとも表向きは——いいと言われていたが、ときめくような愛はなかったんだと思う。夫も浮気をしていたそうだ。彼のほうが慎重だったというだけのことだ。どちらの家族も、結婚生活をつづけるようふたりに強く求めていた。みんなふたりの重荷になることがわかっていながら、意見したり助言を与えたりする権利があると思いこんでいたんだ」

彼が身を震わせた。「最悪だ」

ネルは〝見合い結婚〟というものの存在に驚きをおぼえた。「あなたもお見合い結婚をするの？」

アダムが声をあげて笑い、ソファの上のクッションに身をあずけた。「しないよ。母に訊《き》いたら、ちがう答えが返ってくるだろうけどね。母は、しきりにそんな話を持ってくるんだ。母の機嫌を損ねないように、とりあえず相手に会うことは会う。愛想よく振る舞って、相手がどんな女性だろうと、彼女にとって楽しい夜になるように頑張ってみる。しかし、胸がときめくような相手に出逢《であ》うことはない。それは簡単には得られない特別なことなんだろうね。ぼくと相性がいい女性を母がさがしだせるとは思えないね！　自分で見つけるさ」

悪戯《いたずら》っぽい色が滲《にじ》む眼差《まなざ》しで見つめられて、ネルはとろけそうになった。彼の腕がソファの背もたれ沿いにのびている。「つまり、別居や離婚が簡単ではないこともあると言いたかったんだ。デイヴィッドが浮気をしていたかどうかは、問題じゃない。しかし、ソフィが浮気をしていて、デイヴィッドが彼女に離婚されるんじゃないかと怯《おび》えていたとしたら？」アダムがネルのほうにグラスを傾けた。「ああ、もちろん殺すより離婚するほうが簡単だ。しかし、それだと財産は半分しか手に入らない。多くてもね。それに婚前契約で、彼の取り分を制限する取り決めをしていた可能性もある。だから、そう、これがふたつ目の仮説だ」

アダムがネルのデスクの上に散らばっている、やりかけの科学実験に目を向けた。「仮説の検証をしようと思ったら、ふつうはまずデータを集める。このふたつの仮説を検証するのに、どんな事実を掘りだせるかな？」

「デイヴィッドの金銭面については、これまでにわかっている以上のことを調べる術《すべ》は、わたしたちにはない。だから、はっきり言って、第一の仮説は行き詰まりね。ソフィについて調べてみる？　ネットで何かわかるかも」

ふたりは――アダムはスマホで、ネルはノートパソコンで――競うように検索を始めた。ネルの心に、写真で見たソフィの顔が浮かんだ。ソフィは二十六歳だった。ならば、少なくともインスタグラムのアカウントくらいは持っていたにちがいない。でも、『ソフィ・クロウズ』『ソフィ・クロウズ　マナー・ハウス・ファーム』『ソフィ・クロウズ　ロンドン大学ロイヤル・ホロウェイ校』――どれを試してもヒットはなかった。ネルはパソコン画面を見つめた。ソフィはネット上にできるだけ名前が載らないよう、手を尽くしていたにちがいない。それは単に極度の引っこみ思案のせい？　それとも、デイヴィッドが彼女を孤立させようとしていたの？

浮気説は有力だ。卒業パーティの夜、デイヴは時間を無駄にすることなくソフィ・クロウズに言い寄った。当時ネルは彼のことを、容姿がすべてで、人を利用してのしあがるタイプの男だと思っていた。

ソフィが、そんな彼の目的にかなう女性だったとしたら？　ネルはワインを飲みながら、その考えを展開させてみた。

「アダム、あなたはいいところに気づいたんだと思う。デイヴィッドは浮気をしていたにちがいないわ。会社を立ちあげるのに必要な資産をソフィから得るだけ得たら、次の誰かと関係を持つ」

「ああ……そう考えると辻褄《つじつま》が合うな」

ネルは跳ねるように立ちあがって、デスクをかきまわしはじめた。酔っているせいで動きが鈍くなり、ものを次々と倒している。そして迷彩塗装を施した何かを見つけると、酔った勢いで勝ち誇ったように掲げてみせた。「野生動物観察用の誘導型接近センサつきの軽量トレイルカメラよ。これを使って、仮説を検証できるわ。デイヴィッドが浮気をしていることを示す——あるいは証明する——ような行動を示さないか、自宅を見張るのよ」ネルはカメラをテーブルに置いて、ドサリとソファに坐《すわ》った。「気づかれずにあとをつけることはできないけど、このカメラを彼の自宅の玄関の外に設置することはできる。何かわかるか、やってみるわ」

アダムがじっと彼女を見た。「冗談だよね。とても正気だとは思えない。彼はきみに気づいてーー」

「わたしが気をつければ大丈夫」ネルは言い張った。

「わたしじゃなくて、わたしたちだ」アダムがきっぱりと正した。「こんなバカなことをやるときみが言い張るなら、ぼくもいっしょにやる」

八月三十日　月曜日（バンクホリデー）　午前八時

アダムは、イゼベルがゴロゴロと喉《のど》を鳴らす音で眠りから覚めた。腕に頭を押しつけられて瞼《まぶた》をあげた彼は、カーテンごしに差しこむ日射しの眩《まぶ》しさに目を細めた。乾いた口のなかにはゆうべのワインの味が残っているし、腕が痺《しび》れているし、ネルの髪が鼻をくすぐっている。

ゆうべ、どうやってデイヴィッドを見つけるか計画を練っている最中、ネルはノートパソコン相手にミスタイプを繰り返していた。アダムは、そんな彼女に自分の小さな発見を披露すべく、スマホを掲げてみせた。そして、ネルが身を丸めて近寄ってくると嬉《うれ》しくなった。しかし、画面を見るには、そうする必要があったというだけのことだ。その直後、ネルはしゃべりながら突然眠りにおち、彼の肩に頭を乗せてきた。

眠りがロマンスに勝ったということだ。なんと言ってもネルは疲れ切っていたし、少し酔っていたし、行動を起こすのにふさわしい時間でもなかった。アダムは彼女にアランセーターをかけてやり、腕の痺れに耐えて過ごした。それでも、動きたいとは思わなかった。リラックスして無防備なまま眠っているネルの顔は、いつもよりやわらかく見えた。とにかく美しかった。

イゼベルが頭を押しつけると、ネルが低い声で何かつぶやいた。身体をモゾモゾと動かして軽くのびをし、それから急に固まって目を開いた。アダムを見つめて、唇を噛《か》んでいる。**頼むよ。後悔してるわけじゃないよね？** クシャクシャになった髪が、耳のまわりに飛びだしている。まるで、撫《な》でてやる必要がある猫みたいだ。

「おはよう」アダムは無意識にのびをした。血がかよいだした腕がピリピリする。

イゼベルがネルの腕を前足で叩《たた》き、愛らしく目を細め、甘い声で鳴いて喉を鳴らしていたが、ネルはその〝甘えん坊攻撃〟を無視して、気まずそうにアダムを見ていた。「嘘でしょう、ごめんなさい。わたしのせいで、ひと晩じゅうそんな格好をしていたの？」

アダムは肩をすくめ、自慢げに聞こえるよう言った。「美女たちを眠りに誘《いざな》う枕になれないなら、どんなにすごい胸筋や二頭筋を持っていても意味がないよ」

「美女たちですって？」ネルが彼の肩をつつき、真顔をつくって言った。「枕にちょうどいいくらいフニャフニャってことは、ジムでもっと頑張る必要があるかもね」

アダムはショックを受けたようなふりをして、彼女にクッションを投げた。

ネルは悪戯っぽい笑みを浮かべてそれをかわし、立ちあがった。「この子にご飯をあげなくちゃ。コーヒーは？」

「わっ、ぜひ頼むよ」アダムはスマホをチェックしながら立ちあがった。白紙のメッセージが何通もとどいていた。全部、母親からだった。アダムは時間を見た。「なんてこった。家族とのランチに遅刻しそうだ」彼はTシャツのしわをのばしながら、ネルがイゼベルの餌を用意しているユーティリティ・ルームへと入っていった。「サッとシャワーを浴びさせてもらえるかな？」

ネルはアダムを二階へと案内しながら、頭のなかでバス・ルームに何があったかすばやく考えた。洗濯物が散らかっていることはなさそうだ。戸棚の前に来ると、いちばん上等のタオルを二枚つかんで彼にわたした。ドアを開けてバス・ルームをのぞいたネルは、なかがピカピカになっているのを見て胸を撫でおろした。

アダムはドアのあたりでぐずぐずしている。「きみは自分のことを真面目な生態学者だと言ってるよね？」

ネルは目を細くした。何が言いたいわけ？

「つまりさ、地球を救いたいと本気で思ってるんだよね？」

ネルは彼の意図を察して、ライムストーン張りの広々としたシャワー・ルームを手で示した。

「いっしょに浴びるほど広くないわ。あなたの二頭筋が大きすぎて無理よ。いずれにしても、あなたはサッとシャワーを浴びるって言ったじゃない」

「なんだよ、勘ちがいしないでほしいな！　水を節約しようって、提案しようと思っただけなのにさ！」

ネルは笑いながら彼をバス・ルームに押しこんで、ドアを閉めた。キッチンに駆け戻ってコーヒーをいれ、クロワッサンをレンジで温める。そして、戸棚から選《え》りすぐりのジャムを取りだし、皿やカトラリーといっしょにテーブルにならべた。コーヒーを注いだところで、電話の着信音が鳴った。パーシィからのビデオ通話だ。一瞬、キャンセル・ボタンをタップしようかと思った。でも、しそこなってしまった。

「おはよう、美人さん。調子はどう?」パーシィが訊《き》いた。

「あとでかけなおしてもいい? 今、話せないの」ネルは階段を見あげながら、電話に向かって小声で言った。

「どうして? 何をしてるの?」画面に顔を寄せてそう訊いた彼女は、少なくとも声は落としてくれていた。「ちょっと待って――コーヒー・カップがふたつ? 朝の八時半に?」嬉しそうなキーキー声でそう言われて、ネルは通話終了ボタンをタップし、階段をおりてくるアダムの足音を聞いてホッと息をついた。

ネルは自分の皿にもクロワッサンを載せてみたものの、食べる気にはなれなかった。捜査のことを思うといまだに不安が拭《ぬぐ》えなかったということもあるけれど、ついにアダムとの関係が変わったことに興奮し、嬉しくてワクワクしていたせいでもあった。テーブルに着いたアダムが、ネルと目を合わせながらカップを手に取ると、ふたりはコーヒーを飲んだ。どちらも吸い寄せられるように、互いを見つめている。アダムの唇が歪《ゆが》み、やがてその顔に笑みがひろがった。ネルもほほえまずにはいられなかった。でもそんな瞬間は、アダムのスマホの着信音で終わりを告げた。

「きっと、また母だよ。もう行ったほうがよさそうだ」しかし、アダムは動こうとしなかったし、目を離そうともしなかった。「あとで会える？」

ネルは肩をすくめたけれど、顔に浮かんだ笑みのせいで本心は見え見えだった。「時間が空いてたらね」

「ひとつ助言がある。とにかく、逮捕されずにいること」

ネルはショックを受けたふりをした。

「そして、いいかい……万が一、逮捕されてしまったら、許される一回の電話はぼくにかけること」アダムはコーヒーを飲み干してウインクした。「ぼくが、留置場から出してやるよ。わかってるよね？　きみはぼくの大切な友達なんだ。共犯者と言ってもいいほどのね」

「逃亡する気なら、クロワッサンを盗んでいったほうがいいわ」

アダムはニヤリと笑い、車へと走っていった。ネルはぐずぐずとドアを閉め、リビングのカーテンを開いて、アダムの車が門の外へと走り去るのを見送った。そして、その影が視界から消えると、ネルの注意は、ゆうべの皿やグラスやボトルや空になったテイクアウトの容器に向けられた。

リサイクル用のゴミ箱にワインのボトルを捨てながら、またも罪悪感が浮かびあがってきた。アダムはネルとともに危険に身を投じる覚悟でいる。それなのに、ネルは依然として彼に自分の素性を明かしていない。人を助けるために自ら渦中に飛びこんだ人間が、救いを求めている相手の正体を知らされないというのは、公平ではない。

でも、いったいどんなふうに話したらいいのだろう？

八月三十日　月曜日　午前九時

ジェームズはヴァルの最新報告に耳を傾けながらも、彼女のとなりでしかめっ面をしているトレント署長にチラチラと視線を向けていた。

ヴァルはネルの逮捕について、チームのメンバーのほとんどがすでに知っていること――アンドリュー・アーデンのソフィへの思いや、アンナとサイモンとデイヴィッドから聞きだした話など――を要約して話している。ヴァルがこんなことをしているのは、トレントのためなのだと、全員わかっていた。警官たちはみな、バンクホリデーの貴重な時間をもっとましな何かに使いたくてうずうずしている。

ジェームズも報告の一部を引き受けたが、同僚たちが資料をガサガサさせたり、のびやあくびをしたりしはじめると、なんとか短めに切りあげようとした。「ネル・ワードの上司と、このあたりで冬眠するコウモリについてネルに助言を与えたという地元のコウモリ専門家から、メールの返信がありました」ジェームズはプリントされた用紙を掲げて言った。「コウモリについて何もかも知りたかったら、誰でもこれを読んでくれてかまいません。どこで冬眠するか、温度や環境がいかに大切か、ねぐらがどんな法律で護《まも》られているか、全部書いてある。しかし、ひとことで言えば、入口の門を元の状態に戻しておくことは絶対に必要だということです」

トレントが唇をすぼめた。「つまり、レディ・エレノアは容疑者リストからはずすということか？」

ヴァルは、ネル本人が望む呼び名ではなく称号を使ったトレントに呆《あき》れたかのように、天井に目を向けているが、トレントが戦略を練った上で手榴弾《しゅりゅうだん》を投げてきたことに気づいていないはずがない。ジェームズはヴァルを見るのをやめて、トレントに目を向けた。「ワード博士の行動については、まだ疑問が残ります」ジェームズは、うまくかわした。「たとえば、アナグマの餌用ペレット……」彼はヴァルが説明したばかりの事実を持ちだして言った。「しかし、今のところは別の容疑者に集中していいと思います」

トレントがジェームズを睨《にら》み、重い口調で言った。「いいだろう」

ヴァルがそっと称賛するように小さくうなずくのを見てジェームズは満足し、笑みが浮かびそうになるのを抑えた。部屋の向こうで、アシュリィが顔をクシャッとさせた。

エド・ベーカーがジェームズに意味ありげなウインクをして、別の話を始めた。「うちの交換手に話を聞いてみました。マスコミがこの事件に興味を持つようになって以来、情報を求める記者どもからの電話が殺到しているようです。ドラマチックな殺人事件に浸って長い週末の暇つぶしをしたがっている哀れなやつらが、山ほどいるにちがいありませんね。自分が犯人だといってきた自白の電話が――」エドが手帳をチェックした。「二十一件。まちがっている可能性はありますが、少なくともそのうちの二十件はでたらめです。重要な何かを見たと思いこんでいる目撃者が百人以上いて、霊視の結果を教えようという超能力者が五十名ほど。その全員の話を聞くには――」

エドのぼやきをトレントがさえぎった。「もういい、わかった。もっと人をまわそう。何か新たに見つかれば別だが、これできみの仕事量が増えることもなくなるはずだ。そして、交換手にはさらに厳密に電話の選別をしてもらう。時間の無駄にしかならない電話は、繋《つな》がないよう指示を出す。したがって、余分な仕事のせいで捜査が進まないという言い訳は、この先通用しない」

トレントがヴァルに向かって言った。「あとはきみに任せる。わたしは休暇に戻るが――」署長が口元を引き締めてつづけた。「必要が生じたときは、電話が繋がるということを決して忘れないでもらいたい」それだけ言うとトレントは部屋から出ていき、ドアが音をたてて閉まった。

安堵《あんど》のため息が、さざ波のように部屋じゅうにひろがった。

ヴァルがうなずいた。「オーケー。捜査を再開する前にいくつか話しておくわ。ジェームズ？」

ジェームズはボードに貼られた地図の前に進んで、指をさした。「可能性が低いことは承知しているし、アンナがなんらかの方法で〈ナイ・ホール・ホテル〉の監視カメラ映像に手をくわえたと想定した上での話だが、彼女が〈ナイ・ホール・ホテル〉から〈マナー・ハウス・ファーム〉まで行くのは簡単だったはずだ。ポルシェを飛ばせば特にね。したがって、アンナの現在の居所を把握しつづける必要がある。アンドリュー・アーデンのアリバイは、今日おれが確認する。ソフィのスマホから削除された可能性のあるメールの復元を試してみるよう、テクノロジー班に頼んでおいた。明日《あす》、結果がわかるはずだ。それから、サイモン・メイヒューにも会ってこようと思う。デイヴィッド・スティーブンソンとの口論について、直接聞いてみたいからね」

アシュリィがヴァルの視線をとらえた。「きのうの午後、マージョリィ・クロウズが亡くなったことを伝えにいったとき、ほんの少しだけどデイヴィッドと一対一で話したんです。それで、なぜ五年ものあいだ、ソフィのたったひとりの身内に会う時間をつくろうとしなかったのか訊いてみました。自分の家族は外国で暮らしているか、国内にいても疎遠になっている。そういう状況では、夫婦ともにソフィのお祖母《ばあ》さまとの距離がより近くなるものなんじゃないかって、尋ねてみたんです」

「それで？」

「たっぷりと言い訳を聞かされました。両親がひどい形で離婚をしたものだから、しばらくは母親を支えなくてはならなかったとか……。そのあと、視力の問題が悪化して、マージョリィ・クロウズが〈アップルウッド〉に入ってしまった。それでソフィが、ふたりを引き合わせるのに最良のときではないと判断したんだそうです。ソフィは、お祖母さまが新しい環境に早く慣れるよう望んでいたという話です。だから、デイヴィッドとソフィは駆け落ちのような真似をした。次にソフィが〈アップルウッド〉を訪ねるときに彼も同行して、ふたりで結婚の報告をするつもりだったと言っていました。でも、そのころには開発の計画が動きはじめていた。ミーティングや締め切り、企画コンサルタントとの打ち合わせ、それに請負業者からとどく見積もりに目をとおしたりと、忙しすぎてソフィのお祖母さまのことまで頭がまわらなくなっていたそうです」

ヴァルが片方の眉《まゆ》を吊《つ》りあげた。「ちょっとした改築のはずが、なぜ地域全体に影響を及ぼすほどの大規模開発へと変わったのか、訊《き》いてみた?」

「はい。計画は徐々に大がかりなものになっていったと、デイヴィッドは言っています。大規模開発になりそうだと気づいたときには――彼の言葉をそのままに言うなら――〝意外すぎてびっくり〟したそうです。でも、それは嘘だということがわかりました」

チーム全員が、アシュリィにサッと目を向けた。期待がパチパチと音をたてているかのように感じられる。

ジェームズは、チームの面々を見まわした。「つづけてくれ!」

「デイヴィッドの弁護士を、やっとつかまえました。ソフィの離婚の申請書を、なんの前置きもないままデイヴィッドに送りつけるようなことはしたくなかったと、彼は言っています。だから、電話をかけて――留守電にメッセージを残したりはせずに――直接デイヴィッドに話したそうです」

「ニュースを聞いたデイヴィッドは、どんな反応を示したと?」ジェームズは訊いた。

「ものすごいショックを受けていたそうです。信じられなかったんでしょうね。何か誤解があったにちがいないと確信していて、修復できると考えていたみたいです」

「それはいつのこと？」ヴァルが訊いた。

「八月二十四日の火曜日です。でも、きのうデイヴィッドに、ソフィが離婚するつもりでいたことを知っていたのかとズバリ訊いてみたら、知らなかったと答えたんです。ショックを受けたような顔をして、言葉に詰まったふりをして、見事に演じてました。わたしの勘ちがいだって言われました。『そんなことは言うものではない、もっと敬意を払うべきだ』ってね」

「よくやったわ」ヴァルが顔を輝かせた。「デイヴィッドの痛いところを突いてやったようね。これは使えるわ」

ヘシャが唇を噛《か》んだ。「費用が余分にかかることになったといって、彼がサイモンにどれだけ腹を立てていたかを思うと、ソフィが離婚するつもりだったことや、開発を阻止しようとしていたことを知ったデイヴィッドの怒りは、半端じゃなかったでしょうね」

25

八月三十日　月曜日　正午

ネルは表の部屋を行ったり来たりしながら、どうやって爆弾級の告白を切りだそうか考えていた。「ねえ、ところでアダム、実はわたし、かなりの領地の相続人なの。ワインをもう少し、いかが?」素性の問題を思うと不安でならなかった。超差止命令が出ていても、ネルの正体を知ったアダムが、あの動画を見つけてしまう危険はある。そう思うと、吐き気がした。

それでも、アダムのことは信用できるとネルは確信していた。彼がネルを気遣っているのはわかるし、犯行現場にやって来たのも、そこにネルがいたからだ。

ネルは、あの日の発見について——捜査を先に進めるための何かをさがすことに焦点を当てて——考えてみた。殺人者が林のどこをとおったか、どんなふうに車を隠したか、それだけはわかっている。警察は、それを突きとめているのだろうか? どうしたら、それを知らせることができるだろう? ゾロのせいにする? ゾロを放しにいったときに気づいたと言えば、そのあたりにネルがいたことはジェームズと見張りの警官が請け合ってくれる。

うーん。暗闇のなか、林の外から折れている枝が見えるはずがない。もちろん、警察は納得しないだろう。

ひとつの考えが頭のなかを這《は》いまわっていた。殺人者が林に何かを残していったとしても、**それは見つからなかった。でも、殺人者が林にあった何かを母屋に運びこんでいたら?**

ネルはスマホをつかむと、〈マナー・ハウス・ファーム〉の調査中に撮った写真をスクロールさせ、母屋の窓枠をとらえたクローズアップ写真をさがした。その数は数百枚。風雨や日にさらされ、ダメージを受けた窓枠には、ねぐらに帰るコウモリが出入りできる隙間が多数できている。

ネルはその写真を一枚一枚開いて拡大し、隅々まで目を凝らして、窓の向こうに写っている部屋の様子をできるかぎり細かく心に刻んでいった。窓ガラスにネルの姿がぼんやりと映っている写真も何枚かあった。でも、夕方の薄明かりのなかで撮られたせいで、窓の向こうが見えない写真がほとんどだ。あのときは、それで問題なかった。室内の写真を撮っていたわけではないのだから。

最後の一枚には、台所の窓枠が写っていた。ネルはそれを拡大してドラッグし、画面上を一ミリ一ミリ滑らせていった。ネルのジャケットの肩がガラスに映っている。その襟の端に小さな赤い点のようなものがついている。ネルはさらに目を凝らして画面を見つめた。その赤い何かは、ジャケットについているのではない。窓ガラスの向こう――台所にある扉の前に敷かれたマットの脇に落ちているのだ。大きさから察するに、ユーティリティ・ルームか物置の扉だろうか。でも、エドワード七世時代の地図に載っていた、トンネルの母屋側の入口があるあたりだ。

ネルは赤い点を凝視した。まちがいない。トンネルを見つける前に彼女がまいた、アナグマの餌だ。この写真を撮ったのは、その三時間ほどあとだった。

背筋に冷たいものが走った。林を歩いていた殺人者はこの餌を踏みつけ、靴底にそれをつけたまま母屋に入り、トンネルでソフィを見つけて……。

ネルは机の前に坐《すわ》るとチャールズ宛にメッセージを作成してそれを読み返し、関連のある写真のタイムスタンプをダブルチェックした。

『写真番号四五（タイムスタンプ15：32）は、直径二ミリほどの赤いペレットを仕込んだお手製混合餌をアナグマの巣穴のまわりにまいた直後、その様子を撮った写真よ。餌をまいたあと、わたしはその場を離れて林の残りの部分を調べ、トンネルに入り、調査のために母屋に向かった。

写真番号二八八（タイムスタンプ18：44）は、台所の窓をとらえた写真。日にさらされて木材がちぢみ、窓枠と框《かまち》のあいだに、ねぐらに帰るコウモリが出入りできるくらいの隙間ができているのがよくわかるでしょう？　こうした一連の写真を見なおしていて、台所の隅のドアマットの脇に小さな赤い点があるのを見つけたの。これは、まちがいなく混合餌の……』

ネルはメッセージを最後まで読み返し、送信ボタンをタップした。紅茶をいれる間もなく、チャールズから電話がかかってきた。

「ネル――」

「こんにちは、チャールズ。メッセージ、読んでくれた？」ネルは訊いた。そして、大急ぎでパソコンの前に戻った。

チャールズがため息をついた。「読みました。それで、少し説明を聞きたいと思いましてね」

「写真を見なおしたの。それで、役に立ちそうなことを発見した」ネルは言った。「メッセージの意味は伝わったかしら？」

「完璧《かんぺき》に」チャールズの声には、かすかに棘《とげ》が感じられた。「ネル、犯行現場に入ったんですか？　現場を探りまわったんですか？」

「ノーコメント」

チャールズがうなった。「ネル、わたしは知っておく必要があるんです。聞きたくない話でもね」

「ええ、現場に入ったわ」ネルは認めた。「調査時と何かがちがってないかと思って、歩きまわってみたの。トラヴェラーズジョイがちぎれてた。それって、重要な……」

チャールズはネルの説明と、彼女が語るディヴィッド犯人説に耳を傾けた。そして、ネルが話しおえると言った。「つまり、あなたは殺人者が車で林に入って短い距離を走り、そのあと徒歩で林を抜けて母屋に向かったにちがいないと、警察に言いたいわけですね？　殺人者は靴底に深い溝のあるブーツを履いていて、その溝に赤いペレットがはまりこみ、母屋に入ったあと、台所のドアマットの脇でそれが落ちたと？」

「そういうこと」ネルは言った。「靴底の溝にはまりこんだペレットは、ひと粒だけじゃなかったかもしれない。赤いペレットが落ちていないか、警察がディヴィッドの周辺を調べてみたらどうかしら？　車のなかや、職場や、自宅を――」

「犯人を特定するのは、あなたの仕事ではありません」

「もちろんよ。ええ、特定はしていない。警察はデイヴィッド以外の人も調べたらいいわ。赤いペレットは、他の容疑者の周辺で見つかるかもしれない」

「いいですか、ネル。あなたが赤いペレット入りの餌をまいたことを警察に話すとする。そのあと、あなたは母屋に行った。警察が現場で見つけた足跡は、あなたのブーツがつけたものだけです。警察があなたの家を捜索してから、まだ四十八時間も経っていない。警察が家宅捜索で、同様のペレットを見つけた可能性もあるのではないですか？」

ネルは、いつもペレットの容器を置いている棚に目を向けた。なくなっている。チャールズが言わんとしていることに気づいて、ネルは吐き気をおぼえた。

チャールズが、それをはっきりと言葉にしてくれた。「警察は、ひじょうに有益な情報を提供したあなたの行為を、〝協力〟と受けとめないかもしれない。家宅捜索で警察が例の赤い粒を見つけたことに気づいたあなたが、自分に不利な証拠となってはまずいと考えて、警察の目を逸《そ》らすために、そんなことを言いだしたのだと考えるのではないですか？　なんと言っても、逮捕から数時間しか経っていないんですからね」

ネルは息を呑《の》んだ。「だからこそ、警察の注意を写真に向けさせたいのよ。警察は、すでにUSBを持っている。だから、それを見るだけでいいの。写真に写ってる赤い点がペレットなら、殺人者がいつどんなふうに動いたかがわかる。わたしが言いたいのは、それだけ」

「情報は伝えます」チャールズが約束した。「しかしネル、これはゲームではありません。犯行現場に立ち入ることは犯罪です。それに、おそらく気づいているでしょうが、そこであなたが何かを見つけて刑事の注意を引いたとしても、捜査に使われない可能性が高い。適正手続きの原則に反する危険がありますからね。あなたは、依然として重要参考人です。警察はあなたからの情報をすべて、そういうレンズをとおして見ることになります。そして、なんらかの理由で、その情報がでっちあげだと判断したら、警察は不法侵入と司法妨害の罪であなたを起訴することもできる。あなたは、協力的な市民ではあり得ないんですよ、ネル。容疑者です」

八月三十日　月曜日　午後三時

「わたしに付き合うために急いで戻ってくるなんて、信じられないわ」ネルは苦い顔で言った。「ひとりでやるって、メッセージを送ったじゃない」ネルとアダムは、ジョージアン様式の建物の反対側に車を駐《と》めた。住所によれば、そこがデイヴィッドのオフィスだ。

アダムが声をあげて笑った。「冗談だろう？　ぼくが張りこみの機会を逃すと思う？」彼もネルに倣って、タウンハウスの窓に双眼鏡の照準を合わせた。「さがしている希少種が姿をあらわすのを待って、お尻《しり》のしびれを我慢しながら何時間も物陰に坐っていたのは、今日のための理想的なトレーニングだったなんて、びっくりだ」

なんと答えればいいのか、ネルにはわからなかった。パーシィ以外の人間に何かを打ち明けることに慣れていないのだ。双眼鏡をのぞきながら、アダムの身体の動きを傍らに感じて、ネルは温かいものに心が包まれているような感覚をおぼえていた。

ついにネルは口を開いた。「家族の日を台無しにする気はなかったの。ただ、あなたに居所がわかるようにしておいたほうが、安心できるような気がして。それで〝位置情報の共有〟をオンにした。念のためにね」混乱して熱くなり、首のあたりがチクチクした。弱気にはなりたくなかった。ましてや、弱気になっているなんて、絶対に認めたくなかった。でも、ほんとうは弱気になっていた。今こそ、正直になるときだ。ネルは大きく息を吸うと、どうすればさりげなく自分の素性を明かせるか考えながら、アダムのほうを向いた。

「大丈夫、もう食事は終わってたからね」アダムは何も気づかずに、双眼鏡をのぞいたまま彼女をさえぎった。「母も父も、ぼくにアーニャを叱ってほしいと思ってるんだ。しかし、そんな必要はない。それよりも、母と父がカリカリするのをやめるべきなんだ」アダムがため息をついた。「アーニャがかわいそうだよ。うちを出て、誰かと部屋を借りるか寄宿舎に入ったほうが……待ってくれ」彼がまっすぐに坐りなおした。「ディヴィッドはゴールドのBMWに乗っているって言ってたよね？　建物の裏に駐まってるのは、その車なんじゃないかな。フェンダーが見えている」

ネルは双眼鏡を掲げ、建物の裏手に高強度レンズの焦点を合わせた。「ほんと！　彼の車よ！」

「バンクホリデーだっていうのに、オフィスに出て働いているわけだ」

「あるいは、アンナがいないときを狙って、足跡を消しにきたのかもしれない」ネルは言った。

「さて、どのくらい働くつもりか拝見するとしよう」アダムが考え深げにそう言いながら、腕時計に目を向けた。「今、三時半だ」彼はシートをうしろにスライドさせると、脚をのばし、ふたりで食べられるようポテトチップスの袋を開けた。

そして、ラジオをつけようと手をのばしたところで動きをとめた。「ああ、ラジオは聴けないんだった。木曜日の明け方の調査で、バッテリーがあがってしまってね。何度試しても反応なし。ジャンプスターターを使って、やっとエンジンをかけたんだ」

「嘘でしょう、もっと早く言ってよ」ネルは、ボルボの傷だらけのダッシュボードを軽く叩《たた》いた。

ネルはためらっていた。難しい説明を始める絶好のチャンスかもしれない。「アダム、わたし――」

「あれがデイヴィッド？　オフィスから出てきたあの男がそうかい？　見て」

男が建物の裏へと歩いていく。そのあとＢＭＷが目の前にあらわれると、ふたりは声をあげた。「デイヴィッド！」

アダムの指が、イグニッションに差しこんだままのキーをつかんだ。でも、ネルが手をのばして彼の動きをとめた。「待って、彼を先に行かせて」

デイヴィッドの車が横をとおりすぎていった。アダムがキーをまわした。何も起こらない。

「今はやめて」ネルはうなった。「お願い、動いて」

アダムが再度試し、三度目にようやくエンジンがかかった。

ネルは自分が息をとめていたことに気づいて安堵《あんど》の息を吐き、声をあげて笑いだした。まるでドラマの一シーンだ。「急いで！　あの車を追って！」デイヴィッドは目抜き通りへと向かい、車をとめてチャイニーズのテイクアウトの店に入っていった。他に駐車スペースは見つからず、アダムはこのあと数分バスが来ないことを祈りながらバス停に車をとめた。エンジンは切らなかった。あたりを見まわしたネルは、新聞販売店の外に置かれたボードに目をとめた。

『クロウズ事件の第二の殺人』

「アダム」ボードを指さして言った。「また殺人が起きたのかしら？」

「なんてこった」アダムがネルを見た。「よし、手を引いたほうがよさそうだ。危険だよ、ネル」

「ええ危険よ。だからこそ手を引けないの。犯人が第二の殺人を犯すのは、たいてい足跡を消すためよ。ちがう？　もしそうなら――あなた、自分で言ったわよね？――わたしもリストに載っている」

「銃をかまえている犯人の前に、撃ってくれと言って飛びこんでいくようなものだ。あまりに愚かだよ」

「やるしかないのよ。時間切れになる前に、犯人に繋《つな》がる何かを――警察を納得させられる何かを――つかむ必要があるの」チャールズと彼の警告の言葉が、一瞬ネルの心をよぎった。でも、ここは犯行現場ではない。ネルは鳥や動物の観察のために、常にあちこちにトレイルカメラを設置している。そのカメラに、たまたま鳥や動物以外の記録に値する何かが写っていれば、ラッキーということだ。

アダムが髪を指でかきあげた。「どうも気に入らないな」

「気に入る必要はないわ。ただ……見て、彼が出てきた。車を出して！」

アダムは動こうとしなかった。「カメラを設置するのはぼくに任せると約束するなら、車を出すよ。きみはデイヴィッドから見えないように、車のなかで待機する。ぼくなら見られても、誰だかわからない」

「約束する。だから、車を出して！」

アダムはボルボをBMWの何台からしろにつけて、南へと車を走らせた。そして、デイヴィッドが車を降りると、ジョージアン様式のタウンハウスの一階のフラットに入っていく彼を横目に、通りに車をとめた。晩夏の午後の日射しが目映《まばゆ》くあたりを照らしているにもかかわらず、デイヴィッドは電気をつけて大きな上げ下げ窓にカーテンを引いた。

「絶対に音をたててはだめよ」ネルは言った。「窓が二重ガラスになっていない可能性があるから」

「わかった。しかし、庭つきのフラットに住んでいてくれてよかったよ」アダムが言った。「さえぎるもののない芝生のおかげで玄関がよく見えるし、ゲッケイジュの生け垣がカメラを完璧《かんぺき》に隠してくれる」彼があたりの様子をうかがいながらつづけた。「これなら人の出入りを簡単に録画できる。ああ、きみの浮気説が当たりだとわかったら、こいつが役に立つよ」

「オーケー、デイヴィッドはたぶん食事中よ。行きましょう」ネルは気を引き締めた。

アダムはリュックをつかんで、迷彩塗装を施したネルのトレイルカメラをチェックした。そして、動体検知の自動録画をオンにして明るさを調整すると、自分のバッグのいちばん上に突っこんでうなずいた。

ふたりは車を降りた。

「何をしてるんだ?」バッグを肩にかけながら、アダムが小声で吐きだすように言った。

「見張りよ」

アダムはため息をついたが、彼女に追いつくには急いで動く必要があった。ネルはがらんとした通りの左右にサッと目を向け、窓に忍び寄るとカーテンの隙間からなかをのぞいた。

目の前にデイヴィッドがいた! ネルは跳びあがった。アドレナリンがドッと噴きだしてくる。幸運にも、デイヴィッドは窓に背を向けてソファに坐《すわ》っていた。

アダムはすでにバッグをおろして、生け垣を探り、カメラの重みに耐えてくれそうな枝をさがしている。ネルは彼のリュックに手をのばし、内視鏡を取りだした。いつもはこれを使って、建物や木にできた空洞のなかにいるコウモリの調査をするのだ。ネルは通りの様子も目に入るよう建物の壁にもたれて坐ると、内視鏡の長いケーブルを窓のカーテンの隙間までのばして潜望鏡のように角度を調整し、ハンドルについているスクリーンを見つめた。

そこにはフォークでヌードルをすくいながら、身を丸めてノートパソコンをいじっているデイヴィッドの姿が鮮明に映しだされていた。デイヴィッドが見ているパソコン画面にはメールらしきものが映っていたが、彼がタッチパッドをクリックすると何かのドキュメントに変わった。

ネルはアダムに目を向けてみた。しっかりとした枝にカメラを固定し、玄関と通りが写るよう向きを調整している。人の目にふれないように、しかも境界の低木のせいで画像が暗くならないように考えなければいけない。

ネルはデイヴィッドに注意を戻した。ケーブルの位置がずれていて、再調整しなくてはならなかった。デイヴィッドは脇に食べかけのヌードルを置いたまま、前屈《まえかが》みになって両手で頭を抱えていた。

ネルは息をとめた。そして、デイヴィッドが身を起こしてソファの背にもたれると、反射的に壁にぎゅっと身を寄せた。心臓が早鐘を打っていたけれど、目は彼から逸《そ》らさなかった。

デイヴィッドがノートパソコンを自分のほうに引き寄せ、キーを叩きはじめた。画面にグーグルのホームページがあらわれ、そのあと検索結果が映しだされた。デイヴィッドがそのひとつをクリックすると、ペンドルベリー地域計画会議のサイトがあらわれた。デイヴィッドはその出席者リストをクリックし、表示されたページを眺めている。ネルには、ページのタイトル以外読めなかった。デイヴィッドが身を乗りだして、またリンクをクリックした。見おぼえのある〈エコロジカル・コンサルタンツ〉のニュースページが画面にあらわれたのを見て、ネルは目を見開いた。次にデイヴィッドがクリックしたのは、シルヴィアのSNSのリストが載っているあたりだった。

そこに表示された何かを見て、デイヴィッドは突然ソファの背にぐったりと身をあずけ、髪に両手を滑らせた。そして、その手を頭のうしろで組むと、そこに坐ったまま動かなくなった。

シルヴィアのSNSの何を見て、こんなに動揺しているんだろう?

肩にふれられて、ネルは跳びあがった。もう少しで悲鳴をあげるところだった。

「ごめん」アダムが謝った。「こっちは終わったよ。帰ろう」彼がネルを引っぱった。

「だめ……まだ帰れない」ネルはスクリーンのなかのデイヴィッドから目を離さずに答えた。「見て。何かが……何かが起きそう……」

デイヴィッドがまた身を乗りだして、パソコン画面の何かを見つめた。そして、キーボードを叩いた。

デイヴィッドのパソコンにシルヴィアのツイッターのフィードがあらわれたのを見て、ネルは眉《まゆ》をひそめた。彼が画面をスクロールさせ、一枚の写真があらわれたところで指を放した。その写真ならネルも見おぼえがある。シルヴィアとトロイのツーショットだ。デイヴィッドはその写真をまじまじと見つめ、ソファの肘掛《ひじか》けにパンチを食らわせると、サッと立ちあがった。激怒しているようで、悪態をついている声が聞こえる。部屋の向こうへとドスドスと歩き、また戻ってきた。ネルは内視鏡のリジットケーブルをおろして、アダムを見つめた。数秒後、ネルは危険を承知でふたたびケーブルを掲げた。

デイヴィッドはノートパソコンの前に戻って、シルヴィアのフィードをスクロールさせていた。そして、〈ブラニエ・タウェル・ファームハウス〉の写真があらわれると、玄関ドアの上の看板のあたりを拡大して頭を掻《か》き、グーグルのホームページを開いた。入力ミスをしたのか、デイヴィッドが苛立《いらだ》たしげにキーボードを叩《たた》いている。そのあと、ファームハウスのサイトと、メッセージが画面にあらわれたが、ネルにはメッセージは読めなかった。デイヴィッドがそこに書かれた文字の一部を指定し、グーグルマップを開いた。数秒後、クネクネとしたブルーの線が画面にあらわれた。ペンドルベリーからブレコンビーコンズまでのルートだ。

「どういうこと……？」デイヴィッドが立ちあがって行ったり来たりを始めると、ネルはつぶやいた。「何か独り言を言っている」彼がノートパソコンを乱暴に閉じて、それをつかみあげるのを見て、ネルは身をこわばらせた。

「嘘でしょう」思わずそう口にした。「嘘でしょう、嘘でしょう、嘘でしょう……」ケーブルを巻いてバッグに押しこむネルの手が震えている。

「どうした？」アダムが小声で訊《き》いた。

「シルヴィア。彼はシルヴィアのあとを追う気だわ……」

26

八月三十日　月曜日　午後四時三十分

ネルはバッグをつかむとアダムを押した。「走って」

ふたりは身をかがめて建物の横を走り、サッと腹ばいになって低い枝の下に滑りこむと、葉陰に隠れるようモゾモゾと奥に這《は》い進んだ。日頃、生け垣を這う練習をしていてよかった。ネルは人目につかないよう、バッグを葉陰に引き入れた。

そのすぐあと、デイヴィッドがフラットから飛びだしてきて、乱暴にドアを閉めた。彼はスポーツバッグを持っていて、猛烈に怒っているのか、顔も首も真っ赤になっている。呼吸をしたら聞こえてしまいそうな気がして、ネルは息をとめた。いったいなぜ彼はシルヴィアのあとを追おうとしているのだろう？

デイヴィッドは車に乗ってエンジンをかけると、フロントガラスにナビを取りつけた。そして、住所を打ちこむと、車は轟音《ごうおん》をあげて走りだした。

「行くわよ！」ネルは髪に葉っぱや小枝が絡みつくのもかまわずに、生け垣から這いだした。車へと全速力で走りながら、ポケットからスマホを取りだす。そして、車までたどり着くとペンドルベリー警察の番号を調べ、アダムにロックを解除して車を出すよう合図しながら電話をかけた。

「もしもし、ネル・ワードです。ソフィ・クロウズ殺人事件の捜査に関することで、至急お話ししたいことがあります」助手席に滑りこみながら、息もつかずに言った。

傍らでアダムが車を出そうとして失敗したのを見て、ネルは繰り返し試すよう身振りで必死に訴えた。

「ソフィを殺害したのは、夫のデイヴィッド・スティーブンソンです。そう信じるだけの理由があります。そして、今度はわたしの友達を……シルヴィア・ショークロスを殺そうとしているんです」

車は動かない。ネルは狂ったように身振りでアダムに訴えた。アダムは、もう一度試し……また試し……また試した。

「ソフィ・クロウズは……夫のデイヴィッドに殺されたんだと思います。それで、彼はわたしの友達を殺すつもりで……。友達は……ひとりでウェールズの農場にいるんです」

アダムはオープナーを引いてボンネットを浮きあがらせると、トランクへと走った。そして、ジャンプスターターを取りだして、支え棒でボンネットを固定すると、そのうしろに姿を消した。

「いいえ、そんなこと知りません……でも、とにかく信じてください。友達の身に危険が迫っているんです」ネルはしばし口を閉じて相手の話を聞いた。「ええ、シルヴィアはブレコンビーコンズの〈ブラニエ・タウェル〉というB&Bに滞在していて……」ネルは記憶にあるかぎり正確に住所を告げた。それから「ちがいます、デイヴィッドは休暇を過ごしに行くわけじゃありません。絶対に！　お願い、シルヴィアがたいへんなことに巻きこまれようとしている。誰かを向こうに送りこんでいただけませんか？」

ファームハウスに警官を送りこむという確約を得られないまま、ネルは電話を切った。彼女は、ぐったりとシートにもたれた。

ついにエンジンがかかり、アダムが運転席に飛び乗った。

ネルはシルヴィアのスマホに電話をかけてみた。留守電になっている。「シルヴィア、ネルよ。バカなことを言ってるように聞こえるかもしれないけど、あなたの身に危険が迫ってる。お願いだから、このメッセージを聞いたらすぐにファームハウスを離れて、ホテルか友達のところに行って。大真面目に言ってるの。お願い」

そのあとネルは、まずショートメールを送り、それからEメールを送った。そして思い出した。彼女のなかで恐怖が渦巻きはじめた。「なんてこと。ファームハウスでは、スマホもWi-Fiも使えないんだった」

「固定電話は？」

オフィスの仲間たちと〈ブラニエ・タウェル〉に行ってから三年経っていたが、オフィスに電話があったことはおぼえている。それに、シルヴィアが固定電話のことを話していた。シルヴィアが電話に出る可能性は低いとわかっていたけれど、ネルはその番号を調べた。

「警察は、誰かを農場に送ってくれるって？」となりでアダムが訊いた。

「くれないと思う。『担当の刑事に伝えます』って言われたわ」

チャールズの声が頭のなかにひびいて、心が沈んだ。捜査班の誰かがそこにいたとしても、ネルの言うことなど本気にとらないにちがいない。

ネルはハッとした。ジェームズからもらった名刺があるはずだ！　彼女はポケットを探り、それから思い出した。あのとき着ていたのは革のジャケットだ。あのジャケットのポケットに入れたんだろうか？　それともバッグに？　あるいは、家に戻って机の上に置いた？　思い出せなかった。最低……。でも、ジェームズに話したところで、信じてもらえるかどうかはわからない。気の滅入るようなノロノロ運転で、アダムは車を走らせている。「警察が行かないなら、誰かが行く必要があるな」

ネルはホッと胸を撫《な》でおろした。「そうね、でもこの車じゃ無理。頼りなさすぎるわ。四時間の道のりよ。途中でガソリンを入れる必要があるでしょう。でも、一度とめたら、もう動かないかも。ここからうちまでは四十分ほどかかるけど、たいした回り道じゃないわ。うちに寄って、わたしの車で行きましょう」

「うーん、きみの小さなスマートよりは、こいつのほうがちょっと速いと思うな」アダムが異議を唱えた。

「わたしは本気で言ってるの。いいからうちに寄って」異議など認める気はないことをはっきり伝えたそのとき、ついにファームハウスの固定電話の番号が見つかった。アダムは小声でブツブツ言いながら、ネルの家のほうへと車の向きを変えた。

固定電話の録音メッセージが聞こえてくると、ネルはうなった。「お電話ありがとうございます。こちらは〈ブラニエ・タウェル・ファームハウス・ベッド・アンド・ブレックファスト〉です。八月三十日より九月三日まで、お休みをいただいております。メッセージを残していただければ、営業再開時にこちらから連絡させていただきます」

シルヴィアの両親が旅先でメッセージを聞いたら——質《たち》の悪い悪戯《いたずら》電話だと思われてしまう確率のほうが高いけれど——近所の誰かに連絡する可能性もあるんじゃない？　その人が様子を見にきて、いっしょに過ごすようシルヴィアにすすめてくれるんじゃない？　ネルは恐怖のせいで荒くなっていた呼吸を整えると、わかりやすくはっきりと——でも、緊迫感がきちんと伝わるように——メッセージを残した。

住所が記されたファームハウスのサイトはそのままに、別のページを開いてブレコンビーコンズの警察の電話番号を調べた。そして、その番号に電話をかけてみた。またも自動音声のメッセージが流れ、警察署が閉まっていることを伝えた。ネルは緊急時についてのメッセージの助言にしたがって、緊急通報番号《九九九》をタップした。

電話が繋《つな》がると、ネルは先刻ペンドルベリー警察に話したことを、そのまま繰り返した。そして、オペレーターの返事にがっかりして電話を切った。

「向こうで、大きな事件が起きてるみたい。だから、『手が空き次第、誰かを差し向けます』って」ネルはフラストレーションに苛《さいな》まれながら、肩をすくめた。「いつ手が空くっていうの？」ヘッドレストにぐったりと頭をあずけて言った。

「回り道してきみの家に寄る意味があるといいんだけどね」アダムが腹を立てているのはあきらかだった。張りつめた沈黙のなか、車は走りつづけた。

気まずい数分が過ぎたころ、ネルはコナーにメッセージを送った。そしてそのあとは、着信音が鳴るたびに、すぐにスマホをチェックした。別のサイトを開いて、それを読む。

クッキングディーンに入って〈水車亭〉の近くまで来たところで、アダムが急ブレーキを踏んだ。横断歩道をわたりかけていた年配のカップルを、危うく轢《ひ》いてしまうところだった。車がガクンと揺れ、ネルは前のめりになり、その手から投げだされたスマホが足下に落ちた。

「ごめん」アダムが謝りながらイグニッションキーをまわした。何も起こらない。

ネルは助手席から飛びおりてトランクからジャンプスターターを取りだした。アダムがオープナーを引いてボンネットを浮かせ、ネルがそれを引きあげる。彼女のうしろの横断歩道を、年配のカップルがゆっくりとわたっていった。

「このジャンプスターター、バッテリーがほとんど残ってないじゃない」ネルが叫んだ。

「何度か使ったからな。それに、最近充電してなかった」

ネルはわずかな可能性に賭《か》けて、試してみた。やはり何も起こらない。「死んでる」

「なんてこった！」アダムがハンドルを叩《たた》いた。ネルがボンネットを閉めて助手席に戻るあいだに、アダムが配車サービスのアプリをチェックしていた。「二十分待たないと車は来ない。人里離れた場所に住んでると、こういうことになるんだ」

ネルは足下に落ちた自分のスマホを拾いあげた。「車を押して路肩に寄せましょう。うちはここから一マイル。走れば八分で着くわ」

アダムはリュックを背負ってバッグをつかむと、車のドアをロックしてネルのあとを追った。彼女はすでに踏み越し段を乗りこえて、石灰運搬用の細径《ほそみち》を走りだしていた。「気づいてると思うけど——」教会の前をとおりすぎながら、アダムが息を弾ませて言った。「この回り道のせいで一時間無駄にした。急いでるのはわかるよ。しかし、きみのスマートが期待に応《こた》えてくれるとは思えないな」

「わかってる」ネルは喘《あえ》ぎながら全速力で走っていた。いっしょに走っているアダムは、憎らしいほど余裕がありそうだ。コナーの言うとおりだ。身体を鍛える必要がある。自宅の裏手の野原まで来ると、最後の力を振り絞って猛ダッシュで門へとつづく小径《こみち》に入った。荒い息をつきながら暗証番号を押して門を開け、またガレージの暗証番号を押した。

そして、ガレージのドアが開くと同時に、アダムがネルの横に立った。

「嘘だろ……！」彼がポカンとネルを見つめた。「きみはいったい何者なんだ？」

そうよ、あの話をするときが来たんだわ……。「プロの自動車泥棒」クールに聞こえるよう、そっけない口調で言ってみたものの、ゼイゼイいっているせいで期待したほどの効果は得られなかった。

ネルがキーを見つけてボタンをクリックすると、ガルウィングドアが上に向かって浮きあがった。メルセデスSLS AMGブラックシリーズ……その滑らかなマットブラックのスーパーカーは、脅威をも感じさせるオーラを放っている。

アダムは助手席に乗りこんでバッグを足下に置き、ネルの指示どおりドアハンドルに手をのばしてドアを閉めた。ネルがエンジンをスタートさせると、あたりに轟音《ごうおん》がひびきわたった。アダムがシートベルトを締めながら、ネルのスマートの向こうに目を向けて言った。「なんてこった、あそこにあるのはスーパーバイクだろう？」

ネルは質問を無視して彼にスマホをわたし、収納式《インダッシュ》のナビを開いた。「その住所を打ちこんで。とりあえず、高速に向かうわ」

ネルがアクセルを軽く踏むと、アダムの身体が後方にガクンと揺れ、車はガレージの外へと飛びだした。のんびりと車が行き交う休日の通りを切り裂くように走り抜けるスーパーカーのなかで、アダムはなんとかナビに住所を打ちこんだ。

「スピードカメラがある場所がわかるアプリがあるんだけど、あなたのスマホで開いてみてくれる」ネルは言った。「グーグルマップによれば、デイヴィッドの家からシルヴィアがいるB&Bまで、ふつうに走って四時間かかる。デイヴィッドが向こうに行きつくのに、それだけかかるっていうこと。だって、スピード違反でとめられる危険を冒すとは思えないもの。わたしたちは一時間遅れてスタートした。時速百十キロ以上で走りつづけて、やっとデイヴィッドと同時にB&Bに着く計算だわ。だから、高速道路を二百キロで飛ばす必要があるってこと」

アダムは呆然《ぼうぜん》とネルを見つめていた。

目を向けてみると、「大丈夫よ」ネルは冗談めかして言った。「この子はやってくれる。ただ、どこにスピードカメラがあるか、ちゃんと教えてね」

ネルがアクセルを踏みこむと、車はものすごいスピードで高速道路を走りだした。

しばらく、どちらも何も言わなかった。アダムはショックすぎて口がきけないようだったし、ネルはドライバーの正しい見本どおり、まっすぐ遠くを見つめて運転に集中していた。少なくとも、今のところ道は空《す》いている。追い越し車線を行くメルセデスの前を、車が散っていく。

「ボルボじゃ、こうはいかないな」中央車線へと移動したアウディR８を見て、アダムが言った。

ネルは笑みを浮かべたけれど、集中を切らさなかった。

アダムがスマホをチェックして言った。「八キロ先にスピードカメラがある」

ネルは車の流れに注意しながら効率的にスピードを落とし、カメラがある場所を過ぎると、またアクセルを踏んだ。アダムが首をのばしてスピードメータをのぞいた。二百キロに戻っている。

「車酔いする体質だって、話したっけ？」アダムが訊《き》いた。

「いいえ。お気の毒」ネルは真顔で答えた。「シートの上に吐かないでね」

「へぇ、つまりこれはきみの車だってことだ！　盗んだ車じゃないんだ」アダムがからかうような口調で言った。

ネルは答えもせずに運転に集中し、また加速して次の車の一団を追い抜いた。

アダムはルートをチェックした。「あと三十分ほどで高速をおりる。そこからウェールズの通りを一時間ほど走ると、シルヴィアのいるB&Bにたどり着く」

「ありがとう。ウェールズに入ったら、一度とまってガソリンを入れる必要があるわね。ガソリンスタンドを見つけられる？　環状交叉点《こうき》の近くにあってくれるといいんだけど。猛スピードで走ってきた成果が台無しになるのはいやだわ」

アダムがナビの画面をタップした。「ああ、百キロ以内にあるよ。そこまでもちそう？」

「ギリギリね」ネルは眉《まゆ》をひそめた。「車をとめたら、わたしが給油してるあいだに、列にならんでくれる？　グローブボックスにお財布が入ってる。現金で払って」

アダムがうなずいて財布をさがした。

前を見ていたネルが叫んだ。「わっ、見て！」

アダムは、ずっと先のほうに目を向けた。夕方の低く傾いた日射しを受けて、ゴールドのBMWが輝いている。

「やった！」彼がガッツポーズをした。「ああ、きみはすごいよ」

「とにかく追いつく必要があるわ。それに、向こうはすでに給油ずみかも……」歯を食いしばって、車の大群のあいだを縫うように走り抜けていく。前に車が入ってくると、必死でコントロールを保ちながら、猛スピードのまま大きな弧を描くようにしてそれを追い越し、デイヴィッドの車を目指して走りつづけた。

ネルは勢いを得ていたが、デイヴィッドも追い越し車線から離れなかった。ネルは後方を確認すると、二車線を横切ってデイヴィッドのBMWから離れた。心臓が早鐘を打っている。こっちに気づいた彼が急ハンドルを切って、事故になったらどうしよう？　バカげたことを思った自分に声をあげて笑いそうになったが、追い越しざま、彼が愚かな真似をしないかと、タカのようにその動きに目を光らせていた。

スピードをあげてデイヴィッドから遠ざかり、ゴールドのBMWがバックミラーのなかで点のようにしか見えなくなると、ネルの緊張はやわらいだ。傍らでアダムが大きく息を吐いた。

暗闇がおりるころ、車はウェールズの目抜き通りに出た。アダムがガソリンスタンドを指さし、それを見たネルが給油機の前に車をとめた。そして、アダムが助手席から飛びおりて店内へと駆けこむと、ネルはガソリンを満タンに入れた。商品をいくつかつかみ、愛嬌《あいきよう》を振りまいてまんまと列の先頭に入りこむアダムの姿が見えている。ネルは痛む腕をのばし、凝り固まった肩をまわし、脚の痙攣《けいれん》をやわらげるべく足踏みをした。冷たい汗が背中を這《は》いおりていく。

アダムが食べ物と飲み物が入った袋を持って、駆け戻ってきた。ふたりはガソリンスタンドをあとに、スピードをあげて幹線道路に戻った。アダムはデイヴィッドの車が見えないかと、前後に目を走らせている。でも、その影すら見えなかった。「ぼくたちが前を行っているのか、そうじゃないのか、もうわからないな」心許《こころもと》ない彼の声は、ネルの不安をそのままあらわしているように聞こえた。

「とにかく走りつづけるしかないわ」

「食料を買ってきた。きみはエネルギーの使いすぎで、ぐったりしかけているにちがいないよ」アダムがシリアルバーを取りだした。そして、ネルがうなずくと包みを開けてひと口サイズに折り、運転中の彼女に食べさせた。

幹線道路に入ってからはスピードを落としていたけれど、曲がりくねった山道や細い径を走るには、さらに減速しなくてはならなかった。それが、もどかしくてたまらない。ただ赤信号は、水を飲むチャンスと思えばありがたかった。

車はようやくファームハウスにつづく細径にたどり着いた。溝の上に金属棒をわたしただけの橋の上を行くメルセデスのガルウィングドアが、軋《きし》むような音をたてて揺れている。「勘弁してよ」ネルが言った。愛車を酷使していることはわかっていたが、ネルは怯《ひる》みながらもアクセルをいっぱいに踏んで、丘をのぼっていった。

ついに白漆喰《しっくい》塗りの石造りのファームハウスが見えてきた。

車まわしにメルセデスを乗り入れたネルの目に、角にとまっているシルヴィアのスポーティなマツダが映った。

でも、ヘッドライトが車まわしの向こうを照らしだした瞬間、その安堵《あんど》感《かん》は恐怖に変わった。

「ああ、なんてこと。彼がここにいる」

27

八月三十日　月曜日　午後九時

ファームハウスの前でネルが急ブレーキをかけると、アダムは手探りでドアを開けた。そして、車から飛びおりて玄関へと走った。ポーチのライトはついていて、開いたドアから廊下の明かりが漏れている。

　戸口に近づくと、荒く息をつく音がかすかに聞こえてきた。廊下を何歩か進んだあたりに、戸口を背にデイヴィッドが跪《ひざまず》いていて……。なんてこった——その向こうにシルヴィアが倒れている。それを目にしたアダムは、超人的なスピードでさらに前へと走った。

　振り向いたデイヴィッドが立ちあがり、アダムをなかに入れまいと戸口に突進してドアを閉めた。アダムは足をとめなかった。そのまま肩を突きだして、ドアに体当たりする。ドアが内側に開き、デイヴィッドがうしろによろけた。尻餅《しりもち》をついた彼の手に、何かがにぎられている。アダムは、それを見て戦慄《せんりつ》した。ナイフだ。

　それでも、アダムの勢いはとまらなかった。家のなかへと駆けこんだ彼は、脚をのばしてデイヴィッドの手首を思い切り蹴《け》りあげた。爪先《つまさき》にスチールキャップがついている現場用のブーツを履いていてよかった。バキッというやな音がしたかと思うと、デイヴィッドが甲高い悲鳴をあげ、ナイフが廊下の向こうに飛んでいった。デイヴィッドの手首が妙な角度に曲がっている。折れたのだ。胎児のように身を丸めているデイヴィッドの上に、アダムが覆いかぶさるように立ち、肝臓を狙って脇腹に痛烈な蹴りを入れた。

　デイヴィッドが悲鳴をあげながら転がった。両腕で頭を護《まも》り、股間《こかん》を蹴られないよう曲げた膝《ひざ》を胸に引き寄せている。アダムはその瞬間を逃さずにデイヴィッドをうつ伏せにして、折れていないほうの手首を背中にねじあげると、彼に跨《また》がって動きを封じた。

背後にネルが立っている。「現場用のバッグを取ってきてくれ！」アダムは叫んだ。

ネルが車へと走り、アダムのバッグを持って戻ってきた。

「ロープを」アダムが喘《あえ》ぎながら言った。

ネルはバッグから木登り用のロープを取りだしてアダムにわたすと、彼を押しのけるようにしてシルヴィアのほうへと急いだ。アダムはデイヴィッドを床に押しつけたまま、束ねられたロープを片手でほどいた。デイヴィッドは動こうともがいていたが、アダムの体重がそれを許さない。デイヴィッドの口から絶望のうめき声が漏れた。

アダムはロープの片方の端をくわえ、もう片方の端を手慣れたやり方でデイヴィッドの両腕に巻きつけると、それをしっかりと二重に本結びした。そのロープをデイヴィッドの背中に這わせて両足首に絡め、手足をまとめて大きな肉のかたまりのように縛っていく。たるみができないように、アダムがロープを引っぱると、デイヴィッドの腕と脚が背中のさらに高い位置に収まった。デイヴィッドがうなり、怒りもあらわにロープを引っぱっている。アダムは結び目をチェックし、念のためにさらにもう一度結び、怒り狂った囚人を見張りつづけた。

シルヴィアの傍らにしゃがみこんだネルは、平静を失っているようだった。床は血で真っ赤に染まっている。ネルはその床に跪き、パーカーを引きちぎってシルヴィアの腹部に押しあてた。

近づいてくるバイクの低いうなりを聞いて、アダムは振り向いた。音はさらに近づき、そのあと鋭いブレーキ音がひびくと、あたりはまた静かになった。彼はネルに目を向けた。しかし、夢中でシルヴィアの気道と呼吸と脈をチェックしている彼女は、何も気づいていない。

「ネル」アダムは小声で警戒をうながした。

戸口の向こうで人影が動いている。その目的はわからないが、前方に突きだした両手ににぎられているのは拳銃《けんじゅう》だ。

「なんてこった、ネル！」彼女が気づいてくれることを祈って、アダムは吐きだすように言った。

銃を持った男の動きは、落ち着いていて無駄がなかった。右、左、上、下――顔と拳銃をそれぞれの方向に向けて、危険がないことをたしかめている。そして、家に足を踏み入れた男は、アダムに銃口を向けた。男はアダムから視線を逸《そ》らすことなく、アイルランド訛《なま》りの命令口調で言った。

「ネル、どういうことか説明してください」

シルヴィアの口元に頰を寄せていたネルが、そのままの姿勢で彼を見た。「アダムがデイヴィッドを縛ったの。デイヴィッドは殺人犯よ。コナー、こっちに来て助けて」

「いったいこれは……？」アダムはネルを見つめ、コナーが近づいてくるとうしろにさがった。

コナーはデイヴィッドに銃口を向けたまま、ロープの結び目をチェックした。そして、何気なくロープを引っぱると、デイヴィッドが鋭い悲鳴をあげた。

「うまく結べている。この男から目を離さないように」コナーが言った。拳銃をジャケットの内側のホルスターに収めてシルヴィアのほうに進む彼を見ながら、アダムは動揺をおもてに出すまいとしていた。いったいどうなってるんだ？

ネルが血だらけになったパーカーをどけて、コナーに傷を見せた。「三カ所刺されてる。気道……問題なし。呼吸……ＯＫ。循環……脈が弱くなっている」

コナーは革のジャケットの下に、防刃チョッキを着ていた。そのポケットから救急キットを取りだしながらしゃがみこんだ彼が、キットをネルに投げた。

「わたしのＩＤカードと手袋を出してください」

コナーは、ネルがチェックしたことをもう一度、まるで軍人のように効率的に確認し、そのあと手袋をして傷を調べた。

「二カ所の傷は表面的なものだが、この傷は深い。刺したときに、ナイフを捻《ひね》ったんだと思います」

アダムは首をのばしてのぞいてみた。傷にどんどん赤黒い血がたまっていく。

「オーケー、よく聞いてください」コナーがネルに言った。「まず、救急車を呼ぶ必要がある。電話をかけてオペレーターに繋《つな》がったら、わたしの名前とＩＤ番号を告げること。それで――」彼が息をとめて傷口に指を深く差し入れ、カッと目を見開きながら圧をくわえはじめた。

「患者は下《か》大《だい》静脈を切られて危険な状態にあると伝えてください」

コナーは空いているほうの手でネルのパーカーをつかむと傷口に当てて血を吸わせ、挿入した指が動かないようにしっかりと押さえた。

「出血は間もなくとまるでしょう。動脈でなくてよかった。しかし、このまま押さえつづけていなければ、数分ともちません。オペレーターに、ヘリコプターが着陸する場所があることを伝えてください。彼女が助かる道は、それしかない」

ネルが固定電話があるオフィスへと走っていく。そして、戻ってきた彼女は、アダムの横の椅子に載っていたブランケットを二枚つかんだ。アダムは困惑していた。

「誰？」コナーを示して、アダムは口だけ動かした。

「うちの運転手」ネルが小声で答えた。

「なんだって？」アダムはネルを見つめた。大急ぎでシルヴィアの傍らに戻ったネルは、コナーに触れないよう気をつけながら、一枚の毛布で脚を、もう一枚で肩を、やさしく包んでいる。

「身体を温かく保つ必要があるわ」ネルがシルヴィアにささやいた。「どう？　ちょっとはましになった？」

シルヴィアの瞼《まぶた》が動いた。何かつぶやいているようにも見える。

ネルがコナーにうなずいた。「ヘリを寄こすって。それに警察も」

シルヴィアはしゃべろうとしていた。しかし、簡単ではなさそうだ。「てっきり……トロイだと思った」ゼイゼイと苦しそうだった。「すごく似てる。でも、ちがう……この人は、ちがう……」

アダムの下で、デイヴィッドがシルヴィアのほうに身をひねった。アダムはロープがデイヴィッドの手首に食いこみ、結び目がさらに固くなるまで、ロープを引っぱりつづけた。

ネルがシルヴィアの頭を抱いて、汗ばんだ真っ青な顔に張りついた髪をかきあげている。大きな目には恐怖の色が滲《にじ》み、額には深くしわが刻まれていたが、ネルはその顔に温かな笑みを浮かべて励ましの言葉をつぶやいていた。「どう？　鬱陶《うっとう》しくなくなった？　あなたは、よく頑張ってる。もうすぐ救急隊が着くからね」

時間が経つのが遅く感じられた。コナーは指を動かすことなく、しっかり傷を押さえている。そうしているあいだにも、彼はシルヴィアの呼吸や脈拍をチェックし、意識を失わないようたえず彼女に話しかけていた。アダムは、そのストイックなまでの自制心に感服せずにはいられなかった。指を曲げたいにちがいないし、動きたいにちがいないし、力をゆるめたいにちがいないし、引きつりそうになっているにちがいない。それでも、その身体は岩のように微動だにしない。彼がたいへんな苦痛に耐えていることを示しているのは、額に浮かんでいる汗の粒だけだ。

「はっきりとはわかりませんが、おそらく内臓は傷ついていません」コナーがささやいた。「もしそうなら、彼女はラッキーだ」

コナーが声を大きくしてシルヴィアに言った。「わたしが持っているアイルランド人の運を分けてあげますよ。もう大丈夫。すぐに助けが来ます」

張りつめた空気がただようなか、三人は手を尽くしてシルヴィアを見守りつづけた。やがて、その静寂を破って、上空を低く飛ぶヘリコプターの音が聞こえてきた。車まわしも、野原も、戸口も、サーチライトの白い明かりに目映《まばゆ》く照らしだされていく。

「シルヴィア、救急ヘリが来たわ」ネルがささやいた。「あなたはよく頑張ってる。もう少しの辛抱よ。すぐに楽になるからね」

ヘリコプターが空中で停止《ホバリング》し、芝生に向かって下降を始めた。どっと吹き込んできた風のせいで開いたままになっていたドアが壁にぶつかって大きな音をたて、室内の家具を揺るがした。地面にスキッドがふれた瞬間、医療チームの三人が飛びおりてシルヴィアのもとに駆け寄ってきた。

ひとりが専門用語を使ってコナーと短い遣《や》り取りをすると、外科用のクランプの包みを開けた。コナーが傷口から指を引き抜き、救命士が完璧《かんぺき》なタイミングでシルヴィアの静脈をクランプで挟んだ。別のひとりがバイタルをチェックし、もうひとりがストレッチャーをセットする。救急隊員がふたりがかりでシルヴィアをそっと持ちあげてストレッチャーに乗せると、しっかりとした足取りで芝生を足早に横切り、ヘリコプターへと運んだ。

残った救命士がデイヴィッドを示した。

「加害者だ」コナーが訊《き》かれてもいない質問に、そっけない口調で答えた。「警察が来る」

シルヴィアは地元の病院に運ばれるが、面会は近親者にかぎられると伝えると、その救命士も同僚のもとに駆け戻っていった。

ヘリコプターが上昇を始めると、戸口からすごい勢いで風が吹きこんできた。ネルは、Tシャツをはためかせながら顔をそむけている。目映い明かりが揺れながらあたりを照らし、ヘリコプターはホバリングして方向を変えた。

アダムは、もがくデイヴィッドを、彼がうめき声をあげるまでさらに強く押さえつけた。シルヴィアが行ってしまった今、廊下にどれだけの血が流れでたか、アダムにもはっきりとわかった。シルヴィアが持ち堪《こた》えていなかったら、どうなっていただろう？　あと一秒、ここに着くのが遅れていたら？　デイヴィッドの泣き声を聞いて、アダムは紛れもない満足感をおぼえた。

見ると、ネルが口に片手をあてて肩をふるわせていた。この数時間の驚きの展開を、いったいどう考えたらいいんだ？　執事にも陸軍特殊空挺《くうてい》部隊（ＳＡＳ）の一員にも見える、この男は何者なんだ？　なぜ、ネルはこの男を当たり前のように呼びだせるんだ？

28

八月三十日　月曜日　午後九時三十分

ヘリコプターが山陰に消えると、ネルはアダムのほうを向いた。彼に抱きつきたくてたまらなかった。すべてを打ち明けてしまいたかった。

でも、コナーの存在がそれを阻んでいた。彼は血だらけになった手袋をはずすと、警察が来る前に拳銃《けんじゅう》とホルスターを近くの抽斗《ひきだし》に滑りこませ、腕をつかんでネルをキッチンへと連れていった。

あらゆることを懸念して、コナーが率直にはっきりと言った。「気づいていると思いますが、あのバカ者についてあなたやアダムが警察に何を言っても、それはあなた方の言い分でしかない。警察には、あなたを再逮捕することもできるんです。わかっていますね？」

ネルはぎょっとした。「嘘でしょう。そんなこと考えてもみなかった」彼女は言った。「ペンドルベリー警察に電話をかけて、シルヴィアに危険が迫っていることを伝えたの。デイヴィッド・スティーブンソンが彼女を殺しに……」ネルは口をつぐんだ。殺人者が疑いを他に向けようとしているようにしか聞こえないと、気づいたのだ。

コナーがため息をついた。「いいでしょう。警察が来たら、わたしが話します。わたしの元の階級と現在の職業とIDが、役に立ってくれるはずです。警察にとっても、そのほうが面倒が省けます。そうでないと、あなた方は今から今夜の宿をさがすことになる」

ネルはうなずいた。そして、思いついて言った。「わたしを紹介するとき、非公式にお願いできる？」

「お望みのままに。それを決めるのは、わたしの役目ではありません」

「警察が来た」廊下からアダムが言った。

コナーは大股《おおまた》に廊下を進み、戸口を抜けて外に出ていった。

不意にものすごい勢いでデイヴィッドが転げまわりだした。蹴《け》られそうになったアダムはロープを引っぱり、背中で縛《しば》ったデイヴィッドの手足を高く吊りあげた。デイヴィッドは哀れっぽい声をあげ、それきりじっと動かなくなった。無力感に襲われながら、怒りをたぎらせているにちがいない。

天井の照明をつけたネルは、敷石を真っ赤に染めてギラギラと輝いている夥《おびただ》しい血を見て息を呑《の》んだ。あとでアダムと話をする必要がある。自分の素性についてすっかり彼に打ち明けたかったけれど、友達を殺そうとした男の前で話すつもりはない。ネルは押し寄せる感情に押し潰《つぶ》されそうになりながら、戸口で待った。コナーがパトカーの横でふたりの警官を迎えている。彼が警官にIDを見せ、ふたりと握手をかわした。コナーが話を始め、耳を傾けている警官がうなずいている。コナーは常に感情を交えずに事実のみをはっきりと伝える。ネルはそれを心に刻み、自分も見習おうとしてきた。

三人が戸口に近づいてきた。コナーはシルヴィアの容態について説明し、彼女が病院に運ばれたことを話しているようだった。警官のひとりが歩きながらしゃべりつづけ、もうひとりがメモをとっている。

玄関の前でコナーが言った。「なかに加害者がいます。われわれが取り押さえました」

現場をのぞいた警官は、血だらけの床と、その上に医療チームがつけた足跡に注目した。

彼らがネルに自己紹介した。長身でがっしりした体格の髭《ひげ》を生やした黒髪の警官が、クイン巡査部長。クインが話しているあいだメモをとっている、痩《や》せ型の鋭い目をした警官がフェリックス巡査だ。

「ネル・ワード博士です」ネルはそう名乗ると、アダムを示して言った。「こちらはアダム・

カシャップ博士」

フェリックス巡査はふたりについてひとつひとつ書きとめ、さらにメモをとり、それが終わると廊下のあちこちの写真を撮りはじめた。そして、ナイフに気づいた巡査は手袋をはめ、証拠袋にそれを収めてラベルを貼り、パトカーへと運んだ。ビニールに覆われた包みをふたつ持って戻ってきたフェリックス巡査が、ネルの血だらけになったジーンズを指さした。

「その服をおあずかりする必要があります」そう言うと、巡査はアダムのほうを向いた。「あなたのもです。着替えを持ってきたので、今すぐにお願いします」

ネルは包みを受け取るとトイレに入った。湿ったジーンズが脚にまつわりつき、膝《ひざ》にも腿《もも》にもシルヴィアの血がついていた。血が染みついたジーンズは、ただ不快だった。でも、皮膚についたシルヴィアの血は、なぜか事件に現実味を与えた。ネルのなかで恐怖が波紋のようにひろがり、身体が震えだした。このドアの向こうにデイヴィッドがいる。卒業パーティにいっしょに出掛けたあのデイヴが、ついさっきわたしの友達を殺そうとしたのだ。それに、彼はソフィを殺している。ああ、なんてこと。ネルはトイレの蓋《ふた》に坐《すわ》って、なんとか呼吸を整えた。そして脚の震えがとまると、ドアを細く開けてジーンズとTシャツをフェリックス巡査にわたし、またドアを閉めて脚を拭《ふ》き、カサカサ鳴るビニール製の上下を手早く身につけた。

トイレから出ると、アダムはすでに着替えていた。ネルの衣類は袋に入れてラベルが貼られていて、アダムのロープもフェリックス巡査の手で袋に入れられ、ラベルを貼られたところだった。

巡査がかがみこんでデイヴィッドに言った。「手首の骨が折れているようだ。他に怪我は？」

デイヴィッドは首を振った。

「救急車を呼んでその到着を待ってもいいし、われわれがパトカーで病院に運んでもいい」

「パトカーで運んでくれ」デイヴィッドが床を見つめたままつぶやいた。

フェリックス巡査は、デイヴィッドの折れていないほうの手に手錠をかけて自分の手首に繫《つな》ぐと、彼を立たせてパトカーへと歩きだした。

クイン巡査部長が、ネルとアダムにひととおり形式的な質問をした。「通常なら、おふたりには犯行現場から離れて、直ちに事情聴取に応じていただくことになります。しかし、ケネディ少佐が関わっているということなら、その必要はないでしょう」クイン巡査部長がコナーのほうを向いてうなずいた。コナーはパレードの列についているかのような姿勢で、まっすぐ前を見て立っている。「今夜は、ここに泊まってかまいません。ぐっすり眠ったところで、明朝詳しい話をうかがいましょう」

ネルとアダムはうなずいた。

「とりあえず今は、何が起きたのかかいつまんで話していただけますか？」クイン巡査部長が手帳を開いた。

ネルは大きく息を吸った。「ソフィ・クロウズ殺害事件の捜査を進めているペンドルベリー警察に協力して……」彼女は口をつぐんだ。正直にすべてを話して、得になったためしがない。

ネルはソフィ殺害事件についてわかっていることを手短に説明し、今夜の出来事について話した。「デイヴィッド・スティーブンソンは、自分のパソコンでシルヴィアのSNSを見て、このファームハウスまでのルートを調べ……」クイン巡査部長が目を細くしたのを見て、ネルは口を閉じた。

「あなたは、それを見たんですか?」巡査部長が訊いた。

「ええ、彼のフラットの窓から」ネルは答えた。どんなふうに聞こえるかはわかっていたけれど、かまわずにつづけた。「何か起こりそうな、いやな予感がしたんです。だからペンドルベリー警察に電話をして、こっちの警察にも、九九九にも連絡した。でも、誰もすぐに駆けつけるとは言ってくれませんでした」ネルはアダムに目を向けた。「それで、わたしたちが来ることにしたんです」

クイン巡査部長が鼻をかいた。

「ここに着いたときには、シルヴィアはデイヴィッドにすでに三回も刺されていて、夥しい量の血を流していました。アダムがデイヴィッドの手首を蹴《け》飛《と》ばしてナイフを手放させて彼を縛り、そのあと……」ネルはコナーのほうを向いた。「手遅れになる前にコナーが……ケネディ少佐がやって来て必要な手当をして、シルヴィアの命を救ってくれたんです……ええ、シルヴィアが助かるよう祈っています」

クイン巡査部長はうなずいたが、コナーは遠くの壁から視線を逸《そ》らさなかった。

「鑑識にここを調べさせて記録をとる必要があります」クインが言った。「今からこの廊下とデイヴィッドの車の写真を撮って、立入禁止のテープを張りますが、デイヴィッドの車は……

…」巡査部長の問いかけるような眼差《まなざ》しを見て、ネルは答えた。「BMWです」

「わかりました。おふたりの滞在中に現場の証拠が損なわれることがないよう、すぐにやらせていただきます。しかし、現場をどうにかしたいと思ったら、とっくにしているでしょう。遠くからいらしているおふたりを、こんな時間に追いだす理由はない。なんといっても、ケネディ少佐が請け合っているんですから、それを尊重しますよ」

ネルは感謝の眼差しをコナーに向けた。「大丈夫、キッチンの出入り口を使うことにして、ここには足を踏み入れないようにします」

「明日《あす》の朝、鑑識の作業中に警官をひとり寄こします」クイン巡査部長が言った。「その警官が、あなたとカシャップ博士から詳しい話をうかがいます。ケネディ少佐、あなたにはしかるべき筋をとおして報告していただくということでよろしいですか？　それでかまわなければ、明朝お目にかかる必要はありません」

コナーがうなずいた。「それでけっこう」

クイン巡査部長があらゆる角度から写真を撮って玄関ドアの鍵をかけ、テープを張って廊下を封鎖した。「これでよし。ありがとうございました」巡査部長がキッチンから外に出ると、コナーがそのあとにつづいた。

ネルとアダムはうしろにさがって、クイン巡査部長が証拠袋に入ったナイフを車のトランクに入れるのを見ていた。そのあとBMWのまわりにテープを張った巡査部長は、コナーと話をし、それが終わるとパトカーに乗りこんで走り去っていった。

ネルは、サドルにヘルメットを載せて駐《と》まっている、コナーのバイク——黒のトライアンフ スピードトリプル——に目をとめた。

コナーが家のなかに戻ってきた。「大丈夫ですか?」彼がネルに尋ねた。

「ええ」ネルは問いかけるようなアダムの眼差しを無視して、返事した。「メッセージに応えてここまで来てくれて、どんなに感謝してもしたりない。こんなに速く着くなんて、信じられないわ」

「うーん……」お見通しとばかりに、コナーの顔に一瞬笑みがひろがった。「制限速度を、あなたと同じくらい無視して飛ばしてきましたからね」

「それでも、ギリギリ間に合ったっていう感じね」ネルは、しみじみ言った。「あなたとアダムがシルヴィアの命を救ったんだわ」

「救えたと思いたいですね」そう言ったコナーは、ものすごく疲れているように見えた。早く家に帰りたいにちがいない。

「お茶をいれるから、それを飲んでから出発して」ネルは言った。「何かさがして食べるものも用意する」ネルはまず薬缶《やかん》を火にかけ、そのあとパンとバターとマーマイトをひと瓶、見つけだした。こんな状況では、シルヴィアの両親もきっと許してくれる。アダムは静かにお茶をすすり、コナーはガブガブとお茶を飲んでトーストを三枚貪《むさぼ》るように食べた。

アダムがここに滞在したがっていることはわかっていた。面会の許可がおりしだい、シルヴィアに会いにいくつもりでいるのだ。あしたには会えるだろうか？　でもとにかく、シルヴィアの両親が戻るまでは帰れない。ふたりで、この小さな農場の世話をする必要がある。

コナーはトイレに入り、そのあと廊下の立入禁止テープの向こうに身を乗りだすと、抽斗《ひきだし》を開けて拳銃《けんじゅう》とホルスターを取りだした。そして、ホルスターをつけて拳銃を差しこむと、アダムと向き合って握手をかわした。「あなたはよくやった。勇気がなければできないことです」

コナーが言った。「あなたは、いいやつに見える。それに、ネルと気が合うなら、わたしとも気が合うはずです」

コナーの口調は軽かったけれど、アダムは目を細めていた。コナーはただうなずいて握手の手を離し、ネルに手を振って別れを告げた。

轟音《ごうおん》をあげて遠ざかっていくコナーのバイクを見送るアダムのなかで、怒りが燃えあがっていた。ネルが食器を洗う音がキッチンから聞こえていたが、そばに行く気にはなれなかった。彼女についてほとんど何も知らなかったことを思い知らされた今、ふつうに話をするふりなど、どうしたらできるだろう？

吐き気とアドレナリンの名残のせいで、胃がムカムカする。アダムは落ち着かない気分で、客間へと入っていった。フランス窓を見ていくぶん気分がやわらいだアダムは、窓の鍵《かぎ》を開けて、夜の暗闇へと足を踏みだした。

本物の暗闇がアダムを包みこんだ。不要な明かりは一切なく、ただ月明かりが仄《ほの》かにあたりを照らしている。外に出て正解だった。秘密を抱えている誰かのそばで、暗闇に置き去りにされたような気分でいるよりずっといい。

心安らかな静けさを打ち破って、背後から駆け寄ってくる足音が聞こえてきた。「アダム？大丈夫？」

大丈夫なわけがないだろう。

「アダム？」

「いや、ネル。大丈夫じゃないよ」

「話を……したくない？」

「したくない。ひとりになりたくて、ここに出てきたんだ。だから……」

「そうだったの。ごめんなさい」

ネルがためらいがちにあとずさる足音が聞こえた。

彼女に心苦しい思いをさせたかった。アダムが尋ねれば、ただしゃべりだせば、ネルは説明してくれるとわかっていた。しかし、重要なのはそこではない。アダムは髪をかきあげた。遠ざかっていく彼女の足音を聞いて、心が締めつけられる思いがした。

苦悩の数秒が過ぎたあと、アダムはネルに追いついた。「これはいったいどういうことなんだ？　ネル、きみは何者なんだ？」

家の明かりがぼんやりとあたりを照らすなか、ネルが心にパンチを食らったかのように、よろめきながらあとずさった。「ごめんなさい。説明しなくてはならないことが、たくさんあるのはわかってる。坐って話さない？」

ネルが金持ちだということはわかっていた。あの家も家具も——彼女のものだということは歴然としているし――かなり高額であることはまちがいない。それでも、亡くなった親類から受け継いだのではないかと、アダムは想像していた。あるいは宝くじが当たったとか。家を買うというのは、賢明な投資だ。しかし、スーパーカーやコナーは、そんなことでは説明がつかない。次元がちがう。

アダムはうなずき、彼女にしたがって客間に戻った。アームチェアに腰をおろしたネルは、足をあげて横坐りになっている。アダムは床に敷かれた色褪《いろあ》せたラグを挟んで、彼女の向かいに坐った。

ネルが深く息を吸った。「オーケー。コナーは表向き、母の運転手ということになっている。でも、護衛官でもあるの。母は下院議員で、警察改革法案の検討にくわわっているから、引きたくない注意をずいぶん引いている。ひっきりなしに殺してやるって脅されてるわ」

アダムは混乱していた。そんなことは思ってもみなかった。しかし、自分が何を思っていたのか、さっぱりわからない。とにかく話を聞いて、馴染《なじ》みのない言葉を理解しようと努めた。

「父が、護衛をつけることをすすめたの。父は……ええと……伯爵なんだけど――」

「待ってくれ。父親が伯爵？　だったら、きみは……？」

「レディの称号を持っている」ネルは顔をしかめながら答えた。「時代遅れに聞こえるでしょう？」

アダムは、まじまじと彼女を見つめた。ものすごく驚いていた。

「でも、コナーが来るかもしれないって、あなたに話しておくべきだった。彼にメッセージを送ったの。こっちで危険なことになる可能性を思って、助けを求めたわけ。間に合うかどうかもわからなかった。拳銃を持ってくるとは思わなかったし、あなたにそれを突きつけるなんて考えてもみなかった。信じられないほど愚かだったわ。ごめんなさい。あんな目に遭って……トラウマになってしまうわね」

そこまでの衝撃は受けなかったが、それを言葉にすることができなかった。アダムは口をきつく閉じて、黙っていた。

「他に誰が知ってるんだ？」ようやく彼が口を開いた。

「わたしの素性を？」ネルが首を振った。「誰も知らない。ええ、職場の人たちは誰も。子供のころの学校の友達は知っていた。でも、ほとんど同じような境遇の子ばかりだったから。素性を隠すようになったのは、大学に入ってから」

「どうして？」

ネルの顔が真っ赤になった。「理由はいろいろある。でも、仕事に関して言うと、いちばんの理由は、自分で成果をあげて道を切り開きたかったから。コネがあるおかげで、地位も名誉も与えられるなんていやだった。自分の出した成果に誇りを持てるようにしたかったの。それに、友達との関係も、わたしのことをほんとうに好きでいてくれる人と付き合いたい――」ネルが赤くなった頬に手をあてた。「わたしといると得だと思って近づいてくるような人はごめんだわ」

ネルは床を見つめたまま、声を落としてつづけた。「わたしの素性を知ったとたん、みんな態度が変わる。それがいやなの。わたしが自分の正体を誤魔化していたと、あなたに思われたなら残念だわ。あなたに対して、わたしは常に正直だったつもりよ」ネルが彼を見つめた。「わたしたち……わたしたち……」彼女がためらっている。「あなたへの気持ちは本物よ、アダム」

アダムは膝《ひざ》の上のにぎりしめた手を見つめた。ネルを信じたかった。しかし、信じられなかった。ネルが徹底した秘密主義者だということは、知っていた。しかし、ここまで嘘をつけるとは思ってもみなかった。何もかも嘘だった。初めからずっと。ネルは彼が思っていたような人間ではなかった。称号のことはどうでもいい。人格のことを言っているのだ。

「ほんとうにごめんなさい、アダム」

ネルを見ることができなかった。大きく見開いた目に、傷ついたような表情を浮かべているにちがいない。そんな顔を見てしまったら、抱きしめてキスをして、何もかもどうでもよくなってしまう。

ついにアダムは肩をすくめた。これがネルの暮らしを理解するための質問をする、唯一のチャンスかもしれない。しかし、何を訊《き》いたらいいのかわからない。考えた挙げ句、口から出たのはこれ以上ないほど陳腐な質問だった。「だからあんなすごい車を持ってるわけだ？　地所を持つ貴族だから？」

ネルが、しかめっ面を隠した。アダムは、自分が妙なことを言ってしまったのだと気づいた。貴族の世界のことなど何も知らない。彼はこの問題から——彼女から——自分を遠ざけようと、椅子の背にもたれた。

ネルがうなずいた。「そう言えると思う。父はクラシックカーが大好きなの。自動車レースの催しなんかを開催するのも、地所を維持していくためのひとつの方法」

「きみはどこの地所を持ってるの？」

「フィンチミア」

嘘だろう、ものすごい広さじゃないか。何百エーカーもあるはずだ。たしか、再野生化計画が進んでいて、ぼくも……なんてこった！　やめてくれ！　アダムは肩をすくめた。「聞いたことがあるよ」彼は、あらためてネルを見た。知らない人間がそこにいた。「きみの本名は？」

ネルは顔を歪《ゆが》めて答えた。「レディ・エレノア・ワード＝ビューモント。長すぎね」

アダムはかぶりを振った。「ファーストネームがエレノアだということも知らなかった」彼は目を逸《そ》らした。

「ネルがどんな名前の愛称だと思っていたの？」

「愛称だなんて思わなかった」彼は答えた。**ただ、きみはネルだと思っていたんだ。**

ふたりのあいだには沈黙がひろがっていたが、アダムの頭のなかはホワイトノイズでいっぱいになっていた。彼は動揺して立ちあがり、暖炉の前へと進んだ。「理解できない。なぜきみは納屋を改装した二戸建《セミデタッチドハウス》ての家に住んで、生態学者として働いているんだ？　すごくいい家だし、設備も完璧に整ってる。しかし……なんて言うか——」アダムは何かを否定するように手を振ってみせた。「屋敷でのんびり暮らして、舞踏会に出掛けたりしていればいいんじゃないのか？」

ネルが呆《あき》れたように天井に目を向けた。「やめて、アダム。あなたにまでそんなことを言われるなんて、嬉《うれ》しくて涙が出るわ」

「なんだって？」その挑むような口調に驚いて、アダムはネルのほうを向いた。

「みんな同じことを言う。でもね、地所を管理するのはたいへんな仕事よ。フィンチミアは家族に代々受け継がれてきた地所で、わたしにもいい形で次の世代に引きわたす責任がある。学ばなければならないことも、たくさんあるわ。生態学を理解することは、地所を管理する上で重要だし、わたし自身にとってもすごくだいじ。でも、それだってほんの小さな部分でしかないの」

ネルが唇を嚙《か》んだ。「父は三十五歳で、最悪の状態のフィンチミアを相続《か》したの。屋敷の住居部分は荒れ放題で雨漏りがして、どの部屋も黴《かび》だらけ。人件費もすごい額だった。建物の半分は、人が住める状態ではなかったの。だから、父はたいへんな節約を強いられることになった。催しを行って、生活費だけでなく屋敷を修復する費用も稼ぎださなければならなかった」

ネルはアダムを見た。「大きな屋敷を修復するのに、いくらかかるか想像できる？」

「できるよ。屋敷なら三軒持ってるからね。ああ、悪夢だ」アダムは上品ぶった口調で、からかうように答えると、腕を組んでマントルピースに寄りかかった。

「考えてみて。わたしたちは仕事で、こういうことを常にクライアントに説明したり、自然保護活動家と話し合ったりしてるじゃない。真面目な話よ。その費用は莫大《ばくだい》だわ。とんでもないくらいね。もちろん、比較の上でのことだけど、それでもなんとかしてそのお金をつくらなくてはならなかった。つまり、地所の管理はビジネスなの。維持していくためにしなければならないことは、たくさんある。でも同時に、将来あの地所が自立して存在しつづけられるようにするにはどうしたらいいか、考える必要もある。

それで、父は自動車レースのイベントを始めたの。そして母に出逢《であ》うと、母の手を借りて、それを年に一度の大きな催しへと発展させた。十年のうちに、〈フォートナム＆メイソン〉がピクニック用のバスケットを提供してくれるようになって、〈モンタギュー〉が希少なクラシックカーのオークションを開催するようになったわ。『皮が固くなったソーセージを蘇《よみがえ》らせたのは、わたしよ』っていうのが、母のお気に入りのジョーク。ええ、父のアルファロメオのクラシックカーを蘇らせたのも母だわ」

家族のエピソードにどう反応したらいいのか、アダムにはわからなかった。その逸話は、想像していたものとまったくちがっていた。しかし、どんな想像をしていたというんだ？　アダムはしばしの沈黙のあと言った。「なるほどね。しかし、生態学者として働いてるのは、それだけの理由？　古い建物の手入れや、地所の管理の仕方を学んでもよかったんじゃないのかい？」

「もちろん、学んだわ。改築をお願いした保存修復者たちといっしょに働いて、多くのことを学んだ。でも、わたしのプロジェクトは、あの地所を育てて生物学的な持続可能性を持たせることにある。動植物の生息場所をつくって、再野生化を進め、古い建物に持続可能なテクノロジーを組み入れる。新しいビジネスイニシアチブよ。たいへんな挑戦だけど、だいじなことだわ」

アダムは何も言わなかった。ただ彼女を見つめていた。ネルにとっては、アダムも今の仕事も同僚たちも、ただのサイドプロジェクトなのだろうか？　ひとたび必要な知識を身につけたら、秘密の暮らしに――いや、ほんとうの彼女の暮らしに――戻るつもりなのだろうか？

突然、重力が働かなくなってしまったような気がした。

ネルが口ごもりながら言った。「わたし……ちょっとカリカリしすぎかもね」彼女が両手を合わせ、指と指をきつく絡めた。「わたしが十六歳のとき、父は地所の管理に必要な日々の仕事に、わたしをもっと関わらせようとしたの。そういう仕事をすべて理解して、何が必要かを知り、様々な要素について学べるようにね」

ネルが大きく息を吸った。「それで父は、わたしが二週間、新任の地所管理人の下で働けるように手配してくれた。嬉しくて嬉しくてワクワクしたわ。まだ小さかったころ、歩けるようになってすぐくらいから、わたしは前任の管理人につきまとっていたの。子供だったわたしにとって、彼は歳を重ねた賢いおじいちゃま的な存在だった。森の一部みたいな人だったわ。アナグマがあらわれるのをいつまでも根気よく待ったり、木の名前を教えてくれたり、動物の足跡をさがしたり……」ネルがアダムに目を向けた。「わたしは、もう夢中だった」

彼女の視線が膝に落ちた。手を揉《も》み絞っている。「だから新しい管理人に会いにいくときも、地所のいろいろを分かち合えると思って——それに何よりも、教われると思って——ワクワクしてた。でも、ドアの前で、彼が同僚と話してるのを聞いてしまったの。『頭が空っぽの貴族のお嬢さまの子守をさせられるなんて……』って言ってたわ。彼の同僚が『あの子なら大丈夫』って言ってくれるのを期待してた。でも、いっしょになって不満を漏らしてた」ネルは息を呑《の》んだ。「目が覚める体験だったわ」

アダムは腕を組んだ。同情することを期待されているのだろうか？　かわいそうな金持ちの女の子？　アダムは目をあげて彼女を見た。怒りのせいで真っ赤になっている。ネルにとって、これはたいへんな告白だったのだ。

「その管理人たちは、きみに話を聞かれたことに気づいたの？」アダムは尋ねた。

ネルは首を振った。「気まずくなるのはいやだったから、何も聞かなかったふりをしていた。それに、その管理人の普段の働きぶりを見たかったの。わたしに話を聞かれたことがわかったら——」

「きみが立場を利用して彼をクビにするんじゃないかと、不安に思うかもしれない。あるいは何かまずいことがあったら、仕返しとばかりきみのせいにする」アダムはうなずいた。

ネルはジリジリと身を乗りだした。「新聞に載ったソフィの記事を読んだエリンの反応を見たでしょう？　上流階級の人間は働きもしないで、欲しいものはすべて手に入れるって、そんなようなことを言ってたわ。理解できないわけではないの。称号を持つ人間のなかには、働くのを嫌う愚か者もたくさんいる。でも、わたしはちがう」

「ああ、ちょっとだけね」アダムは思い切って言った。

ネルがポカンと口を開けた。「なんですって？」

「自分で稼ぎたいって言ってるけど、きみはすばらしい家に住んでいて、そこには一度でも使ったことがあるかどうかわからないような、すごいものがいろいろと揃《と》っている。それに、ネル、このファームハウスの外の車まわしにはきみのスーパーカーが駐まっていて、きみの家のガレージにはスーパーバイクが駐まっている。そのすべてを自分の稼ぎで買ったようなふりはしないでくれ。〈エコロジカル・コンサルタンツ〉の給料で買った？　やめてくれ」

ネルは打ちのめされたように見えた。「家から離れて独立しようなんて思ってないわ。そんなことはできない。いつかは、わたしがすべてを受け継いでやっていくことになるの。今は時間を見つけて、その仕事に関わっている。わたしにとってだいじなのは、何かを為《な》し得たらそれは自分の努力の結果だと思えること。機嫌をとられたり中傷されたりせずに、互いに尊重し合って同僚たちと働きたいの。それに、ほんとうの友達がほしい。あらゆる点で、わたしという人物を、わたしが何をしているかを、見てほしいの。どういう称号で呼ばれているかじゃなくてね」

アダムは髪に手を滑らせた。**ぼくのほうがまちがっていると思ってしまうのは、なぜなんだ？**「きみの働き方は立派だよ。けっして手抜きをしない。それに、たいへんな仕事をなんでも引き受ける」アダムは彼女を見た。「問題は、そういうこと？　自分の力量を示すことがだいじなの？」

ネルが眉《まゆ》を吊《つ》りあげた。眉といっしょに彼女の希望も吊りあがっているような気がした。

「なぜ〝博士〟の称号を使っているんだ？」アダムは訊《き》いた。「受け継いだものではなく、自分で勝ち取ったものだから？」

ネルが短く声をあげて笑った。「ええ、そうね。少なくとも、その称号に誇りを持っている。それに仕事上、価値を認められたような気になれる。地所で働いているときは――」

「〝頭が空っぽの貴族のお嬢さま〟という称号がつきまとって――」

「そう、そのとおりよ」ネルが彼をさえぎった。「繰り返さないで」彼女の顔にためらいがちな笑みが浮かんだ。

ああ、気がつけば、からかい混じりの楽しい遣《や》り取りが始まっている。そのあまりの自然さを思って、アダムは胸が痛くなった。「そんなに仕事があるんじゃ、舞踏会に割く時間はたいしてなさそうだ」アダムは認めた。

「ええ、ほとんどないわ。でも、年に二回、うちで舞踏会を開くの。たいていは何かの資金集め。次の舞踏会は十一月よ」ネルが一瞬眉をひそめた。「やだ、どうしよう！」

「どうした？」

「今度の舞踏会は、警察改革の資金集めのために開かれるの。内務大臣も見えるし、全国から警察署長や警察官もやって来る」ネルが天を仰いだ。「ホスト夫妻の娘が殺人の容疑で逮捕されたことを知ったら、みんなどう思うかしら？」

アダムは笑わなかった。危険にさらされている状態では、とにかくネルを放っておくことはできなかった。しかし、その危険が去った今なら、そのままの彼女を感じることができるかもしれない。アダムは悲しみに満ちた目でネルを見つめた。「きみのことをここまで何も知らなかったなんて、信じられないよ。てっきり、ぼくたちは……」アダムは自分がふたりの関係をどう思っていたのか口にできないまま声を詰まらせ、それに代わる言葉をつぶやいた。「友達だと思っていた」

ネルの眼差《まなざ》しが、一瞬まっすぐに彼の視線をとらえた。彼女もアダムと同じくらい傷ついているように見える。しかし、アダムは秘密を持ったまま、ふたりの関係が深まっていくと——ふたりは惹《ひ》かれ合っていると——ネルに信じこませたりはしていない。

「今夜、こんなことにならなかったら、きみは秘密を打ち明けてくれなかったのかな？」

ネルはためらっているようだった。

アダムは「打ち明けた」という答えが聞きたくて、一秒待った。それだけ言うなら一秒あれば充分だ。そして、答えが返ってこないのを知ると、かぶりを振り、肩を怒らせてその場をあとにした。

29

八月三十一日　火曜日　午前六時

　翌朝、ネルは夜明けとともに目覚めて手足をのばした。不自然な格好のままソファで眠っていたせいで、手も脚もこわばっている。

　二階にあがってゲスト・ルームで眠る気にはなれなかった。二階にはアダムがいる。彼にはひとりになるスペースが必要だった。その邪魔などできるわけがない。なんと言っても、自分がすべてをだいなしにしてしまったのだ。

　ふたりの関係は徐々に深まっているとネルは思っていた。楽しくじゃれ合っていたきのうが
――嘘でしょう、ほんとうにきのうのこと？――大昔のことのように思える。何かが始まるような気配を感じていたなんて、愚かにもほどがある。すべてを――ああ、正直に言えば、ほとんどすべてを――打ち明けたあとでさえ、彼ははっきりと言った。彼にとって、わたしはただの友達だったのだ。

　彼の肩で眠りこんでしまったわたしを、彼はどう思っていたんだろう？　あのとき彼といっしょにシャワーを浴びていたら、どうなっていたんだろう？　ちょっときわどいことを言ってみたり、事件に関わってみたりしたのは、わたしがまだ彼の手に落ちていなかったから？　そ

うなの？　たぶん、彼はこういうことに慣れていない。わたしとのことは、ただの奇妙な挑戦みたいなものだったのかもしれない。最悪……なんて屈辱的なの。心のなかで何かが捻《ねじ》れ、いつもの警戒心が頭をもたげた。まるで、慌てて新しい貝殻に潜りこむヤドカリだ。

ネルはソファの上で薄い掛け布にくるまって、断続的にまどろみながら、うすら寒い夜を過ごした。

真夜中ごろ、ネルは眠りのなかで別の種類の罪悪感をおぼえ、ハッと目を覚ました。餌用のボウルの前にお腹を空《す》かしてションボリと坐《すわ》っているイゼベルの姿が、一瞬見えたような気がした。他に選択肢はない。ネルは起きだして固定電話を使い、フィンチミアの地所管理人に電話をかけた。ネルの家は家族の地所からそう遠くない。とはいえ、これは過ぎた要求だ。呼びだしに応じてペットの世話をすることは、厳密に言えば管理人の職務内容に含まれていない。それでもとりあえず管理人は、ネルが自宅に戻るまで、両親に——使うのは緊急の場合だけという約束で——あずけてある合鍵《あいかぎ》を使ってネルの家に入り、イゼベルに餌を与えることに同意してくれた。でも、その口調は、ものすごくぶっきら棒だった。それを聞いてネルは自分の身勝手さを思い知った。そうしたいと思ったら、ためらいもせずに特権を行使する。そんな自分に、ネルは顔をしかめた。

そのあとは、静かにしょっぱい涙を流して顔がヒリヒリするまで泣き、断続的にまどろんでは悪夢にうなされた。何本ものナイフに車の屋根を切り裂かれながら暗い道を猛スピードで走りつづける夢に、大切な誰かを失うことになる夢。そんな夢を見ては、シルヴィアを思って凍りつくほどの恐怖に捕らわれて目を覚ますのだ。

病院に電話をかけたくてたまらなかった。それでも夜のあいだは、その強い衝動を必死で抑えていた。最新情報を知ることに意味があるとしても、シルヴィアには時間を要する緊急の処置が必要だし、回復にはしばらくかかると、頭では理解していたのだ。

朝になるころには疲れ切っていた。ネルは這《は》うようにして二階にあがり、ゲスト・ルームのシャワーを使った。熱い湯が筋肉の痛みをやわらげ、人間らしい感覚が戻りはじめた。目は痛むし、泣いたせいで顔が斑《まだら》になっている。見つけた保湿クリームを大量に塗ると、赤みは幾分ひいてくれた。

アダムとのことをどう修復したらいいのか、まだ答えが出ていない。それに、冷たい何かに胸を締めつけられて、修復したいのかどうかさえわからなくなっていた。アダムは、ネルが信頼を裏切ったと思いこんでいる。友達としての信頼を……。

アダムはまちがっていない。彼は、たしかにいい友達だった。そう、とびきりすばらしい友達だった。でも今になって、どんなに彼に打ち明けたかったか――打ち明けようとしたか――訴えてみたところで、慌てて考えた言い訳のようにしか聞こえない。

ネルは、シルヴィアの母親のクロゼットをかきまわし、まったくサイズのちがう服のなかに着られそうなものはないかとさがしてみた。そして、伸縮性のあるベロア地のライラック色のジョギングパンツを借りることにした。でも、揃いのトップを合わせるのはやめて、代わりにダボダボの白いTシャツを着た。

階下からアダムが動きまわる音が聞こえてきて、ネルは身がまえた。また言い合いが始まるのだろうか？　それとも、気まずい沈黙がつづく？　どうしてこんなことになってしまったんだろう？

不意に、フル・イングリッシュ・ブレックファストの魅力的な香りがただよってきた。香りに誘われてキッチンへと足を踏み入れると、フライパンの上でジュージューと音をたてているベーコンとソーセージと卵を、アダムがひっくり返したり転がしたりかき混ぜたりしていた。火にかけた鍋《なべ》のなかでビーンズがブクブクと煮立ち、トースターから焼きあがったパンが飛びだした。ネルは入口のあたりから、彼が料理している様子を眺めていた。

ブカブカの茶色いコーデュロイパンツに、チェックのシャツを着こんだアダムは、カジュアルでいい感じに見えた。トーストにバターを塗ったり、フライパンをチェックしたりするたびに、まくりあげた袖《そで》からのぞく逞《たくま》しい腕の筋肉が動いている。ネルはアダムのそばに立ってコーヒーをいれはじめながら、彼の視線がベロアのジョギングパンツとTシャツに注がれているのを感じていた。

「きみもクロゼットを襲撃したわけだ。誰かの服を勝手に着てしまうなんて、変な感じだな。それに食べ物もね」

「シルヴィアのご両親は、きっと気にしないわ。病院に電話をかけてみる……」

アダムはうなずいただけで、料理から注意を逸《そ》らさなかった。

ネルはオフィスへと急いだ。そして、病院に電話をかけて、シルヴィアの様子を尋ねた。どんな緊急処置を施したか看護師が説明を始めると、ネルは思わず腰をおろした。シルヴィアの容態は落ち着いているようだった。それを聞いて胸を撫《な》でおろしたネルは、職場に電話して、アダムと自分が仕事に出られないことを伝える短いメッセージを残した。

そのあと、ネルはためらったのち、ふたたび受話器を取ってチャールズ・バリントンの番号をダイヤルした。

「今度は、どんな法律を破ったんですか?」トーストを頬ばりながらしゃべっているような感じだった。

「チャールズ、苦情の申し立てはやめにしてほしいの。もう意味がないような気がして」

「うーん、何があったんですか、ネル?」

信じられない。どうして、いつもわかってしまうの?

「わたしたち、ゆうべデイヴィッドを捕まえたの。あの人、もう少しでシルヴィアを殺してしまうところだった。警察が来て、彼を逮捕したわ」

チャールズの抑えたうなり声を聞いて、ネルは説明を始めた。

「なるほど、わかりました。お望みのままに手配します。すぐにトレントに電話をしましょう。苦情の申し立てはしないということが、いち早く捜査班に伝わるようにね。しかし、ネル……」

「何?」

「弁護費用に危険手当をつけていただかないとね。あなたはわたしの賢明な助言を無視して、真っ逆さまにトラブルへと飛びこむような真似をした。それに、あなたはわたしたちと言いましたね？　その人たちにも、わたしと同等の腕のある法廷代理人がついているといいのですがね。そうでないと、たいへんな目に遭うことになる」

ネルは罪の意識を押しやった。アダムがわたしのせいでトラブルに巻きこまれることは、もうないだろう。それに、苦情の申し立てをしなければ、戦わなければならないことが少なくともひとつ減る。ネルは急いでキッチンに戻り、料理を盛りつけていたアダムにシルヴィアの容態を報告した。

アダムが、取り分け用のスプーンを宙に浮かせたまま動きをとめた。「どんな処置をしたんだろう？　何か言ってた？」

ネルは看護師の話を聞きながらとったメモをチェックした。「試験開腹を行って、下大静脈を結紮《けっさつ》したって言ってたわ」ネルは目をあげてアダムを見た。「デイヴィッドは、シルヴィアの胴体部分の大きな血管を傷つけた。だから、それを縛って閉じる必要があったんですって。大きな手術になったみたい。死亡率が高いそうよ。シルヴィアはほんとうに運がよかったのね」

アダムが大きく息を吐くと、その身体から力が抜けたように見えた。これまで緊張に支えられていたかのような反応だ。うなずいた彼の顎《あご》が震えている。しゃべることができないのだ。

「シルヴィアが助かる見込みは半々だった。あなたがデイヴィッドをとめていなかったら……」

「……」ネルは顔をそむけて唇を噛《か》んだ。

「ぼくだけの手柄じゃないよ」アダムが言った。「やつがシルヴィアを追ってここに向かうと気づいたのは、きみだ。きみがものすごいスピードで運転してきたから、間に合ったんだ。それにきみの友人のコナーが応急処置をしてくれた」アダムが自分の皿を見つめて言った。「容態は落ち着いてるって言ったけど、それは〝悪くはならない〟っていう意味？　それとも〝快復する〟っていう意味？」

ネルはゴクリと唾《つば》を呑《の》んだ。「快復するという意味だと思う。シルヴィアは驚くほど頑張ってるって話だもの。かなり失血していたから、ひと晩じゅう輸血をつづけたそうよ」

「会えるのかな？」

「うーん、電話では妹のふりをして容態を尋ねたの」ネルは肩をすくめた。「面会は家族にかぎられてるみたい。でも、ご両親は旅行中だし。花と雑誌でも持って、とりあえず行ってみない？」

アダムが考えているあいだ、ネルは彼を見ていた。ここまでやつれたアダムを見るのは初めてだった。オードリーの建築用地で──調査をして、夜のうちに建物からコウモリを追いだし、昼間は建物の解体に取り組んで、その合間に時間を見つけて報告書を書いて──三十九時間とおして働いたときでさえ、こんなではなかった。今、真っ赤になったアダムの目からは悪戯《いたずら》っぽい輝きが消え、パンチを食らったかのようにまわりに黒い影ができている。

アダムがうなずいた。「冷めないうちに、朝食を食べよう」ネルはナイフとフォークを手に取って、食事を始めた。

よく聞けば、その口調はやさしくも感じられた。

アダムは食べながら、何かを考えているようだった。「ぼくたちがシルヴィアに会えるよう、警察が計らってくれるんじゃないのかな。警察もシルヴィアに話を聞きたがってるかもしれない。シルヴィアに精神的な支えが必要だと警察が考えたら、ぼくたちの出番だ」

「試してみる価値はあるわね」ネルは同意した。ふたりは黙って食事をつづけた。ネルは最後にトーストで皿を拭《ぬぐ》った。「ごちそうさま」彼女は立ちあがり、自分が使った食器と鍋やフライパンを食洗機に入れはじめた。アダムも、それに倣った。

ふたりは同時にそれぞれのマグを食洗機に入れようとして、同時に手を引っこめ、また同時に手をのばしてマグ同士がぶつかった。目に見えるほどの緊張からなんとか逃れようとあたりを見まわしたネルは、鶏の餌を見つけて、そもそもなぜシルヴィアがここに来ることになったのかを思い出した。ネルはバケツを餌でいっぱいに満たすと、外へと足を踏みだし、身が引き締まるような新鮮な空気を吸いながら鳴き声を頼りに鶏小屋へと向かった。

小屋にたどり着いたネルは、掛け金をはずしてなかに入り、またすぐに掛け金をかけて内側の扉を開き、卵を五つ集めて餌をまいた。足下に集まってきた鶏が、コッコッと鳴きながら早速餌をつつきはじめている。谷の向こうには、記憶にあるとおりの息を呑むほどの景色がひろがっていた。緩やかに起伏する緑ゆたかな丘が連なり、片側には岩だらけの山がそびえ、反対側は森に覆われている。丘のところどころに見える点々はヒツジだ。

不意に胸の奥に痛みを感じた。美しい景色を見たら、誰だってそのすばらしさを人と分かち合いたいと思う。でも、今ネルがそばにいてほしい人は、彼女のことなど知りたくないらしい。

もちろん、素性のことはもっと早く打ち明けるべきだった。でも、アダムはわかっていない。ネルには、彼なら絶対に理解してくれるという確信を持つ必要があったのだ。それからでなければ、打ち明けられなかったのだ。ネルは、ふたりのあいだには特別な何かがあると感じていて、それを信じはじめていた。でも、それがまちがいだったことがわかった。今度も、また。アダムが自分のほうが正直で善良だと信じこんでいることが、ネルを苛立《いらだ》たせていた。人がネルをどう見ているかよりも、ほんとうのネルがどういう人間なのかを知るべきだということに、彼は気づかないのだろうか？　アダムは、ほんとうにネルを信じていたのだろうか？　またも荒涼とした黒い穴が口を開け、希望の光を呑みこんでしまった。

ネルは鶏小屋の扉を乱暴に閉めると同時に、心の扉を閉ざした。**わたしは正しかった。やっぱり、ひとりでいるほうがいい。**

八月三十一日　火曜日　午前十時

数時間後、ネルは最後の警官が車で走り去っていくのを見送った。

警官がふたりの話を聞き、鑑識班が現場を調べて写真を撮り、距離や長さを測り、血液のサンプルを採った。犯行現場マネージャーは、救急隊員の足跡がついた現場を見て、証拠が損なわれたと不満のうなり声をあげた。そして、病院にシルヴィアを訪ねる件については、ネルが色よい返事を引きだそうと必死で頑張ったにもかかわらず、刑事たちに断固無視されてしまった。

廊下で忙しく動きまわっている刑事や鑑識の存在が、ふたりの気を紛らしてくれていたようだ。彼らが引きあげてしまうと、ネルとアダムのあいだの気まずい沈黙は耐えがたいものになった。

我慢できずにネルはサッと立ちあがった。「シルヴィアに会いにいってみましょう。一日じゅう待たされてもいいわ」

アダムがうなずいた。そして、キッチンを指さして言った。「きみが鶏に餌をやってるあいだに、サンドイッチをつくっておいた。自動販売機に頼るなんていう恐ろしいことにならないようにね」

ネルは笑みを浮かべた。でも、アダムはニコリともしなかった。

病院までのドライブは最悪だった。特権階級の金持ちであることがひと目でわかる豪華なスーパーカーに乗っているせいで、ネルは恥ずかしさのあまり顔が熱くなっていた。アダムはしゃべらなかった。ただ窓の外を見つめて、彼女との会話を避けている。

病院に着くと、ネルは笑顔をつくって当直の看護師に近づいていった。

「こんにちは、シルヴィア・ショークロスに会えるかしら？」

「ご家族の方ですか？」看護師が訊《き》いた。

「妹よ」嘘をつくことに対するためらいが芽生える前に、そう答えていた。看護師が患者の家族のリストを持ってる可能性はある？　シルヴィアに妹はいないけれど、さっきの電話では妹で通用した。ということは、たぶん……？「今朝、電話で様子をうかがったんですけど」看護師が、シルヴィアがいる病棟のほうを顎で示した。「数分で切りあげてくださいね。安定してはいますけど、体力が低下していますから。休む必要があります。今朝はすでに警察の方たちがいらして、話をしなければならなかった。それで、かなり疲れています」

ネルはうなずき、アダムに目を向けた。彼は廊下に置かれた椅子に坐《すわ》って、モーターバイクの雑誌を眺めはじめていた。「すぐに戻るわ」ネルは看護師の気が変わらないうちに、急いでその場をあとにした。

シルヴィアは、ピーピー鳴ったりチラチラ瞬いたりしているモニターや点滴に繫《つな》がれて、ベッドに身を起こして坐っていた。病院のブルーのガウンのせいで、ただでさえ青白い顔がよけいに青く見えている。いつもの元気のよさは鳴りを潜め、シルヴィアはひとまわり小さくなったようで弱々しく見えた。

ゆうべ着ていた服はたたんでビニール袋に入れてあり、スマホはテーブルの上の手がとどく位置に置かれている。シルヴィアは震えていた。恐ろしいことに泣いているのだ。全身を震わせて、つらそうに大きくしゃくりあげている。

「おはよう、シルヴィア」ネルは、ささやくように言った。そして、そっと彼女の手を取った。「ネルよ。容態は安定していて快復に向かってるって、看護師さんから聞いたわ。ほんとうによかった。あなたは、すごく頑張ったわ。本物の戦士女王ね」ネルは励ますように明るい笑みを浮かべてみせた。「気分はどう？」

シルヴィアがネルのほうに顔を向けた。笑顔が震えている。「なんだか、ボーロボロ……」ゆっくりと答えたシルヴィアは、しゃべるのもやっとという感じだった。「頭がね、ボウーッとしてるのぉ。薬……のせいね。ごめんねぇ」

シルヴィアの顔がクシャクシャになり、口が〝O〟の形に開いた。

「どうしたの？」ネルは身をかがめて、シルヴィアの目をのぞきこんだ。

シルヴィアが自分のスマホを指さして、しわがれ声で言った。「トロイ」そして、また身を震わせて泣きだした。

ネルは眉《まゆ》をひそめた。「なんですって？」

シルヴィアが、またスマホを指さした。「読んで」

ネルがスマホを掲げると、シルヴィアがアドレスをタップした。画面にローカルニュースのサイトがあらわれた。『男性が車内で焼死』見出しの下にハンサムな顔写真が載っている。青い目に金色の髪。トロイだ。

『八月二十六日木曜日深夜、ペンドルベリーの工業団地内の駐車場で車両火災が発生。消防が火を消しとめたあと、車内から焼死体が発見された。被害者はポール・ダン氏、三十六歳。ダン氏は、トロイ・アンブローズという仮名を使って、〈ヘビーウエイト・ジム〉のパーソナル・トレーナーとして――また、高級乗用車、デボネアを用いてエスコートとして——働いていた。

ペンドルベリー警察のスポークスマンは次のように述べている。「司法解剖はまだ行われていませんが、監察医が見たところ、被害者は火がつく以前に頭部に傷を負った模様。その傷と車の損傷に一致は見られません。したがって、ダン氏の死については不審死として扱われることになります。捜査に役立つ情報をお持ちの方は、ペンドルベリー警察までご連絡ください』

びっくりしたなんてものじゃない。シルヴィアは泣き疲れたのか、うとうとしている。ネルの耳に近づいてくる話し声が聞こえてきた。そして、不意にカーテンが開いて、ネルはたじろいだ。

当直の看護師と話していたジェームズ・クラーク巡査部長が口を閉じて、ネルを見つめた。ネルは一瞬遅れてジェームズに気づいた。驚きのあまり、胃がひっくり返りそうになっている。

看護師がカーテンを押さえながら言った。「面会は、ひとりずつという決まりになっています。ですから、刑事さんがお姉さまと話しているあいだ、あなたには外に出ていてくださるようお願いしなければなりません」

ああ、やめて。

ひとりっ子のはずのネルが、殺人未遂の被害者の妹になっていることを知って、ジェームズは呆《あき》れているにちがいない。ネルはカーテンに手をのばしながらも、彼が何も言わずにいてくれることを祈っていた。そう、少なくとも看護師の前では何も言ってほしくない。

「ネル？」

うーん。ネルは振り向いた。「ええ、ジェームズ？」

「会えてよかった。ゆうべは電話をしてくれて、ありがとうございました。あなたがすばやく判断して動いてくれたおかげで、殺人事件の捜査が進展したばかりか、ミズ・ショークロスの命を救うこともできた。感謝しています」ジェームズは皮肉っぽく片方の眉を吊《つ》りあげてみせたものの、面倒なことは言わなかった。「ミズ・ショークロスから話をうかがうあいだ、そばにいていただけますか？」

ネルは面倒に巻きこまれずにすんだことに胸を撫《な》でおろしながら、ジェームズの機転に感謝し、うなずいた。

看護師は不満そうにブツブツ言いながら、カーテンを閉めて立ち去っていった。

「それに、苦情の申し立てをやめてくれたことにも、お礼を言わなくては」

「わたしが犯人じゃないことがわかったんですもの。そのくらい寛大になれるわ」

ジェームズがうなずいた。そのあと、ライラック色のジョギングパンツに視線を落とした彼が、唇を歪《ゆが》めた。「そのファッションは有罪だな」

「見た目がそんなにだいじかしら？」気持ちが沈んでいたにもかかわらず、ネルはほほえんだ。

ジェームズが、ネルのほうに一歩足を踏みだした。「あなたに謝らなければいけない。あんなことを訊いて、ほんとうにすまなかった」

ネルは一瞬動揺しかけたが、それを抑えて言った。「ええ……見当ちがいもいいところ。危険な殺人犯が自由に歩きまわっているときに、あんな取調べをするなんて、時間とお金と人の無駄遣いでしかないわ」ネルは腕を組んだ。「ええ。うんと反省してもらわなくちゃ」

ジェームズがかぶりを振った。「疑問が生じたら、それをあきらかにするために問いただす必要がある。しかし、申し訳ない。あなたにとってはたいへんな苦痛だったにちがいない」その率直な言葉を聞き、真剣そのものの表情を見ていると、ネルの過去を探りだしたことで彼も傷ついているのではないかと思えてきた。

「わたしがタフな人間でよかった」かすかに笑みを浮かべて、ネルは言った。「それに、あなたは自分の仕事をしていただけだと思う。でも、厳密に言えば、わたしはあなたのために……

……」

ジェームズがうなずいた。「出逢えてよかった」そう言った彼の視線は、まっすぐネルの目を見つめている。彼女は頬が熱くなるのを感じて、視線を落とした。

ふたりのあいだで何かがきらめいたとしても、今はそこに注意を向けるときではない。アダムとのことでここまで動揺している今、そんな気にはとてもなれない。それに、今のネルのいちばんの気がかりはシルヴィアだ。彼女はシルヴィアのほうを向いて、その顎《あご》の下にそっと上掛けを引きあげた。シルヴィアが何かつぶやくのを聞いて手をとめてみたけれど、彼女はまだ眠っていた。

ネルは会話を安全な方向に戻せることに胸を撫でおろしながら、ジェームズにシルヴィアのスマホをわたした。そして、画面がロックされていることに気づくと、自分のスマホを取りだしてさっきのページを開き、ジェームズに記事を見せた。「シルヴィアが、これをわたしに見せたの。車両火災については、既に知ってるでしょう？　この火災は、どこかでソフィの事件と繋がっているんじゃないかと思う」

ジェームズが記事に目をとおして答えた。「ああ、この件にはうちのチームも関わっている」

ネルはうなずいた。「シルヴィアは彼に出逢《であ》った。トロイにね。そう、つまりポールに。ペンドルベリー地域計画会議が開かれた日に、その会場になっていたホテルで出逢ったの。でも、変だわ。あのホテルは会議の出席者で満室だったはずよ。この人は、企画者でも開発業者でもない。それなのに、なぜそこにいたの？」

ジェームズが眉を吊りあげた。「おそらくは、エスコートの仕事で来ていたんでしょうね」

「そうね、たぶん。でも、そういう立場で来ていたなら、どうしてシルヴィアと過ごす時間をつくれたの？ふたりは、ひと晩じゅういっしょにいたのよ」

「元々、エスコートは夕方までということになっていたのかもしれない。あるいは……早めに切りあげてしまったとも考えられる。」

「ええ、でもこの顔を見て」ネルはスマホの画面をスクロールさせて、ジェームズに男の写真を見せた。「デイヴィッドに似てると思わない？　ゆうべ、救急ヘリを待っているとき、シルヴィアが言ったの。『てっきり……トロイだと思った』って。でも、それでわたしたちに何がわかるっていうの？」

「わたしたち？」

ネルは一瞬沈黙し、それからかまわず先をつづけた。「とにかく偶然が多すぎる。トロイみたいな人が地域計画会議の場にあらわれて、翌日に死ぬことになるなんて」

「同感だ。たしかに、あなたの言うとおりだ」ジェームズがうなずいた。そして、シルヴィアに目を向けて言った。「まだ目を覚ましそうにないな。今のうちに、チームに電話をかけることにしよう」

ジェームズが電話をかけているあいだ、ネルは廊下に出て、アダムに状況を伝えた。彼の態度はあまりにそっけなく、スマホからメッセージの着信音が聞こえてきて、ネルはホッとした。

彼女はメッセージをチェックした。

パーシィからだった。『すてきなネルちゃん、今電話していい？　あなたのことが心配なの。大好きよ。XX』

ネルは返事を送った。『わたしもすごく話したい気分。でも、今はだめ。あとでね。XX』

顔をあげると、アダムがその画面をのぞいていた。ネルは、うしろめたそうに目を逸《そ》らした。

アダムを横目にスマホをポケットにしまった。そして、彼が自分のスマホをチェックしようとしたそのとき、着信音が鳴った。怖《お》ず怖《お》ずと看護師に目を向けて、一旦《いったん》電話を切った彼が言い訳をした。「外に出て話したほうがよさそうだ。母からだ」

「あら、またお見合いデート？」

「いや。マーラの結婚式のことだよ。インドに行くのを早めたんだ。それで、いつこっちを発《た》つのか知りたがってる」

へぇ。ネルもそれを知りたかった。でも、ネルに知ってほしければ、伝えるはずだ。伝えないなら、ネルには関係ないということだ。

だったら、アダムが振り向きもせずに廊下を一歩一歩遠ざかっていくのを見るのが――わたしから遠ざかっていくのを見るのが――なぜこんなにつらいんだろう？

シルヴィアのベッドの傍らでジェームズが電話をかけると、一回目の呼び出し音でアシュリィが出た。

そして、早口にしゃべりだした。「絶妙のタイミングよ、ジェームズ。今、ミセス・ランバートに会ってきたところ。彼女、わたしたちに話したかったことを思い出したのよ。マージョリィ・クロウズが〈アップルウッド〉に入る前、屋敷を買いたいと言ってデイヴ・ディクソンが〈マナー・ハウス・ファーム〉に訪ねてきたんですって」

ジェームズは眉《まゆ》をひそめた。「デイヴィッド・スティーブンソンってことだよね。それで、何度やって来たって？」

「三回訪ねてきたって、ミセス・ランバートは言っている。三度目のとき、彼女が客間にお茶を運んだそうよ。客間にはソフィの写真がたくさん飾られていた。ほとんどは馬に乗っているお馴染《なじ》みの写真だったけど、なかに一枚大学で撮ったものもあったんですって。ミセス・クロウズの部屋で見た、あの写真よ。『ロイヤル・ホロウェイ校学生会館』と書かれた看板のすぐとなりにソフィが立っている写真。看板の文字を検索すれば、すぐにわかる。それに妹が同じ大学に通っていたんですもの。デイヴィッドには、ピンときたんじゃないかしら。彼女とミセス・クロウズとソフィがデイヴィッドの開発を阻止しようと決めたのは、デイヴ・ディクソンとデイヴィッド・スティーブンソンが同一人物だとミセス・クロウズが気づいたことがきっかけだったって、ミセス・ランバートは言っている」

「デイヴィッドがミセス・クロウズを訪ねなかったことは知っているよ。しかし、ソフィは彼の写真をミセス・クロウズに見せていたんじゃないのか？　結婚式の写真を？」

「ええ、そこが重要なところね。ええ、見せていたわ。でも、ミセス・クロウズが〈アップルウッド〉に入ったいちばんの理由は、目が悪くなっていたこと。だから、ソフィがお祖母《ばあ》さまに写真を見せても大丈夫だと、デイヴィッドは思っていたのよ。自分の顔までは見分けられないとね。でも、三人が頭を突き合わせて計画を練っていたある日、ミセス・クロウズがソフィに結婚式のビデオを見せてほしいと頼んだの。それまで見ていなかったのね」

「写真のデイヴィッドが見分けられないなら、なぜビデオで……ああ……」

「それよ。顔を見分けることはできなくても、声を聞き分けることはできる。ビデオを見たがるなんて妙だと、ミセス・ランバートも思ったみたい。まして、あんな状況ですものね。そのときは、ミセス・クロウズはなんの反応も示さなかったし、ソフィの前では何も言わなかったそうよ。あとでミセス・ランバートが訊《き》いて初めて、彼女にだけ打ち明けたらしいわ。だから、急いで遺書を書き換えたのね」

ジェームズは額に掌《てのひら》を押しつけた。「デイヴィッドは〈マナー・ハウス・ファーム〉を確実に手に入れるためにソフィと結婚した。その状況証拠は揃ったわけだ」

「そうね。卒業パーティでソフィに出会えたのは、デイヴィッドにとって思いがけない幸運だった。彼はその幸運をしっかりつかんでソフィに近づき、ボーイフレンドになって、ずっとソフィのお祖母さまに会う時間もないほど忙しいふりをしていたのね。そして、ミセス・クロウズが〈アップルウッド〉に入ることになったとき、ソフィと結婚したわけ」

ジェームズは無言のまま、アシュリィの言葉を頭のなかで整理した。

アシュリィは彼が理解するのを待って、つづけた。「ニュースは、それだけじゃないの。〈ペンドルベリー・ホテル〉が、デイヴィッドが部屋からかけた電話の番号を知らせてくれた。電話の相手は、一年前にイギリスからアメリカにわたった男性よ。名前はマーク・ダン」

ジェームズはハッとした。「名前はなんだって？」

「マーク・ダン」

「うーん。きみに電話をかけたのは、ソフィの事件と、工業団地で起きた車両火災に繋《つな》がりがあるんじゃないかと思ったからなんだ。焼死した人物の身元は判明している。ポール・ダンという男だ」

「とっくに気づいてるわ」アシュリィが言った。「ええ、ふたつの事件には繋がりがある。マーク・ダンとポール・ダンは兄弟よ。デイヴィッド・スティーブンソンについては、マークは名前さえ聞いたことがないという話だわ」

ジェームズはシルヴィアをチラッと見て、声を落とした。「ポールは殺害された。ソフィの捜索願が出される直前にね。つまり、デイヴィッドは自分に似たポールを使って、ホテルにいたように見せかけたということか？　アリバイづくりのために？　だから、ルームサービスをとらせて、国際電話をかけさせた？」

「そういうこと。でも、電話はデイヴィッドが命じたことではないと思う。相手はポールだったと、マークは断言しているしね。おそらくデイヴィッドはポールに好かれてなかったのよ。それで、途方もない電話料金を払わせてやろうと企《たくら》んだ。デイヴィッドに文句は言えないわ。ちょっとした仕返しじゃない？」

ジェームズは混乱していた。「それがデイヴィッドがシルヴィアを殺そうとした理由？　ポールに出逢った彼女が、ふたりの写真をSNSにあげたせいで、誰かに気づかれる可能性が生まれ……」ジェームズは大きく息を吸った。「それでデイヴィッドのアリバイが崩れたら、彼とトンネルを結びつけることができるかな？」

「できなくはない。でも、わたしたちが望むほど確実には結びつけられないでしょうね。テクノロジー班が、ソフィのスマホから削除されたメールを復元したわ。そのなかには、プランナーが状態を見るためにトンネルの写真をほしがってるっていう、デイヴィッドからのメールもあった。でも、それを削除したのはデイヴィッドだと証明する術《すべ》はない。だから、ソフィは彼に仕向けられてトンネルに入ったと断言することはできないわ」

ジェームズはお馴染みのフラストレーションに苛《さいな》まれて、壁に寄りかかった。「シルヴィアの件については、デイヴィッドに殺されそうになったとシルヴィア本人に証言してもらえるが、ポールとソフィとミセス・クロウズの件については、デイヴィッドが殺害したことを証明する証拠が必要だ」

「今のところ、わたしたちがにぎっているのは状況証拠だけ。それでも有罪にすることはできるかもしれないけど、たとえ検察が納得しても、陪審が合理的な疑いを抱く可能性がある。それに、完璧《かんぺき》な証拠がなければ署長は絶対に納得しないでしょうね」

「ああ、なんてすばらしい」足下を見つめながら電話を切ったジェームズは、ピカピカの床に砂粒がこぼれていることに気づいた。彼のブーツの溝に入っていたものが落ちたにちがいない。そう思って、彼はハッと閃《ひらめ》いた。

ジェームズは廊下に頭を突きだした。「ネル？　コウモリのことで聞きたいことがあるんだ」

30

四カ月後　一月二十一日　金曜日　午前十時

アダムは高等法院の傍聴席の最後列にそっと潜りこみ、柱の陰になっている席に腰をおろした。証拠は、きのう提出した。しかし、この裁判を見逃すわけにはいかない。

ネルが証言台に立っている。「わたくしは厳粛に誠実に偽りなく宣言し、真実を述べ、何事も隠さず、何事もつけくわえることなく証言いたします」

ネルは検察官に導かれるまま、野外の調査を行ってアナグマの餌を撒《ま》き、そのあとトンネルに調査に入ってドスッという不吉な音を聞き、母屋のほうにまわって外からコウモリの出入りを観察したことを話した。ネルがひととおり話しおえると、検察官が陪審に向かって言った。

「生態学の調査の見積もりを見て、デイヴィッド・スティーブンソンはトンネルに目を向け、殺人を犯すにもアリバイをつくるにも都合のいい時間帯を考えついたのです。そして、彼の部下であるプロジェクト・マネージャーのアンナ・マディソンが早めに帰宅すると、アンナ・マディソンのコンピュータを使ってソフィ・クロウズにワード博士との約束の時間が一時間早く変更になったとメールを送りました。ワード博士にもコピーがとどいているように見せかけるために、〝CC〟の欄に博士のメール・アドレスを打ちこんだ。ただし、そのピリオドをコンマに変えておいたのです。そして、アンナ・マディソンのコンピュータの受信箱に〝送信エラー〟のメッセージがとどくと、それを削除した。そうしてソフィ・クロウズは、ひとりトンネルに入ることになったのです」

「閣下、証拠物件四二を展示いたします」書記官がメールのプリントアウトを掲げた。アドレスのコンマが丸で囲まれている。

アダムが目を向けてみると、ネルは嫌悪に燃える目でデイヴィッドを睨《にら》みつけながら、大きく息を吸っていた。

検察官が勢いに乗ってつづけた。「ワード博士ひとりに確実に罪を着せるために、デイヴィッド・スティーブンソンは生態学調査の見積もりに添付されていたプロフィール写真でカシャップ博士の顔を確認し、帰宅する博士のあとをつけました。犯行を計画しているその日に、カシャップ博士がオフィスから〈マナー・ハウス・ファーム〉に向かおうと、自宅から向かおうと、車のタイヤを切り裂けるように。そう、デイヴィッド・スティーブンソンは、現場にいる人間を限定したかった。カシャップ博士が予定よりも早く〈マナー・ハウス・ファーム〉に到着して、ワード博士のアリバイができてしまうことを防ぎたかったのです」

「閣下、証拠物件四三を展示いたします」書記官が、生態学調査の見積もりに添付された会社紹介のプロフィール・ページを掲げた。

ネルの顔が震えた。彼女がギュッと唇を嚙《か》んだのを見て、アダムは動揺した。自分のせいでぼくを危険な目に遭わせたなどと思ってほしくなかった。しかし、もしかしたら……ネルが唇を嚙んだのは罪の意識のせいではなく、まだぼくに気持ちがあるからかもしれない。彼女に会わないまま、四カ月も過ぎてしまった。なんてバカだったたんだろう。

「ワード博士とデイヴィッド・スティーブンソンとのあいだには、過去の繫がりがありました。そこには殺人の動機になり得る出来事もあったようです。これを見逃すのはもったいない……デイヴィッド・スティーブンソンは、そう考えたのです」

「閣下、証拠物件四四を展示いたします」書記官が、卒業パーティで撮ったネルとデイヴィッドの写真を掲げた。その写真から目をそむけたネルの口角がさがっている。

「そう、デイヴィッド・スティーブンソンは、それを利用してワード博士に罪を着せようとしたのです。それがうまくいかなかったら、ワード博士はデイヴィッド・スティーブンソンの次の犠牲者になるところでした」

なんてこった。アダム自身、何度となくネルにそう言った。しかし、法に携わる人間が口にすると、まったくちがって聞こえる。それでも、他のことに対して見せてきた反応に比べると、ネルは落ち着いていた。「図々《ずうずう》しいにもほどがあるわ！」怒りもあらわにそう言う、彼女の声が聞こえたような気がした。

被告側の弁護士が歩きながら言った。「みなさんは、わたくしの博学な友人から、たっぷりと臆測《おくそく》を聞かされた。しかし、ここで心にとめておかなくてはならないのは、いくつかの関連する事実です。まずひとつ目は……デイヴィッド・スティーブンソンがワード博士の昔の知り合いだったという事実です。いや、知り合いどころか、ワード博士は自分のパートナーとして、卒業パーティにデイヴィッド・スティーブンソンを連れていったのです。そして、その席で彼はワード博士を置き去りにして、ソフィ・クロウズと過ごした。まちがいありませんね？」

「ええ、まちがいありません。でも――」

「ふたつ目は……ソフィ・クロウズが殺害されたトンネルに、あなたが入った証拠があるという事実です。しかもそれは殺人が起きたまさにその時間だったと、あなたがご自分で認めている。まちがいありませんね？」

「閣下、証拠物件四五を展示いたします」書記官が、ネルのブーツの足跡の写真を掲げた。

「はい、でもそれは――」

「そして、三つ目……あなたは逮捕されたあと――」弁護士は陪審のほうに半分身体を向けた。「そう、ワード博士は、ソフィ・クロウズ殺害の罪で逮捕されたのです。その上、捜査を軌道から逸《そ》らそうと、警察のやり方に対して苦情の申し立てまでしようとした。そして、警察の目が他に向くよう、生態学をもとに仮説をならべたてた」

被告人席のデイヴィッドが薄ら笑いを浮かべながら腕組みするのが、アダムの目に映った。その気取った顔にパンチを食らわせてやりたかった。そのあとアダムは、デイヴィッドが腕をほどいて、彼のキックで折れた手首をまわすのを見て満足感をおぼえたが、そんな気持ちは一瞬しかつづかなかった。陪審が疑問の余地を見つけて、無罪の評決を出してしまったらと思うと恐ろしかった。

弁護士が陪審員に近づいていく。「このあとすぐ、みなさんは生態学に基づいた証拠について聞かされることになるでしょう。この捜査は、そうした証拠に頼って進められてきました。ほとんどは、ワード博士によって示されたものです。ただその証拠が指さす容疑者はデイヴィッド・スティーブンソンだけではないということを、そしてそこに彼の有罪に疑いを持たせる決定的な要素が含まれていることを、心にとめておいていただきたい」

陪審員たちの多くは真剣な面持ちでメモをとっていて、何人かはネルに訝《いぶか》しげな目を向けている。弁護士がまたネルに向かって話しだすと、アダムはふたたびチクチクするほどの恐怖をおぼえた。

「あなたが示した証拠は、あなたがアナグマの調査に用いたペレットをもとにしたものです」

「そうです。警察の捜査で、赤いペレットがふたつ見つかったからです」

書記官が写真を掲げた。「閣下、証拠物件四六と四七を展示いたします」

ネルはつづけた。「先ほど、ジェームズ・クラーク巡査部長からお聞きになったとおり、ひと粒は〈マナー・ハウス・ファーム〉の台所で見つかり、もうひと粒は〈ペンドルベリー・ホテル〉の二十七号室で見つかりました。このペレットのサイズは、靴底の溝にちょうどはまるくらい。ですから、ペレットはそれを踏みつけた誰かの靴底の溝にはまりこんで、発見された場所に運ばれたのだと、刑事さんたちは考えています。そして、靴底から落ちたペレットは、ペレットの使い道ゆえに、その場所にありつづけたのです。そう、ペレットは蜂蜜《はちみつ》に覆われていた……カリカリナッツと蜂蜜を交ぜた餌のなかに、わたしがペレットを仕込んでおいたのです。このやり方は、アナグマのテリトリーを調べる標準的な方法として、イギリス政府のウェブサイトにも載っています」

ネルが調査のやり方について述べるのを、陪審員たちはボーッと聞いている。**しっかり聞けよ、バカ!**　アダムは咳《せき》をした。大きな咳を。陪審員がふたり、跳びあがった。

「わたしがペレット入りの餌をまいたのは午後三時三十二分で、赤いペレットが写っている台所の写真を撮ったのは六時四十四分。つまり、この時間から……」

ネルが言葉を強調するかのように、陪審のほうに身を乗りだした。それを重要な話が始まる合図ととったのか、陪審員たちが背筋をのばすのがアダムの目に映った。

「殺人が起きたころに、何者かが〈マナー・ハウス・ファーム〉の林を歩き、台所をとおってトンネルに向かったことがわかります。そして、そのあとその人物は〈ペンドルベリー・ホテル〉の二十七号室に入ったのです」ネルが一瞬口をつぐみ、それから言った。「二十七号室……デイヴィッド・スティーブンソンの部屋です」

陪審席にメモをとる音がさざ波のようにひろがった。陪審員たちは、ペンを持つ手を動かしながらも、横目で互いの様子をうかがっている。

証言を終えたネルが、アダムの何列か前にいるシルヴィアのとなりに坐《すわ》った。シルヴィアがあたりに目を向けるのを見て、アダムは身を引いて柱の陰に隠れ、そのまま傍聴をつづけた。

「今から、もうひとりの生態学者の話をうかがいます。無所属の専門家証人です」

アダムは、身を乗りだしたい気持ちを必死で抑えた。これは病院でシルヴィアのベッドサイドから廊下に出てきたジェームズが、ネルが以前に言及した定量PCR解析について尋ねた際に、ネルが閃《ひらめ》いた大発見だ。

生態学者の専門家証人が証人台に立ち、名前と資格を告げ、宣誓を行った。そして、検察官に導かれて説明を始めた。「わたしは、デイヴィッド・スティーブンソンのブーツから採ったサンプルと、ポール・ダンのアウディTTの床から採取したサンプルをわたされ、コウモリのDNA検査を行うよう依頼されました。火災により車は大きな損傷を受けたようですが、DNAは千度に加熱しても温度がさがると元の状態に戻ります。それよりも問題は、サンプルが少量であったことです。特に、数種のコウモリのDNAが混ざっている場合、それを解明するのは簡単ではありません。ですから、わたしはターゲットを絞った定量的ポリメラーゼ連鎖反応――qPCR――解析を行いました。この方法を用いれば、サンプルに含まれる複数の種をチェックできるのです。〈マナー・ハウス・ファーム〉のトンネルのように、何種類ものコウモリが同じ冬眠場所をねぐらにしているような場合、この解析法が適しています」

「それで、何か役に立つことがわかったのですか？」

「はい、ひじょうにすばらしい結果が得られました。特徴的な餌に交ざっていた蜂蜜がブーツのところどころに付着していたおかげで、DNAは敷地からブーツへ、そしてブーツから車へと運ばれたのです。どちらのサンプルからも、複数のDNAが――複数の種のコウモリのDNAが――検出されました。その種の組み合わせは、どちらも同じ。つまり、デイヴィッド・スティーブンソンのブーツは、ポール・ダンの車の運転席の足下の床に触れたということです」

「それで、あなたはそのサンプルと、〈マナー・ハウス・ファーム〉のトンネルで採取されたDNAを比べてみたのですか？」

「はい。単にコウモリの種が一致しただけではありません。その三つのサンプルすべてに、ひじょうに希少な二種のコウモリ――グレーウサギコウモリとチチブコウモリ――のDNAが含まれていたのです。デイヴィッドのブーツによって車に運ばれたDNAは、トンネル内でブーツに付着したものである可能性が高まりました」

被告側の弁護士が唇を尖《とが》らせながら立ちあがった。「あなたの話をうかがっていると、希少なコウモリのDNAが付着する可能性がある場所はかぎられているように聞こえます。しかし、同様の種が近くの貯氷庫のなかにある冬眠場所をねぐらにしていることを、地元の〈コウモリの会〉が確認している。つまり、デイヴィッド・スティーブンソンは、貯氷庫でそのDNAをブーツに付着させた可能性もあるということです。あるいは、他の似たような場所で」

「それは考えにくい」

判事が生態学者に説明を求めると、陪審員たちはいっせいにそちらに顔を向けた。

「おっしゃるとおり、多くの冬眠場所に希少なコウモリが存在します。そうしたねぐらは、コウモリの専門家によって観察されている。しかし、慎重な扱いが必要なため、コウモリのねぐらはしっかりとした安全対策がとられていて、資格を持った生態学者でなければ近づくことはできません。あなたが口にされた貯氷庫は施錠されていて、年に三回だけ――十二月から三月のあいだに――地元の〈コウモリの会〉のメンバーがなかに入っています。ソフィ・クロウズが殺害された八月には、誰も足を踏み入れていません。それに、わたしが調べたサンプルから、あのブーツが〈マナー・ハウス・ファーム〉のトンネル内にあったことを示す、反論の余地がない証拠が見つかっています」

陪審員がいっせいに身を乗りだした。

「三点のサンプルすべてに、オオホオヒゲコウモリのDNAが含まれていたのです」

アダムは、ポカンと口を開いた。柱の陰からのぞいてみると、ネルが顔を輝かせていて、シルヴィアが眉《まゆ》をひそめていた。

「このコウモリはヨーロッパに生息していますが、イギリスのこのあたりで見つかったという記録はありません。イギリスでオオホオヒゲコウモリが生息しているのは、南部のみ。あなたが指摘されたとおり、地元の〈コウモリの会〉の記録も〈バット・コンサベーション・トラスト〉の記録も、きわめて正確です。したがって、これまでオオホオヒゲコウモリがこのあたりで見つかっていないことは、たしかです。これはひじょうに心躍る発見です！」

判事が咳払《せきばら》いをした。

「ああ、失礼。つまり、三つのサンプルから、複数の種のコウモリの――しかも、ひじょうに希《まれ》な種を含む――DNAが検出されたということです。このあたりの他の場所には、このDNAを持つコウモリはいない。そのブーツを履いていた人物は、〈マナー・ハウス・ファーム〉のトンネル内に入ったと断言できます。そして、そのあとアウディTTを運転した」

陪審員の何人かがメモをとっている。アダムは歓声をあげてネルに抱きつきたい気分になっていた。この勝利を彼女と分かち合えないことが、つらかった。

ひとことで言えば、アダムは苦しんでいた。陪審が法廷を去り、傍聴人が退室しはじめると、アダムは大きく息を吸った。インドにいた四カ月間、アダムはネルに会わなかった。インドに発《た》つ前に、何度かオフィスで顔を合わせたときも、ふたりのあいだには張りつめた空気が流れていた。アダムは自分からは何もせずに、ネルのほうが行動を起こすのを待つことに決めていたが、彼女にその気がないことは態度を見ればはっきりとわかった。姉の結婚式に、親戚《しんせき》との情報交換に、自然保護活動と、アダムはずっと忙しかった。それでも、取り憑《つ》かれたように、メッセージをチェックしつづけていた。

ネルは人目を避けて暮らすのをやめたらしい。アダムがついに好奇心に負けて（正直に言おう、それは空港でのことだ。しかも、インドに向かう途中の空港だった）、フィンチミアのインスタグラムをのぞいてみたとき、ネルに関する投稿は見つからなかった。しかし、しばらくするとネル主催の気分を浮き立たせるようなクラシックカー・レース――〝秋のフィンチミア・カップ〟の写真がアップされた。そしてそのあと十一月に、アダムは舞踏会で撮った驚くほど美しいドレスに身を包んだネルの写真を見つけ、またクリスマス・パーティの楽しげな写真を目にすることになった。ネルは自分の素性を隠しつづけてきたが、どうやらその問題を克服したらしい。

いや、待てよ……アダムに見せるために、こういう写真をアップした可能性もあるのではないだろうか？　自分が前よりオープンになったことを、彼に知らせようとしているのではないだろうか？　どう考えていいのか、アダムにはわからなかった。SNSをあれこれさがしてみたが、特別な誰かといっしょにいるネルは見つからなかった。いずれにしても、ネルはそういう写真を投稿するタイプではない。彼女が特別な誰かに出逢《であ》っていたら、どうしよう？

今アダムは、裁判所の堂々たる玄関のあたりでシルヴィアと話しているネルの喜びに満ちた顔を眺めながら、ふたりのあいだにできてしまった溝を埋めることはできるだろうかと考えていた。それでも、あの証拠のことで彼女に祝いの言葉を述べることはできる。

胸がドキドキする。しかし、アダムが廊下を半分も進まないうちに、ジェームズがネルに近づいていって彼女を抱きしめた。アダムは心臓が飛びだしそうになった。彼もあんなふうにネルを抱きしめたかった。そう、ジェームズのやり方には親密さが感じられた。ふたりは付き合っているのだろうか？　アダムは吐き気をおぼえながら、ジェームズが広場の向こうのコーヒー・ショップを指さし、そっとネルの向きを変えさせるのを見つめていた。ネルを連れて立ち去っていくジェームズの手は、彼女の腰にあてられている。

一月二十一日　金曜日　午後七時

ネルは夜の舞踏会の支度をしながら、重々しい法廷を遠い世界のように感じていた。裁判所をあとにしたのはほんの二時間前のことで、一日じゅう傍聴席の硬い木製のベンチに坐っていたせいで、まだ身体がこわばっている。でも今は、オーケストラの音楽がカーブを描く階段の下から流れてくる、贅沢《ぜいたく》なフィンチミアの屋敷に身を置いて、優雅な夜の始まりを感じている。コウモリの排泄《はいせつ》物や殺人の動機などとは、かけ離れた夜になるにちがいない。**そう、少なくとも今は、コウモリの排泄物や殺人について考えなくていい。**

傍らでシルヴィアが、鏡に映ったドレス姿の自分に見とれている。ルビー色のAラインドレスは、お腹の傷に触れないだけのゆとりを持ちながらも、シルヴィアの魅力的なスタイルを際立たせている。「わたしったら、こういう暮らしをするために生まれてきたみたいに見えるわ。そして、あなたを見ると……驚くほど神々しい」

ネルは、落ち着いた赤と青緑の光沢のあるシルクのドレスを撫《な》でた。この屋敷での舞踏会なら、かぞえきれないほど経験してきたけれど、こんなにドキドキするのは今夜が初めてだ。

シルヴィアがネルに目を向けた。「あなたが舞踏会くらいで緊張するはずがない。裁判のことを考えてるのね？」シルヴィアがお腹に手をあてた。「ねえ、わたし、まだジェームズにいくつか訊《き》きたいことがあるの。すっきりさせて……終わりにするべきだって思ってる。でも、あなたにあの日のトンネルでの恐ろしい出来事を追体験させたくはない。それに、確信を持って行動した自分の勇気に疑問を持ってほしくないの」シルヴィアがネルの手をとった。「あなたは何もまちがっていない。自分の判断を信じていいんだって、思えるようにならなくちゃ」

ネルは何も答えられなかった。素直にうなずくには、誤った判断をくだしすぎている。「ダーリン、過ちを犯さない人間は何も学ばないわ」シルヴィアが目を輝かせて身を寄せてきた。ムスクの香りがする。「それに、お楽しみも手に入らない」シルヴィアは必要もないのに口紅を塗りたしてニッコリ笑うと、ため息をついた。「あなたが自分の直感を信じたおかげで、わたしは命を救われた。だから、もう怖がらないで。人生は貴重よ。すごく短いわ。しっかり捕まえましょう」

廊下を歩きながら、シルヴィアがネルをつついた。「今夜、アダムも来るの？」

ネルは肩をすくめた。「どうかしら。今夜のホストはアンドリュー・アーデンよ。クロウズ裁判に関わった人全員に、感謝のしるしに招待状を送ったらしいわ。それに、馬の保護施設と自分の新しい事業のために、母の知り合いも呼んだみたい。だから、アダムも招待客リストに含まれている。でも、来るかどうかは疑問ね。今日の裁判にも顔を出さなかったんですもの、来ないんじゃないかしら」

「でも……話はしたんでしょう？」

「インドに行ったあとは話していない」

シルヴィアがポカンと口を開いた。「だって、それって九月のことよ。ええ、冷たい空気が流れてるのは感じてたわ。オフィスで何度かふたりがいっしょにいるのを見たけど、気候変動に対する地球の答えなみに冷ややかだった」

この四ヵ月、ネルは何か連絡はないかと、メッセージをチェックしつづけていた。意を決してフィンチミアで行われたイベントで撮った自分の写真をSNSにアップし、勇気を持って自分の素性を公開した。もしかしたら……もしかしたら、何？　彼が見るかもしれないと思って？　コメントするかも？　彼からメッセージがとどく？　なんてバカなの。時折グーグルで彼の名前を検索してみたけれど、何も見つからなかった。アダムがいないと、落ち着かなくてムズムズした。だって、ふたりの口論は、まだ決着がついていないじゃない？　それに……もっと気になるのは……？　いいえ、彼はわたしが何よりも恐れていることをしてくれた。そう、わたしの素性を理由に、わたしを責めたのよ。あんなことを言われたら、もう元には戻れない。

「いずれにしても過去のことよ。もう歴史になってるわ」

「そうね。ジェームズがあなたの……ええと、生態学的理論とやらに、どんなに興味を示していたか見たわ。それに裁判のあと、報告にやって来た彼の嬉《うれ》しそうだったこと」シルヴィアが楽しそうに笑った。

「仕事にかこつけてね」ネルはニヤリと笑いながら言った。

「でも、意味はないわ」

三カ月前、ふたりはコーヒーを飲んだ。ジェームズに生態学の専門家証人を推薦してほしいと頼まれたのだ。話は五分で終わったし、メールか電話でも事足りたはずだ。でも、ふたりはそのあとも時間を忘れてしゃべりつづけた。途中でシルヴィアが店に入ってきて、ラテを飲みながらふたりを観察し、あとでジェームズのボディ・ランゲージについてネルに意見を述べたのだが、ふたりとも彼女がそこにいることにさえ気づかなかった。ふたりは、カフェのオーナーが掃除をすませて閉店の時間だと告げるまで、しゃべっていた。シルヴィアの意見など聞く必要はなかった。コーヒー・ショップを出たところで、ジェームズが正直に言ってくれた。

「ネル、きみのことが好きみたいだ」

ネルは、すべてを見抜いてしまいそうな彼の空色の目から、視線を逸《そ》らすことができないまま、自分の顔にゆっくりと笑みがひろがっていくのを感じていた。

「ああ、そんなふうにおれを見ないでくれ！」ジェームズがかぶりを振って通りの向こうに目を向け、ため息をついてまたネルを見た。「いいかい、もう会えないというわけではない。それでも、大きな裁判に向けて準備をしている今は会えない。きみは、その事件の鍵《かぎ》をにぎる人物だからね。しかし、それが終わったら……」ジェームズは彼女の手にメモを押しつけ――そこには彼の個人の電話番号が書かれていた――歩き去っていった。一度振り向いて手を振ったものの、電柱にぶつかって躓《つまず》きそうになり、せっかくの瞬間をだいなしにしてしまったことにがっかりしたのか、かぶりを振った。だから、もうそれきり振り返らなかった。

今朝、ネルは胸がざわざわするのを感じていた。でも、それがジェームズの顔を見られるからなのか、アダムに会う可能性を思って不安になっているせいなのか、陪審が正しい判断をくだせるように、証言台に立って証拠を示したくてうずうずしているだけなのか、ネルにはわからなかった。

階段までたどり着くと、シルヴィアが口を尖《とが》らせて言った。「ジェームズが来ることはわかってる。アダムもあらわれたら、どうするつもり？」

「そのときを待って、どうなるか見てみるしかないわ」そう言うと、ネルは気合いを入れた。輝くばかりの笑みを浮かべて、背筋をのばす。胃のなかを蝶々《ちょうちょう》が飛びまわっているような気がするほど緊張していたけれど、それは無視するよう努めた。

少なくとも、優雅な階段をおりながらシルヴィアが息を呑《の》む音を聞けたのは、愉快だった。頭上の凝ったシャンデリアのやわらかな明かりに照らされた広間と、そこを動きまわっている大勢のゲストたち。仕着せ姿の接客係が、到着した客から招待状を受け取り、舞踏室に案内して飲み物とカナッペをすすめている。

アンドリュー・アーデンが妻のリヴとならんで、ネルの母親のイメルダの横に立っていた。

「何もかもに感謝しています」アンドリューの声が、ネルの耳にとどいた。「こんな会を開かせていただいて、多くの方々をご紹介いただいて、すばらしいスタートを切ることができました。今、ソフィの望みを叶《かな》えるという使命を果たせそうな気がしています。ほんの少しですが、ソフィが望んでいた方向に事が進みはじめている」彼の傍らで、リヴが飲み物を一気に飲み干し、お代わりを注ぐようウエイターに合図した。

振り向いたアンドリューに見つめられて、ネルは苦しくなった。部屋を見まわすことさえできなかった。「あなたにも心から感謝しています。あなたが示してくださった証拠のおかげで、公平な裁きがくだされることになったのです。ソフィも喜んでいますよ。ええ、もちろんポールも。しかし、クロウズ家は……いい家族でした。あなたには、いくらお礼を言っても言いたりません」

ネルがうなずくと、またアンドリューがしゃべりだした。「それに、トンネルでの調査を引き受けてくださったことにも、お礼を言わなければいけない。新たに見つかった希少なコウモリの観察もしていただけるそうで、感謝しています」

すごい希少種の観察ができるんですもの、仕事のうちに入らないわ！ ネルはほほえんだ。

「お役に立てて嬉しいわ、アンドリュー。今夜は楽しんでくださいね。あなたを独り占めしてはいけないわ。あなたと話したい方が大勢いらっしゃるはずよ！」

ネルは人混みに視線を巡らせた。胃のなかの蝶々が大騒ぎしている。ネルは気を引き締め、シルヴィアとならんで音楽が聞こえてくるほうへと歩きだした。舞踏室は話し声と音楽でざわめいていた。オーケストラが奏でるウィンナ・ワルツと、その曲に合わせて踊るカップルたち。女性たちが身につけている宝石の色が、大理石の広いダンスフロアに映ってクルクルとまわっている。でも、ジェームズの姿は見えなかった。アダムも見あたらない。

シルヴィアがネルの腕をつついて、ペンドルベリー警察の刑事たちを指さした。彼女に導かれるままそちらのほうへと歩きだしたネルの耳に、刑事たちの会話が聞こえてきた。

「……十一月の警察改革のための舞踏会につづいて今夜ですもの。なんだか、こういうことにも慣れてきたみたい」

「妙なことを考えるなよ、ヴァル」トレント警察署長が答えた。「きみが戦略指揮コースに進めたことを盛大に祝いたい気持ちは山々だが、こんなパーティを開く予算はないからな」

ネルとシルヴィアが彼らにくわわったところで、オーケストラが別のワルツを奏ではじめた。

誰かがネルの腕をそっと叩《たた》いている。振り向くと、ジェームズが手を差しだしていた。「こんばんは、ネル。踊っていただけますか？」

31

一月二十一日　金曜日　午後七時三十分

アダムはフィンチミアの屋敷へとつづく、大通りのようにも見える長い車まわしに車を乗り入れた。ジェームズがすばやくネルを法廷から連れ去るのを目にしたあと、ここに来るのはやめようと考えた。しかし、これはネルからの招待と言ってもいい。つまり、彼女はアダムに会いたがっているということだ。ネルとのジョークの遣《や》り取りが恋しかった。彼女と過ごしたひとときが忘れられなかった。彼女の笑顔が見たくてたまらなかった。ネルが恋しくてたまらなかった。

あんなに、つらくあたるべきではなかった。しかし……ほんとうにもう手遅れなのだろうか？　もう修復できないのだろうか？

アダムは、ムラサキブナの裸の幹をやわらかなブロンズ色に照らしている、ランタンの仄《ほの》かな明かりをたどって車を進めていった。ネルに会うことを思って、胃がひっくり返りそうになっている。車まわしのカーブをまわると、リージェンス様式の堂々たる屋敷が見えてきた。ゆるやかに起伏する草地性の丘陵地帯に建つ、その左右対称の大きな建物は、感じのいい明かりに照らされてきらめいている。アダムは小さく口笛を吹いた。すごいなんてもんじゃない……暗いせいで景色はぼんやりとしか見えなかったが――おそらく昼間でも――ネルの地所のすべてを見とおすことはできないにちがいない。いったいぼくは何をしているんだ？　アダムは、じっとりと汗が滲《にじ》んだ手をハンドルから離し、タキシードに汗が染みつかないよう、車のシートで拭《ぬぐ》った。

アダムは勇気を掻《か》き集めた。さあ、来たぞ。なかに入って挨拶《あいさつ》するんだ。彼は車を駐《と》めて玄関へと進むと、浮きだし模様入りの金の縁どりがついた招待状を見せ、広々とした広間へと入っていった。大勢の客でにぎわっているその広い部屋の向こうが、舞踏室のようだった。アダムは大きく息を吸うと、舞踏室に足を踏み入れた。

胃が飛びだしそうだった。ネルから素性を打ち明けられたとき、それは言葉でしかなかった。しかし今、アダムはそれを目の当たりにしていた。それを肌で感じていた。

きらめくシャンデリアの下、ダンスフロアの向こうのほうで、目を見張るような赤と青緑のドレスを着た美しい若い女性がクルクルとまわりながら踊っている。ネルだ。アダムは、その輝くばかりの笑顔を見て胸を高鳴らせ、息を呑んだ。曲が終わると、踊り手たちが少しずつフロアから離れていった。アダムは催眠術にかかったようになっていた。

ネルはパートナーにダンスを教えているようだった。嘘だろう、ジェームズじゃないか。あ**あ、もちろんジェームズだ。彼にさんざん足を踏まれても、ネルは顔を輝かせて笑っている。ぼくは、なんてバカなんだ。**

曲が終わってもいっしょにいるふたりを見て、アダムの心は沈んだ。

踵《きびす》を返し、広間へと急いで足を踏みだしたアダムの前に、どこからともなくシルヴィアがあらわれた。

「アダム！　嬉しいわ――」

「やあ、シルヴィア」彼はかぶりを振った。「帰るところなんだ」

アダムが歩きだすと、シルヴィアがお腹に手をあてて顔をしかめ、彼の足をとめさせた。

「大丈夫かい？　傷が痛むの？」彼はそう言ってシルヴィアに腕をまわし、椅子があるほうへと彼女を導いた。

シルヴィアが息をついて答えた。「すぐによくなるわ。でも……少しいっしょにいてくれる？」

　シルヴィアの態度が芝居じみていることには気づいていたが、彼女の手が震えているのは事実だ。アダムは彼女の手をとって、やさしく両手で包んだ。この数日、法廷でつらいときを過ごし、あの恐ろしい記憶を掘り返されてしまったにちがいない。「きみのためならなんなりと、シルヴィ」アダムはそう言って、わざとうわついた笑みを浮かべてみせた。彼女が軽さを求めていることはわかっている。心から心配していることは、やさしくにぎっている手からきっと伝わっている。

　ウエイターが水を運んでくると、シルヴィアはそれをひと口飲んで、アダムの目を見つめた。瞳《ひとみ》に輝きが戻りはじめている。「すてき。それじゃ、ひとつ目のお願いをするわ。いっしょにいて。いったいなぜこんなに早く帰ろうとしてたの？　せっかくのタキシードを無駄にしたくはないでしょう？　タキシード姿のあなたは、こんなに魅力的なのに」

　アダムは、なんとかほほえんでみせた。「ありがとう。それに、タキシードを褒めてもらってうれしいよ。こんなものを誂《あつら》えで買うなんて、信じられないよ」

「すごく似合ってる」シルヴィアが笑みを浮かべた。「ねえ、あなたは自分の命を危険にさらして、わたしを救ってくれたのよ。どんなに感謝しても感謝しきれない」今度は、彼女がアダムの手をにぎった。「だから、あなたがどんなに勇敢か、この目で見て知ってるの。ちゃんと伝えなさい。手遅れになる前に」アダムはシルヴィアにうながされ、立ちあがる彼女に手を貸した。そして、その身体に腕をまわすと、シルヴィアが彼にもたれるようにして歩きだした。

「来て。作戦会議よ。ふたりとも、今夜解決すべきことがある」

曲に声を掻き消されまいと、ジェームズがネルの耳元で言った。温かい息が頬にかかってくすぐったかった。「すごい屋敷だ。案内してほしいな」

ネルは、ニヤリと笑った。**どこか静かなところに行こうと、ストレートに誘ってくれてもいいのに。でももしかしたら、ほんとうにこの建築様式について学びたいのかも。**ネルは彼をしたがえ、大勢の客のあいだを縫って広間を横切っていった。「この屋敷に興味があるなら、きっとここが気に入るわ」ネルはそう言って図書室のドアを開けた。「この部屋には、歴史が詰まってるの」

部屋に足を踏み入れたネルは、暖炉の脇にシルヴィアとならんで坐《すわ》っているアダムに目をとめた。でも、すぐにはその光景を理解できず、二度見することになった。一方、アダムは即座に立ちあがり、ジャケットを撫《な》でている。彼は、すごく……魅力的だった。

歴史が詰まってるなんて言わなければよかった。それに、ジェームズの手が背中にあてられていることで、アダムを裏切っているようなうしろめたさをおぼえた。**こんなことは許すべきじゃなかった。**

シルヴィアがネルに笑みを向けた。「あら、すてき。こっちに来ない？ジェームズ、あなたと話がしたかったの。ねえ、説明してくださる？……何が起きたのか、きちんと理解できるように」シルヴィアがお腹を抱えるようにして言った。

ジェームズがネルに目を向けながら、ソファに腰かけた。「もちろんです」

ネルがジェームズの傍らに身を丸くして坐ると、アダムも腰をおろして彼女のほうを見つめた。でも、チラチラと燃えるオレンジ色の炎が、本がならぶ部屋全体に影を投げているせいで、その表情までは読みとれない。

シルヴィアが深く息を吸いこんだ。いつもは芝居がかっている彼女の態度が、今夜は重々しく自然に見える。「わたし……知りたいの……デイヴィッドがどうやって……」

シルヴィアが、裁判のポール・ダンに関わる部分を傍聴せずにすませたことをネルは知っていた。できなかったのだ。それは、陰惨な話だった。ネルは、ジェームズが思いやりをもって話してくれるよう祈った。ジェームズがシルヴィアの手をとった。いいスタートだ。

「デイヴィッドがアリバイづくりのためにポールを利用したことは、みんな知っています。デイヴィッドがホテルを抜けだしたとき、入口の階段をおりてきた彼の姿が駐車場の監視カメラに写っていました。デイヴィッドはそのまま姿を消したが、数分後に戻ってきてまたホテル内に入っていった。しかし、戻ってきたのはポールだったんです。のちにホテルに戻ったデイヴィッドは、監視カメラに写らないよう裏口を使った。そして、ポールにも裏口から帰るよう指示したのです」

「でも、彼は帰らなかった。バーに来て、わたしとおしゃべりをしたのよ。そんなことさえしなければ……」シルヴィアの顔が歪《ゆが》んだ。「わたしが彼の写真をSNSにアップしたから、彼はデイヴィッドに殺されたんでしょう？」

「ちがいますよ、シルヴィア」

ジェームズが彼女の震える声をさえぎって、きっぱりと否定した。「デイヴィッドがあなたの投稿を見たのは、ポールを殺害したあとです。デイヴィッドは、ポールを生かしておくのは危険だと考えたんでしょう。ソフィが殺されたことを耳にしたら、いつ警察に行かれるかわからない。デイヴィッドはポールに部屋にいるよう頼んだだけでなく、部屋にいることがわかるようにルームサービスを頼むよう指示しています。それは、もう少しでうまくいくところだった。忙しいメイドはポールを見ても、なんの疑いも抱きませんでした。われわれがふたりの写真をならべて見せて、初めてちがいに気づいたようです」

「かわいそうなわたしのポールが、そうやって部屋でアリバイづくりをしていたあいだに、デイヴィッドは……」シルヴィアが身を震わせた。

「デイヴィッドはポールの車に乗って——そう、自分の車はずっと駐車場の監視カメラに写りつづけるようにして——〈マナー・ハウス・ファーム〉に向かいました。おそらく、監視カメラに写らない位置で、ポールからキーを受け取ったんでしょうね。ソフィを襲うのに煉瓦《れんが》が使われていたことから、当初われわれは、犯人は衝動的に犯行に及んだものと考えました。しかし、それも計画されたことだったのです。トンネル内の煉瓦を使えば、わざわざ凶器を手に入れる必要もないし、始末する手間も省ける。〈マナー・ハウス・ファーム〉のどこかに着替えを隠しておいたのでしょう。デイヴィッドは犯行後、その服に着替え、ホテルに戻る途中、汚れた衣服を幹線道路沿いの〈テスコ〉のゴミ箱に捨てた。午後五時三十分にそこをとおったポールのアウディが、自動車ナンバー・プレート認識（ANPR）に記録されていました。ホテルに戻ったデイヴィッドは、シャワーを浴びるなどして、八時にはバーにいた。その姿は複数の人間に目撃されています」

「それで、どんなふうに……どんなふうに……？」シルヴィアは、質問を言葉にできないようだった。

ジェームズが大きく息をつき、眉《まゆ》をひそめて話しだした。「木曜日の夜、デイヴィッドがソフィの捜索願を出す前――つまり、ソフィを必死でさがしているふりをして、あちこちに電話をかけたりメッセージを送ったりしていたころ――ポールのスマホに非通知番号から電話がかかっています。ポールのスマホに、その着信記録が残っていました。おそらくデイヴィッドは、プリペイド式の使い捨て電話を使ったのでしょう。また仕事を頼みたいと言ったのかもしれない。とにかく、その電話で彼はポールを工業団地に呼びだしたのです。ポールはその場で強打されて意識を失い……車に火をつけられた」

シルヴィアが手で口を覆った。彼女は肩を震わせながらも、必死で涙をこらえている。ジェームズはネルがシルヴィアを抱きしめられるよう、彼女の手を離した。シルヴィアはネルにしっかりと抱かれて泣きだした。アダムはうなだれている。

「ソフィは片づけたし、アリバイは完璧《かんぺき》だ。だからデイヴィッドは、計画の残りもうまくいくと確信していたのです。この時点で、すでにマージョリィ・クロウズの殺害に必要な準備も進めていた。それも成功を確信する要因のひとつだったにちがいない」

シルヴィアの震える呼吸が一瞬とまった。ネルから身を離した彼女は、顔をしかめている。

「デイヴィッドは〈アップルウッド〉のオフィスに侵入するために、アンナのパソコンを使って〈A1アラーム〉のポロシャツとベースボール・キャップを購入したのです。それを身につけたデイヴィッドを見た受付係は、いつもの警備会社の技術者がやって来たと思い、彼にマスターキーをわたしてしまった。薬の保管場所についてはソフィから聞いていたかもしれないが、いずれにしてもキャビネットの鍵《かぎ》は抽斗《ひきだし》に入っていましたからね。そうして彼はミセス・クロウズの高血圧治療剤《ハイグロトン》を、アンナのパソコンを使って購入した低血圧治療剤《ミドドリン》と入れ替えたのです。この購入履歴はひじょうに巧妙に隠されていたようで、うちのテクノロジー班が何度か検索してやっと見つかったそうです。高血圧患者がこの薬を服用すると、脳卒中を起こす危険がある。ミセス・クロウズが亡くなったのは、十中八九この薬のせいでしょう」

シルヴィアが息を呑《の》んだ。そんな計画を立ててそれを実行したデイヴィッドの冷酷さに恐れを抱いたのだろうと、ネルは思った。厚かましいにもほどがある。デイヴィッドのせいで、三人の人間が無駄に命を落とすことになったのだ。あんな男といっしょに過ごしたことがあるなんて、彼のジョークに声をあげて笑っていたなんて、彼と踊ったなんて、ネルは信じられなかった。あの男は怪物だ。

「しかし、今日われわれは正しい結果を得ました」

ネルはサッと顔をあげた。「評決がくだったの？」ネルは今夜の準備を手伝うために帰ってきたが、ジェームズが万一に備えて法廷に残ったことは知っていた。彼の顔を見れば、二人きりになってから話したいと思っていたことはあきらかだ。

「そうなんだ。陪審は三件の殺人にくわえて、シルヴィア……あなたを殺害しようとした罪で、四回の終身刑という評決をくだしました。そして、判事が終身刑を言いわたした。つまり、デイヴィッドが釈放されることはないという意味です」

わぉ。ネルは安堵《あんど》の波が押し寄せてくるのを感じた。アダムに見られているのはわかっていたけれど、ジェームズが勝利の喜びを分かち合おうと、揺るぎない笑顔をこちらに向けている。ネルはそんな結果に終わったことを喜んで、笑みを返した。

「よかった」シルヴィアがそう言いながら、ティッシュで顔を拭《ぬぐ》った。その口調は、ジェームズから目を逸《そ》らす口実にできるほど鋭かった。ネルはシルヴィアに目を向け、それからアダムに視線を移した。ネルを見つめる彼の眼差《まなざ》しには、激しい感情がこもっていた。

ジェームズがうなずいた。「この結果を導いてくれたすべてに、感謝しなくてはいけない。シルヴィア、あなたの証言で流れが大きく変わりました。合理的な疑いが生まれる余地をなくしてくれたコウモリにも、感謝しなくてはいけない。それにネル、コウモリのDNAが証拠になるといううきみのアイディアがなかったら、この結果は生まれなかった」

「二度と、ほんとうにもう絶対――」シルヴィアが言った。「あなたのスカトロジー的興味を批判したりはしない。あのかわいらしい小さな生き物たちが、あいつが罪を逃れるのを阻止してくれたんだわ」彼女が大きく息を吸った。「アダム、今日の裁判を見逃したなんて残念すぎるわ。あの生態学者はすばらしかった」

「どっちの生態学者もすばらしかったと思うな」アダムが言った。

ネルは彼に困惑の目を向けた。「でも……？」

シルヴィアがネルとアダムに交互に視線を向け、それからジェームズのほうに腕をのばした。

「やれやれ。こんなことを聞いたら、飲まずにはいられないわ」

「ああ、そう……もちろんです」ジェームズはネルに申し訳なさそうな顔を向け、寄りかかってきたシルヴィアに導かれるままドアに向かって歩きだした。

ネルもふたりにしたがって歩きだした。でも、ついてくるものと思っていたアダムが、不意にネルの腕を引っぱった。「ネル、ちょっと話せるかな？」

胃のなかで暴れまわっている蝶々《ちょうちょう》は、もう手がつけられないほどになっていた。

アダムが髪を撫《な》でつけた。すでに、これ以上ないほど整っている髪を。**蝶々の数が、さらに増えている。**ネルは、ロンドンの高級紳士服店で誂《あつら》えたにちがいない、畝織りシルクのタキシードにあらためて目をとめた。**わぉ。彼ったら、すごく頑張ったみたい……。**

「きのうは裁判に顔を出してくれて感謝してるよ、ネル。きみに罪を負わせるために、ぼくが自分でタイヤをパンクさせたんだって、デイヴィッドの弁護士が言いだしたときも、きみがいてくれたからなんとか乗り切れたんだ。だから、今日はずっときみに運が向くようにパワーを送りつづけていた。柱の陰からね」驚いたのと、きまり悪そうな彼の態度がおかしかったのとが重なって、ネルの喉《のど》から一瞬笑い声が漏れた。「挨拶《あいさつ》くらいするべきだった。それに、もっと早く連絡するべきだった。話さない時間が長くなればなるほど、連絡しにくくなってしまって……」

ネルは息を呑んだ。口のなかがカラカラになっている。「ええ、わかるわ。ねえ、ふつうのおしゃべり感覚で話さない？」ネルは部屋を示してそう言うと、ソファの肘掛《ひじか》けに腰をおろした。「あなたは、わたしが何もかも隠していたと思ってるでしょう。でも、それはちがう。何度も打ち明けようと思ったの。打ち明ける寸前までいったこともある。でも、爆弾を落とすようなものだから……」

「わかるよ。それに、いやな思いをさせて悪かったと思ってる。ショックだったんだ」アダムが大きく息を吐いた。「きみの素性については、よくわかった。ぼくは、ひどい偽善者だ。自分だって、ずっと同じことをしてきたくせにね」

ネルは彼を見つめた。「どういう意味？」

アダムが内ポケットを軽く叩《たた》いて、招待状を取りだした。そして、それをネルにわたした。

ネルは招待状を見た。『アダム』という名前を線で消して、しっかりとした字で『アラヴィンダン』と書かれている。

「アラヴィンダンって、あなたの名前？」

「インド人の子供は、クラスでぼくひとりだった。クラスメイトは、ぼくの名前を発音するのに苦労してたよ。ちぢめて呼ぶのさえ難しかったみたいで……なんだかちがって聞こえた。アダムという名前は、どちらの国でも使われていると聞いてね。ニックネームにしたんだ。それが定着したということだ」アダムが自分の手を見つめた。「母は、ぼくが本名を名乗ろうとしないことに腹を立てて、わめきちらしてた。父は、そうすることでぼくがみんなの仲間に入れるなら、それもひとつの方法だと言ってくれた」彼が肩をすくめた。「子供は、みんなの仲間に入りたいんだ。それさえ叶《かな》えば、他のことなんかどうでもいい。そういうものだよね？　だから、もっと理解できてもよかったんだ。身をもって体験してきたことなんだから。状況はちがう、たしかにね。しかし、簡単に言えば同じことだ。そのままの自分を受け入れてほしい。先入観なしにね」

アダムが、いつものあの笑みを浮かべた。「インスタグラムを見て、きみが素性に関して、ずいぶん勇敢になっていることを知ったんだ。それで――」

ネルが驚いて息を呑むのを見て、アダムが笑って言った。「ああ、そのとおり。もちろん、ひっきりなしにきみの投稿を見てた。何をしてるか気になって……」

ネルは、また声をあげて笑った。でも、自分も同じことをしていたなんて告白する気にはなれなかった。これは、わたしを嬉《うれ》しがらせて抵抗できなくする戦略かもしれない。それに、シルヴィアの両親の農場で彼に言われたことが忘れられなかった。ふたりは友達だと、彼は言った。ただの友達だと言ったのだ。

「それで、ぼくも本名を名乗ろうと決めたんだ」アダムが真顔になって言った。「アラヴィンダン。家族からは、たいていラヴィと呼ばれている。どう思う？」

ネルはうなずいた。「すてきじゃない」

満面に笑みを浮かべたアダムの顔から、眉間《みけん》のしわが消えた。「よかった」彼が大きなため息をついた。「だって、不安で――」

ドアが開いたかと思うと、ジェームズが楽しげに言った。「シルヴィアは置いてきましたよ。休憩中のコナーと親交を深めているようです。しかし、別のゲストがいっしょに来てくれた」

ネルはアダム……じゃなくて、ラヴィに目を向けたまま、無意識的にうなずいた。彼は、何を言おうとしていたんだろう？　フラストレーションをおぼえたのか、ラヴィがため息をついた。でも、そのあと赤銅色とエメラルド色の渦巻きがネルに突進し、その身体をしっかりと抱きしめた。

「パーシィ？」ネルは、彼女を抱きとめられたのが信じられなかった。最悪のタイミングだったのに。

「やだ、飲み物がこぼれちゃう！」パーシィが、自分たちからグラスを遠ざけた。エメラルド色のドレスと、その腰のあたりに流れている赤い巻き毛。緑色の鋭い目は、値踏みするようにラヴィとジェームズに向けられている。

「それじゃ、きみがパーシィなんだね？　すごいな……会えてうれしいよ」ネルは、ラヴィの熱のこもった口調に困惑したが、病院で彼がパーシィからのメッセージをのぞき見していたことを思い出した。パーシィの肩の向こうから、ラヴィがネルに視線を投げている。その後悔の色が滲《にじ》む眼差しを見て、ネルはキュンとなった。

ジェームズがふたつ持っていたシャンパン・グラスのひとつをネルにわたし、彼女の傍らに立った。

「紹介の必要はないわ、ネル」パーシィが顔をクシャッとさせて言った。「ハンサム・ジェームズとは、もう知り合っちゃったもの。想像以上にハンサムね」戸惑いながらも嬉しそうな顔をしているジェームズを無視して、彼女はつづけた。「事件が、いい感じに解決したって聞いたわ。三人とも、おめでとう」パーシィがグラスを掲げた。

「あなたがアダムね？」パーシィが言った。

「ラヴィよ」ネルが答えた。

「ラヴィ？」ネルのほうを向いたパーシィが目で問いかけた。「まだ他に男がいたわけ？」

ネルは頬が熱くなるのを感じた。パーシィは、おもしろがりすぎている。「ええ、そうよ。ラヴィはアダムなの。本名を名乗ることにしたわけ。アラヴィンダン。ラヴィは愛称よ」ネルはためらった。素性をあかさなかったことで、ラヴィをどんなに傷つけてしまったかを思うと、パーシィを正式に紹介したほうがいいような気がしてきた。グレンコイル侯爵と侯爵夫人の娘――レディ・ペルセポネ・ドネアン・マッケンジィと、紹介するべきだろうか？　いいえ、そんなことをしたら、パーシィに正気を疑われてしまう。

「パーティが開かれてるっていうのに、どうしてふたりでこんなところに隠れてるわけ？」パーシィが無邪気を装って、まばたきしてみせた。

ジェームズがネルにサッと視線を向けた。容疑者だった彼女の心を読もうとしていたときの、あの眼差しだ。**やってくれるじゃない、パーシィ！　忌々しいったらないわ。悪戯《いたずら》を我慢するってことができないんだから。**

パーシィがグラスを空けた。「ねえ、本物のパーティを開きたいと思わない？　ええ、口実さえあれば開けるわ！　あら、やだ、ちょっと待って――口実ならあるじゃない」パーシィが隠していた左手を仰々しく掲げてみせた。暖炉の火を受けて、大きなエメラルドが輝いている。

「三月にスコットランドに来てくれるでしょう？　わたしの婚約パーティよ」

「パーシィ！　どうして話してくれなかったの？　ハミッシュが、ついにプロポーズしたのね？」

「ふふん。ハミッシュは、わたしのなかでは死んだも同然。外国に行っちゃって、もう連絡も一切取り合っていない」パーシィが横目でラヴィを見て、肩をすくめた。「彼ったら、もったいないことをしたものね。チャンスを棒に振ったのよ。わたしが結婚するのは、ホーク・マクアンストラザ」

ネルは眉《まゆ》をひそめた。「初めて聞く名前だわ。ぜんぜん知らない人」

「あなたは、このところ自分のことで手一杯だったでしょう。彼とは、一気に盛りあがっちゃったの」

「でも、会ったことがないだけでなく、聞いたこともないわ」

「きっと気に入るわ。面白い人で、冒険する気満々」パーシィが悪戯っぽくニヤリと笑った。「ものすごくセクシィなの。ねえ、簡単に彼と知り合えるようにしてあげる。グレンコイル城でのパーティはもちろん、グレンコイルじゅうで一週間お祝いの催しをする計画なの。ああいうパーティは、ちょっと……わかるでしょう？」パーシィがネルの肩をつついた。

ネルにはよくわかった。「友達よりも両親のお客様の政治家だらけ。応援がほしくなるわ」

「そのとおり。九十歳以下の人を見つけたら、みんな誘うの。来られる人は来てくれなくちゃ。優雅なすばらしいパーティになることはわかっている。でも、お楽しみが必要よ。だから、ジェームズ、ラヴィ、来るって約束してくれなくちゃだめよ。わたしと踊るって約束して。ネルをトラブルに巻きこむのにふたりが必要なら、ふたりとも来てほしいの。ああ、こうなることを願って、わたしは何年も頑張ってきたのよ」

突然の招待に、ふたりとも驚いているようだった。パーシィが真顔で「出欠の返事ができるように、正式な招待状を送るわね。パーティは、三月十三日よ」と、つけたしたあとは、なおさらだ。

二カ月もないってこと？

ジェームズは心得顔でネルに悪戯っぽくほほえみかけ、ラヴィは彼女をまっすぐに見つめた。数カ月前、話している途中で眠ってしまう前、ネルは彼の瞳《ひとみ》に今と同じ色が滲んでいたのを思い出した。

また、ネルの胃のなかで蝶々《ちょうちょう》が暴れだした。

「ひとりなら誰か連れてきてもいいわ」パーシィがジェームズとラヴィに言った。そして、ネルに視線を移すと、また茶目っ気たっぷりに顔をクシャッとさせた。「でも、連れてこなくてもいいのよ」

謝辞

本を書く機会を得ることができたなんて、ほんとうに驚きです。それに、〈エンブラ・ブックス〉のすばらしい方々――ハンナ・スミス、エミリー・マルヌール、ジェーン・スネルグローブ、ジェニファー・ポーター――に出逢《であ》えて、嬉しいなんてものじゃありません。わたしを彼女たちに逢わせてくださったのは、〈ベル・ロマックス・モートン〉の非凡な代理人――すてきなケイティ・フルフォードです。彼女の〝人と人を結びつける見事な才能〟に心から感謝しています。ケイティ同様、驚くべきハンナも、これまで出逢ったなかで最も愉快な編集者、エミリー・トーマスにわたしを引き合わせてくださいました。鋭い眼力を持つ天才ジョン・アップルトン、細心の注意を払ってくださったミシェル・バロックとビン・シーヴィル、それにオーディオブックの制作にあたって魔法としか思えないような力を発揮してくださったローラ・マーロウと彼女の驚くべきチームのみなさん、そして芸術的才能の持ち主であるリサ・ホートンにも感謝しています。みなさんは、わたしが何をしようとしているかを単に理解するにとどまらず、深いところまで真に理解し、わたしがよりよい結果が出せるよう――しかも余裕たっぷりに見えるよう――力を貸してくださいました。そんな方たちに出逢えるというのは、ほんとうに希《まれ》なことなのではないでしょうか。みなさんと働けて、ほんとうに楽しかった。わたしの原稿を、みにくいアヒルの子から羽毛の生えそろったマガモ（学名Anas platyrhynchos）へと変身させるのを手伝ってくださったみなさん――これ以上のチームは考えられません。ありがとうございました。

本を書くという作業は不思議なもので、ひとりこつこつと進めてきた取り組みが、突然多くの方々との共同作業に変わります。そう、少なくともわたしの場合はそんなふうです。そうしたなかで学び、作品に磨きをかけていく最も簡単な（そしてほとんどの場合、最も楽しい）方法は、読みこんで書いて欠点を見つけ、ライティング・グループの仲間たちの助言に耳を傾けること。エリン、デイヴィッド、モー、ヴェニュ、サラ・F、ブルーク、デブ、ステイシィ、ロクサーヌ、ジュリィ・N、ケリィ、リネル、ミリー、リサ、ラジ、サラ、ジュリィ、アネット、ジェーン・B、レイチェル、マット、キルステン、ジェニファー、クリスティアーネ、ジュリィ、エリカ、キャリー、ケイティ、ダン、チャリース、グレイ、ヘザー、アル、そしてルー――あなた方から、様々な何かを学ばせていただきました！　賢明な指摘を記したメモをくださったジェーンとパムには、特に感謝しています。それに、冒頭部分を読んで、この本を書きあげるようアドバイスしてくださったトム・ブロムリー、あなたの編集者としての目に感謝しています。

裁判に連れていってくださり（見学よ！）、すばらしい弁護士さんたち（スコット、元気にしてる？）や、魅惑的な専門家証人の方々や、腕利きの刑事さんたちを紹介してくださったジュリィ・S、ありがとう。刑事さんたちは、信じがたい技と粘り強さをもって、恐ろしい情報を引きだしていくという仕事をしながら、わたしがすっかり忘れていた面倒な手続きにも対処してくださいました。手続きが遅れてしまったのはわたしのせいだと承知しています。でも、そうしたことをいい加減にとらえていたわけではないということを、どうかご理解いただけますように。グラハム・バートレットとケイト・ベンデロウ、それにグラハムのすばらしい刑事科コースのブライアン・プライスをはじめとする大勢のみなさんの、〝腕利き刑事の洞察力〟を頼りにさせていただきました。それはもう驚きの連続で、すっかり心を奪われてしまいました。（すばらしい箇所はみなさんのおかげであり、まちがいがあればそれはわたしの勘違いゆえの誤りです）。こうしたなかで、わたしは徐々に人生の教訓を得たような気がします。そう――刑事さんから逸話を聞きだそうなんて、けっして思わないこと。

一方、生態学者は、たっぷりと逸話を聞きだす格好の的です。チームメイトと様々な冒険をしてきたわたしが言うのですから、まちがいありません。林で死体が発見されたときのこと、法医学にまつわるあれこれ、池に落ちたエピソード、通貨代わりにビスケットがいかに役立つか――そんな話をうかがって閃《ひらめ》いたこともたくさんあったし、みなさんの専門知識から、多くを学ばせていただいたことは言うまでもありません。サブリナ、トニー、サーシャ、ウェンディ、キャロライン、ジョン、そしてもうひとりのジョン、ジェーン、ヒュー、マット、タニス、ソフィア、ヴィッキー、その他の大勢のみなさん、ありがとう。

エスター、マーク、サブリナ、レイチェル、ジョー、マット、そしてローレン――ほとんどの人にとって、コロナ禍のこの数年は、様々な意味で厳しい挑戦となりました。それでも、ともに嘆いたり助け合ったり笑い合ったりできるみなさんのような友達がいてくださったおかげで、どれだけ救われたことか。わたしの忠実な友であり、仕事上の同志でもあるエンジェル、わたしを追いこみすぎずにいてくれて感謝しています。書きつづけることができたのは、あなたのそうした配慮のおかげです。

ママ――一字一句、丁寧に読んでくれてありがとう。ジャック・リーチャー〔イギリス人ミステリ作家リー・チャイルドの小説シリーズの主人公〕の話とは似ても似つかないと、自分でもわかっています。殴り合いのシーンがなくて、ごめんなさい。それでも、動機についていっしょに話し合えて、すごく楽しかった。パパ――この作品を読んでいるママに、せっせとお茶をいれてくれてありがとう！😆 パパにも読んでもらえて光栄です。ふたりの心からの励ましは、わたしにとってなくてはならないたいせつなもの。この喜びをお祖父《じい》ちゃまやお祖母《ばあ》ちゃまやグラッド伯母《おば》さまと分かち合うことができなくて残念だけど、みんなのことは本のあちこちにちりばめてあります（わが一族のタフな女家長がどこに書かれているかは、さがすまでもないわね！）。誰かを思っていると、何をしてもそのなかにその誰かがあらわれるものなんじゃないかしら。

そして、わたしのすばらしい旦那《だんな》さまのイアン――無限にも思える数の草稿すべてを一字一句丁寧に読んでくれただけでなく、そのシーンを実際に演じてみるようすすめてくれたあなたに、心から感謝しています。それに、常にプロットについて意見を闘わせる気満々でブランチ（今では当たり前に〝殺人ブランチ〟と呼ばれるようになりました）にのぞんでくれてありがとう。あなたのなかに、そこまで巧妙な創造性と邪悪な心が潜んでいたなんて、驚きだわ！あなたはこの冒険をともにしてくれただけでなく、こんな機会をつくってくれて、常にしっかりとわたしを支え、旅の一歩一歩のステップを最高に楽しいものにしてくれました。それにアダムとのプルアップ対決は、あなたの圧勝ね。😉

最後に、この本のページをめくってくださったみなさん、読んでいただいてほんとうに感謝しています。お楽しみいただけたらいいのですが。

解説

大矢《おおや》博子《ひろこ》（書評家）

なんとサスペンスフルで、刺戟《しげき》的で、そしてキュートな物語だろう。

本書『カラス殺人事件』はサラ・ヤーウッド・ラヴェットのデビュー作で、二〇二二年にイギリスで刊行されるやいなやベストセラーとなった。すでに「ネル・ワード」シリーズは四作が刊行、六作目まで刊行予定が発表されている。

それほどまでの人気を獲得した理由はお読みいただければわかる。海外のサイトでは本書をコージーミステリと表現しているところが多く、それはもちろん間違いではないのだけれど、決してそれだけではない多様な面白さが本書には詰まっているのだ。

まずはあらすじから紹介しよう。

イギリスの片田舎、クッキングディーンにある古いマナー・ハウス（中世ヨーロッパで荘園領主が建てた屋敷）の地下トンネルで、館《やかた》の持ち主であるソフィ・クロウズの撲殺死体が発見された。警察がまず聞き込みに向かったのは、ちょうど彼女が殺されたと思《おぼ》しき時間帯に、同じ地下トンネルにいた生態学者のネル・ワード博士だった。ネルは付近の開発計画に伴い、ソフィから依頼を受けて周辺の動植物の生態を調査していたのだ。

言われてみれば確かにネルがトンネル内にいるとき、レンガが落ちるような音を聞いた気がする。あれがそうだったのか？　ネルは自分の調査記録を提出することでアリバイを証明しようとするが、警察は容疑者扱いをやめない。果たしてネルは自らの潔白を証明することができるのか。そしてソフィを殺した真犯人は誰なのか。ネルは同僚のアダムとともに真実を追う——。

容疑をかけられたヒロインがそのスペシャリティを駆使して真相に迫る、と言ってしまえばよくある設定なのだが、本書にはさまざまな工夫が見られる。まずは職業小説としての面白さだ。ネル・ワードはコウモリを専門とする生態学者で、その知識や情報が実に興味深いのである。生態学者がどのように調査を進めるのかというベーシックな情報から、たまたま保護したコウモリを治療して野生に帰すまでの世話の様子、開発という生態系保持とは逆のプロジェクトにかかわる際の考え方、若い女性が糞《ふん》について熱く語るというマニアならではの場面に至るまで、生態学者としての描写が実に細やかでリアリティがある。美人だと好意を持った重要参考人が、のたくるミールワームの頭を爪切りばさみで切り落とし、ドロッとした内臓を血塗《ちまみ》れのコウモリに与えるのを目の当たりにした刑事の心情たるや、思わず笑ってしまった。本書を読めば読者もコウモリについて「へえ」と思うような多くの知識を得ることになるだろう。

それもそのはず、著者のサラ・ヤーウッド・ラヴェット自身が生態学者として十六年のキャリアを持つ専門家なのだ。本書の終盤には生態学者が法廷に立つ場面があるが、サラ自身もこれまで専門分野での証人を務めたことがあるという。リアルなのも当然だ。そういった専門知識の描写が謎解きにかかわってくるくだりは大きな読みどころだ。

ふたつめは人間模様の面白さ。同僚のアダムとなんとなくいい感じのネルだが、後輩のエリンが露骨にアダムを狙っている。しかもアダムもまんざらではないっぽい。そこへ現れたのが刑事のジェームズだ。ジェームズはネルにほぼ一目惚《ひとめぼ》れ、ネルも彼に好印象を抱く。だが同時にネルは容疑者筆頭であり、ジェームズはプロとして彼女を疑わなくてはならない。ネルをめぐる恋愛問題だけではない。警察のチームの様子であったり、仕事とは関係ないネルの交友関係の話であったりと、ひとりひとりがコミュニティの中で暮らしているひとりの人間である様子（と同時にプロフェッショナルである様子）がしっかりとページから立ち上がってくるのである。

特にロマンス展開はにやにやしたり切なくなったりと楽しくも焦ったのだが、これが物語に見事な緩急を生んでいる。これがみっつめの面白さである読者を飽きさせない展開の妙につながる。容疑者として疑われるネルの心情や彼女だけが気づいた情報が綴《つづ》られるパートと、ネルだけでなく広範囲に捜査を行う警察のパートが交互に登場し、読者だけがすべてを俯瞰《ふかん》して見ることができる。そしていよいよ容疑がネルに絞られ、あわや逮捕かとなったとき——

ここで！　思わず「えっ」と声が出てしまうほどの意外な事実がわかるのだ。そしてそれがわかったとき、それまでに感じていた小さな違和感の正体が判明するのである。同時に読者は腑《ふ》に落ちるだろう。そうか、著者はこれがやりたかったのか、と。

本書のターニングポイントと言っていい。

驚いていただくためにここに具体的に書けないのがなんとも焦《じ》れったいのだが、人は人をどこで判断するか、という大きなテーマがこの物語には隠されている。私たちは人を判断する時、純粋にその人だけを見ているだろうか？　その人に付随するさまざまなこと――他人の評価であったり、職業であったり、国籍や年齢、性別、見た目であったりはその判断に影響を与えてはいないだろうか？

そういった「その人に付随するもの」もまた、その人物の一部であることは間違いない。人は他者を、コウモリの種類を分別するようには切り分けられないものだ。だが、本書を読むと考えてしまう。その「付随するもの」がなかったら、あるいは後になって知らなかった「付随するもの」が出てきたら、その人への評価は変わるだろうか。

ここで明かされる事実は、おそらく第二作以降では周知の事実として最初から設定に入ってくるだろう。したがってこの戸惑いを登場人物たちと一緒に悩み、咀嚼《そしやく》できるのは本書だけのはずだ。ぜひ一度立ち止まって考えてみていただきたい。この中盤の意外な展開を、あなたは痛快だと感じるだろうか。それとも狡《ずる》いと思うだろうか。いずれにせよ、その第一印象も話が進む中で変わっていくはずだ。

他にも読みどころは多い。イギリスの片田舎の自然の描写、生活感あふれる登場人物たちの楽しい会話、英国ミステリならではの社会システムの描写などなど。ある人物を追跡するのに高速道路を二百キロでかっ飛ばすシーンもあれば、銃口がアダムに向けられる場面もある。コージーにしてサスペンスフル、知的にして躍動的、ロマンティックにしてシビアな一冊なのだ。

なお、本書の原題〝A Murder of Crows〟はそのまま被害者の名前であると同時に、「カラスの群れ」というイディオムでもある。群れは一般的には〝a flock of〟が使われるが、一部の動物にはその特性から固有の単語が使われることがある。たとえばライオンの群れはその堂々たる様子から〝a pride of lions〟、フクロウは賢者のイメージから〝a parliament（議会）of owls〟だ。カラスはなぜmurderなのかはっきりした語源は不明だが、カラスそのものが持つ不吉さに由来すると言われている。本書で「群れ」とは何を指しているのか考えてみるのも面白い。

続く第二作〝A Cast of Falcons〟では、ネルの旧友の結婚式で殺人事件が起きる。本書を最後までお読みになった方には、誰の結婚式で、そこには誰がいるかというのもすでにお分かりだろう。falconとはハヤブサのことで、以降、タイトルには（予定も含め）、ネズミ、毒蛇、野うさぎ、蝶《ちょう》と動物の名前が並ぶ。ネル、アダム、ジェームズの関係がどうなるのか、あの事実が彼らの仲にどう影響するのか（物語の舞台がぐっと広がるのは間違いない）、そしてそれぞれの巻でどのような生態学の情報が事件にかかわってくるのか、期待は尽きない。続刊の訳出が今から楽しみだ。

本書は訳し下ろしです。

地図イラスト／柳 智之

カラス殺人事件《さつじんじけん》

サラ・ヤーウッド・ラヴェット　法村里絵《のりむらりえ》=訳

令和5年 11月25日　初版発行

発行者●山下直久

発行●株式会社KADOKAWA
〒102-8177　東京都千代田区富士見2-13-3
電話　0570-002-301（ナビダイヤル）

角川文庫 23910

印刷所●株式会社暁印刷
製本所●本間製本株式会社

表紙画●和田三造

●お問い合わせ
https://www.kadokawa.co.jp/（「お問い合わせ」へお進みください）
※内容によっては、お答えできない場合があります。
※サポートは日本国内のみとさせていただきます。
※Japanese text only

ISBN 978-4-04-113306-4　C0197

角川文庫発刊に際して

角川源義

第二次世界大戦の敗北は、軍事力の敗北であった以上に、私たちの若い文化力の敗退であった。私たちの文化が戦争に対して如何に無力であり、単なるあだ花に過ぎなかったかを、私たちは身を以て体験し痛感した。西洋近代文化の摂取にとって、明治以後八十年の歳月は決して短かすぎたとは言えない。にもかかわらず、近代文化の伝統を確立し、自由な批判と柔軟な良識に富む文化層として自らを形成することに私たちは失敗して来た。そしてこれは、各層への文化の普及滲透を任務とする出版人の責任でもあった。

一九四五年以来、私たちは再び振出しに戻り、第一歩から踏み出すことを余儀なくされた。これは大きな不幸ではあるが、反面、これまでの混沌・未熟・歪曲の中にあった我が国の文化に秩序と確たる基礎を齎らすためには絶好の機会でもある。角川書店は、このような祖国の文化的危機にあたり、微力をも顧みず再建の礎石たるべき抱負と決意とをもって出発したが、ここに創立以来の念願を果すべく角川文庫を発刊する。これまで刊行されたあらゆる全集叢書文庫類の長所と短所とを検討し、古今東西の不朽の典籍を、良心的編集のもとに、廉価に、そして書架にふさわしい美本として、多くのひとびとに提供しようとする。しかし私たちは徒らに百科全書的な知識のジレッタントを作ることを目的とせず、あくまで祖国の文化に秩序と再建への道を示し、この文庫を角川書店の栄ある事業として、今後永久に継続発展せしめ、学芸と教養との殿堂として大成せんことを期したい。多くの読書子の愛情ある忠言と支持とによって、この希望と抱負とを完遂せしめられんことを願う。

一九四九年五月三日

角川文庫海外作品

不思議の国のアリス

ルイス・キャロル
河合祥一郎＝訳

ある昼下がり、アリスが土手で遊んでいると、チョッキを着た兎が時計を取り出しながら、生け垣の下の穴にぴょんと飛び込んで……個性豊かな登場人物たちとユーモア溢れる会話で展開される、児童文学の傑作。

鏡の国のアリス

ルイス・キャロル
河合祥一郎＝訳

ある日、アリスが部屋の鏡を通り抜けると、そこはおしゃべりする花々やたまごのハンプティ・ダンプティたちが集う不思議な国。そこでアリスは女王を目指すのだが……永遠の名作童話決定版！

ミセス・ハリス、パリへ行く

ポール・ギャリコ
亀山龍樹＝訳

ハリスは夫を亡くしロンドンで通いの家政婦をしている。勤め先でふるえるほど美しいディオールのドレスに出会い、必死でお金をためてパリに仕立てに行くが……何歳になっても夢をあきらめない勇気と奇跡の物語。

ミセス・ハリス、ニューヨークへ行く

ポール・ギャリコ
亀山龍樹＝訳

61歳の家政婦ハリスはお隣の少年が里親に殴られていると知り、彼を実父がいるニューヨークへつれていこうと無謀な作戦を立てる。それはなんと……密航！　夢をあきらめない大人たちの勇気と奇跡の物語、第2弾。

オリエント急行殺人事件

アガサ・クリスティ
田内志文＝訳

豪華高級寝台列車で起きた殺人事件の容疑者は、目的地以外は共通点のない乗客たち。世界一の名探偵、エルキュール・ポアロが導き出した真実とは――。〝ミステリの女王〟の代表作が読みやすい新訳で登場！

角川文庫海外作品

新訳 ロミオとジュリエット

シェイクスピア
河合祥一郎＝訳

モンタギュー家の一人息子ロミオはある夜仇敵キャピュレット家の仮面舞踏会に忍び込み、一人の娘と劇的な恋に落ちるのだが……世界恋愛悲劇のスタンダードを原文のリズムにこだわり蘇らせた、新訳版。

新訳 マクベス

シェイクスピア
河合祥一郎＝訳

武勇と忠義で王の信頼厚い、将軍マクベス。しかし荒野で出合った三人の魔女の予言は、マクベスの心の底に眠っていた野心を呼び覚ます。妻にもそそのかされたマクベスはついに王を暗殺するが……。

新訳 夏の夜の夢

シェイクスピア
河合祥一郎＝訳

貴族の娘・ハーミアと恋人ライサンダー。そしてハーミアのことが好きなディミートリアスと彼に恋するヘレナ。妖精に惚れ薬を誤用された4人の若者の運命は？幻想的な月夜の晩に妖精と人間が織りなす傑作喜劇。

新訳 オセロー

シェイクスピア
河合祥一郎＝訳

美しい貴族の娘デズデモーナを妻に迎えたヴェニスの黒人将軍オセロー。恨みを持つ旗手イアーゴーの巧みな策略により妻の姦通を疑い、信ずるべき者たちを手にかけてしまう。シェイクスピア四大悲劇の一作。

シャーロック・ホームズの冒険

コナン・ドイル
石田文子＝訳

世界中で愛される名探偵ホームズと、相棒ワトスン医師の名コンビの活躍が、最も読みやすい最新訳で蘇る！ 女性翻訳家ならではの細やかな感情表現が光る「ボヘミア王のスキャンダル」を含む短編集全12編。

角川文庫海外作品

シャーロック・ホームズの事件簿
コナン・ドイル
駒月雅子＝訳

橋のたもとで手紙を握ったまま銃殺された、金鉱王の妻。美しい家庭教師が罪に問われる中、ホームズが常識破りの推理を始める「ソア橋の事件」。短編全12編を収録。新訳シリーズ、堂々完結！

ベイカー街の女たち
ミセス・ハドスンとメアリー・ワトスンの事件簿1
ミシェル・バークビイ
駒月雅子＝訳

ロンドンを震撼させる、既婚の女性を狙った恐喝事件。名探偵ホームズに依頼を断られ、意気消沈した女性を救うべく、ハドスン夫人とメアリーは調査に乗り出す！コナン・ドイル財団公認の本格パスティーシュ作品。

エリザベス女王の事件簿
ウィンザー城の殺人
S・J・ベネット
芹澤　恵＝訳

英国ウィンザー城でロシア人ピアニストの遺体が発見される。容疑者は50名で捜査は難航する。でも大丈夫。城には秘密の名探偵がいるのだ。その名もエリザベス2世。御年90歳の女王が奇怪な難事件に挑む！

エリザベス女王の事件簿
バッキンガム宮殿の三匹の犬
S・J・ベネット
芹澤　恵＝訳

バッキンガム宮殿で王室家政婦が不慮の死を遂げる。最初は事故死とされていたが、彼女が脅迫の手紙を受け取っていたとわかり事態は急変。女王は殺人の線で捜査に乗り出す。世界最高齢の女王ミステリ第2弾！

シャーロック・ホームズ
絹の家
アンソニー・ホロヴィッツ
駒月雅子＝訳

ホームズが捜査を手伝わせたベイカー街別働隊の少年が惨殺された。手がかりは、手首に巻き付けられた絹のリボンと「絹の家」という言葉。ワトソンが残した新たなホームズの活躍と、戦慄の事件の真相とは？

角川文庫海外作品

モリアーティ

アンソニー・ホロヴィッツ
駒月雅子＝訳

ホームズとモリアーティが滝壺に姿を消した。現場を訪れたアメリカの探偵とスコットランド・ヤードの刑事は、モリアーティに接触しようとしていたアメリカ裏社会の首領を共に追うことに——。衝撃的ミステリ！

新シャーロック・ホームズの冒険

ティム・メジャー
駒月雅子＝訳

初老の男性が服毒死した翌日、人気ミステリ作家がホームズのもとを訪れた。創作ノートの犯行手口を盗まれ、男性はその手法で殺されたという。事件の真相とは？　気鋭の英作家による新パスティーシュ。

新訳　ナルニア国物語1
ライオンと魔女と洋服だんす

C・S・ルイス
河合祥一郎＝訳

田舎の古い屋敷に預けられた4人兄妹は、空き部屋で大きな洋服だんすをみつける。扉を開けると、そこは残酷な魔女が支配する国ナルニアだった。子どもたちはナルニアの王になれと言われるが……名作を新訳で。

新訳　ナルニア国物語2
カスピアン王子

C・S・ルイス
河合祥一郎＝訳

夏休みが終わり、4人兄妹が駅で学校行きの列車を待っていると、一瞬で別世界に飛ばされてしまう。そこは魔法が失われた1千年後のナルニアだった。4人はカスピアン王子と、ナルニアに魔法を取り戻そうとするが……。

新訳　ナルニア国物語3
夜明けのむこう号の航海

C・S・ルイス
河合祥一郎＝訳

ルーシーとエドマンドはいとこのユースタスとともにナルニアへ！　カスピアン王やネズミの騎士と再会し、7人の貴族を捜す旅に同行する。人が竜に変身する島など不思議な冒険を経て、この世の果てに辿りつき……。